D0627817

Miau

Biblioteca Pérez Galdós

Benito
Pérez Galdós

Miau

Introducción
de Ricardo Gullón

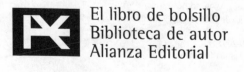

El libro de bolsillo
Biblioteca de autor
Alianza Editorial

Primera edición en «El libro de Bolsillo»: 1985
Decimocuarta reimpresión: 1997
Primera edición en Biblioteca de Autor: 1997
Tercera reimpresión: 2001

Diseño de cubierta: Alianza Editorial
Ilustración: Ramón Casas, *Petra* (detalle)
Proyecto de colección: Odile Atthalin y Rafael Celda

© Herederos de Benito Pérez Galdós
© de la introducción: Herederos de Ricardo Gullón
© Alianza Editorial, S.A., Madrid, 1985, 1986, 1987, 1988, 1989, 1990,
    1991, 1995, 1996, 1997, 1999, 2001
    Calle Juan Ignacio Luca de Tena, 15; 28027 Madrid; teléf. 91 393 88 88
    ISBN: 84-206-3327-5
    Depósito legal: S. 280-2001
    Impreso en Gráficas Varona. Salamanca
    Printed in Spain

Introducción

La década maravillosa

La década de los ochenta (siglo XIX) asistió a un fenómeno de singular grandeza: once magníficas novelas de Galdós aparecieron en rápida sucesión, las mejores de su autor, salvo la excepción de Misericordia, 1897. *De este año es* Paz en la guerra, *de Unamuno; en 1895 ya Valle-Inclán había dado* Femeninas, *testimonio de distinta modalidad de escritura. En diez años publicó don Benito sin pausa alguna, en prodigioso flujo creador, invenciones tan ricas y variadas como* La desheredada *(1881),* El amigo Manso *(1882),* El doctor Centeno *(1883),* Tormento *y* La de Bringas *(1884),* Lo prohibido *(1884-1885),* Fortunata y Jacinta *(1886-1887),* Miau *(1888),* La incógnita, Torquemada en la hoguera *y* Realidad *(1889),* Ángel Guerra *(1890-1891).*

La familia de León Roch (1878) cierra el ciclo de las llamadas «novelas de la primera época» y el año siguiente se acaba la segunda serie de los Episodios nacionales. Si su autor llamó «novelas contemporáneas» a las escritas a partir de ese

7

momento, la razón es clara: quería trascender ciertas limita-
ciones impuestas a sus obras anteriores por la voluntad de
probar. Si un cierto didactismo nunca dejó de traslucirse en
los textos galdosianos, es igualmente verdad que desde fecha
relativamente temprana la conciencia artística del autor pri-
ma sobre otras consideraciones y consiente a la creación liber-
tades tan notables que, según intenté mostrar no hace mucho,
dan lugar a un curioso fenómeno que, con su poquito de ima-
ginación, cabría llamar rebelión del texto.

Cuando éste habla por sí mismo, y así sucede en los recién
mencionados, basta escucharle para descubrir su libertad. Es-
critura en libertad en la cual se entrecruzan, mediadas por el
narrador, conversaciones, divagaciones solitarias de los figu-
rantes, fantasías, sueños y quimeras. Las actuaciones se cargan
de significado y las funciones actoriales se multiplican.

El protagonista

Abierta la imaginación del autor y suelta su mano por los
casi dos años entregados a la fabulosa construcción de Fortunata y Jacinta, *se hallaba aquél en plena disponibilidad crea-*
dora y, conforme le sucediera en recientes ocasiones con Celi-
pín Centeno, Ido del Sagrario y Rosalía Bringas, un persona-
je apenas esbozado sale de las sombras del vasto mundo
novelesco y reclama la consistencia de que hasta ese punto
carecía. Lo incipiente pedía exposición y desarrollo.

En el primer capítulo de la tercera parte de Fortunata y Jacinta *se habla de política y administración («tema picante»)*
en los términos que cabe esperar de los contertulios, emplea-
dos o cesantes: «Con este desbarajuste que hay ahora no se
sabe ya por dónde anda uno», «... aquí se hacen mangas y ca-
pirotes de los derechos adquiridos». Alguien no mencionado
hasta entonces se deja oír: «Pues yo –murmuraba una voz

que parecía salida de una botella, voz correspondiente a una cara escuálida y cadavérica en la cual estaban impresas todas las tristezas de la Administración española– sólo pido dos meses, dos meses de activo para poderme jubilar por Ultramar. He pasado el charco siete veces, estoy sin sangre y ya me corresponde retirarme a descansar con doce. ¡Maldita sea mi suerte!»

En el mismo capítulo, y ya en otro Café, se identifican la voz y el rostro del sujeto a quien «faltaban dos meses de empleo para poder pedir la jubilación». El retrato se ajusta a lo que se dirá en Miau: *«Tenía pintada en su cara la ansiedad más terrible; su piel era como la cáscara de un limón podrido, sus ojos de espectro, y cuando se acercaba a la mesa de los espiritistas, parecía uno de aquellos seres muertos hace miles de años, que vienen ahora por estos barrios, llamados por el toque de la pata de un velador. El clima de Cuba y Filipinas le había dejado en los huesos, y como era todo él una pura mojama, relumbraban en su cara las miradas de tal modo que parecía que se iba a comer a la gente. A un guasón se le ocurrió llamarle Ramsés II, y cayó tan en gracia el mote, que Ramsés II se quedó.»*

Todavía dará el narrador otra vuelta de tuerca a la irónica presentación: «Pasando con desdén por junto a los espiritistas, se sentaba en el círculo de los empleados, oyendo más bien que hablando, y permitiéndose hacer tal cual observación con voz de ultratumba que salía de su garganta como un eco de las frías cavernas de una pirámide egipcia.

»—Dos meses, nada más que dos meses me faltan, y todo se vuelve promesas, que hoy, que mañana, que veremos, que no hay vacante...» y a renglón seguido se fija la identificación nominativa, Ramsés II-Villaamil.

Situación y personaje quedan establecidos en estas páginas del supertexto, resumiendo en pocas palabras lo sustancial del caso: arbitrariedad del poder e indefensión del individuo. (Tema de actualidad permanente, aun si lectores distraídos

no son capaces de ir más allá de la anécdota). Al conocedor
de la preocupación galdosiana por la corrupción política en-
démica en el país y por los riesgos de un sistema de gobierno
en que las ideas de justicia y libertad significaban poco, no
puede sorprenderle que decidiera explorar, muy a su manera,
una problemática que es la misma examinada por escritores
como Unamuno, Ortega, Baroja... y Kafka. Al adelantarse a
ellos y por presentar con tan intenso dramatismo una cuestión que, lejos de inactual, parece hoy más acuciante que
nunca, la modernidad de Galdós resalta mejor.

   Lo personal fundido en una textura que lo universaliza
constituye la opción galdosiana. En el primer capítulo de
Miau resuena ya la conocida «voz cavernosa y sepulcral», y
no tarda en aparecer el hombre «alto y seco, los ojos grandes
y terroríficos, la piel amarilla, toda ella surcada por pliegues
enormes en los cuales las rayas de sombra parecían manchas, las orejas transparentes, largas y pegadas al cráneo; la
barba corta, rala y cerdosa, con las canas distribuidas caprichosamente, formando ráfagas blancas entre lo negro; el
cráneo liso y de color de hueso desenterrado como si acabara de recogerlo de un osario para taparse con él los sesos. La
robustez de la mandíbula, el grandor de la boca, la combinación de los tres colores, negro, blanco y amarillo, dispuestos
en rayas, la ferocidad de los ojos negros, inducían a comparar tal cara con la de un tigre viejo y tísico que, después de
haberse lucido en las exhibiciones ambulantes de fieras, no
conserva ya de su antigua belleza más que la pintorreada
piel».

   Comparada con la descripción leída en Fortunata y Jacinta, la recién transcrita se beneficia de un acercamiento pro-
gresivo a la metáfora «tigre viejo», sugeridora de un pasado
mejor, como fue el de Villaamil, allanándose el camino hacia
una visión imaginativa de los personajes. No tardando, ob-
servará el lector (como lo hace uno de los actantes) que al

cambiar la imagen se insinúa un presentimiento del desenlace: «...el pobre don Ramón, cuando cierre el ojo, se irá derecho al Cielo. Es un santo y un mártir».

Lo expuesto en el esbozo fortunatesco encuentra cabal desarrollo en uno de los monólogos del protagonista (cap. 4),
cuando se le representa toda su vida burocrática en la Península, Cuba y Filipinas. Un cambio importante se produjo
cuando pasó del Ministerio de Ultramar al de Hacienda, en
donde sus proyectos, méritos e insuficiencias aparte, acaba-
rían siendo objeto de chacota y alejándolo de la nómina. Esto
implanta en su cerebro la idea de un enemigo oculto, de un
victimario resuelto a destruir sus esperanzas tan pronto
como se aventure a sentirlas.

La cesantía de Villaamil no fue hecho insólito sino parte de
un sistema en que la subida al poder de un partido implica-
ba la incorporación al presupuesto de sus amigos y paniaguados con el correlativo alejamiento del comedero de los be-
neficiarios de la situación política anterior. Que un funcionario fuese probo, competente y cumplidor de su deber no
bastaba para eximirle de la ley general; lo que al protagonista de la novela le cuesta trabajo aceptar no es la cesantía,
sino la permanencia inexorable en ella.

El personaje pide ser entendido en su peculiaridad, y toda
analogía con los cesantes ocasionales confunde más que ilu-
mina: relacionarlo con ellos aleja del meollo de la cuestión.
Las penurias del protagonista, la frivolidad de mujer, hija y
cuñada, los desaires recibidos y las burlas que se le infieren
convierten su existencia en continuado padecer. Considero
un error soslayar o reducir la importancia del motivo económico, de los agobios en que se debate Villaamil, y más equivocado aún es calificar de manía persecutoria su conducta.
No le faltan razones para creerse perseguido y sentirse acosa-
do. Tanta persistencia en la desdicha explica su creencia en el
enemigo oculto que una y otra vez frustra sus esperanzas: la

noria del pensamiento –diría Antonio Machado– no cesa de girar, con los cangilones llenos de lo mismo.

Funcionario competente, prepara un plan para sanear la Hacienda española, y el primer punto del proyecto lo encabeza una palabra cuya mención, temeraria, basta para hacerle sospechoso: Moralidad. No pocos, en los estamentos políticos y administrativos la interpretarían como agresión personal y alguno se inclinaría a parodiar con medio siglo de antelación al ministro alemán: cuando oigo la palabra Moralidad saco mi revólver y disparo.

Quien pasa de la novela a la Historia sin advertir la diferencia de sustancia, corre peligro de perder el hilo y la pauta de la invención: el proyecto funcional de Villaamil pertenece a orden distinto de las reformas hacendísticas concebidas por algunos políticos de la Restauración. Lo recomendable es tener en cuenta el clima proyectista del momento para explicarse el esfuerzo de nuestro personaje.

Sirvió éste a alguno de esos políticos y una de las causas de su desesperación es que no acierta a comprender cómo en lugar de aquellos estimables varones opera ahora ese ente sin nombre, bien definido como el Enemigo. ¿Por qué tal cambio y la injusticia de él derivada?

El profesor Robert J. Weber, a quien debemos la publicación de la primera versión de Miau, en su excelente estudio preliminar indicó la posibilidad de «imaginar que Pantoja también se habría suicidado si el gobierno le hubiera quitado su trabajo». («Introducción», Miau, Labor, 1973). Es posible, y la hipótesis ayuda a entender el ejemplo novelado por Galdós.

Infierno. Demonios

La estructura temática se refiere al «mundo absurdo» de la burocracia, mundo de la injusticia y de la arbitrariedad; la estructura narrativa sigue una pauta muy conocida y con

frecuencia utilizada, la del descenso a los infiernos, prolonga-
do aquí conforme al modelo dantesco, por el ascenso (hipoté-
tico) al Paraíso.

Para entender el significado de esta pauta convendrá observar una polaridad que, como en Fortunata y Jacinta, *pero*
con entidad inferior, subyace en los estratos profundos de la
novela: la polaridad Mal-Bien, Infierno (real)-Paraíso (so-
ñado). Poderes demoníacos, Injusticia, Corrupción, rigen la
zona negativa; en la positiva habita un dios cuyas notas dis-
tintivas son la Bondad y la Impotencia. El polo negativo es
tangible, según se constata en las referencias al círculo fami-
liar y a los tenebrosos laberintos ministeriales; el positivo es
producto de la imaginación de Luisito Cadalso, nieto del pro-
tagonista, que desde la inocencia contempla y compadece las
angustias de la desesperanza.

La visión del mundo, amarga e irónica o amargamente
irónica, procede de una intuición que impone al texto su forma y la declara por medio de las metáforas. Veamos uno de
los pasajes más iluminadores. El protagonista, acompañado
por un amigo, se interna en un «corredor no muy claro» del
Ministerio: «A lo largo del pasadizo accidentado y misterioso, las figuras de Villaamil y de Argüelles habrían podido trocarse, por obra y gracia de hábil caricatura, en las de Dante y
Virgilio buscando por senos recónditos la entrada o salida de
los recintos infernales que visitaban [...]. Ni Dante ni Quevedo soñaron, en sus fantásticos viajes, nada parecido al laberinto oficinesco...» (cap. 35). Sin soltar el hilo de la metáfora
oiremos al personaje calificar de reptiles a los miserables actantes de esos recintos y de «cojitranco de los infiernos» a uno
de ellos.

El ministro no tiene nombre, ni lo necesita. A diferencia de
quienes en el pasado intervinieron en la vida burocrática de
Villaamil, el del tiempo de la narración sólo es mencionado
una vez, incidentalmente (por Pura), y se comprende por

qué: *encarnación abstracta del mal, poco importa quién sea la persona que encarna las fuerzas que fijan el destino del hombre*. Críticos hay que advirtiendo ese carácter abstracto e invisible del Enemigo aluden a él como *deidad impersonal* (Peter Bly, 120), sin notar el carácter satánico de tal deidad, en 1888 y cien años después.

El demonio o diablillo más activo en el cuadro resulta ser Víctor Cadalso, yerno viudo de Villaamil, que enloqueció a su mujer, Luisa, y en el curso del discurso se entretendrá trastornando a su cuñada, Abelarda. Los indicios de su condición se multiplican: él es quien reputa de loco a su suegro y afirma su incapacidad para «*desempeñar ningún destino en la Administración*» (cap. 33). Desde su regreso de Valencia intuye la cuñadita la extraña condición del sujeto: «*Has entrado en casa como Mefistófeles, por escotillón, y todos nos alteramos al verte*» (cap. 10). Sus recuerdos operáticos le sirven bien en esta ocasión, y la alteración consignada anticipa la muy intensa que pronto habrá de causarle: «*Eres muy malo, muy malo. Conviértete a Dios...*», le dice, y él: «*No creo en Dios [...]; a Dios se le ve soñando, y yo hace tiempo que desperté*» (y tales sinrazones las escucha su hijo, el soñador). Al retirarse, después de larga conversación, «*llevaba en los labios risilla diabólica*» (cap. 20), adjetivo confirmado cuando «*en un rapto de infernal inspiración*» (cap. 30), le pregunta si por seguirle abandonaría casa y padre. El clavo lo remacha el narrador cuando, sobre afirmar que tiene «*demonio de su guardia*», lo describe saliendo de la iglesia «*como alma que lleva Satanás*», dejando a Abelarda como «*si hubiera visto que al púlpito de la iglesia subía el Diablo en persona*» (cap. 32).

Soñando (y no es preciso subrayar la importancia de los sueños en las novelas galdosianas) encuentra Víctor una figura ambigua cuyo significado se declarará más tarde: «*Soñó que iba por una galería muy larga, inacabable, con paredes de espejos, que hasta lo infinito repetían su gallarda persona. Iba por aquel inmenso callejón persiguiendo a una mujer, a una dama elegante, la cual corría agitando con el rápido mover de sus pies la falda de crujiente seda. Cadalso le veía los tacones de las botas, que eran ...¡cascarones de huevo!» La alcanza, oye su «voz ronca», observa que lleva una cómoda como portamonedas y se despierta sintiendo «terror supersticioso» (cap. 11). Los espejos aluden al narcisismo del personaje. ¿Estará viendo al demonio de su guarda? ¿Imagen transfigurada de su protectora oculta? La fragilidad de la relación apunta en los tacones (cáscaras de huevos) y la riqueza de la individua en las dimensiones del portamonedas. Pesadilla sujeta a la concentración y a la lógica propias del sueño.*

Argüelles desmitifica al personaje y a su protectora, reduciéndolos a lo que en verdad son, al informar a Villaamil de que la querida de Víctor, lejos de joven y bella es un «tiburón» de sesenta años, «fofa y hueca», «todo postizo». Tal es la consistencia en el mundo de la vigilia de quien con malas artes ayuda al miserable a salir de aprietos y a subir en la escala burocrática.

Por encima y más allá del ruin sujeto está el verdadero adversario, el enemigo malo. Según Villaamil dice a los mozos encontrados en la taberna, ese enemigo es «el gran pindongo del Estado», «el mayor enemigo del género humano, y a todo el que coge por banda lo divide...» (cap. 42). Y a los pajarillos que huyen asustados les pide que no se asusten pues no es el «Ministro sin entrañas», representante de la «gran bestia» (Ortega), de quien piensa el niño visionario que tiene la culpa «de todo lo que está pasando» (cap. 40).

Metamorfosis en las metáforas

Respecto al protagonista, desde su presentación entran en juego las imágenes, desde «tigre viejo y tísico» sucesivas metamorfosis de creciente expresividad irán revelando su ge-

nuina consistencia de víctima. Así se reconoce, con desmesu-
ra desesperada, al aceptar el mote MIAU como equivalente al
INRI, «el letrero infamante que le pusieron a Cristo en la
cruz...» (cap. 35). Identificarse con Cristo es demasiado, pero
explicable dada la alteración mental de la víctima y su situa-
ción.

Acudirá el narrador a corregir el exceso; avanzada la no-
vela, al oír a Víctor que el niño ha de salir de su hogar, siente
el desventurado que culmina su martirio: «dio unas vueltas
sobre sí mismo [...], abrióse de piernas, alzó los brazos enor-
mes, simulando la figura de San Andrés clavado en las aspas»
(cap. 38). Escena dramática como la del Ministerio. Así había
de ser por exigencia de un texto dramatizado desde el princi-
pio hasta el fin, sin que lo grotesco de ciertos momentos y la
carga irónica del conjunto reduzcan la dolorosa tensión del
incidente. La metáfora final, mártir, responde a un desenlace
en que confluyen paradójicamente el martirio infligido por la
sociedad y la ascensión soñada a la paz.

El infierno-vida precede al conocimiento; sólo a partir de él
puede el alma comprender y aceptar el sufrimiento como ca-
mino de salvación. Dios es el conocimiento y la serenidad: ir
hacia Él supone un modo seguro de encontrar el descanso. Se
ha de renunciar a la vida, como en la profesión religiosa,
para ingresar en el espacio de la serenidad.

Dios no puede decir «dónde» se hallan infierno y purgato-
rio, pues los lugares del castigo están antes y no después de lle-
gar a su presencia, son producto de la malignidad humana.
Villaamil sabe, por comunicación de su nieto, que no tiene
nada que hacer en el mundo, «cuanto más pronto [se] vaya al
cielo, mejor». La voz del niño en que resuena la voz de la con-
ciencia, le inunda «de un sentido afirmativo, categórico» que
le indica el camino a seguir. Lo escuchado como revelación di-
vina responde y confirma lo que su propio juicio le indica.

Resuelta la partida, puede Villaamil contemplar la belleza

*de lo natural, oculta durante su vida por «la muy marrana
Administración» y «las cochinas caras» de Ministros y tipos
de análoga ralea. Los árboles, el cielo le hacen sentirse otro,
independiente y dueño de sí. En las páginas anteriores al suicidio no se asiste a un vía crucis sino a una ascensión (con in-
termitencias dictadas por la curiosidad), un recorrido por
calles y plazas en espera del desenlace.*

Metáforas para tres damas

*Bien asentadas en el espacio de la cursilería, las mujeres de la
familia que, por inconsciencia, frivolidad y estupidez amar-
gan la vida de Villaamil, se desviven por aparentar lo que no
son, perdiéndose en vagos recuerdos de un ayer en el que, durante un instante, alguien las vio o dijo verlas según ellas se
imaginaban. El infiernillo doméstico hace más penosa la situación del protagonista, ni entendido ni ayudado por las
mujeres.*

*Según el sistema metafórico rector de la totalidad, las seño-
ras son conocidas por un apodo salido del gallinero del Teatro Real al que asisten con frecuencia. Por su aspecto relamido, lo menudo y aniñado de sus facciones y sus pretensiones
de aparentar, las llamaban las Miau, palabra alusiva a lo ga-
tuno de su aspecto y a lo ridículo de sus pretensiones. Empe-
ñadas en fingir, viven lo que llamé «la tensión del suponer»,
sin engañar a nadie (quizá al «ínclito Ponce», novio de Abelarda). No es el caso de Rosalía Bringas (otra pretenciosa)
que dispone de un arma –la belleza– de que ellas carecen; el
burlón remoquete alude tanto como a su aspecto, al hecho de
presentarse como imagen de lo que no pueden alcanzar:
«miau» como equivalente a «límpiate que estás de huevo» o al
más tardío «¡Qué te crees tú eso!».*

Como a Villaamil, el texto las somete a metamorfosis en la imagen. Si su espacio, el de la cursilería, es invariable, ellas sí varían. Pura, la mujer de Villaamil, no fue siempre la anciana de cabellera teñida, «con cierta efusión extravagante de los mechones próximos a la frente», que abre la puerta a su nieto en el primer capítulo de la obra. Retrocediendo, el narrador la transporta a un pasado en que alguien la describió como «figura arrancada de un cuadro del Beato Angélico», punto de vista que el narrador no se decide a tomar en serio.

Cursis antes, cursis después, con variantes en la distancia entre la realidad y la apariencia (no escapa Víctor a ese ambiente de trapacerías, y en seguida lo veremos). El mundo de la ópera en que se refugian es el mundo de la evasión y de la representación. Entran en él con billetes gratuitos, «de tifus», según dice el narrador, y cuantos las rodean en el paraíso del Real saben que así es.

Al iluminar el pasado, el caso de Milagros destaca por ser quien tuvo alguna razón para imaginar un futuro distinto al presente en que el lector la conoce. Voz agradable y afición a la música le permitieron concebir una carrera de cantante. De cómo fue entonces dejó testimonio el admirador lejano que la evocó actuando como «pudorosa Ofelia» en una sala provinciana. Tan exagerada como se quiera, y disminuida por la ironía narrativa, la imagen persiste y su persistencia hace más agudo el contraste entre lo de ayer y lo de hoy.

Una escena grotesca (grotesca en contexto) lo hará ver, con cierta crueldad. Una mañana como tantas el desayuno es improbable y el almuerzo dudoso. La «figura de Fra Angélico», ahora «hociquillo amoratado», sale de su cuarto y se hace cargo de la situación. Su ánimo basta para confortar a Milagros y Abelarda. Desde la cocina y la alcoba rompen a cantar.

Quien ayer fue promesa, y hasta algo más que promesa, cambió el bel canto por la tortilla de patatas, el arte de Rossini por el de Vatel: «Cuando había provisiones, o, si se quiere, asunto artístico, la inspiración se encendía en ella y trabajaba con ahínco, entonando a media voz, por añeja costumbre y con afinación perfecta, algún tiernísimo fragmento como el moriamo insieme, ah! si, moriamo...». Las locuciones «goce espiritual», «asunto artístico», «inspiración» tienden –siguiendo la ley general del texto– a trasmutar a la pudorosa Ofelia en diva del fogón.

Si expresivo del cambio de situación, el momento en que el dúo de Norma hace las veces de desayuno todavía ha de ser contemplado como prueba del «don felicísimo de vivir siempre en la hora presente y de no pensar en el día de mañana» (cap. 7), que poseen estas mujeres.

Respecto a la más joven, la transfiguración acontece ante el lector en un período relativamente breve, y por las malas artes del seductor que no seduce. La ambigüedad del narrador se insinúa en el nombre irrisorio y se afirma en la presentación «en un certamen de caras insignificantes se habría llevado el premio de honor»; cursi, sosa y adjetivos de este jaez la acompañan. La grisura del personaje es evidente, y no menos lo es su condición apacible, tranquila y servicial: se ofrece a hacer recados, a arreglar y planchar la camisa de su padre, cuidará del sobrino... Condición que empezará a cambiar desde el regreso de Víctor.

Retroceder para iluminar y precisar la concatenación de los incidentes es buena táctica narrativa. En el capítulo 13 sirve, además, para establecer un precedente de lo que le sucederá a Abelarda, informando de lo ocurrido a su hermana, mujer y víctima de Cadalso, muy enamorada de su marido y llevada por éste a la locura y la muerte. Acto demencial destacado fue arrojarse del lecho «pidiendo un cuchillo para matar a Luis».

Escena que se repetirá más tarde, en circunstancias semejantes. Abelarda, engañada por el cuñado, sin otro móvil que burlarse de ella, cae a su vez en la demencia o en algo *cercano. Pasa de la duda (manifiesta en el extenso soliloquio del capítulo 18, uno de los mejores de la novelística galdosiana) a la inquietud y al llanto, de ahí a la turbación y a la confidencia, más tarde a la esperanza y finalmente al arrebato de locura en que como su hermana y por la misma causa busca un cuchillo para matar al niño, vengando en el hijo la perversidad del padre. El tránsito gradual de lo uno a lo otro, de la trivialidad a la desmesura, lo fija el narrador mediante acumulación de pormenores y con moderadas incursiones en la conciencia del personaje. Según verá el lector, el cambio se produce sin aceleración, pero continuadamente, hoguera que crece de sí misma, fuego de un rescoldo cuya brasa ardió sin apenas ser reconocida en el lejano ayer.*

Cuando Víctor acude a la casa para llevarse al niño, la transfiguración de las mujeres es completa: de gatitas relamidas pasan a ser tres furias cuyas uñas amenazan al perverso. Y éste, con su diabolismo a cuestas, no deja de adscribirse al mismo espacio que ellas. Si vendió su alma al diablo, la razón no es dudosa: lucir en su pequeño mundo sacrificándolo todo al oficio de aparentar.

El niño angélico

Luisito sirve en el texto dos funciones complementarias: la del inocente que por su inocencia misma puede vivir en el sueño lo negado a los adultos y la de conciencia del protagonista, a quien señala el camino de la liberación. De mano del niño entra el lector en la novela y va conociendo a la mujer de Mendizábal, a la abuela, a las tías; de su mano, también, llegará hasta Dios. Es, pues, pieza importante de la construcción y vale la pena examinar con cuidado lo que su minúscula figura representa en la pauta estructural. El descenso a los in-

fiernos de Villaamil no concluye cuando encuentra la ver-
dad; otro guía, más candoroso que el Virgilio de los laberin-
tos ministeriales, le propondrá una salida, en busca de la paz,
que es el paraíso.

No hace mucho, el profesor Ruano de la Haza escribió que
«el Dios de Luis no es otra cosa que el niño mismo, o más bien
una prolongación de su personalidad, su alter ego, *y la prin-*
cipal función de sus visiones es simplemente proporcionar al
lector una penetración más clara en el funcionamiento de su
mente raciocinante» (Ruano, 29. Traduzco la cita del original
en inglés). Esta opinión me parece reductiva; la operación de
Luis como mensajero y mediador no hay por qué soslayarla.
No sólo observa los hechos: revela su sentido y suscita el de-
senlace al decir a su abuelo algo que éste presume, sugiriendo
una salida fortalecida por la autoridad de la visión.

Es en el sueño donde convoca a la figura divina. El desva-
necimiento o letargo que le acomete la primera tarde de la no-
vela se repite con frecuencia. Habla Dios y habla el niño que
lo inventa partiendo de sus íntimos saberes; la debilidad en-
fermiza de la criatura aguza sus percepciones y multiplica los
encuentros con el sumo interlocutor. Que éste se le aparezca
como «buen abuelo», réplica excelsa del suyo desdichado, es
natural. Sorprendería que la imaginación infantil pudiera
concebir a la divinidad como abstracción; la siente cercana,
familiar, rodeada de angelitos a quienes habla «con acento
bonachón y tolerante» (cap. 29).

Ciertas cosas ni Dios puede entenderlas, así los cambios de
humor de Abelarda. Habrá de ser el niño quien sugiera la
culpabilidad del Ministro por los infortunios del abuelo, cul-
pabilidad que Dios da por buena, asegurando que Villaamil
no será colocado nunca y que sólo a su lado encontrará la fe-
licidad. Las reflexiones de catecismo con que apoya su decla-
ración tienen la elementalidad propia del cerebro transmisor,
y así habrán de entenderse.

La invención se forja en el sueño y en su producción inter-
vienen noticias e imágenes llegadas de fuera (lo que oye en su
casa y fuera de ella, el mendigo de barba cana y capa parda,
etc.), pero la construcción es de Cadalsito y concuerda con las
posibilidades de su mente infantil tan distante del lector desa-
cralizado de nuestro tiempo. El niño se recrea con el buen
abuelo, pero se asusta viendo al Cristo de las melenas en la
iglesia de Montserrat, muy alejado de su amigo nocturno.

Nada puede hacer Dios para que los hombres opten por el
bien. Villaamil escucha los consejos del poderoso, transmiti-
dos por el nieto; al cumplir su función angélica de mensajero
le advierte que el Señor no puede ayudarle.

Sólo el inocente, y eso en el sueño, puede ver a Dios. En el
monólogo de Abelarda oímos esto: «¡Qué difícil para mí figurarme cómo es el cielo; no acierto, no veo nada! ¡Y qué fácil
imaginarme el infierno! Me lo represento como si hubiera estado en él» (cap. 18). Así el protagonista: vive sus infiernos
pero del espacio celestial no tiene otra noticia que lo dicho por
Luisito de ese Dios espectador, ni actor ni autor del drama.
Bondadoso e inútil, no logra evitar los desmanes y las injus-
ticias de un mundo que, ni metafísicamente, puede considerar suyo.

Después de seguirlo de cerca, conviene distanciarse del
texto para verlo desde una perspectiva más abarcadora y descubrir, por los significados parciales, su sentido total. Observado el sistema con detalle quedan de manifiesto las razones
de cada situación y de cada personaje. Las líneas de fuerza
son más visibles si uno se aleja, y como en los cuadros abstrac-
tos de Mondrian, el sostén sugiere el paisaje escamoteado. No
elimina Galdós el cronotopos, antes sus referencias a la situación político-social y al momento histórico son tan explícitas
como pudiera desearlas el más puntilloso. No meros sondeos
en los espacios novelescos, sino presentaciones minuciosas de
realidades vistas y oídas.

Música terrenal

Atendamos un momento a los sonidos de esos espacios, a las voces en primer término. En el párrafo inicial se oye la «algazara de mil demonios» producida por los chicos de la escuela saliendo de clase. Y esos gritos, mudados en insultos, por vez primera traen al texto el mote infame de la familia protagonista.

Reminiscencias y reactivaciones del pasado se oyen en la música insinuada del yo ex-futuro de Milagros, y en la persistencia de su afición al canto. Las partes operísticas que dijo con «voz aguda de soprano» son cosas del desvanecido ayer, pero activas en el texto. Ahí está la imagen de la mujer joven acercándose al piano y «cantando con gorjeo celestial la endecha de la muerte». La cursilería del cronista (propia de la ocasión y del texto) no impedirá al receptor captar el efecto de la canción en un público que no por provinciano ha de ser considerado insensible.

Que el bel canto *pueda ser un medio de atenuar la gravedad de la situación familiar acabamos de verlo en las voces que entonan el dúo de* Norma. *Para las asiduas concurrentes al Real, la música es deleite y pretexto para la comunicación social y para el chisme.*

Los ruidos, desapacibles y constantes del laberinto oficinesco: «campaneo discorde de los timbres», «taconeo y carraspeo de los empleados», «tráfago y zumbido» (con apreciable utilización de la onomatopeya) enrarecen la atmósfera. En páginas siguientes, la imagen del torrente humano desbordando por la escalera del Ministerio hace –como no podía menos– «un ruido de mil demonios» (cap. 37).

Ocasión hay en que voz, temple y situación coinciden de modo muy expresivo. Al final del capítulo 38, culminación del suplicio a que le somete Cadalso queriendo quitarle a Luisito,

el protagonista, mártir en su transfiguración postrera, revier-
te a la metáfora inicial, tigre, pero no enfermo e inútil, pues
«rugió con toda la fuerza de sus pulmones». Última señal de
su desesperación.

   Después de este tremendo testimonio, la revelación del nieto
encamina al desdichado hacia el vertedero y sólo entonces el
piar y el alborozo de los pájaros puede ser oído por él. Pájaros en
la instancia postrera, niños en la algazara del comienzo.

Liberación y punto final

En los últimos capítulos presencia el lector la peregrinación de
Villaamil por calles y lugares donde es visible la inminente
llegada de la primavera. El itinerario incluye parada y fonda
en una taberna llamada –y no por casualidad– «La viña del
Señor», donde almuerza con apetito realzado por la sensa-
ción de libertad. El sufrimiento dejó su lugar a la euforia: «El
esclavo ha roto sus cadenas», al hombre nuevo se le ensancha
el alma y vuelve a las cercanías de su casa, atraído por algo
que no es sólo curiosidad: «El odio a su familia, ya en los últi-
mos días iniciado en su alma [...] estalló formidable, hacién-
dole crispar los dedos, apretar reciamente la mandíbula, ace-
lerar el paso...» (cap. 43). ¿Por qué y para qué regresa a la
casa? Quien poco antes parecía sosegado y hasta feliz, padece
súbito trastorno mental, no sabe lo que quiere, «acecha» des-
de la esquina, y al verbo, inequívoco, le acompañan dos sus-
tantivos insólitos: acecha «como ladrón y asesino».

   Se desvanece el símil mientras el fugitivo observa el ir y ve-
nir de gente conocida. Son páginas vivas, con vivacidad inte-
rior, pues pasar no pasa nada hasta que Mendizábal le descu-
bre y le persigue. Es su final contacto con el infiernillo, del que
se despide pidiendo que los demonios carguen con el mons-
truo que le busca.

*Otra taberna propicia y dos copitas más (con una le obse-
quió el dueño del otro establecimiento) le devuelven al estado
de ánimo anterior. ¿Actúa conforme a un plan o le trae y le lleva el delirio? Su deambular lo califica el narrador de «lamentable» y el lector, acaso sin querer, se inclina a concurrir, aunque se plantea preguntas que llegan sin ser llamadas.*

*Punto de partida y punto final es el visitado horas antes: los
vertederos de la Montaña, zona de sombra en que se acumu-
lan los despojos. Extraño suicidio inducido por el inocente y a
través de él por Dios. ¿A qué religión adscribir tan singular
permisividad? A la católica, y ésta es la del suicida, desde luego no. Si el niño distingue entre los planos de la realidad y la
visión, es dudoso que su abuelo lo haga. El silencio narrato-
rial abre la puerta a posibilidades de analogía que, por otra
parte, no son ajenas al sistema; las hemos encontrado en la
asimilación de los personajes históricos a los ficticios.*

*Dios, ya lo dije, no es el autor del drama y por lo tanto ni
puede alterar el argumento ni influir en los representantes
para que desempeñen su papel de manera diferente a la ele-
gida por ellos. Que haya una proposición teológica implícita
en la muerte de Villaamil es muy posible, pero en la respuesta que es la novela no se atuvo Galdós a lo inexorable de la ley
religiosa –como Tirso en su día– sino que dio al caso un giro
humano de genuina y trascendente espiritualidad.*

Una observación sobre el narrador

Al narrador de Miau bien podemos calificarlo de parcial,
puesto que lo es. Su parcialidad se manifiesta sobre todo en la
presentación de los personajes y en la adjetivación, cercana
en más de un caso a la negatividad barojiana que Ortega trató en «Teoría del improperio». A diferencia del narrador de
La de Bringas, *amigo de los personajes y amante ocasional de*

la protagonista, o del de Fortunata y Jacinta, *cercano a la mayoría de sus criaturas, el de esta novela los mira desde lo alto, con una perspectiva irónica inevitablemente distancia-dora.*

Sólo uno de los personajes ofrece inicialmente rasgos favo-rables, al menos en cuanto al aspecto físico: Víctor. Escapa a la degradación animalesca del clan Villaamil, que alcanza al portero de la casa, «el gorila» Mendizábal y hasta a su bon-dadosa mujer, comparada por la gordura con una vaca. Vea-mos al demoníaco según llega al texto: «Era Víctor acabado tipo de hermosura varonil, un ejemplar de los que parecen destinados a conservar y transmitir la elegancia de formas en la raza humana» (cap. 10). La descripción que sigue no tiene desperdicio. Léase con cuidado y se verá que el narrador no exagera al definir como define al «gallardo modelo».

A tres tipos de ironía recurre Galdós: verbal, situacional y actancial, ligados en la escritura. Metáforas degradantes y adjetivos empequeñecedores cargan la verbalización hasta la desmesura y predisponen a leer en forma invertida. La ironía de situación se proyecta sobre todo en las escenas de que es parte Villaamil y en las protagonizadas por las mujeres. Iro-nía trágica en el primero, «delirante» frente al «cuerdo» Pan-toja; ironía dramática en la presentación de un Dios carente de poder; ironía inclinada a lo grotesco en Pura, Milagros y Abelarda. El despliegue irónico en el tratamiento de las figu-ras encuentra en los casos de Ponce –¿por qué «ínclito Pon-ce»?– y Federico Ruiz ocasión de poner en ridículo a quienes fueron creados para encarnar la mediocridad. La autoridad del narrador coarta la libertad del texto y le reduce la capaci-dad de hablar por sí mismo.

Acaso el exceso de ironía chocaría menos si tras el narrador no se trasluciera un autor implícito interesado en las cuestio-nes que hacen de su protagonista un héroe trágico. La posi-ción de ese «segundo autor» es conocida, como es conocido su

*interés por descender a los abismos de la pobreza y su nula es-
tima de la charlatanería y la politiquería. Postulaba el autor
implícito (como el explícito) una moral ciudadana poco
aceptable para la clase gobernante, confortablemente instalada en la corrupción, y esta coincidencia con su personaje au-
toriza la pregunta siguiente: ¿No se trasluce en alguna tirada
del protagonista el sentimiento de su creador? Recuérdese
que Galdós sintió la Restauración como una fantasmagoría y
retrató a los políticos de su tiempo como figuras de una comedia de magia. Cánovas, último de los episodios nacionales lo
prueba cabalmente.*

RICARDO GULLÓN

Cronología

1843   Nace en Las Palmas el 10 de mayo.
       Padres: Sebastián Pérez y Dolores Galdós.
1857   Estudios de segunda enseñanza en el Colegio de San Agustín.
1861   Escribe el drama en un acto *Quien mal hace, bien no espere.*
1862   Funda el periódico *La Antorcha.*
       Bachiller en Artes.
       Traslado a Madrid, para estudiar en la Universidad Central.
       Facultad de Letras: curso preparatorio de Derecho.
1865   Socio del Ateneo.
       «Entre 1837 y 1868 se comprende el período en que el Ateneo ha tenido mayor significación en la política y las letras. Entonces fue más propiamente que en ninguna otra edad asilo de las ideas, refugio de los pensadores, ornamento de la patria, trono de la elocuencia, taller al mismo tiempo de un trabajo silencioso y fecundo (...). El número de sus socios aumentaba de día en día, y la más punzante ambición de la juventud era penetrar en sus salones o asistir a sus cátedras.»

Redactor de *La Nación,* diario progresista.

1867   Primer viaje a París: Exposición Universal.
        Intenta estrenar dos obras teatrales.

1868   Viaje a Francia con la familia.
        Revolución de septiembre y caída de Isabel II.

1869   Veraneo en Las Palmas.
        Tertulias en Madrid: «Fornos», «Suizo», «Universal»...

1870   *La fontana de oro.*
        «Entre ñoñeces y monstruosidades dormitaba entonces la
        novela española –folletín romántico y costumbrismo al-
        mibarado– cuando apareció Galdós con *La fontana de
        oro*» (Menéndez Pelayo).

1871   Santander. Conoce a Pereda.

1872   Comienza a escribir los *Episodios Nacionales.*

1873   *Trafalgar, La corte de Carlos IV, El 19 de marzo y el 2 de
        mayo, Bailén.*

1875   Conclusión de la primera serie.
        «...tuvo tan feliz acogida por el público, que me estimuló a
        escribir la segunda; en ésta archivé la figura de Araceli y
        saqué a relucir la de Salvador Monsalud, personaje en que
        prevalece sobre lo heroico lo político, signo característico
        de aquellos turbados tiempos.»

1876   *La segunda casaca,* escrita en dos semanas.
        Doña Perfecta.
        Publicación en la *Revue des deux mondes* de un extenso es-
        tudio de Louis Lande sobre los *Episodios.*
        Cruz de la Orden de Carlos III.

1878   Caballero de la Orden de Isabel la Católica.

1881   Novelas españolas contemporáneas.
        La desheredada.
        «... en seguida me metí con *El amigo Manso, El doctor Cen-
        teno, Tormento, La de Bringas y Lo prohibido...* Hallábame
        yo por entonces en la plenitud de la fiebre novelesca. Del
        arte escénico no me ocupaba poco ni mucho. No frecuen-
        taba yo los teatros. Desde mi aislamiento sentía el rumor
        entusiasta de los grandes éxitos de don José Echegaray.»

1885   Viaje a Portugal, con Pereda, en la primavera.

Viaje a Alemania, en verano.

El 25 de noviembre muere en El Pardo el rey Alfonso XII y al siguiente día el general Serrano.

1886	Diputado a Cortes por Guayama, Puerto Rico, designado por Sagasta.

«Con estas y otras arbitrariedades llegamos años después a la pérdida de las colonias.»

1886-87	*Fortunata y Jacinta.*

1888	*Miau.*

En la primavera, viaje a Barcelona para visitar la Exposición.

Invitado por la reina Cristina a comer con ella y con Óscar II de Suecia.

«Ni antes ni después de aquel día me he visto yo en acto tan ceremonioso. Hablaba bajito con los que a mis lados tenía. Luego pude advertir que en la mesa reinaba cierta confianza y comunicatividad de buen gusto. La reina y el rey Óscar de Suecia sostenían conversación muy animada con Sagasta y las damas de la reina; bromeaban y reían. Pronto entendimos que el soberano escandinavo explicaba el origen de la conocida locución *hacerse el sueco.*»

1889-1895	Las novelas de Torquemada.

1892	Estreno de *Realidad,* la noche del 15 de marzo. Protagonistas, María Guerrero y Emilio Mario.

1893	Estreno de *La loca de la casa,* el 16 de enero. Protagonistas, María Guerrero y Miguel Cepillo.

1894	Viaje al valle de Ansó, de donde surge *Los condenados.* Estreno de *Los condenados,* el 11 de diciembre. Protagonistas, Carmen Cobeña y Miguel Cepillo.

Severa recepción crítica a la que Galdós contesta duramente en el prólogo a la edición del drama.

1895	18 de noviembre: «Acabé *Doña Perfecta,* y puedo decir, en conciencia literaria, que ha quedado bien. Una vez concluida, veo en ella algunas cosas que necesitan que las enmiende; pero así y todo, la obra es la mejor que he hecho para el teatro, la más patética, la más concisa, la más teatral en una palabra, y la más interesante.»

1896   Estreno de *Doña Perfecta,* el 26 de enero. Protagonistas, María Tubau y Emilio Thuillier.

1897   *El abuelo,* novela.

1898   Empieza a publicar la tercera serie de *Episodios Nacionales.*

1900   *Bodas reales.*

«... en general, esta serie tercera no desmerece de las otras dos. Si no iguala a la primera por el interés épico del asunto, no es culpa del autor; y si en muchos episodios de la segunda serie hay más variedad pintoresca, más interés dramático en la parte de pura invención, y rasgos cómicos superiores, en cambio, no pocos volúmenes de la serie última revelan observación más intencionada y profunda en el elemento histórico: los grandes progresos del maestro en psicología *novelable,* y refinamientos latentes del estilo que no todos saben apreciar en lo mucho que valen» *(Clarín).*

1901   Estreno de *Electra,* el 30 de enero.

1902-1912 Cuarta y quinta serie de *Episodios Nacionales.*

1907   Diputado a Cortes, republicano, por Madrid.

1910   Diputado a Cortes, por Madrid, elegido por más de cuarenta mil votos como republicano.

1912   Candidato al Premio Nobel. La Real Academia Española le niega su apoyo.

Síntomas de ceguera.

1919   Monumento en Madrid. El 19 de enero, Serafín Álvarez Quintero descubrió la estatua (de Victorio Macho) en el parque del Retiro.

13 de octubre: grave ataque de uremia.

1920   Fallece en Madrid en la madrugada del 4 de enero.

Bibliografía seleccionada

GENERAL

ALAS, Leopoldo, *Galdós,* Madrid, Renacimiento, 1912.
CASALDUERO, Joaquín, *Vida y obra de Galdós,* 4.ª edición, Madrid, Gredos, 1974.
ELIZALDE, Ignacio, *Pérez Galdós y su novelística,* Bilbao, Universidad de Deusto, 1981.
GILMAN, Stephen, *Galdós y el arte de la novela europea,* 1867-1877, Madrid, Taurus, 1983.
GULLÓN, Ricardo, *Galdós, novelista moderno,* 4.ª edición, Madrid, Taurus, 1987.
MONTESINOS, José F., *Galdós,* 3 vols., Madrid, Castalia, 1968-1972.
PATTISON, Walter T., *Benito Pérez Galdós,* Boston, Twayne, 1975.

MIAU

ALAS, Leopoldo, «Miau», en *Galdós,* Madrid, Renacimiento, 1912, pp. 165-183.
BLY, Peter, *Galdós Novel or the Historical Imagination,* University of Liverpool, 1982, pp. 116-132.

GILMAN, Stephen, «Cuando Galdós habla con sus personajes», *Congreso Internacional de Estudios galdosianos,* Las Palmas, 1979.

GILLESPIE, Gérard, *«Miau:* hacia una definición de la personalidad de Galdós», *Cuadernos Hispanoamericanos,* 250-252, 1970-1971.

NIMETZ, Michael, *Humor in Galdós,* New Haven, Yale University Press, 1968, pp. 117-140.

PARKER, Alexander, «Villaamil-Tragic Victim or Comic Failure», *Anales galdosianos,* 4, 1969.

RODGERS, Eamon, *Pérez Galdós: «Miau»,* Grant and Cutler, Londres, 1978.

RUANO DE LA HAZA, José M.ª, «The Role of Luisito in *Miau»,* *Anales galdosianos,* 19, 1984.

SACKETT, Theodore, «The Meaning in *Miau»,* *Anales galdosianos,* 4, 1969.

SÁNCHEZ, Roberto, *El teatro en la novela, Galdós y Clarín,* Madrid, Ínsula, 1974, pp. 33-57.

VALIS, Noël M., «Benito Pérez Galdós's *Miau* and the Display of Dialectic», *Romance Review,* vol. 77, 1986.

WEBER, Robert J., *The* Miau *Manuscript of Benito Pérez Galdós,* University of California Press, 1964.

Miau

Capítulo 1

A las cuatro de la tarde, la chiquillería de la escuela pública de la plazuela del Limón salió atropelladamente de clase, con algazara de mil demonios. Ningún himno a la libertad, entre los muchos que se han compuesto en las diferentes naciones, es tan hermoso como el que entonan los oprimidos de la enseñanza elemental al soltar el grillete de la disciplina escolar y *echarse a la calle* piando y saltando. La furia insana con que se lanzan a los más arriesgados ejercicios de volatinería, los estropicios que suelen causar a algún pacífico transeúnte, el delirio de la autonomía individual que a veces acaba en porrazos, lágrimas y cardenales, parecen bosquejo de los triunfos revolucionarios que en edad menos dichosa han de celebrar los hombres... Salieron, como digo, en tropel; el último quería ser el primero, y los pequeños chillaban más que los grandes. Entre ellos había uno de menguada estatura, que se apartó de la bandada para emprender solo y calladito el camino de su casa. Y apenas notado por sus compañeros aquel apartamiento que más bien parecía huida, fueron tras él y le acosaron con

37

burlas y cuchufletas, no del mejor gusto. Uno le cogía del brazo, otro le refregaba la cara con sus manos inocentes, que eran un dechado completo de cuantas porquerías hay en el mundo; pero él logró desasirse y... pies, para qué os quiero. Entonces dos o tres de los más desvergonzados le tiraron piedras, gritando *Miau;* y toda la partida repitió con infernal zipizape: *Miau, Miau.*

El pobre chico de este modo burlado se llamaba Luisito Cadalso, y era bastante mezquino de talla, corto de alientos, descolorido, como de ocho años, quizá de diez, tan tímido que esquivaba la amistad de sus compañeros, temeroso de las bromas de algunos, y sintiéndose sin bríos para devolverlas. Siempre fue el menos arrojado en las travesuras, el más soso y torpe en los juegos, y el más formalito en clase, aunque uno de los menos aventajados, quizás porque su propio encogimiento le impidiera decir bien lo que sabía o disimular lo que ignoraba. Al doblar la esquina de las Comendadoras de Santiago para ir a su casa, que estaba en la calle de Quiñones, frente a la Cárcel de Mujeres, uniósele uno de sus condiscípulos, muy cargado de libros, la pizarra a la espalda, el pantalón hecho una pura rodillera, el calzado con tragaluces, boina azul en la pelona, y el hocico muy parecido al de un ratón. Llamaban al tal Silvestre Murillo, y era el chico más aplicado de la escuela y el amigo mejor que Cadalso tenía en ella. Su padre, sacristán de la iglesia de Montserrat, le destinaba a seguir la carrera de Derecho, porque se le había metido en la cabeza que el mocoso aquel llegaría a ser personaje, quizás orador célebre, ¿por qué no ministro? La futura celebridad habló así a su compañero:

–*Mía* tú, *Caarso,* si a mí me dieran esas chanzas, de la galleta que les pegaba les ponía la cara verde. Pero tú no tienes coraje. Yo digo que no se deben poner motes a las personas. ¿Sabes tú quién *tie* la culpa? Pues *Posturitas,* el de la casa de *empréstamos.* Ayer fue contando que su mamá había dicho que a tu abuela y a tus tías las llaman las *Miaus,* porque tienen la fisonomía de las caras, es a saber, como las de los gatos. Dijo que en el paraíso del Teatro Real les pusieron este mal nombre, y que siempre se sientan en el mismo sitio, y que cuando las ven entrar, dice toda la gente del público: «Ahí están ya las *Miaus.*»

Luisito Cadalso se puso muy encarnado. La indignación, la vergüenza y el estupor que sentía no le permitieron defender la ultrajada dignidad de su familia.

–*Posturitas* es un ordinario y un *disinificante* –añadió Silvestre–, y eso de poner motes es de tíos. Su padre es un tío, su madre una tía y sus tías unas tías. Viven de chuparle la sangre al pobre, y ¿qué te crees?, al que no *desempresta* la capa, le despluman, es a saber, que se la venden y le dejan que se muera de frío. Mi mamá las llama *las arpidas.* ¿No las has visto tú cuando están en el balcón colgando las capas para que les dé el aire? Son más feas que un túmulo, y dice mi papá que con las narices que tienen se podrían hacer las patas de una mesa y sobraba *maera*... Pues también *Posturitas* es un buen mico; siempre pintándola y haciendo gestos como los *clos* del Circo. Claro, como a él le han puesto mote, quiere vengarse, encajándotelo a ti. Lo que es a mí no me lo pone, ¡contro!, porque sabe que tengo yo *mu* malas pulgas, pero *mu* malas... Como tú eres así tan poquita cosa, es a saber, que no achuchas cuando te dicen algo, vele ahí por qué no te guarda el *rispeto.*

Cadalsito, deteniéndose en la puerta de su casa, miró a su amigo con tristeza. El otro, arreándole un fuerte codazo, le dijo:

–Yo no te llamo *Miau,* ¡contro!, no tengas cuidado que yo te llame *Miau* –y partió a escape hacia Montserrat.

En el portal de la casa en que Cadalso habitaba, había un memorialista. El biombo o bastidor, forrado de papel imitando jaspes de variadas vetas y colores, ocultaba el hueco del escritorio o agencia donde asuntos de tanta monta se despachaban de continuo. La multiplicidad de ellos se declaraba en manuscrito cartel, que en la puerta de la casa colgaba. Tenía forma de índice y decía de esta manera:

Casamientos.–Se andan los pasos de la Vicaría con prontitud y economía.
Doncellas.–Se proporcionan.
Mozos de comedor.–Se facilitan.
Cocineras.–Se procuran.
Profesor de acordeón.–Se recomienda.
Nota.–Hay escritorio reservado para señoras.

Abstraído en sus pensamientos, pasaba el buen Cadalso junto al biombo, cuando por el hueco que éste tenía hacia el interior del portal, salieron estas palabras:

–Luisín, bobillo, estoy aquí.

Acercóse el muchacho, y una mujerona muy grandona echó los brazos fuera del biombo para cogerle en ellos y acariciarlo:

–¡Qué tontín! Pasas sin decirme nada. Aquí te tengo la merienda. Mendizábal fue a las diligencias. Estoy sola, cuidando la *oficina,* por si viene alguien. ¿Me harás compañía?

La señora de Mendizábal era de tal corpulencia que cuando estaba dentro del escritorio parecía que había entrado en él una vaca, acomodando los cuartos traseros en el banquillo y ocupando todo el espacio restante con el desmedido volumen de sus carnes delanteras. No tenía hijos, y se encariñaba con todos los chicos de la vecindad, singularmente con Luisito, merecedor de lástima y mimos por su dulzura humilde, y más que por esto *por las hambres que en su casa pasaba,* al decir de ella. Todos los días le reservaba una golosina para dársela al volver de la escuela. La de aquella tarde era un bollo (de los que llaman *del Santo)* que estaba puesto sobre la salvadera, y tenía muchas arenillas pegadas en la costra de azúcar. Pero Cadalsito no reparó en esto al hincarle su diente con gana.

–Súbete ahora –le dijo la portera memorialista, mientras él devoraba el bollo con gragea de polvo de escribir–, súbete, cielo, no sea que tu abuela te riña; dejas los libritos, y bajas a hacerme compañía y a jugar con *Canelo*.

El chiquillo subió con presteza. Abrióle la puerta una señora cuya cara podía dar motivo a controversias numismáticas, como la antigüedad de ciertas monedas que tienen borrada la inscripción, pues unas veces, mirada de perfil y a cierta luz, daban ganas de echarle los sesenta, y otras el observador entendido se contenía en la apreciación de los cuarenta y ocho o los cincuenta bien conservaditos.

Tenía las facciones menudas y graciosas, del tipo que llaman aniñado, la tez rosada todavía, la cabellera rubia cenicienta, de un color que parecía de alquimia, con cierta efusión extravagante de los mechones próximos a la frente. Veintitantos años antes de lo que aquí se refiere, un periodistín que escribía la cotización de las harinas y las revistas de sociedad, anunciaba de este modo la aparición de aquella dama en los salones del Gobernador de una provincia de tercera clase: «¿Quién es aquella figura arrancada de un cuadro del Beato Angélico, y que viene envuelta en nubes vaporosas y ataviada con el nimbo de oro de la iconografía del siglo xiv?» Las vaporosas nubes eran el vestidillo de gasa que la señora de Villaamil encargó a Madrid por aquellos días, y el áureo nimbo, el demonio me lleve si no era la efusión de la cabellera, que entonces debía de ser rubia y, por tanto, cotizable a la par, literariamente, con el oro de Arabia.

Cuatro o cinco lustros después de estos éxitos de elegancia en aquella ciudad provinciana, cuyo nombre no hace al caso, doña Pura, que así se llamaba la dama, en el momento aquel de abrir la puerta a su nietecillo, llevaba peinador

no muy limpio, zapatillas de fieltro no muy nuevas y bata
floja de tartán verde.

–¡Ah! Eres tú, Luisín –le dijo–. Yo creí que era Ponce con
los billetes del Real. ¡Y nos prometió venir a las dos! ¡Qué
formalidades las de estos jóvenes del día!

En este punto apareció otra señora muy parecida a la
anterior en la corta estatura, en lo aniñado de las facciones
y en la expresión enigmática de la edad. Vestía chaquetón
degenerado, descendiente de un gabán de hombre, y un
mandil largo de arpillera, prenda de cocina en todas partes. Era la hermana de doña Pura, y se llamaba Milagros.
En el comedor, adonde fue Luis para dejar sus libros, estaba una joven cosiendo, pegada a la ventana para aprove-
char la última luz del día, breve como día de febrero. También aquella hembra se parecía algo a las otras dos, salvo la
diferencia de edad. Era Abelarda, hija de doña Pura y tía de
Luisito Cadalso. La madre de éste, Luisa Villaamil, había
muerto cuando el pequeñuelo contaba apenas dos años de
edad. Del padre de éste, Víctor Cadalso, se hablará más
adelante.

Reunidas las tres, picotearon sobre el caso inaudito de
que Ponce (novio titular de Abelarda, que obsequiaba a la
familia con billetes del Teatro Real) no hubiese parecido a
las cuatro y media de la tarde, cuando generalmente llevaba
los billetes a las dos.

–Así, con estas incertidumbres, no sabiendo una si va o
no va al teatro, no puede determinar nada ni hacer cálculo
ninguno para la noche. ¡Qué cachaza de hombre! –díjolo
doña Pura con marcado desprecio del novio de su hija, y
ésta le contestó:

–Mamá, todavía no es tarde. Hay tiempo de sobra. Verás
cómo no falta ése con las entradas.

–Sí, pero en funciones como la de esta noche, cuando los
billetes andan tan escasos que hasta influencias se necesitan

para hacerse con ellos, es una contra-caridad tenernos en este sobresalto.

En tanto, Luisito miraba a su abuela, a su tía mayor, a su tía menor, y comparando la fisonomía de las tres con la del micho que en el comedor estaba, durmiendo a los pies de Abelarda, halló perfecta semejanza entre ellas. Su imaginación viva le sugirió al punto la idea de que las tres mujeres eran gatos en *dos pies y vestidos de gente,* como los que hay en la obra *Los animales pintados por sí mismos;* y esta alucinación le llevó a pensar si sería él también gato *derecho* y si *mayaría* cuando hablaba. De aquí pasó rápidamente a hacer la observación de que el mote puesto a su abuela y tías en el paraíso del Real era la cosa más acertada y razonable del mundo. Todo esto germinó en su mente en menos que se dice, con el resplandor inseguro y la volubilidad de un cerebro que se ensaya en la observación y en el raciocinio. No siguió adelante en sus gatescas presunciones porque su abuelita, poniéndole la mano en la cabeza, le dijo:

–¿Pero la Paca no te ha dado esta tarde merienda?

–Sí, mamá..., y ya me la comí. Me dijo que subiera a dejar los libros y que bajara después a jugar con *Canelo.*

–Pues ve, hijo, ve corriendito, y te estás abajo un rato, si quieres. Pero ahora me acuerdo... Vente para arriba pronto, que tu abuelo te necesita para que le hagas un recado.

Despedía la señora en la puerta al chiquillo, cuando de un aposento próximo a la entrada de la casa salió una voz cavernosa y sepulcral que decía:

–Puuura, Puuura.

Abrió ésta una puerta que a la izquierda del pasillo de entrada había, y penetró en el llamado despacho, pieza de poco más de tres varas en cuadro, con ventana a un patio lóbrego. Como la luz del día era ya tan escasa, apenas se veía dentro del aposento más que el cuadro luminoso de la ventana. Sobre él se destacó un sombrajo larguirucho, que al parecer se levantaba de un sillón como si se desdoblase, y se estiró desperezándose, a punto que la temerosa y empañada voz decía:

–Pero, mujer, no se te ocurre traerme una luz. Sabes que estoy escribiendo, que anochece más pronto que uno quisiera, y me tienes aquí secándome la vista sobre el condenado papel.

Doña Pura fue hacia el comedor, donde ya su hermana estaba encendiendo una lámpara de petróleo. No tardó en aparecer la señora ante su marido con la luz en la mano. La reducida estancia y su habitante salieron de la oscuridad, como algo que se crea surgiendo de la nada.

–Me he quedado helado –dijo don Ramón Villaamil, esposo de doña Pura; el cual era un hombre alto y seco, los ojos grandes y terroríficos, la piel amarilla, toda ella surcada por pliegues enormes en los cuales las rayas de sombra parecían manchas, las orejas transparentes, largas y pegadas al cráneo; la barba corta, rala y cerdosa, con las canas distribuidas caprichosamente, formando ráfagas blancas entre lo negro; el cráneo liso y de color de hueso desenterrado, como si acabara de recogerlo de un osario para taparse con él los sesos. La robustez de la mandíbula, el grandor de la boca, la combinación de los tres colores, negro, blanco y amarillo, dispuestos en rayas, la ferocidad de los ojos negros, inducían a comparar tal cara con la de un tigre viejo y tísico que, después de haberse lucido en las exhibiciones ambulantes de fieras, no conserva ya de su antigua belleza más que la pintorreada piel.

–A ver, ¿a quién has escrito? –dijo la señora, acortando la llama que sacaba su lengua humeante por fuera del tubo.

–Pues al jefe del Personal, al señor de Pez, a Sánchez Botín y a todos los que puedan sacarme de esta situación. Para el ahogo del día *(dando un gran suspiro)*, me he decidido a volver a molestar al amigo Cucúrbitas. Es la única persona verdaderamente cristiana entre todos mis amigos, un caballero, un hombre de bien, que se hace cargo de las necesidades... ¡Qué diferencia de otros! Ya ves la que me hizo ayer ese badulaque de Rubín. Le pinto nuestra necesidad; pongo mi cara en vergüenza suplicándole..., nada, un pequeño anticipo, y..., sabe Dios la hiel que uno traga antes de decidirse..., y lo que padece la dignidad..., pues ese ingrato, ese olvidadizo, a quien tuve de escribiente en mi oficina siendo yo jefe de negociado de cuarta, ese desvergonzado que por su audacia ha pasado por delante de mí, llegando nada menos que a gobernador, tiene la poca delicadeza de mandarme medio duro.

Villaamil se sentó, dando sobre la mesa un puñetazo que hizo saltar las cartas, como si quisieran huir atemorizadas. Al oír suspirar a su esposa, irguió la amarilla frente, y con voz dolorida, prosiguió así:

–En este mundo no hay más que egoísmo, ingratitud, y mientras más infamias se ven, más quedan por ver... Como ese bigardón de Montes, que me debe su carrera, pues yo le propuse para el ascenso en la Contaduría Central. ¿Creerás tú que ya ni siquiera me saluda? Se da una importancia, que ni el Ministro... Y va siempre adelante. Acaban de darle catorce mil. Cada año su ascensito, y ole morena... Éste es el premio de la adulación y la bajeza. No sabe palotada de administración, no sabe más que hablar de caza con el Director, y de la galga y del pájaro y qué sé yo qué... Tiene peor ortografía que un perro, y escribe *hacha* sin *h* y *echar* con ella... Pero, en fin, dejemos a un lado estas miserias. Como te decía, he determinado acudir otra vez al amigo Cucúrbitas. Cierto que con éste van ya cuatro o cinco envites; pero no sé ya a qué santo volverme. Cucúrbitas comprende al desgraciado y le compadece, porque él también ha sido desgraciado. Yo le he conocido con los calzones rotos y en el sombrero dos dedos de grasa... Él sabe que soy agradecido... ¿Crees tú que se le agotará la bondad?... Dios tenga piedad de nosotros, pues si este amigo nos desampara iremos todos a tirarnos por el Viaducto.

Dio Villaamil un gran suspiro, clavando los ojos en el techo. El tigre inválido se transfiguraba. Tenía la expresión sublime de un apóstol en el momento en que le están martirizando por la fe, algo del San Bartolomé de Ribera cuando le suspenden del árbol y le descueran aquellos tunantes de gentiles, como si fuera un cabrito. Falta decir que este Villaamil era el que en ciertas tertulias de café recibió el apodo de *Ramsés II**.

–Bueno, dame la carta para Cucúrbitas –dijo doña Pura, que acostumbrada a tales jeremíadas, las miraba como cosa natural y corriente–. Irá el niño volando a llevarla. Y ten confianza en la Providencia, hombre, como la tengo yo. No hay que amilanarse. *(Con risueño optimismo.)* Me ha dado la corazonada..., ya sabes tú que rara vez me equivoco..., la corazonada de que en lo que resta de mes te colocan.

* Fortunata y Jacinta, parte III.

Capítulo 2

C olocarme! –exclamó Villaamil poniendo toda su alma en una palabra. Sus manos, después de andar un rato por encima de la cabeza, cayeron desplomadas sobre los brazos del sillón. Cuando esto se verificó, ya doña Pura no estaba allí, pues había salido con la carta, y llamó desde la escalera a su nieto, que estaba en la portería.

Ya eran cerca de las seis cuando Luis salió con el encargo, no sin volver a hacer escala breve en el escritorio de los memorialistas.

–Adiós, rico mío –le dijo Paca besándole–. Ve prontito para que vuelvas a la hora de comer. *(Leyendo el sobre.)* Pues digo... no es floja caminata, de aquí a la calle del Amor de Dios. ¿Sabes bien el camino? ¿No te perderás?

¡Qué se había de perder, contro, si más de veinte veces había ido a la casa del señor de Cucúrbitas y a las de otros caballeros con recados verbales o escritos! Era el mensajero de las terribles ansiedades, tristezas e impaciencias de su abuelo; era el que repartía por uno y otro distrito las solicitudes del infeliz cesante, implorando una recomendación o

47

un auxilio. Y en este oficio de peatón adquirió tan completo saber topográfico, que recorría todos los barrios de la Vi-
lla sin perderse; y aunque sabía ir a su destino por el camino más corto, empleaba comúnmente el más largo, por costumbre y vicio de paseante o por instintos de observador,
gustando mucho de examinar escaparates, de oír, sin perder
sílaba, discursos de charlatanes que venden elixires o hacen
ejercicios de prestidigitación. A lo mejor, topaba con un
mono cabalgando sobre un perro o manejando el molinillo
de la chocolatera lo mismito que una *persona natural;* otras
veces era un infeliz oso encadenado y flaco, o italianos, tur-
cos, moros falsificados que piden limosna haciendo cualquiera habilidad. También le entretenían los entierros muy
lucidos, el riego de las calles, la tropa marchando con música, el ver subir la piedra sillar de un edificio en construcción, el Viático con muchas velas, los encuartes de los tran-
vías, el trasplantar árboles y cuantos accidentes ofrece la
vía pública.

–Abrígate bien –le dijo Paca besándole otra vez y envol-
viéndole la bufanda en el cuello–. Ya podrían comprarte
unos guantes de lana. Tienes las manos heladitas, y con sa-
bañones. ¡Ah, cuánto mejor estarías con tu tía Quintina!
¡Vaya, un beso a Mendizábal, y hala! *Canelo* irá contigo.

De debajo de la mesa salió un perro de bonita cabeza, las
patas cortas, la cola enroscada, el color como de barquillo, y
echó a andar gozoso delante de Luis. Paca salió tras ellos a
la puerta, les miró alejarse y, al volver a la estrecha oficina,
se puso a hacer calceta, diciendo a su marido:

–¡Pobre hijo! Me le traen todo el santo día hecho un car-
terito. El sablazo de esta tarde va contra el mismo sujeto de
estos días. ¡La que le ha caído al buen señor! Te digo que estos Villaamiles son peores que la filoxera. Y de seguro que
esta noche las tres *lambionas* se irán también de pindon-
gueo al teatro y vendrán a las tantas de la noche.

–Ya no hay cristiandad en las familias –dijo Mendizábal grave y sentenciosamente–. Ya no hay más que suposición.

–Y que no deben nada en gracia de Dios. *(Meneando con furor las agujas.)* El carnicero dice que ya no les fía más aunque le ahorquen; el frutero se ha plantado, y el del pan lo mismo... Pues si esas muñeconas supieran arreglarse y pusieran todos los días, si a mano viene, una cazuela de patatas... Pero Dios nos libre... ¡Patatas ellas! ¡Pobrecitas! El día que les cae algo, aunque sea de limosna, ya las tienes dándose la gran vida y echando la casa por la ventana. Eso sí, en arreglar los trapitos para suponer no hay quien les gane. La doña Pura se pasa toda la mañana de Dios enroscándose las greñas de la frente, y la doña Milagros le ha dado ya cuatro vueltas a la tela de aquella eternidad de vestido, color de mostaza para sinapismos. Pues digo, la antipática de la niña no para de echar medias suelas al sombrero, poniéndole cintas viejas o alguna pluma de gallina, o un clavo de cabeza dorada de los que sirven para colgar láminas.

–Suposición de suposiciones... Consecuencias funestas del materialismo –dijo Mendizábal, que solía repetir las frases del periódico a que estaba suscrito–. Ya no hay modestia, ya no hay sencillez de costumbres. ¿Qué se hizo de aquella pobreza honrada de nuestros padres, de aquella... *(no recordando lo demás)* de aquella, pues... como quien dice?...

–Pues el pobre don Ramón, cuando cierre el ojo, se irá derecho al cielo. Es un santo y un mártir. Créete que si yo le pudiera colocar, le colocaba. ¡Me da una lástima! Con aquellas miradas que echa parece que se va a comer a la gente, ¡pobre señor!, y se la comería a una, no por maldad, sino por puras hambres. *(Clavándose en el pelo la cuarta aguja.)* Da miedo verle. Yo no sé cómo el señor Ministro, cuando le ve entrar en las oficinas, no se muere de miedo y le coloca por perderle de vista.

–Villaamil –dijo Mendizábal con suficiencia– es un hombre honrado, y el Gobierno de ahora es todo de pillos. Ya no hay honradez, ya no hay cristiandad, ya no hay justicia. ¿Qué es lo que hay? Ladronicio, irreligiosidad, desvergüenza. Por eso no le colocan, ni le colocarán mientras no venga el único que puede traer la justicia. Yo se lo digo siempre que pasa por aquí y se para en el portal a echar un párrafo conmigo: «No le dé usted vueltas, don Ramón, no le dé usted vueltas. De todo tiene la culpa la libertad de cultos. Porque ínterin tengamos racionalismo, mi señor don Ramón, ínterin no sea aplastada la cabeza de la serpiente, y... *(perdiendo el hilo de la frase y no sabiendo ya por dónde andaba)* y en tanto que... precisamente... quiero decir, digo... *(Cortando por lo sano.)* ¡Ya no hay cristiandad!»

Entretanto, Luisito y *Canelo* recorrían parte de la calle Ancha y entraban por la del Pez, siguiendo su itinerario. El perro, cuando se separaba demasiado, deteníase mirando hacia atrás, la lengua de fuera. Luis se paraba a ver escaparates, y a veces decía a su compañero esto o cosa parecida: «*Canelo,* mira qué trompetas tan bonitas.» El animal se ponía en dos patas, apoyando las delanteras en el borde del escaparate; pero no debían de ser para él muy interesantes las tales trompetas, porque no tardaba en seguir andando. Por fin llegaron a la calle del Amor de Dios. Desde cierta ocasión en que *Canelo* tuvo unos ladridos con otro perro, inquilino en la casa de Cucúrbitas, adoptó el temperamento prudente de no subir y esperar en la calle a su amigo. Éste subió al segundo, donde el incansable protector de su abuelo vivía; y el criado que le abrió la puerta púsole aquella noche muy mala cara. «El señor no está.» Pero Luisito, que tenía instrucciones de su abuelo para el caso de hallarse ausente la víctima, dijo que esperaría. Ya sabía que a las siete, infaliblemente, iba a comer el señor don Francisco Cucúrbitas. Sentóse el chico en el banco del recibimiento. Los pies no le llegaban al suelo, y los balanceaba como para hacer algo con que distraer el fastidio de aquel largo plantón. El perchero, de pino imitando roble viejo, con ganchos dorados para los sombreros, su espejo y los huecos para los paraguas, le había producido en otro tiempo gran admiración; pero ya le era indiferente. No así el gato, que de la parte interior de la casa solía venir a enredar con él. Aquella noche debía de estar ocupado el micho, porque no aportó por el recibimiento; pero en cambio vio Luis a las niñas de Cucúrbitas, que eran simpáticas y graciosas. Solían acercarse a él, mirándole con lástima o con desdén, pero nunca le habían dicho una palabra halagüeña. La señora de Cucúrbitas, que a Luis le parecía, por lo gruesa y redonda, una imitación humana del elefante *Pizarro,* tan popular entonces entre los niños de Madrid, solía también dejarse rodar por allí, y ya conocía bien Cadalsito sus pasos lentos y pesados. La señora llegaba al ángulo que el pasillo de la derecha formaba con el recibimiento, y desde aquel punto miraba con recelo al mensajero. Después se internaba sin decirle una palabra. Desde que el chico la sentía venir, se levantaba rígido, como un muñeco de resortes, recordando las lecciones de urbanidad que le había dado su abuelo. «¿Cómo está usted?... ¿Cómo lo pasa usted?» Pero la mole aquella, rival en corpulencia de Paca la memorialista, no se dignaba contestarle, y se alejaba haciendo estremecer el suelo, como la máquina de apisonar que Luis había visto en las calles de Madrid.

Aquella noche fue muy tarde a comer el respetable Cucúrbitas. Observó el nieto de Villaamil que las niñas estaban impacientes. La causa era que tenían que ir al teatro y deseaban comer pronto. Por fin sonó la campanilla, y el criado fue presuroso a abrir la puerta, mientras las pollas, que conocían los pasos del papá y su manera de llamar, corrían por los pasillos dando voces para que se sirviera la comida. Al entrar el señor y ver a Luisín, dio a entender con ligera mueca su desagrado. El niño se puso en pie, soltando el saludo

como un tiro a boca de jarro, y Cucúrbitas, sin contestarle,
metióse en el despacho. Cadalsito, aguardando a que el señor le mandara pasar, como otras veces, vio que entraron las
hijas dando prisa a su papá, y oyó a éste decir: «Al momento voy..., que saquen la sopa», y no pudo menos de considerar
cuán rica sopa sería aquella que a sacar iban. Esto pensaba cuando una de las señoritas salió del despacho y le
dijo: «Pasa, tú.» Entró gorra en mano, repitiendo su saludo,
al cual se dignó al fin contestar don Francisco con paternal
acento. Era un señor muy bueno, según opinión de Luis, el
cual, no entendiendo la expresión ligeramente ceñuda que
tenía en su cara lustrosa el próvido funcionario, se figuró
que haría aquella noche lo mismo que las demás. Cadalsito
recordaba muy bien el trámite: el señor de Cucúrbitas, después de leer la carta de Villaamil, escribía otra o, sin escribir nada, sacaba de su cartera un billetito verde o encarnado y, metiéndolo en un sobre, se lo daba y decía: «Anda,
hijo; ya estás despachado.» También era cosa corriente sacar
del bolsillo duros o pesetas, hacer un lío y dárselo, acompañando su acción de las mismas palabras de siempre, con
esta añadidura: «Ten cuidado, no lo pierdas o no te lo robe
algún tomador. Mételo en el bolsillo del pantalón... Así...,
guapo mozo. Anda con Dios.»

Aquella noche, ¡ay!, en pie, delante de la mesa *de ministro,*
observó Luis que don Francisco escribía una carta, frun-
ciendo las peludas cejas, y que la cerraba sin meter dentro
billete ni moneda alguna. Notó también el niño que, al
echar la firma, daba mi hombre un gran suspiro, y que después le miraba a él con profundísima compasión.

–Que usted lo pase bien –dijo Cadalsito cogiendo la carta; y el buen señor le puso la mano en la cabeza. Al despedir-
le, le dio dos perros grandes, añadiendo a su acción generosa estas magnánimas palabras: «Para que compres paste-
les.» Salió el chico tan agradecido... Pero por la escalera

abajo le asaltó una idea triste: «Hoy no lleva nada la carta.»
Era, en efecto, la primera vez que salía de allí con la carta vacía. Era la primera vez que don Francisco le daba perros a él,
para su bolsillo privado y fomentar el vicio de comer bollos.
En todo esto se fijó con la penetración que le daba la precoz
experiencia de aquellos mensajes. «Pero, ¡quién sabe! –dijo
después con ideas sugeridas por su inocencia–; puede que le
diga que lo colocan mañana...»

Canelo, que ya estaba impaciente, se le unió en la puerta.
Se pusieron ambos en camino, y en una pastelería de la calle de las Huertas compró Luis dos bollos de a diez céntimos.
El perro se comió uno y Cadalsito el otro. Después, rela-
miéndose, apresuraron el paso, buscando la dirección más
corta por el mismo laberinto de calles y plazuelas, desigual-
mente iluminadas y concurridas. Aquí mucho gas, allí tinieblas; acá mucha gente; después soledad, figuras errantes.
Pasaron por calles en que la gente, presurosa, apenas cabía;
por otras en que vieron más mujeres que luces; por otras en
que había más perros que personas.

Capítulo 3

Al entrar en la calle de la Puebla, iba ya Cadalsito tan fatigado que, para recobrar las fuerzas, se sentó en el escalón de una de las tres puertas con rejas que tiene en dicha calle el convento de Don Juan de Alarcón. Y lo mismo fue sentarse sobre la fría piedra, que sentirse acometido de un profundo sueño... Más bien era aquello como un desvanecimiento, no desconocido para el chiquillo, y que no se verificaba sin que él tuviera conciencia de los extraños síntomas precursores. «¡Contro! –pensó muy asustado–, me va a dar aquello..., me va a dar, me da...» En efecto, a Cadalsito *le daba* de tiempo en tiempo una desazón singularísima, que empezaba con pesadez de cabeza, sopor, frío en el espinazo, y concluía con la pérdida de toda sensación y conocimiento. Aquella noche, en el breve tiempo transcurrido desde que se sintió desfallecer hasta que se le nublaron los sentidos, se acordó de un pobre que solía pedir limosna en aquel mismo escalón en que él estaba. Era un ciego muy viejo, con la barba cana, larga y amarillenta, envuelto en parda capa de luengos pliegues, remendada y sucia, la cabeza blanca, descubierta, y el sombrero en la mano, pidiendo sólo con la actitud y sin mover los labios. A Luis le infundía respeto la venerable figura del mendigo, y solía echarle en el sombrero algún céntimo, cuando lo tenía de sobra, lo que sucedía muy contadas veces.

Pues como se iba diciendo, cayó el pequeño en su letargo, inclinando la cabeza sobre el pecho, y entonces vio que no estaba solo. A su lado se sentaba una persona mayor. ¿Era el ciego? Por un instante creyó Luis que sí, porque tenía barba espesa y blanca, y cubría su cuerpo con una capa o manto... Aquí empezó Cadalso a observar las diferencias y semejanzas entre el pobre y la persona pues ésta veía y miraba, y sus ojos eran como estrellas, al paso que la nariz, la boca y frente eran idénticas a las del mendigo, la barba del mismo tamaño, aunque más blanca, muchísimo más blanca. Pues la capa era igual y también diferente; se parecía en los anchos pliegues, en la manera de estar el sujeto envuelto en ella; discrepaba en el color, que Cadalsito no podía definir. ¿Era blanco, azul o qué demonches de color era aquél? Tenía sombras muy suaves, por entre las cuales se deslizaban reflejos luminosos como los que se filtran por los huecos de las nubes. Luis pensó que nunca había visto tela tan bonita como aquélla. De entre los pliegues sacó el sujeto una mano blanca, preciosísima. Tampoco había visto nunca Luis mano semejante, fuerte y membruda como la de los hombres, blanca y fina como la de las señoras... El sujeto aquel, mirándole con paternal benevolencia, le dijo:

–¿No me conoces? ¿No sabes quién soy?

Luisito le miró mucho. Su cortedad de genio le impedía responder. Entonces el señor misterioso, sonriendo como los obispos cuando bendicen, le dijo:

–Yo soy Dios. ¿No me habías conocido?

Cadalsito sintió entonces, además de la cortedad, miedo,

y apenas podía respirar. Quiso envalentonarse, incrédulo, y con gran esfuerzo de voz pudo decir:

–¿Usted Dios, usted?... Ya quisiera...

Y la aparición, pues tal nombre se le debe dar, indulgente con la incredulidad del buen Cadalso, acentuó más la sonrisa cariñosa, insistiendo en lo dicho:

–Sí, soy Dios. Parece que estás asustado. No me tengas miedo. Si yo te quiero, te quiero mucho...

Luis empezó a perder el miedo. Se sentía conmovido y con ganas de llorar.

–Ya sé de dónde vienes –prosiguió la aparición–. El señor de Cucúrbitas no os ha dado nada esta noche. Hijo, no siempre se puede. Lo que él dice, ¡hay tantas necesidades que remediar!...

Cadalsito dio un gran suspiro para activar su respiración, y contemplaba al hermoso anciano, el cual, sentado, apoyando el codo en la rodilla y la barba resplandeciente en la mano, ladeaba la cabeza para mirar al chiquitín, dando, al parecer, mucha importancia a la conversación que con él sostenía:

–Es preciso que tú y los tuyos tengáis paciencia, amigo Cadalsito, mucha paciencia.

Luis suspiró con más fuerza, y sintiendo su alma libre de miedo y al propio tiempo llena de iniciativas, se arrancó a decir esto:

–¿Y cuándo colocan a mi abuelo?

La excelsa persona que con Luisito hablaba dejó un momento de mirar a éste, y fijando sus ojos en el suelo, parecía meditar. Después volvió a encararse con el pequeño, y suspirando, ¡también él suspiraba!, pronunció estas graves palabras:

–Hazte cargo de las cosas. Para cada vacante hay doscientos pretendientes. Los ministros se vuelven locos y no saben a quién contentar. ¡Tienen tantos compromisos, que no sé yo cómo viven los pobres! Paciencia, hijo, paciencia, que ya os caerá la credencial cuando salte una ocasión favorable... Por mi parte, haré también algo por tu abuelo... ¡Qué triste se va a poner esta noche cuando reciba esa carta! Cuidado no la pierdas. Tú eres un buen chico. Pero es preciso que estudies algo más. Hoy no te supiste la lección de Gramática. Dijiste tantos disparates, que la clase toda se reía, y con muchísima razón. ¿Qué vena te dio de decir que el *participio expresa la idea del verbo en abstracto?* Lo confundiste con el *gerundio,* y luego hiciste una ensalada de los *modos* con los *tiempos.* Es que no te fijas, y cuando estudias, estás pensando en las musarañas...

Cadalsito se puso muy colorado y, metiendo sus dos manos entre las rodillas, se las apretó.

–No basta que seas formal en clase; es menester que estudies, que te fijes en lo que lees y lo retengas bien. Si no, andamos mal; me enfado contigo, y no vengas luego diciéndome que por qué no colocan a tu abuelo... Y así como te digo esto, te digo también que tienes razón en quejarte de *Posturitas.* Es un ordinario, un mal criado, y ya le restregaré yo una guindilla en la lengua cuando vuelva a decir *Miau.* Por supuesto que esto de los motes debe llevarse con paciencia; y cuando te digan *Miau,* tú te callas y aguantas. Cosas peores te pudieran decir.

Cadalsito estaba muy agradecido, y aunque sabía que Dios está en todas partes, se admiraba de que estuviese tan bien enterado de lo que en la escuela ocurría. Después se lanzó a decir:

–¡Contro, si yo le cojo!...

–Mira, amigo Cadalso –le dijo su interlocutor con paternal severidad–, no te las eches de matón, que tú no sirves para pelearte con tus compañeros. Son ellos muy brutos. ¿Sabes lo que haces? Cuando te digan *Miau,* se lo cuentas al maestro, y verás cómo éste pone a *Posturitas* en cruz media hora.

–Vaya que si lo pone... y aunque sea una hora.

–Ese nombre de *Miau* se lo encajaron a tu abuela y tías en el paraíso del Real, es a saber, porque parecen propiamente tres gatitos. Es que son ellas muy relamidas. El mote tiene gracia.

Sintió Luis herida su dignidad; pero no dijo nada.

–Ya sé que esta noche van también al Real –añadió la aparición–. Hace un rato les ha llevado ese Ponce los billetes. ¿Por qué no les dices tú que te lleven? Te gustaría mucho la ópera. ¡Si vieras qué bonita es!

–No me quieren llevar... ¡bah!... *(Desconsoladísimo.)* Dígaselo usted.

Aun cuando a Dios se le dice *tú* en los rezos, a Luis le parecía irreverente, *cara a cara,* tratamiento tan familiar.

–¿Yo? No quiero meterme en eso. Además, esta noche han de estar todos de muy mal temple. ¡Pobre abuelito tuyo! Cuando abra la carta... ¿La has perdido?

–No, señor, la tengo aquí –dijo Cadalso, sacándola–. ¿La quiere usted leer?

–No, tontín. Si ya sé lo que dice... Tu abuelo pasará un mal rato; pero que se conforme. Están los tiempos muy malos, muy malos...

La excelsa imagen repitió dos o tres veces el *muy malos,* moviendo la cabeza con expresión de tristeza; y desvaneciéndose en un instante, desapareció. Luis se restregaba los ojos, se reconocía despierto y reconocía la calle. Enfrente vio la tienda de cestas en cuya muestra había dos cabezas de toro, con jeta y cuernos de mimbre, juguete predilecto de los chicos de Madrid. Reconoció también la tienda de vinos, el escaparate con botellas; vio en los transeúntes *personas naturales,* y a *Canelo,* que a su lado seguía, le tuvo por verídico perro. Volvió a mirar a su lado buscando un rastro de la maravillosa visión; pero no había nada. «Es que me dio *aquello* –pensó Cadalsito, no sabiendo definir lo que le daba–; pero me ha dado de otra manera.» Cuando se levantó, tenía las piernas tan débiles que apenas se podía sostener sobre ellas. Se palpó la ropa, temiendo haber perdido la carta; pero la carta seguía en su sitio. ¡Contro!, otras veces le había dado aquel desmayo; pero nunca había visto personajes tan... tan... no sabía cómo decirlo. Y que le vio y le habló no tenía duda. ¡Vaya con el *Señorón* aquel!... ¡Si sería el Padre Eterno en *vida natural*!... ¡Si sería el anciano ciego que le quería dar un bromazo!...

Pensando de este modo, dirigióse Luis a su casa con toda la prisa que la flojedad de sus piernas le permitía. La cabeza se le iba, y el frío del espinazo no se le quitaba andando. *Canelo* parecía muy preocupado... Si habría visto también algo... ¡Lástima que no pudiese hablar para que atestiguara la verdad de la visión maravillosa! Porque Luis recordaba que, durante el coloquio, Dios acarició dos o tres veces la cabeza de *Canelo*, y que éste le miraba sacando mucho la lengua... Luego *Canelo* podría dar fe...

Llegó por fin a su casa y, como le sintieran subir, Abelarda le abrió la puerta antes de que llamara. Su abuelo salió ansioso a recibirle, y el niño, sin decir una palabra, puso en sus manos la carta. Don Ramón fue hacia el despacho, palpándola antes de abrirla, y en el mismo instante doña Pura llamó a Luis para que fuera a comer, pues la familia estaba ya concluyendo. No le habían esperado porque tardaba mucho, y las señoras tenían que irse al teatro de prisa y corriendo, para coger un buen puesto en el paraíso antes de que se agolpara la gente. En dos platos tapados, uno sobre otro, le habían guardado al nieto su sopa y cocido, que estaban ya fríos cuando llegó a catarlos; mas como su hambre era tanta, no reparó en la temperatura.

Estaba doña Pura atando al pescuezo de su nieto la servilleta de tres semanas, cuando entró Villaamil a comer el postre. Su cara tomaba expresión de ferocidad sanguinaria en las ocasiones aflictivas, y aquel bendito, incapaz de matar una mosca, cuando le amargaba una pesadumbre parecía tener entre los dientes carne humana cruda, sazonada con acíbar en vez de sal. Sólo con mirarle comprendió doña Pura que la carta había venido *in albis*. El infeliz hombre empezó a quitar maquinalmente las cáscaras a dos nueces resecas que en el plato tenía. Su cuñada y su hija le miraban también, leyendo en su cara de tigre caduco y veterano la pena que interiormente le devoraba. Por poner una nota alegre en cuadro tan triste, Abelarda soltó esta frase:

–Ha dicho Ponce que la ovación de esta noche será para la Pellegrini.

–Me parece una injusticia –afirmó doña Pura con sus cinco sentidos– que se quiera humillar a la Scolpi Rolla, que canta su parte de Amneris muy a conciencia. Verdad que sus éxitos los debe más al buen palmito y a que enseña las piernas. Pero la Pellegrini con tantos humos no es ninguna cosa del otro jueves.

–Calla, mujer –indicó Milagros doctoralmente–. Mira que la otra noche *dijo* el *fuggi fuggi, tu sei perdutto* como no lo hemos oído desde los tiempos de Rossina Penco. No tiene más sino que bracea demasiado, y, francamente, la ópera es para cantar bien, no para hacer gestos.

–Pero no nos descuidemos –dijo Pura–. En noches así, el que se descuida se queda en la escalera.

–¡Quia!... ¿Pero no creéis que Guillén o los chicos de Medicina nos guardarán los asientos?

–No hay que fiar... Vámonos, no nos pase lo de la otra noche, ¡Dios mío!, que si no es por aquellos muchachos tan finos, los de Farmacia, ¿sabes?, nos quedamos en la puerta como unas pasmarotas.

Villaamil, que nada de esto oía, se comió un higo pasado, creo que tragándolo entero, y fue hacia su despacho con paso decidido, como quien va a hacer una atrocidad. Su mujer le siguió y, cariñosa le dijo:

–¿Qué hay? ¿Es que esa nulidad no te ha mandado nada?

–Cero –replicó Villaamil con voz que parecía salir del centro de la tierra–. Lo que yo te decía; se ha cansado. No se puede abusar un día y otro día... Me ha hecho tantos favores, tantos, que pedir más es temeridad. ¡Cuánto siento haberle escrito hoy!

–¡Bandido! –exclamó iracunda la señora, que solía dar esta denominación y otras peores a los amigos que se ladeaban para evitar el sablazo.

–Bandido, no –declaró Villaamil, que ni en los momentos de mayor tribulación se permitía ultrajar al *contribuyente*–. Es que no siempre se está en disposición de socorrer al prójimo. Bandido, no. Lo que es ideas no las tiene ni las ha tenido nunca; pero eso no quita que sea uno de los hombres más honrados que hay en la Administración.

–Pues no será tanto *(con enfado impertinente)*, cuando le luce el pelo como le luce. Acuérdate de cuando fue compañero tuyo en la Contaduría Central. Era el más bruto de la oficina. Ya se sabía: descubierta una barbaridad, todos decían:«Cucúrbitas.» Después, ni un día cesante, y siempre para arriba. ¿Qué quiere decir esto? Que será muy bruto, pero que entiende mejor que tú la aguja de marear. ¿Y crees que no se hace pagar a toca teja el despacho de los expedientes?

–Cállate, mujer.

–¡Inocente!... Ahí tienes por lo que estás como estás, olvidado y en la miseria; por no tener ni pizca de trastienda y ser tan devoto de *San Escrúpulo bendito*. Créeme, eso ya no es honradez, es sosería y necedad. Mírate en el espejo de Cucúrbitas; él será todo lo melón que se quiera, pero verás como llega a director, quizá a ministro. Tú no serás nunca nada, y si te colocan, te darán un pedazo de pan, y siempre estaremos lo mismo. *(Acalorándose.)* Todo por tus gazmoñerías, porque no te haces valer, porque *fray modesto* ya sabes que no llegó nunca a ser guardián. Yo que tú, me iría a un periódico y empezaría a vomitar todas las picardías que sé de la Administración, los enjuagues que han hecho muchos que hoy están en candelero. Eso, cantar claro, y caiga el que caiga..., desenmascarar a tanto pillo... Ahí duele. ¡Ah!, entonces verías cómo les faltaba tiempo para colocarte; verías cómo el Director mismo entraba aquí, sombrero en mano, a suplicarte que aceptaras la credencial.

–Mamá, que es tarde –dijo Abelarda desde la puerta, poniéndose la toquilla.

–Ya voy. Con tantos remilgos, con tantos miramientos como tú tienes, con eso de llamarles a todos *dignísimos,* y ser tan delicado y tan de ley que estás siempre montado al aire como los brillantes, lo que consigues es que te tengan por un cualquiera. Pues sí *(alzando el grito),* tú debías ser ya Director, como esa luz, y no lo eres por mandria, por apocado, porque no sirves para nada, vamos, y no sabes vivir. No; si con lamentos y con suspiros no te van a dar lo que pretendes. Las credenciales, señor mío, son para los que se las ganan enseñando los colmillos. Eres inofensivo, no muerdes, ni siquiera ladras, y todos se ríen de ti. Dicen: «¡Ah, Villaamil, qué honradísimo es! ¡Oh!, el empleado *probo...*» Yo, cuando me enseñan un *probo,* le miro a ver si tiene los codos de fuera. En fin, que te caes de honrado. Decir honrado, a veces es como decir ñoño. Y no es eso, no es eso. Se puede tener toda la integridad que Dios manda, y ser un hombre que mire por sí y por su familia...

–Déjame en paz –murmuró Villaamil desalentado, sentándose en una silla y derrengándola.

–Mamá –repetía la señorita, impaciente.

–Ya voy, ya voy.

–Yo no puedo ser sino como Dios me ha hecho –declaró

el infeliz cesante–. Pero ahora no se trata de que yo sea así o asado; trátase del pan de cada día, del pan de mañana. Estamos como queremos, sí... Tenemos cerrado el horizonte por todas partes. Mañana...

–Dios no nos abandonará –dijo Pura intentando robustecer su ánimo con esfuerzos de esperanza, que parecían pataleos de náufrago–. Estoy tan acostumbrada a la escasez, que la abundancia me sorprendería y hasta me asustaría... Mañana...

No acabó la frase ni aun con el pensamiento. Su hija y su hermana le daban tanta prisa, que se arregló apresuradamente. Al envolverse en la cabeza la toquilla azul, dio esta orden a su marido:

–Acuesta al niño. Si no quiere estudiar, que no estudie. Bastante tiene que hacer el pobrecito, porque mañana supongo que saldrá a repartir dos arrobas de cartas.

El buen Villaamil sintió un gran alivio en su alma cuando las vio salir. Mejor que su familia le acompañaba su propia pena, y se entretenía y consolaba con ella mejor que con las palabras de su mujer, porque su pena, si le oprimía el corazón, no le arañaba la cara y doña Pura, al cuestionar con él, era toda pico y uñas toda.

Capítulo 4

Cadalsito estaba en el comedor, sentado a la mesa, los codos sobre ella, los libros delante. Éstos eran tantos, que el escolar se sentía orgulloso de ponerlos en fila, y parecía que les pasaba revista, como un general a sus unidades tácticas. Estaban los infelices tan estropeados, cual si hubieran servido de proyectiles en furioso combate; las hojas retorcidas, los picos de las cubiertas doblados o rotos, la pasta con pegajosa mugre. Pero no faltaba a ninguno, en la primera hoja, una inscripción en letra vacilante, que declaraba la propiedad de la finca, pues sería en verdad muy sensible que no se supiera que pertenecían exclusivamente a Luis Cadalso y Villaamil. Éste cogía uno cualquiera, a la suerte, a ver lo que salía. ¡Contro, siempre salía la condenada Gramática!... Abríala con prevención y veía las letras hormiguear sobre el papel iluminado por la luz de la lámpara colgante. Parecían mosquitos revoloteando en un rayo de sol. Cadalso leía algunos renglones. «¿Qué es adverbio?» Las letras de la respuesta eran las que se habían propuesto no dejarse leer, corriendo y saltando de una margen a otra. Total, que el adverbio debía de ser una cosa muy buena; pero Cadalsito no lograba enterarse de ello claramente. Después leía páginas enteras, sin que el sentido de ellas penetrara en su espíritu, que no se había desprendido aún del asombro de la visión; ni se le había quitado el malestar del cuerpo, a pesar de haber comido con tanta gana; y como notase que al fijar la atención en el libro se ponía peor, tuvo por buen remedio el ir doblando una a una las puntas de las hojas de la Gramática, hasta dejar el pobre libro rizado como una escarola.

En esto estaba cuando sintió que su abuelo salía del despacho. Se le había apagado la luz por falta de petróleo, y aunque no escribía, la oscuridad le lanzó de su guarida hacia el comedor. En éste y en el pasillo se paseó un rato el infeliz hombre, excitadísimo, hablando solo y dando algunos tropezones, porque la desigual y en algunos puntos agujereada estera no permitía el paso franco por aquellas regiones.

Otras noches que se quedaban solos abuelo y nieto, aquél le tomaba las lecciones, repitiéndoselas y fijándoselas en la memoria. Aquella noche, Villaamil no estaba para lecciones, lo que agradeció mucho el pequeño, quien por el bien parecer empezó a desdoblar las hojas del martirizado texto, planchándolas con la palma de la mano. Poco después, el mismo libro fue blando cojín para su cabeza, fatigada de estudios y visiones, y dejándola caer se quedó dormido sobre la definición del adverbio.

Villaamil decía: «Esto ya es demasiado, Señor Todopoderoso. ¿Qué he hecho yo para que me trates así? ¿Por qué no me colocan? ¿Por qué me abandonan hasta los amigos en quienes más confiaba?» Tan pronto se abatía el ánimo del cesante sin ventura, como se inflamaba, suponiéndose perseguido por ocultos enemigos que le habían jurado rencor eterno. «¿Quién será, pero quién será el danzante que me

hace la guerra? Algún ingrato, quizás, que me debe su carrera.» Para mayor desconsuelo, se le representaba entonces
toda su vida administrativa, carrera lenta y honrosa en la
Península y Ultramar, desde que entró a servir allá por el
año 41 y cuando tenía veinticuatro de edad (siendo Ministro de Hacienda el señor Surrá). Poco tiempo había estado
cesante antes de la terrible crujía en que le encontramos:
cuatro meses en tiempo de Bertrán de Lis, once durante el
bienio, tres y medio en tiempo de Salaverría. Después de la
Revolución pasó a Cuba, y luego a Filipinas, de donde le
echó la disentería. En fin, que había cumplido sesenta años,
y los de servicio, bien sumados, eran treinta y cuatro y diez
meses. Le faltaban dos para jubilarse con los cuatro quintos
del sueldo regulador, que era el de su destino más alto, Jefe
de Administración de tercera. «¡Qué mundo éste! ¡Cuánta
injusticia! ¡Y luego no quieren que haya revoluciones!... No
pido más que los dos meses, para jubilarme con los cuatro
quintos, sí, señor...» En lo más vivo de su soliloquio, vaciló
y fue a chocar contra la puerta, repercutiendo al punto para
dar con su cuerpo en el borde de la mesa, que se estremeció
toda. Despertando sobresaltado, oyó Luis a su abuelo pronunciar claramente al incorporarse estas palabras, que le
parecieron lo más terrorífico que había oído en su vida:
«...¡con arreglo a la ley de Presupuestos del 35, modificada
el 65 y el 68!»

–¿Qué, papá? –dijo espantado.

–Nada, hijo, esto no va contigo. Duérmete. ¿No tienes ganas de estudiar? Haces bien. ¿Para qué sirve el estudio?
Mientras más burro sea el hombre, mientras más pillo, mejor carrera hace... Vamos, a la cama, que es tarde.

Villaamil buscó y halló una palmatoria, mas no le fue tan
fácil encontrar vela que encender en ella. Por fin, revolvien-
do mucho, descubrió unos cabos en la mesa de noche de
Pura, y encendido uno de ellos, se dispuso a acostar al niño.

Éste dormía en la alcoba de Milagros, que estaba en el mismo comedor. Había en aquella pieza un tocador del tiempo de *vivan las caenas,* una cómoda jubilada con los cuatro quintos de su cajonería, varios baúles y las dos camas. En toda la casa, a excepción de la sala, que estaba puesta con relativa elegancia, se revelaba la escasez, el abandono y esa ruina lenta que resulta del no reparar lo que el tiempo desluce y estraga.

Empezó el abuelo a desnudar a su nieto, y le decía:

—Sí, hijo mío, bienaventurados los brutos, porque de ellos es el reino... de la Administración.

Y le desabrochaba la chaqueta, y le tiraba de las mangas con tanta fuerza, que a poco más se cae el chico al suelo.

—Hijo mío, ve aprendiendo, ve aprendiendo para cuando seas hombre. Del que está caído nadie se acuerda, y lo que hacen es patearle y destrozarle para que no se pueda levantar... Figúrate tú que yo debiera ser Jefe de Administración de segunda, pues ahora me tocaría ascender con arreglo a la ley de Cánovas del 76, y aquí me tienes pereciendo... Llueven recomendaciones sobre el Ministro, y nada... Se le dice: «Vea usted los antecedentes», y nada. ¿Tú crees que él se cuida de examinar mis antecedentes? Pues si lo hiciera... Todo se vuelve promesas, aplazamientos; que espera una ocasión favorable; que ha tomado nota preferente... En fin, las pamplinas que usan para salir del paso... Yo, que he servido siempre lealmente, que he trabajado como un negro; yo, que no he dado el más ligero disgusto a mis jefes...; yo, que estando en la Secretaría, allá por el 52, le caí en gracia a don Juan Bravo Murillo, que me llamó un día a su despacho y me dijo... lo que callo por modestia... ¡Ah, si aquel grande hombre levantara la cabeza y me viera cesante...! ¡Yo, que el 55 hice un plan de presupuestos que mereció los elogios del señor don Pascual Madoz y del señor don Juan Bruil, plan que en veinte años de meditaciones he rehecho después, ex-

planándolo en cuatro memorias que ahí tengo! Y no es cosa
de broma. Supresión de todas las contribuciones actuales,
sustituyéndolas con el *income tax*... ¡Ah, el *income tax!* Es el
sueño de toda mi vida, el objeto de tantísimos estudios, y el
resultado de una larga experiencia... No lo quieren comprender y así está el país..., cada día más perdido, más pobre, y todas las fuentes de riqueza secándose que es un dolor... Yo lo sostengo: el impuesto único, basado en la buena
fe, en la emulación y en el amor propio del contribuyente, es
el remedio mejor de la miseria pública. Luego, la renta de
Aduanas, bien reforzada, con los derechos muy altos para
proteger la industria nacional... Y por último, la unificación
de las Deudas, reduciéndolas a un tipo de emisión y a un
tipo de interés...

Al llegar aquí, tiró Villaamil con tanta fuerza de los pantalones de Luis, que el niño lanzó un ¡ay! diciendo:

–Abuelo, que me arrancas las piernas.

A lo que el irritado viejo contestó secamente:

–Por fuerza tiene que haber un enemigo oculto, algún
trasto que se ha propuesto hundirme, deshonrarme...

Por fin quedó Luis acostado. Había costumbre de no apa-
garle la luz hasta mucho después de dormido, porque le daban pesadillas, y despertándose con sobresalto se espanta-
ba de la oscuridad. En vista de que el primer cabo de vela se
apagaba, encendió otro el abuelo, y sentándose junto a la cómoda, se puso a leer *La Correspondencia,* que acababan de
echar por debajo de la puerta. En su febril trastorno, el desventurado buscaba ansioso las noticias del personal, y por
una fatal puntería de su espíritu, encontraba al instante las
noticias malas. «Ha sido nombrado oficial primero en la
Dirección de Impuestos el señor Montes... Real decreto
concediendo a don Basilio Andrés de la Caña los honores de
jefe superior de Administración.» «Esto es escandaloso,
esto es el *delirium tremens* del polaquismo. Ni en las kabilas

de África pasa esto. ¡Pobre país, pobre España!... Se ponen los pelos de punta pensando lo que va a venir aquí con este desbarajuste administrativo... Es buena persona Basilio; ¡pero si ayer, como quien dice, le tuve de oficial cuarto a mis órdenes...!» Tras de la pena venía la esperanza. «Pronto se hará la combinación de personal con arreglo a la nueva plantilla de la Dirección de Contribuciones. Dícese que serán colocados varios funcionarios inteligentes que hoy se hallan cesantes.»

Las miradas de Villaamil bailaron un instante sobre el papel, de letra en letra. Los ojos se le humedecieron. ¿Iría él en aquella combinación? Cabalmente, los amigos que le recomendaban al Ministro en aquella campaña fatigosa proponíanle para la próxima hornada. «¡Dios mío, si iré en esa bendita combinación! ¿Y cuándo será? Me dijo Pantoja que sería cosa de tres o cuatro días.»

Y como la esperanza reanimaba todo su ser dándole un inquieto hormigueo, lanzóse al dédalo oscuro de los pasillos. «La combinación..., la plantilla nueva..., dar entrada a los funcionarios inteligentes, y además de inteligentes, digo yo, identificados con... ¡Dios mío!, inspírales, mete todas tus luces dentro de esas molleras..., que vean claro..., que se fijen en mí; que se enteren de mis antecedentes. Si se enteran de ellos, no hay cuestión; me nombran... ¿Me nombrarán? No sé qué voz secreta me dice que sí. Tengo esperanza. No, no quiero consentirme ni entusiasmarme. Vale más que seamos pesimistas, muy pesimistas, para que luego resulte lo contrario de lo que se teme. Observo yo que cuando uno espera confiado, ¡pum! viene el batacazo. Ello es que siempre nos equivocamos. Lo mejor es no esperar nada, verlo todo negro, negro como boca de lobo, y entonces, de repente, ¡pum!..., la luz... Sí, Ramón, figúrate que no te dan nada, que no hay para ti esperanza, a ver si creyéndolo así, viene la contraria... Porque yo he observado que siempre sale la contraria... Y en tanto, mañana moveré todas mis teclas, y escribiré a unos amigos y veré a otros, y el Ministro..., ante tantas recomendaciones... ¡Dios mío, qué idea!, ¿no sería bueno que yo mismo escribiese al Ministro?...»

Al decir esto, volvió maquinalmente a donde Cadalsito dormía y, contemplándole, pensó en las caminatas que tenía que dar al día siguiente para repartir la correspondencia. Cómo se encadenó esto con las imágenes que en el cerebro del niño determinaba el sueño no puede saberse; pero ello es que mientras su abuelo le miraba, Luis, profundamente dormido, estaba viendo al mismo sujeto de barba blanca; y lo más particular es que le veía sentado delante de un pupitre en el cual había tantas, tantísimas cartas, que no bajaban, según Cadalsito, de un par de cuatrillones. El Señor escribía con una letra que a Luis le parecía la más perfecta cursiva que se pudiera imaginar. Ni don Celedonio, el maestro de su escuela, la haría mejor. Concluida cada carta, la metía el Padre Eterno en un sobre más blanco que la nieve, lo acercaba a su boca, sacaba de ésta un buen pedazo de lengua fina y rosada para humedecer con rápido pase la goma; cerraba, y volviendo a coger la pluma, que era, ¡cosa más rara!, la de Mendizábal, y mojada, por más señas, en el mismo tintero, se disponía a escribir la dirección. Mirando por encima del hombro, Luisito creyó ver que aquella mano inmortal trazaba sobre el papel lo siguiente:

B.L.M.
Al Excmo. Sr. Ministro de Hacienda,
cualisquiera que sea,
su seguro servidor,
Dios.

Capítulo 5

Aquella noche no durmió Villaamil ni un cuarto de hora seguido. Se aletargaba un instante; pero la idea de la combinación próxima, el criterio pesimista que se había impuesto, poniéndose en lo peor y esperando lo malo para que viniese lo bueno, le sembraban de espinas el lecho, desvelándole apenas cerraba los ojos. Cuando su mujer volvió del teatro, Villaamil habló con ella algunas palabras extraordinariamente desconsoladoras. Ello fue algo referente a la dificultad de allegar provisiones para el día siguiente, pues no había en la casa ninguna especie de moneda, ni tampoco materia hipotecable; el crédito estaba agotado, y apuradas también la generosidad y paciencia de los amigos.

Aunque afectaba serenidad y esperanza, doña Pura estaba muy intranquila, y también pasó la noche en claro, haciendo cálculos para el día siguiente, que tan pavoroso y adusto se anunciaba. Ya no se atrevía a mandar traer géneros a crédito de ningún establecimiento, porque todo eran malas caras, grosería, desconsideración, y no pasaba día sin que un tendero exigente y descortés armase un cisco en la

71

misma puerta del cuarto segundo. ¡Empeñar! La mente de
la señora hizo rápida síntesis de todas las prendas útiles que
estaban condenadas al ostracismo: alhajas, capas, mantas,
abrigos. Se había llegado al máximum de emisión, digá-
moslo así, en esta materia, y no había forma humana de de-
sabrigarse más de lo que ya estaba toda la familia. Una pig-
noración en gran escala se había verificado el mes anterior
(enero del 78) el mismo día del casamiento de don Alfonso
con la reina Mercedes. Y sin embargo, las tres *Miaus* no perdieron ninguna de las fiestas públicas que con aquel motivo
se celebraron en Madrid. Iluminaciones, retretas, el paso de
la comitiva hacia Atocha; todo lo vieron perfectamente, y de
todo gozaron en los sitios mejores, abriéndose paso a codazo limpio entre las multitudes.

   ¡La sala, hipotecar algo de la sala! Esta idea causaba siempre terror y escalofríos a doña Pura, porque la sala era la
parte del menaje que a su corazón interesaba más, la verdadera expresión simbólica del hogar doméstico. Poseía muebles bonitos, aunque algo anticuados, testigos del pasado
esplendor de la familia Villaamil; dos entredoses negros
con filetes de oro y lacas, y cubiertas de mármol; sillería de
damasco, alfombra de moqueta y unas cortinas de seda que
habían comprado al regente de la audiencia de Cáceres,
cuando levantó la casa por traslación. Tenía doña Pura a las
tales cortinas en tanta estima como a las telas de su corazón.
Y cuando el espectro de la necesidad se le aparecía y susurraba en su oído con terrible cifra el conflicto económico del
día siguiente, doña Pura se estremecía de pavor, diciendo:
«No, no; antes las camisas que las cortinas.» Desnudar los
cuerpos le parecía sacrificio tolerable; pero desnudar la
sala... ¡eso nunca! Los de Villaamil, a pesar de la cesantía con
su grave disminución social, tenían bastantes visitas. ¡Qué
dirían éstas si vieran que faltaban las cortinas de seda, ad-
miradas y envidiadas por cuantos las veían! Doña Pura ce-

rró los ojos queriendo desechar la fatídica idea y dormirse; pero la sala se había metido dentro de su entrecejo y la estuvo viendo toda la noche, tan limpia, tan elegante... Ninguna de sus amigas tenía una sala igual. La alfombra estaba tan bien conservada, que parecía que humanos pies no la pisaban, y era que de día la defendían con pasos de quita y pon, cuidando de limpiarla a menudo. El piano vertical, desafinado, sí, desafinadísimo, tenía el palisandro de su caja resplandeciente. En la sillería no se veía una mota. Los entredoses relumbraban, y lo que sobre ellos había, aquel reloj dorado y sin hora, los candelabros dentro de fanales, todo estaba cuidado exquisitamente. Pues las mil baratijas que completaban la decoración, fotografías en marcos de papel cañamazo, cajas que fueron de dulces, perritos de porcelana y una licorera de imitación de Bohemia, también lucían sin pizca de polvo. Abelarda se pasaba las horas muertas limpiando estos cachivaches y otros que no he mencionado todavía. Eran objetos de frágiles tablillas caladas, de esos que sirven de entretenimiento a los aficionados a la marquetería doméstica. Un vecino de la casa tenía maquinilla de trepar y hacía mil primores que regalaba a los amigos. Había cestos, estantillos, muebles diminutos, capillas góticas y chinescas pagodas, todo muy mono, muy frágil, de *mírame y no me toques,* y muy difícil de limpiar.

Doña Pura dio una vuelta en la cama, como queriendo variar sus lúgubres ideas con un cambio de postura. Pero entonces vio en su mente con mayor claridad las suntuosas cortinas, color de amaranto, de seda riquísima, de esa seda *que no se ve ya en ninguna parte.* Todas las señoras que iban de visita habían de coger y palpar la incomparable tela, y frotarla entre los dedos para apreciar la clase. ¡Pero había que tomarle el peso para saber lo que era aquello!... En fin, doña Pura consideraba que mandar las cortinas al Monte o la casa de préstamos, era trance tan doloroso como embarcar un hijo para América.

En tanto que *la figura de Fra Angélico* se agitaba en su angosto colchón (dormía en la alcobita de la sala, y su marido, desde que vino de Filipinas, ocupaba solo la alcoba del gabinete), proponíase distraer y engañar su pena recordando las emociones de la ópera y lo bien que dijo el barítono aquello de *rivedrai le foreste imbalsamate...*

Villaamil, solo, insomne y calenturiento, se revolcaba en el gran camastro matrimonial, cuyo colchón de muelles tenía los *ídem* en lastimoso estado, los unos quebrados y hundidos, los otros estirados y en erección. El de lana, que encima estaba, no le iba en zaga, pues todo era pelmazos por aquí, vaciedades por allá, de modo que la cama habría podido figurar dignamente en las mazmorras de la Inquisición para escarmiento de herejes. El pobre cesante tenía en su lecho la expresión externa o el molde de las torturas de su alma, y así, cuando la hormiguilla del insomnio le hacía dar una vuelta, caía en profunda sima, del centro de la cual surgía como la joroba de un demonio, enorme espolón que se le clavaba en los riñones; y cuando salía de la sima, un amasijo de lana, duro y fuerte como el puño, le estropeaba las costillas.

Algunas veces dormía tal cual en medio de estos accidentes; pero aquella noche, la exaltación de su cerebro le agrandaba en la oscuridad las desigualdades del terreno; ya creía que se despeñaba, quedándose con los pies en alto, ya que se balanceaba en el vértice de una eminencia o que iba navegando hacia Filipinas con un tifón de mil demonios. «Seamos pesimistas –era su lema–, pensemos, con todo el vigor del pensamiento, que no me van a incluir en la combinación, a ver si me sorprende la felicidad del nombramiento. No esperaré el hecho feliz, no, no lo espero, para que suceda. Siempre pasa lo que no se espera. Póngome en lo peor. No te colocan, no te colocan, pobre Ramón; verás cómo ahora también se burlan de ti. Pero aunque estoy convencido de que no consigo nada, convencidísimo, sí, y no hay quien me apee de esto; aunque sé que mis enemigos no se apiadarán de mí, pondré en juego todas las influencias y haré que hasta el lucero del alba le hable al Ministro. Por supuesto, amigo Ramón, todo inútil. Verás cómo no te hacen maldito caso; tú lo has de ver. Yo estoy tan convencido de ello como de que ahora es de noche. Y bien puedes desechar hasta el último vislumbre de credulidad. Nada de melindres de esperanzas; nada de *si será o no será;* nada de debilidades optimistas. No lo catas, no lo catas, aunque revientes.»

Capítulo 6

Doña Pura durmió, al fin, profundamente toda la madrugada y parte de la mañana. Villaamil se levantó a las ocho sin haber pegado los ojos. Cuando salió de su alcoba, entre ocho y nueve, después de haberse refregado el hocico con un poco de agua fría y de pasarse el peine por la rala cabellera, nadie se había levantado aún. La estrechez en que estaban no les permitía tener criada, y entre las tres mujeres hacían desordenadamente los menesteres de la casa. Milagros era la que guisaba; solía madrugar más que las otras dos; pero la noche anterior se había acostado muy tarde, y cuando Villaamil salió de su habitación dirigiéndose a la cocina, la cocinera no estaba aún allí. Examinó el fogón sin lumbre, la carbonera exhausta; y en la alacena que hacía de despensa vio mendrugos de pan, un envoltorio de papeles manchados de grasa, que debía de contener algún resto de jamón, carne fiambre o cosa así, un plato con pocos garbanzos, un pedazo de salchicha, un huevo y medio limón... El tigre dio un suspiro y pasó al comedor para registrar el cajón del aparador, en el cual, entre los cuchillos y las servilletas, había también pedazos de pan duro. En esto oyó rebullicio, después rumor de agua, y he aquí que aparece Milagros con su cara gatesca muy lavada, bata suelta, el pelo en sortijas enroscadas con papeles, y un pañuelo blanco por la cabeza.

–¿Hay chocolate? –le preguntó su cuñado sin más saludo.

–Hay media onza nada más –replicó la señora, corriendo a abrir el cajón de la mesa de la cocina donde estaba–. Te lo haré en seguida.

–No, a mí no. Lo haces para el niño. Yo no necesito chocolate. No tengo gana. Tomaré un pedazo de pan seco y beberé encima un poco de agua.

–Bueno. Busca por ahí. Pan no falta. También hay en la alacena un trocito de jamón. El huevo ese es para mi hermana, si te parece. Voy a encender lumbre. Haz el favor de partirme unas astillas mientras yo voy a ver si encuentro fósforos.

Don Ramón, después de morder el pan, cogió el hacha y empezó a partir un madero, que era la pata de una silla vieja, dando un suspiro a cada golpe. Los estallidos de la fibra leñosa al desgarrarse parecían tan inherentes a la persona de Villaamil como si éste se arrancase tiras palpitantes de sus secas carnes y astillas de sus pobres huesos. En tanto, Milagros armaba el templete de carbones y palitroques.

–Y hoy, ¿se pone cocido? –preguntó a su cuñado con cierto misterio.

Villaamil meditó sobre aquel problema tan descarnadamente planteado.

–Tal vez..., ¡quién sabe! –replicó, lanzando su imaginación a lo desconocido–. Esperemos a que se levante Pura.

Ésta era la que resolvía todos los conflictos, como persona de iniciativa, de inesperados golpes y de prontas resoluciones. Milagros era toda pasividad, modestia y obediencia.

No alzaba nunca la voz, no hacía observaciones a lo que su hermana ordenaba. Trabajaba para los demás, por impulso de su conciencia humilde y por hábito de subordinación. Unida fatalmente durante toda su vida al mísero destino de aquella familia, y partícipe de las vicisitudes de ésta, jamás se quejó ni se la oyó protestar de su malhadada suerte. Considerábase una gran artista malograda en flor, por falta de ambiente; y al verse perdida para el arte, la tristeza de esta situación ahogaba todas las demás tristezas. Hay que decir aquí que Milagros había nacido con excelentes dotes de cantante de ópera. A los veinticinco años tenía una voz preciosísima, regular escuela y loca afición a la música. Pero la fatalidad no le permitió nunca lanzarse a la verdadera vida de artista. Amores desgraciados, cuestiones de familia, aplazaron de día en día la deseada presentación al público, y cuando los obstáculos desaparecieron, ya Milagros no estaba para fiestas; había perdido la voz. Ni ella misma se dio cuenta de la suave gradación por donde sus esperanzas de artista vinieron a parar en la precaria situación en que se nos aparece; por donde el soñado escenario y los triunfos del arte se convirtieron en la cocina de Villaamil, sin provisiones. Cuando pensaba ella en el contraste duro entre sus esperanzas y su destino, no acertaba a medir los escalones de aquel lento descender desde las cumbres de la poesía a los sótanos de la vulgaridad.

Milagros tenía un tipo fino, delicado, propio para los papeles de *Margarita,* de *Dinorah,* de *Gilda,* de la *Traviata,* y voz aguda de soprano. Todo esto se convirtió en hojarasca, sin que nunca llegara a ser admiración del público. Sólo una vez cantó en el Real la parte de *Adalgisa,* por condescendencia de la empresa, como alumna del Conservatorio. Estuvo muy feliz, y los periódicos le auguraron un porvenir brillante. En el Liceo Jover, ante un público invitado y poco exigente, cantó *Saffo y Los Capuletos* de Bellini, con el tercer acto de Vacai. Entonces se trató de que fuera a Italia; pero se atravesó una pasión, la esperanza de un gran partido para casarse, enredándose mucho el asunto entre el novio y la familia. Pasó tiempo, y la cantatriz hubo de malograrse, pues ni fue a Italia, ni se contrató en el Real, ni se casó.

Doña Pura y Milagros eran hijas de un médico militar, de apellido Escobios, y sobrinas del músico mayor del Inmemorial del Rey. Su madre era Muñoz, y tenían ellas pretensiones de parentesco con el marqués de Casa-Muñoz. Por cierto que, cuando trataron de que Milagros fuera cantante de ópera, se pensó en italianizarle el apellido, llamándola la *Escobini;* pero como la carrera artística se malogró en ciernes, el mote italiano no llegó nunca a verse en los carteles.

Antes de que la vida de la señorita de Escobios se truncara, tuvo una época de fugaz éxito y brillo en una capital de provincia de tercera clase, adonde fue con su hermana, esposa de Villaamil. Éste era Jefe económico, y su familia intimó, como era natural, con la de los Gobernadores civil y militar, que daban reuniones, a que asistía lo más granadito del pueblo. Milagros, cantando en los conciertos de la brigadiera, enloquecía y electrizaba. Salíanle novios por docenas, y envidias de mujeres que la inquietaban en medio de sus triunfos. Un joven de la localidad, poeta y periodista, se enamoró frenéticamente de ella. Era el mismo que en la reseña de los saraos llamaba a doña Pura, con exaltado estilo *figura arrancada a un cuadro de Fra Angélico.* A Milagros la ensalzaba en términos tan hiperbólicos que causaba risa, y aún recuerdan los naturales algunas frases describiendo a la joven en el momento de presentarse en el salón, de acercarse al piano para cantar, y en el acto mismo del cantorrio: *«Es la pudorosa Ofelia llorando sus amores marchitos y cantando con gorjeo celestial la endecha de la muerte.»* Y, ¡cosa extraña!, el mismo que escribía estas cosas en la segunda plana del periódico tenía la misión, y por eso cobraba, de hacer la revista comercial en la primera. Suya era también esta endecha: «Harinas. *Toda la semana acusa marcada calma en este polvo. Sólo han salido por el canal mil doscientos sacos que se hicieron a 22 y tres cuartillos. No hay compradores, y ayer se ofrecían dos mil sacos a 22 y medio, sin que nadie se animara.*» Al día siguiente, vuelta otra vez con *la pudorosa Ofelia, o el ángel que nos traía a la tierra las celestiales melodías.* Ya se comprende que esto no podía acabar en bien. En efecto, mi hombre, inflamándose y desvariando cada día más por su amor no correspondido, llegó a ponerse tan malo, pero tan malo, que un día se tiró de cabeza en la presa de una fábrica de harina, y por pronto que acudieron en su auxilio, cuando le sacaron era cadáver. Poco después de este desagradable suceso, que impresionó mucho a Milagros, ésta volvió a Madrid; verificóse entonces el *debut* en el Real, luego las funciones en el Liceo Jover y todo lo demás que brevemente referido queda. Echemos sobre aquellos sucesos un montón de años tristes, de rápido envejecimiento y decadencia, y nos encontramos a *la pudorosa Ofelia* en la cocina de Villaamil, con la lumbre encendida y sin saber qué poner en ella.

De un cuartucho oscuro que en el pasillo interior había, salió Abelarda restregándose los ojos, desgreñada, arrastrando la cola sucia de una bata mayor que ella, la cual fue usada por su madre en tiempos más felices, y se dirigió también a la cocina, a punto que salía de ella Villaamil para ir a despertar y vestir al nieto. Abelarda preguntó si venía el panadero, a lo que Milagros no supo qué responder, por no poder ella formar juicio acerca de problema tan grave sin oír antes a su hermana.

–Haz que tu madre se levante pronto –le dijo consternada–, a ver qué determina.

Poco después de esto oyóse fuerte carraspeo allá en la alcoba de la sala, donde Pura dormía. Por la puertecilla que dicha alcoba tenía al recibimiento, frente al despacho, apareció la señora de la casa, radiante de displicencia, embutido el cuerpo en una americana vieja de Villaamil, el pelo en sortijillas, el hocico amoratado del agua fría con que acababa de lavarse, una toquilla rota cruzada sobre el pecho, en los pies voluminosas zapatillas.

–Qué, ¿no os podéis desenvolver sin mí? Estáis las dos atontadas. Pues no es para tanto. ¿Habéis hecho el chocolate del niño?

Milagros salió de la cocina con la jícara, mientras Abelarda sentaba al pequeñuelo y le colgaba del pescuezo la servilleta. Villaamil fue a su despacho, y a poco salió con el tintero en la mano diciendo:

–No hay tinta, y hoy tengo que escribir más de cuarenta cartas. Mira, Luisín, en cuanto acabes te vas abajo y le dices al amigo Mendizábal que me haga el favor de un poquito de tinta.

–Yo iré –dijo Abelarda, cogiendo el tintero y bajando en la misma facha en que estaba.

Las dos hermanas, en tanto, cuchicheaban en la cocina. ¿Sobre qué? Es presumible que fuera sobre la imposibilidad de dar de comer a la familia con un huevo, pan duro y algunos restos de carne que no bastaban para el gato. Pura fruncía las cejas y hacía con los labios un mohín muy extraño, juntándolos con la nariz, que parecía alargarse. *La pudorosa Ofelia* repetía este signo de perplejidad, resultando las dos tan semejantes, que parecían una misma. De sus meditaciones las distrajo Villaamil, el cual apareció en la cocina diciendo que tenía que ir al Ministerio y necesitaba una camisa limpia.

–¡Todo sea por Dios! –exclamó Pura con desaliento–. La única camisa lavada está en tan mal estado, que necesita un recorrido general.

Pero Abelarda se comprometió a tenerla lista para el mediodía, y además planchada, siempre que hubiera lumbre.

También hizo don Ramón a su hija sentidas observaciones sobre ciertos flecos y desgarraduras que ostentaba la solapa de su gabán, rogándole que pasara por allí sus hábiles agujas. La joven le tranquilizó, y el buen hombre metióse en su despacho. El conciliábulo que las *Miaus* tenían en la cocina terminó con un repentino sobresalto de Pura, que corrió a su alcoba para vestirse y largarse a la calle. Había estallado una idea inmensa en aquel cerebro cargado de pólvora, como si en él penetrase una chispa de fulminante que de los ojos brotara.

–Enciende bien la lumbre y pon agua en los pucheros –dijo a su hermana al salir, y se escabulló fuera con diligencia y velocidad de ardilla.

Al ver esta determinación, Abelarda y Milagros, que conocían bien a la directora de la familia, se tranquilizaron respecto al problema de subsistencias de aquel día, y se pusieron a cantar, la una en la cocina, la otra desde su cuarto, el dúo de *Norma: in mia mano al fin tu sei.*

Capítulo 7

A eso de las once entró doña Pura bastante sofocada, seguida de un muchacho recadista de la plazuela de los Mostenses, el cual venía echando los bofes con el peso de una cesta llena de víveres. Milagros, que a la puerta salió, hízose multitud de cruces de hombro a hombro y de la frente a la cintura. Había visto a su hermana salir avante en ocasiones muy difíciles, con su enérgica iniciativa; pero el golpe maestro de aquella mañana le parecía superior a cuanto de mujer tan dispuesta se podía esperar. Examinando rápidamente el cesto, vio diferentes especies de comestibles, vegetales y animales, todo muy bueno, y más adecuado a la mesa de un Director general que a la de un mísero pretendiente. Pero doña Pura las hacía así. Las bromas, o pesadas o no darlas. Para mayor asombro, Milagros vio en manos de su hermana el portamonedas, casi reventando de puro lleno.

–Hija –le dijo la señora de la casa, secreteándose con ella en el recibimiento, después que despidió al mandadero–, no he tenido más remedio que dirigirme a Carolina Lanti-

gua, la de Pez. He pasado una vergüenza horrible. Hube de
cerrar los ojos y lanzarme, como quien se tira al agua. ¡Ay,
qué trago! Le pinté nuestra situación de una manera tal,
que la hice llorar. Es muy buena. Me dio diez duros, que
prometí devolverle pronto; y lo haré, sí, lo haré; porque de
esta hecha le colocan. Es imposible que dejen de meterle en
la combinación. Yo tengo ahora una confianza absoluta...
En fin, lleva esto para dentro. Voy allá en seguida. ¿Está el
agua cociendo?

Entró en el despacho para decir a su marido que por
aquel día estaba salvada la tremenda crisis, sin añadir cómo
ni cómo no. Algo debieron hablar también de las probabili-
dades de colocación, pues se oyó desde fuera la voz iracunda de Villaamil, gritando:

–No me vengas a mí con optimismos de engañifa. Te digo
y te redigo que no entraré en la combinación. No tengo ninguna esperanza, pero ninguna; me lo puedes creer. Tú, con
esas ilusiones tontas y esa manía de verlo todo color de
rosa, me haces un daño horrible, porque viene luego el
trancazo de la realidad y todo se vuelve negro.

Tan empapado estaba el santo varón en sus cavilaciones
pesimistas, que cuando le llamaron al comedor y le pusieron
delante un lucido almuerzo, no se le ocurrió inquirir, ni siquiera considerar, de dónde habían salido abundancias tan
disconformes con su situación económica. Después de almorzar rápidamente, se vistió para salir. Abelarda le había
zurcido las solapas del gabán con increíble perfección, imitando la urdimbre del tejido desgarrado; y, dándole en el
cuello una soba de bencina, la pieza quedó como si la hubieran rejuvenecido cinco años. Antes de salir, encargó a Luis
la distribución de las cartas que escrito había, indicándole
un plan topográfico para hacer el reparto con método y en
el menor tiempo posible. No le podían dar al chico faena
más de su gusto, porque con ella se le relevaba de asistir a la

escuela, y se estaría toda la santísima tarde como un caballero, paseando con su amigo *Canelo.* Era éste muy listo para
conocer dónde había buen trato. Al cuarto segundo subía
pocas veces, sin duda por no serle simpática la pobreza que
allí reinaba comúnmente; pero con finísimo instinto se en-
teraba de los extraordinarios de la casa, tanto más espléndi-
dos cuanto mayor era la escasez de los días normales. Estuviera el can de centinela en la portería o en el interior de la
casa, o bien durmiendo bajo la mesa del memorialista, no se
le escapaba el hecho de que entraran provisiones para los de
Villaamil. Cómo lo averiguaba, nadie puede saberlo; pero es
lo cierto que el más astuto vigilante de Consumos no tendría
nada que enseñarle. Por supuesto, la aplicación práctica de
sus estudios era subir a la casa abundante y estarse allí todo
un día y a veces dos: pero en cuanto le daba en la nariz olor
de quema, decía... «hasta otra», y ya no le veían más el pelo.
Aquel día subió poco después de ver entrar a doña Pura con
el mandadero; y como las tres *Miaus* eran siempre muy
buenas con él y le daban golosinas, a Cadalsito le costó trabajo llevárselo a su excursión por las calles. *Canelo* salió de
mala gana, por cumplir un deber social y porque no dijeran.

Las tres *Miaus* estuvieron aquella tarde muy animadas.
Tenían el don felicísimo de vivir siempre en la hora presente y de no pensar en el día de mañana. Es una hechura espiritual como otra cualquiera, y una filosofía práctica que,
por más que digan, no ha caído en descrédito, aunque se ha
despotricado mucho contra ella. Pura y Milagros estaban
en la cocina, preparando la comida, que debía ser buena, co-
piosa y dispuesta con todos los sacramentos, como desqui-
te de los estómagos desconsolados. Sin cesar en el trabajo, la
una espumando pucheros o disponiendo un frito, la otra
machacando en el almirez al ritmo de un *andante con es-
pressione* o de un *allegro con brio,* charlaban sobre la probable o más bien segura colocación del jefe de la familia. Pura

habló de pagar todas las deudas y de traer a casa los diversos objetos útiles que andaban por esos mundos de Dios en los cautiverios de la usura.

Abelarda estaba en el comedor con su caja de costura delante, arreglando sobre el maniquí un vestidillo color de pasa. No llamaba la atención por bonita ni por fea, y en un certamen de caras insignificantes se habría llevado el premio de honor. El cutis era malo, los ojos oscuros, el conjunto bastante parecido a su madre y tía, formando con ellas cierta armonía, de la cual se derivaba el mote que les pusieron. Quiero decir que si, considerada aisladamente, la similitud del cariz de la joven con el morro de un gato no era muy marcada, al juntarse con las otras dos parecía tomar de ellas ciertos rasgos fisionómicos, que venían a ser como un sello de raza o familia, y entonces resultaban en el grupo las tres bocas chiquitas y relamidas, la unión entre el pico de la nariz y la boca por una raya indefinible, los ojos redondos y vivos, y la efusión característica del cabello, que era como si las tres hubieran estado rodando por el suelo en persecución de una bola de papel o de un ovillo.

Aquella tarde todo fue dichas, porque entraron visitas, lo que a Pura agradaba mucho. Dejó rápidamente los menesteres culinarios para echarse una bata y componerse el pelo, y entró satisfecha en la sala. Eran los visitantes Federico Ruiz y su esposa, Pepita Ballester. El insigne *pensador* estaba también sin empleo, pasando una crujía espantosa, de la cual había más señales en su ropa que en la de su mujer; pero llevaba con tranquilidad su cesantía, mejor dicho, tan optimista era su temperamento, que la llevaba hasta con cierto gozo. Siempre era el mismo hombre, el métome-en-todo infatigable, fraguando planes de bullanguería literaria y científica, premeditando veladas o centenarios de celebridades, discurriendo algún género de ocupación que a ningún nacido se le hubiera pasado por el magín. Aquel bendito hacía pensar que hay una *Milicia nacional* en las letras.

Escribía artículos sobre lo que debe hacerse para que prospere la Agricultura, sobre las ventajas de la cremación de los cadáveres, o bien reseñando puntualmente lo que pasó en la Edad de Piedra, que es, como si dijéramos, hablar de ayer por la mañana. Su situación económica era bastante precaria, pues vivía de la pluma. De higos a brevas lograba que en Fomento le tomasen cierto número de ejemplares de ediciones viejas y de libros tan maulas como el *Comunismo ante la razón,* o el *Servicio de incendios en todas las naciones de Europa,* o la *Reseña pintoresca de los Castillos.* Pero tenía en su alma caudal tan pingüe de consuelo, que no necesitaba la resignación cristiana para conformarse con su desdicha. El estar satisfecho venía a ser en él como una cuestión de amor propio, y por no dar su brazo a torcer se encariñaba, a fuerza de imaginación, con la idea de la pobreza, llegando hasta el absurdo de pensar que la mayor delicia del mundo es no tener un real ni de dónde sacarlo. Buscarse la vida, salir por la mañana discurriendo a qué editor de revista enferma o periódico moribundo llevar el artículo hecho la noche anterior, constituía una serie de emociones que no pueden saborear los ricos. Trabajaba como un negro, eso sí, y el Tostado era un niño de teta al lado de él, en el correr de la pluma. Verdaderamente, ganarse así el cocido tenía mucho de placer, casi de voluptuosidad. Y el cocido no le había faltado nunca. Su mujer era una alhaja y le ayudaba a sortear aquella situación. Pero la eficaz Providencia suya era su carácter, aquella predisposición optimista, aquel procedimiento ideal para convertir los males en bienes y la escasez adusta en risueña abundancia. Habiendo conformidad no hay penas. La pobreza es el principio de la sabiduría, y no ha de buscarse la felicidad en las clases privilegiadas. El *pensador* recordaba la comedia de

Eguílaz, en la cual el protagonista, para ponderar lo divertido que es ser pobre, dice con mucho calor:

> *Yo tenía cinco duros*
> *el día que me casé.*

Y recordaba también que la cazuela se venía abajo con el
estruendo de los aplausos y las patadas de entusiasmo,
prueba de lo popular que es en esta raza la escasez de dinero. También Ruiz había hecho en sus tiempos una comedia
en que se probaba que para ser honrado y justo es indispensable andar con los codos de fuera, y que todos los ricos
acaban siempre malamente. Por supuesto, a pesar de esta
idealidad con que sabía dorar el cobre de su crisis económica, pasando la calderilla por oro, Ruiz no cedía en sus pretensiones de ser nuevamente colocado. No dejaba vivir al
Ministro de Fomento, y las Direcciones de Instrucción Pública y de Agricultura se echaban a temblar en cuanto él
traspasaba la mampara. A falta de empleo, pretendía una
comisioncita para estudiar cualquier cosa; lo mismo le
daba la Legislación de propiedad literaria en todos los paí-
ses, que los Depósitos de sementales en España.

Capítulo 8

En la visita se habló primero de la ópera, a la que Ruiz iba con frecuencia, lo mismo que las *Miaus*, con entradas de *alabarda*. Después recayó la conversación en el tema de destinos.

–A don Ramón –dijo Ruiz– no le harán esperar ya mucho.

–Va en la combinación que se hará estos días –dijo Pura radiante–. Y no ha ido ya, porque Ramón no quiso aceptar plaza fuera de Madrid. El Ministro tenía gran empeño en mandarle a una provincia donde hacen falta hombres como mi esposo. Pero Ramón no está ya para viajes. Yo, si he de decir verdad, deseo que le coloquen porque esté ocupado, nada más que porque esté ocupado. No puede usted figurarse, Federico, lo mal que le sienta a mi marido la ociosidad...; vamos, que no vive. ¡Ya se ve, acostumbrado a trabajar desde mozo!... Y que le conviene también colocarse para los derechos pasivos. Figúrese usted, a Ramón no le faltan más que dos meses para poderse jubilar con los cuatro quintos. Si no fuera por esto, mejor se estaría en su casa. Yo le digo: «No te apures, hijo, que, gracias a Dios, para vivir modestamente no nos falta.» Pero él no se conforma, le gusta el calor de la oficina y hasta el cigarro no le sabe si no se lo fuma entre dos expedientes.

–Lo creo... ¡Qué santo varón! ¿Y cómo está de salud?

–Delicadillo del estómago. Todos los días tengo que inventar algo nuevo para sostenerle el apetito. Mi hermana y yo nos dedicamos ahora a la cocina, por entretenimiento, y por vernos libres de criadas, que son una calamidad. Le hacemos cada día un platito distinto..., caprichos y frioleras suculentas. A veces tengo que irme a la plazuela del Carmen en busca de cosas que no se encuentran en los Mostenses.

–Pues vea usted –dijo la señora de Ruiz–, ése es un trabajo que yo no conozco, porque éste tiene un estómago que no se lo merece, y un apetito tan famoso, que no se necesitan melindres para sostenerlo.

–Gracias a Dios –indicó el *publicista* con jovialidad–. De ahí viene esta buena pasta mía y la confianza que tengo en mi suerte. Créame usted, doña Pura, no hay nada que valga lo que un buen estómago. Aquí me tiene usted tan conforme siempre: si me colocan, bien; si no, dos cuartos de lo mismo. Hablando con verdad, no me gusta ser empleado, y preferiría lo que me ofreció ayer el Ministro: una comisión para estudiar los Montes de Piedad de Alemania. Es cuestión muy importante.

–Ya lo creo que es importante. ¡Figúrese usted! –exclamó la señora de Villaamil arqueando las cejas.

En esto entró otra visita. Era un amigo de Villaamil, que vivía en la calle del Acuerdo, un tal Guillén, cojo por más señas, empleado en la Dirección de Contribuciones. Dijo el tal, después de los saludos, que un compañero suyo, que estaba en el Personal, le había asegurado aquella misma tarde que Villaamil iba en la próxima combinación. Doña Pura lo dio por cierto, y Ruiz y su señora apoyaron esta apreciación lisonjera. Se fueron enzarzando de tal modo en la conversación los plácemes, que doña Pura, al fin, se arrancó a ofrecer a sus buenos amigos una copita y pastas. Entre las provisiones de aquel fausto día se contaba una botella de moscatel de a tres pesetas, licor con que Pura solía obsequiar a su marido a los postres. Ruiz y Guillén chocaron las copas, expresando con igual calor su afecto a la simpática familia. La sobriedad del *pensador* contrastaba con la incontinencia un tanto grosera del empleado cojo, quien rogó a doña Pura no se llevase la botella, y escanciando que te escanciarás, pronto se vio que quedaba el líquido en menos de la mitad.

Ya encendidas las luces, y cuando se habían ido las visitas, entró Villaamil. Pura corrió a su encuentro, viendo con satisfacción que el ferocísimo semblante tigresco tenía cierto matiz de complacencia.

–¿Qué hay? ¿Qué noticias traes?

–Nada, mujer –dijo Villaamil, que se encastillaba en el pesimismo y no había quien le sacara de él–. Todavía nada; las palabritas sandungueras de siempre.

–¿Y el Ministro...? ¿Le has visto?

–Sí, y me recibió tan bien –se dejó decir Villaamil haciendo traición, por descuido, a su afectada misantropía–, me recibió tan bien, que... no sé... parece que Dios le ha tocado el corazón, que le ha dicho algo de mí. Estuvo amabilísimo..., encantado de verme por allí..., sintiendo mucho no tenerme a su lado..., decidido a llevarme...

–Vamos, no dirás ahora que no tienes esperanza.

–Ninguna, mujer, absolutamente ninguna. *(Recobrando su papel.)* Verás cómo todo se queda en jarabe de pico. Si sabré yo... ¡Tenlo por cierto! ¡No me colocan hasta el día del juicio por la tarde!

–¡Ay, qué hombre! Eso también es ponerle a Dios cara de palo. Se podría enojar y con muchísima razón.

–Déjate de tonterías, y si tú esperas, buen chasco te llevarás. Yo no quiero llevármelo; por eso no espero nada, ¿sabes? Y cuando venga el golpe me quedaré tan tranquilo.

Luisito llegó cuando sus abuelos discutían acaloradamente si debían abrigar o no esperanzas, y dio cuenta de la puntual entrega de todas las cartas. Tenía hambre, frío, y le dolía un poco la cabeza. Al regreso de la excursión se había sentado en el pórtico de las Alarconas; pero no *le dio aquello*, ni la visión tuvo a bien presentarse en ninguna forma. *Canelo* no se apartaba de doña Pura, siguiéndola del despacho a la cocina, y de ésta al comedor, y cuando llamaron a comer al dueño de la casa, como éste tardara un poco en salir, fue el entendido perro a buscarle y con meneos de cola le decía: «Si usted no tiene gana, dígalo; pero no nos tenga tanto tiempo espera que te espera.»

Comieron con regular apetito y bastante buen humor, y de sobremesa Villaamil se fumó, saboreándolo mucho, un habano que el señor de Pez le había dado aquella tarde. Era muy grande, y al tomarlo el cesante dijo a su amigo que lo guardaría para después. Aquel cigarro le recordaba sus tiempos prósperos. ¿Sería tal vez anuncio de que los tales tiempos volverían? Dijérase que el buen Villaamil leía en las espirales de humo azul su buena ventura, porque se quedaba alelado mirándolas subir en graciosas curvas hacia el techo del comedor, nublando vagamente la lámpara.

Por la noche tuvieron gente (Ruiz, Guillén, Ponce, los de Cuevas, Pantoja y su familia, de quien se hablará después), y se formalizó el proyecto, iniciado el mes anterior, de representar una piececita, pues algunos amigos de la casa tenían aptitudes no comunes para el teatro, sobre todo en el género cómico. Federico Ruiz se encargó de escoger la pieza, de distribuir los papeles y dirigir los ensayos. Se convino en que Abelarda haría uno de los principales personajes, y Ponce otro; pero éste, reconociendo con laudable modestia que no tenía maldita gracia y que haría llorar al público en los papeles más jocosos, reservó para sí la parte de *padre,* si en la comedia le hubiera.

Cansado de tales majaderías, don Ramón huyó de la sala buscando en el interior oscuro de la casa las tinieblas que convenían a su pesimismo. Maquinalmente entró en el cuarto de Milagros, donde ésta desnudaba a Luis para acostarle. El pobre niño había hecho tentativas para estudiar, que fueron completamente inútiles. Le dolía la cabeza y sentía como el presagio y el temor de la visión, pues ésta, al par que le daba mucho gusto, causábale cierta ansiedad. Se fue a acostar con la idea de que le entraría la desazón y de que iba a ver cosas muy extrañas. Cuando su abuelo entró, ya estaba metido en la cama, y su tía le hacía rezar las oraciones de costumbre: *Con Dios me acuesto, con Dios me levanto*, etc., que él recitaba de carrerilla. Con brusca interrupción, se volvió hacia Villaamil para decirle:

–Abuelito, ¿verdad que el Ministro te recibió muy bien?

–Sí, hijo mío –replicó el anciano, estupefacto de esta salida y del tono con que fue dicha–. ¿Y tú por dónde lo sabes?

–¿Yo?..., yo lo sé.

Miraba Cadalsito a su abuelo con una expresión tan extraña, que el pobre señor no sabía qué pensar. Parecióle expresión de Niño-Dios, la cual no es otra cosa que la seriedad del hombre armonizada con la gracia de la niñez.

–Yo lo sé... lo sé –repitió Luis sin sonreír, clavando en su abuelo una mirada que le dejó inmóvil–. Y el Ministro te quiere mucho... porque le escribieron...

–¿Quién le escribió? –dijo con ansiedad el cesante, dando un paso hacia el lecho, los ojos llenos de claridad.

–Le escribieron de ti –afirmó Cadalsito sintiendo que el miedo le invadía y no le dejaba continuar.

En el mismo instante pensó Villaamil que todo aquello era una tontería, y dando media vuelta se llevó la mano a la cabeza y dijo:

–¡Pero qué cosas tiene este chiquillo!...

Capítulo 9

Cosa rara!, nada le pasó a Cadalsito aquella noche, ni sintió ni vio cosa alguna, pues a poco de acostarse hubo de caer en sueño profundísimo. Al día siguiente costó trabajo levantarle. Sentíase quebrantado y como si hubiese andado largo trecho por sitio desconocido y lejano que no podía recordar. Fue a la escuela, y no se supo la lección. Encontrábase tan torpe aquel día, que el maestro le hizo burla y ajó su dignidad ante los demás chicos. Pocas veces se había visto en la escuela carrera en pelo como la que aguantó Cadalsito al ser confinado al último puesto de la clase en señal de ignorancia y desaplicación. A las once, cuando se pusieron a escribir, Cadalso tenía junto a sí al famoso *Posturitas,* chiquillo travieso y graciosísimo, flexible como una lombriz, y tan inquieto, que donde él estuviese no podía haber paz. Llamábase Paquito Ramos y Guillén, y sus padres eran los dueños de la casa de préstamos de la calle del Acuerdo. Aquel Guillén, cojo y empleado, que hemos visto en casa de Villaamil celebrando con copiosas libaciones de moscatel la próxima colocación de su amigo, era tío materno de *Postu-*

ritas, el cual debía este apodo a la viveza ratonil de sus movimientos, a la gracia con que remedaba las actitudes y gestos de los *clowns* y dislocados del Circo. Todo se le volvía hacer garatusas, sacar la lengua, volver del revés los párpados, y como pudiera, metía el dedo en el tintero para pintarse rayas negras en la cara.

Aquella mañana, cuando el maestro no le veía, *Posturitas* abría la carpeta, y él y su amigo Cadalso hundían la pelona en ella para ver las cosas diversas que encerraba. Lo más notable era una colección de sortijas, en las cuales brillaban el oro y los rubíes. No se vaya a creer que eran de metal, sino de papel, anillos de esos con que los fabricantes adornan los puros medianos para hacerlos pasar por buenos. Aquel tesoro había venido a manos de Paquito Ramos mediante un cambalache. Perteneció la colección a otro chico llamado Polidura, cuyo padre, mozo de café o restaurante, solía recoger los aros de cigarro que los fumadores dejaban caer al suelo, y obsequiar con ellos a su hijo a falta de mejores juguetes. Había llegado a reunir Polidura más de cincuenta sortijas de diversos calibres. En unas decía *Flor fina;* en otras *Selectos de Julián Álvarez.* Cansado al fin de la colección, se la cambió a *Posturas* por un trompo en buen uso, mediante contrato solemne ante testigos. Cadalso regaló al nuevo propietario el anillo de la tagarnina dada por el señor de Pez a Villaamil, y que éste se fumó majestuosamente después de la comida.

La travesura de *Posturitas,* fielmente reproducida por el bueno de Cadalso, consistía en llenarse ambos los dedos de aquellas sorprendentes joyas, y cuando el maestro no les veía, alzar la mano y mostrarla a los otros granujas con dos o tres anillos en cada dedo. Si el maestro venía, se los quitaban a toda prisa, y a escribir como si tal cosa. Pero en una vuelta brusca, sorprendió el dómine a Cadalsito con la mano en alto, distrayendo a toda la clase. Verle y ponerse hecho un león, fue todo uno. Pronto se descubrió que el principal delincuente era el maligno *Posturitas,* que tenía en su carpeta un depósito de aros de papel, y en un santiamén el maestro, después que arrancó de los dedos las pedrerías de que estaban cuajados, agarró todo el depósito y lo deshizo, terminando con una mano de coscorrones aplicados a una y otra cabeza. Ramos rompió a llorar, diciendo:

–Yo no he sido... *Miau* tiene la culpa.

Y *Miau,* no menos lastimado de esta calumnia que del mote, clamó con severa dignidad:

–Él es el que los tenía. Yo no traje más que uno...

–Mentira...

–El mentiroso es él.

–*Miau* es un hipócrita –dijo el maestro, y Cadalso no supo contener su aflicción oyendo en boca de don Celedonio el injurioso apodo. Soltó el llanto sin consuelo, y toda la clase coreaba sus gemidos, repitiendo *Miau,* hasta que el maestro, ¡pim, pam!, repartió una zurribanda general, recorriendo espaldas y mofletes, como el fiero cómitre entre las filas de galeotes, vapuleando a todos sin misericordia.

–Se lo voy a decir a mi abuelo –exclamó Cadalso con un arranque de dignidad–, y no vengo más a esta escuela.

–Silencio..., silencio todos –gritó el verdugo, amenazándoles con una regla, que tenía los ángulos como filos de cuchillo–. Sinvergüenzas, a escribir, y al que me chiste le abro la cabeza.

Al salir, Cadalso seguía indignado contra su amigo *Posturitas.* Éste, que era procaz, de una frescura y audacia sin límites, dio un empujón a Luis, diciéndole:

–Tú tienes la culpa, tonto..., panoli..., cara de gato. Si te cojo por mi cuenta...

Cadalso se revolvió iracundo, acometido de nerviosa rabia, que le puso pálido y con los ojos relumbrones.

–¿Sabes lo que te digo? Que no *ties* que ponerme motes, ¡contro!, mal criado..., ordinario..., *cualisquiera*.

–¡*Miau!* –mayó el otro con desprecio, sacando media cuarta de lengua y crispando los dedos–. Ole... *Miau...*, morrongo..., fu, fu, fu...

Por primera vez en su vida percibió Luis que las circunstancias le hacían valiente. Ciego de ira se lanzó sobre su contrario, y lo mismo se lanzaría si éste fuese un hombre. Chillido de salvaje alegría infantil resonó en toda la banda, y viendo el desusado embestir de Cadalso, muchos le gritaron:

–Éntrale, éntrale...

Miau peleándose con *Posturas* era espectáculo nuevo, de trágicas y nunca sentidas emociones, algo como ver la liebre revolviéndose contra el hurón, o la perdiz emprendiéndola a picotazos con el perro. Y fue muy hermosa la actitud insolente de *Posturitas,* al recibir el primer achuchón, espatarrándose para aplomarse mejor, soltando libros y pizarra para tener los brazos libres... Al mismo tiempo rezongaba con orgullo insano:

–Verás, verás..., ¡recontro! ..., me caso con la biblia...

Trabóse una de esas luchas homéricas, primitivas y cuerpo a cuerpo, más interesantes por la ausencia de toda arma, y que consisten en aceptar brazos con brazos y empujar, empujar, sacudiendo topetadas con la cabeza, a lo carneril, esforzándose cada cual en derribar a su contrario. Si pujante estaba *Posturas,* no lo parecía menos Cadalso. Murillito, Polidura y los demás miraban y aplaudían, danzando en torno con feroz entusiasmo de pueblo pagano, sediento de sangre. Pero acertó a salir de la casa en aquel punto y ocasión la hija del maestro, señorita algo hombruna, y les separó de un par de manotadas, diciendo:

–Sinvergüenzas, a casa, o llamo a la pareja para que os lleve a la prevención.

Ambos tenían la cara como lumbre, respiraban como fuelles y echaban por aquellas bocas injurias tabernarias; sobre todo Paco Ramos, que era consumado hablista en el idioma de los carreteros.

–Vamos, *hombres* –decía Murillito, el hijo del sacristán de Montserrat, en la actitud más conciliadora–; no es para tanto... vaya... Quítate tú... *Mía* que te...., verás. *Sacabaron las quistiones.*

Mostrábase el mediador decidido a arrearle un buen lapo a cualquiera de los dos que intentase reanudar la contienda. Un policía que por allí andaba les dispersó, y se alejaron chillando y saltando, algunos haciéndose lenguas del arranque de Cadalsito. Éste tomó silencioso el camino de su casa. Su ira se calmaba lentamente, aunque por nada del mundo le perdonaba a *Posturas* el apodo, y sentía en su alma los primeros bullicios de la vanidad heroica, la conciencia de su capacidad para la vida, o sea, de su actitud para ofender al prójimo, ya probada en la tienta de aquel día.

Aquella tarde no había escuela, por ser jueves. Luisito se fue a su casa, y durante el almuerzo, ninguna persona de la familia reparó en lo sofocado que estaba. Bajó luego a pasar un ratito en compañía de sus amigos los memorialistas, que sin duda le tenían guardada alguna friolera.

–Parece que arriba andamos muy divertidos –le dijo Paca–. Oye, ¿han colocado ya a tu abuelo? Porque debe de ser ya lo menos ministro o tan siquiera embajador. ¡Vaya con la cesta de compra que trajeron ayer! Y botellas de moscatel, como quien no dice nada. Anda, anda, ¡qué rumbo! Estamos como queremos. Así no hay quien haga bajar a *Canelo* de tu casa...

Luis dijo que todavía no habían colocado a su abuelo; pero que era cosa *de entre hoy y mañana.* El día estaba hermosísimo, y Paca propuso a su amiguito ir a tomar el sol en la explanada del Conde-Duque, a dos pasos de la calle de Quiñones. Púsose la enorme memorialista su mantón, mientras Luisito subía a pedir permiso, y echaron a andar. Eran las tres, y el vasto terraplén comprendido entre el paseo de Areneros y el cuartel de Guardias estaba inundado de sol y muy concurrido de vecinos que iban allí a desentumecerse. Gran parte de este terreno se veía entonces, y se ve hoy, ocupado por sillares, baldosas, adoquines, restos o preparativos de obras municipales, y entre la cantería, las vecinas suelen poner colgaderos para secar ropa lavada. La parte libre de obstáculos la emplea la tropa para los ejercicios de instrucción, y aquella tarde vio Cadalsito a los reclutas de caballería aprendiendo a marchar dirigidos por un oficial que, sable al puño y dando gritos, les enseñaba a medir el paso. Entretúvose el pequeñuelo en contemplar las evoluciones, y oía la cadencia con que los soldados pisaban unísonamente, diciendo, *uno, dos, tres, cuatro*. Era un mugido que se confundía con la vibración del suelo al ser golpeado a compás, cual inmenso tambor batido por un gigante. Entre la sociedad que allí se congregaba a gozar del sol, discurrían vendedores de cacahuet y avellanas, pregonándolos con un grito dejoso. Paca le compró a Cadalso algunas de estas golosinas, y se sentó en una piedra a chismorrear con varias comadres amigas suyas. El chiquillo corrió detrás de la tropa, evolucionando con ella; fue y vino durante una hora en aquella militar diversión, marcando también el *uno, dos, tres, cuatro*, hasta que, sintiendo fatiga, se sentó en un rimero de baldosas. Entonces se le fue un poco la cabeza; vio que la mole pesada del cuartel se corría de derecha a izquierda, y que en la misma dirección iba el palacio de Liria, sepultado entre el ramaje de su jardín, cuyos árboles parecen estirarse para respirar mejor fuera de la tumba inmensa en que están plantados. Empezóle a Cadalsito la consabida desazón; se le iba el conocimiento de las cosas presentes, se mareaba, se desvanecía, le entraba el misterioso sobresalto, que era en realidad pavor de lo desconocido; y apoyando la frente en una enorme piedra que próxima tenía, se durmió como un ángel. Desde el primer instante, la visión de las Alarconas se le presentó clara, palpable, como un ser vivo, sentado frente a él, sin que pudiese decir dónde. El fantástico cuadro no tenía fondo ni lontananza. Lo constituía la excelsa figura sola. Era el mismo personaje de luenga y blanca barba, vestido de indefinibles ropas, la mano izquierda escondida entre los pliegues del manto, la derecha fuera, mano de persona que se dispone a hablar. Pero lo más sorprendente fue que antes de pronunciar la primera palabra, el Señor alargó hacia él la diestra, y entonces se fijó en ella Cadalsito y vio que tenía los dedos cuajados de aquellas mismas sortijas que formaban la rica colección de *Posturas*. Sólo que en los dedos soberanos, que habían fabricado el mundo en siete días, los anillos relumbraban cual si fueran de oro y piedras preciosas. Cadalsito estaba absorto, y el Padre le dijo:

–Mira, Luis, lo que os quitó el maestro. Ve aquí los bonitos anillos. Los recogí del suelo, y los compuse al instante sin ningún trabajo. El maestro es un bruto, y ya le enseñaré yo a no daros coscorrones tan fuertes. Y por lo que hace a *Posturitas*, te diré que es un pillo, aunque sin mala intención. Está mal educado. Los niños decentes no ponen motes. Tuviste razón en enfadarte, y te portaste bien. Veo que eres un valiente y que sabes volver por tu honor.

Luis quedó muy satisfecho de oírse llamar valiente por persona de tanta autoridad. El respeto que sentía no le permitió dar las gracias; pero algo iba a decir, cuando el Señor, moviendo con insinuación de castigo la mano aquella cuajada de sortijas, le dijo severamente:

–Pero, hijo mío, si por ese lado estoy contento de ti, por otro me veo en el caso de reprenderte. Hoy no te has sabido la lección. Ni por casualidad acertaste una sola vez. Bien claro se vio que no habías abierto un libro en todo el santo día... *(Luisín, acongojadísimo, mueve los labios queriendo disculparse.)* Ya, ya sé lo que me vas a decir. Estuviste hasta muy tarde repartiendo cartas; volviste a casa de noche. Pero luego pudiste leer algo; no me vengas con enredos. Y esta mañana, ¿por qué no echaste un vistazo a la lección de Geografía? ¡Cuidado con los desatinos que has dicho hoy! ¿De dónde sacas tú que Francia está limitada al Norte por el Danubio y que el Po pasa por Pau? ¡Vaya unas barbaridades! ¿Te parece a ti que he hecho yo el mundo para que tú y otros mocosos como tú me lo estéis deshaciendo a cada paso?

Enmudeció la augusta persona, quedándose con los ojos fijos en Cadalso, al cual un color se le iba y otro se le venía, y estaba silencioso, agobiado, sin poder mirar ni dejar de mirar a su interlocutor.

–Es preciso que te hagas cargo de las cosas –añadió por fin el Padre, accionando con la mano cuajada de sortijas–. ¿Cómo quieres que yo coloque a tu abuelo si tú no estudias? Ya ves cuán abatido está el pobre señor, esperando como pan bendito su credencial. Se le puede ahogar con un cabello. Pues tú tienes la culpa, porque si estudiaras...

Al oír esto, la congoja de Cadalsito fue tan grande, que creyó le apretaban la garganta con una soga y le estaban dando garrote. Quiso exhalar un suspiro y no pudo.

–Tú no eres tonto y comprenderás esto –agregó Dios–. Ponte tú en mi lugar; ponte tú en mi lugar, y verás que tengo razón.

Luis meditó sobre aquello. Su razón hubo de admitir el argumento, creyéndolo de una lógica irrebatible. Era claro como el agua: mientras él no estudiase, ¡contro!, ¿cómo habían de colocar a su abuelo? Parecióle esto la verdad misma, y las lágrimas se le saltaron. Intentó hablar, quizás prometer solemnemente que estudiaría, que trabajaría como una fiera, cuando se sintió cogido por el pescuezo.

—Hijo mío —le dijo Paca sacudiéndole—, no te duermas aquí, que te vas a enfriar.

Luis la miró aturdido, y en su retina se confundieron un momento las líneas de la visión con las del mundo real. Pronto se aclararon las imágenes, aunque no las ideas; vio el cuartel del Conde-Duque, y oyó el *uno, dos, tres, cuatro,* como si saliese de debajo de la tierra. La visión, no obstante, permanecía estampada en su alma de una manera indeleble. No podía dudar de ella, recordando la mano ensortijada, la voz inefable del Padre y Autor de todas las cosas. Paca le hizo levantar y le llevó consigo. Después, quitándole del bolsillo los cacahuets que antes le diera, díjole:

—No comas mucho de esto, que se te ensucia el estómago. Yo te los guardaré. Vámonos ya, que principia a caer relente...

Pero él tenía ganas de seguir durmiendo; su cerebro estaba embotado, como si acabase de pasar por un acceso de embriaguez; le temblaban las piernas y sentía frío intensísimo en la espalda. Andando hacia su casa, le entraron dudas respecto a la autenticidad y naturaleza divina de la aparición. «¿Será Dios o no será Dios? —pensaba—. Parece que es, porque lo sabe todito... Parece que no es, porque no tiene ángeles.»

De vuelta del paseo, hizo compañía a sus buenos amigos. Mendizábal, concluida su tarea, y después de recoger los papeles y de limpiar las diligentes plumas, se dispuso a alumbrar la escalera. Paca limpió los cristales del farol, encendiendo dentro de él la lamparilla de petróleo. El *secretario del público* lo cogió entonces, y con ademán tan solemne como si alumbrara al Viático, fue a colgarlo en su sitio, entre el primero y segundo piso. En esto subía Villaamil, y se detuvo, como de costumbre, para echar un párrafo con el memorialista.

–Sea enhorabuena, don Ramón –le dijo éste.

–Calle usted, hombre... –replicó Villaamil, afectando el humor que suele acompañar a un terrible dolor de muelas–. Si todavía no hay nada, ni lo habrá...

–¡Ah!, pues yo creí... Es que son muy perros, don Ramón. ¡Vaya unos birrias de Ministros! Lo que yo le digo a usted: mientras no venga la escoba grande...

–¡Oh! amigo mío –exclamó Villaamil con cierto aire de templanza gubernamental–, ya sabe usted que no me gustan exageraciones. Sus ideas son distintas de las mías... ¿Qué es lo que usted quiere? ¿Más religión? Pues venga religión, venga; pero no oscurantismo... Desengañémonos. Aquí lo que hace falta es administración, moralidad...

–Ahí duele, ahí duele. *(Con expresión de triunfo.)* Precisamente lo que no habrá mientras no haya fe. Lo primero es la fe, ¿si o no?

–Corriente; pero... No, amigo Mendizábal; no exageremos.

–Y las sociedades que la pierden *(en tono triunfal),* corren derechitas, como quien dice, al abismo...

–Todo eso está muy bien; pero... Haya moralidad, moralidad; que el que la hace la pague, y allá los curas se entiendan con las conciencias. No me cambalache los poderes, amigo Mendizábal.

–No, si yo no cambalacho nada... En fin, usted lo verá. *(Bajando un escalón, mientras Villaamil subía otro.)* Ínterin domine el libre pensamiento, espere usted sentado. Como que no hay justicia ni nadie se acuerda del mérito. Buenas noches.

Desapareció por la escalera abajo aquel hombre feísimo, de semblante extraño, por tener los ojos tan poco separados que parecían juntarse y ser uno solo cuando fijamente miraban. La nariz le salía de la frente, y después bajaba chafada y recta, esparranclando sus dos ventanillas en el nacimiento del labio superior, dilatado, tirante y tan extenso en todas direcciones que ocupaba casi la mitad del rostro. La boca era larga, terminada en dos arrugas que dividían la barba en tres compartimientos flácidos, de pelambre ralo y gris; la frente estrecha, las manos enormes y velludas, el cogote recio, el cuerpo corto, inclinado hacia adelante, como resabio de una raza que hasta hace poco ha andado a cuatro pies. Al descender la escalera parecía que la bajaba con las manos, agarrándose al barandal. Con esta filiación de *gorila*, Mendizábal era un buen hombre, sin más tacha que su furiosa inquina contra el libre pensamiento. Había sido traficante en piedras de chispa durante la primera guerra civil, espía faccioso y cocinero del padre Cirilo. «¡Ah! –mil veces lo decía él–. ¡Si yo escribiera mi historia!» Último detalle biográfico: le compuso una rueda a la célebre tartana de San Carlos de la Rápita.

Capítulo 10

P oco después de anochecido, al subir a su casa, Cadalsito sintió pasos detrás de sí; pero no volvió la cara. Mas, cuando faltaban pocos escalones para llegar al piso segundo, manos desconocidas le cogieron la cabeza y se la apretaron, no dejándole mirar hacia atrás. Tuvo miedo, creyéndose en poder de algún ladrón barbudo y feo, que iba a robar la casa y empezaba por asegurarle a él. Pero antes que tuviera tiempo de chillar, el intruso le levantó en peso y le besó. Luis pudo verle entonces la cara, y al reconocerle, su intranquilidad no disminuyó. Había visto aquella cara por última vez algún tiempo antes, sin poder apreciar cuándo, en una noche de escándalo y reyerta, en la cual todos chillaban en su casa. Abelarda caía con una pataleta, y la abuelita gritaba pidiendo el auxilio de los vecinos. La dramática escena doméstica había dejado indeleble impresión en Luis, que ignoraba por qué se habían puesto sus tías y abuela tan furiosas.

En aquel tiempo estaba el abuelito en Cuba, y no vivía la familia en la calle de Quiñones. Recordó también que las iras de las *Miaus* recaían sobre una persona que entonces desapareció de la casa, para no volver a ella hasta la ocasión que ahora se refiere. Aquel hombre era su padre. No se atrevió Luis a pronunciar el cariñoso nombre; de mal humor dijo: «Suéltame.» Y el sujeto aquel llamó.

Cuando doña Pura, al abrir la puerta, vio al que llamaba, acompañado de su hijo, quedóse un instante como quien no da crédito a sus ojos. La sorpresa y el terror se pintaban en su semblante..., después contrariedad. Por fin murmuró: «¿Víctor..., tú?»

Entró, saludando a su suegra con cierta emoción, de una manera cortés y expresiva. Villaamil, que tenía el oído muy fino, se estremeció al reconocer desde su despacho la voz aquella. «¡Víctor aquí... Víctor otra vez en casa! Este hombre nos trae alguna calamidad.» Y cuando su yerno entraba a saludarle, el rostro tigresco de don Ramón se volvió espantoso, y le temblaba la mandíbula carnicera, indicando como un prurito de ejercitarla contra la primera res que se le pusiera delante. «¿Pero cómo estás aquí? ¿Has venido con licencia?», fue lo único que dijo.

Víctor Cadalso sentóse frente a su suegro. El quinqué les separaba, y su luz, iluminando los dos rostros, hacía resaltar el vivo contraste entre una y otra persona. Era Víctor acabado tipo de hermosura varonil, un ejemplar de los que parecen destinados a conservar y transmitir la elegancia de formas en la raza humana, desfigurada por los cruzamientos, y que por los cruzamientos, reflujo incesante, viene de vez en cuando a reproducir el gallardo modelo, como para mirarse y recrearse en el espejo de sí misma, y convencerse de la permanencia de los arquetipos de hermosura, a pesar de las infinitas derivaciones de la fealdad. El claroscuro producido por la luz de la lámpara modelaba las facciones del guapo mozo. Tenía nariz de contorno puro, ojos negros, de ancha pupila, cuya expresión variaba desde el matiz más tierno hasta el más grave, a voluntad. La frente pálida tenía el corte y el bruñido que en escultura sirve para expresar nobleza. (Esta nobleza es el resultado del equilibrio de piezas cranianas y de la perfecta armonía de líneas.) El cuello robusto, el pelo algo desordenado y de azabache, la barba oscura también y corta, completaban la hermosa lámina de aquel busto, más italiano que español. La talla era mediana, el cuerpo tan bien proporcionado y airoso como la cabeza; la edad debía de andar entre los treinta y tres o los treinta y cinco. No supo responder terminantemente a la pregunta de su suegro, y, después de titubear un instante, se aplomó y dijo:

–Con licencia no...; es decir... he tenido un disgusto con el jefe. Salí sin dar cuenta a nadie. Ya conoce usted mi carácter. No me gusta que nadie juegue conmigo... Ya le contaré. Ahora vamos a otra cosa. Llegué esta mañana en el tren de las ocho y me metí en una casa de huéspedes de la calle del Fúcar. Allí pensaba quedarme. Pero estoy tan mal, que si ustedes *(doña Pura se hallaba todavía presente)* no se incomodan, me vendré aquí por unos días, nada más que por unos días.

Doña Pura se echó a temblar, y corrió a transmitir la fatal nueva a su hermana y a su hija. «¡Se nos mete aquí! ¡Qué horror de hombre! Nos ha caído quehacer.»

–Aquí estamos muy estrechos –objetó Villaamil con cara cada vez más fiera y tenebrosa–. ¿Por qué no te vas a casa de tu hermana Quintina?

–Ya sabe usted –replicó– que mi cuñado Ildefonso y yo estamos así... un poco de punta. Con ustedes me arreglo mejor. Yo les prometo ser pacífico y razonable, y olvidar ciertas cosillas.

–Pero, en resumidas cuentas, ¿sigues o no en tu destino de Valencia?

–Le diré a usted... *(Mascando las primeras palabras; pero discurriendo, al fin, una respuesta que disimulase su perplejidad.)* Aquel Jefe Económico es un trapisonda... Se empeñó en echarme de allí, y ha intentado formarme expediente. No conseguirá nada; yo tengo más conchas que él.

Villaamil dio un suspiro, tratando de descifrar por la fisonomía de su yerno el misterio de su intempestiva llegada. Pero sabía por experiencia que la cara de Víctor era impenetrable y que, histrión consumado, expresaba con ella lo que más convenía a sus fines.

–¿Y qué te parece tu hijo? –le preguntó al ver entrar a Pura con Luisín–. Está crecido, y le vamos defendiendo la salud. Delicadillo siempre, por lo cual no queremos apretarle para que estudie.

–Tiempo tiene –dijo Cadalso, abrazando y besando al niño–. Cada día se parece más a su madre, a mi pobre Luisa. ¿Verdad?

Al anciano se le humedecieron los ojos. Aquella hija malograda en la flor de la edad, fue todo su amor. El día de su temprana muerte, Villaamil envejeció de un golpe diez años. Siempre que alguien la nombraba en la casa, el pobre hombre sentía renovada su aflicción inmensa, y si quien la nombraba era Víctor, al pesar se mezclaba la repugnancia que inspira el asesino condoliéndose de su víctima después de inmolada. A doña Pura también se le abatieron los espíritus al ver y oír al que fue esposo de su querida hija. Luis se entristeció, más bien por rutina, pues había notado que cuando alguien pronunciaba en la casa el nombre de su mamá todos suspiraban y se ponían muy serios.

Víctor, llevando a su hijo, pasó a saludar a Milagros y a Abelarda. Aquélla le aborrecía de todo corazón, y respondió a su saludo con desdeñosa frialdad. La cuñadita se metió en su cuarto al sentirle; luego salió, y su color, siempre malo, era como el color de una muerta. Le temblaba la voz; quiso afectar el mismo desdén de su tía hacia Víctor; éste le apretaba la mano. «¿Ya estás aquí otra vez, perdido?» balbució ella, y sin saber qué hacer se volvió a meter en el aposento.

Entretanto, Villaamil, aprensivo y sobresaltado, se desperezaba en su asiento, como si quisiera crucificarse, y decía a su mujer:

–Este hombre traerá hoy la desgracia a nuestra casa como la ha traído siempre. Y si no, tú lo has de ver. Cuando le sentí la voz, creí que el infierno se nos metía por las puertas. Maldita sea la hora *(exaltándose y dejando caer con ruidosa pesadumbre las palmas de las manos sobre la mesa)* en que este hombre entró en mi casa por vez primera; maldita la hora en que nuestra querida hija se prendó de él, y maldito el día en que la casamos... Porque ya no tenía remedio. ¡Ojalá viviera mi hija deshonrada, ojalá!... ¡Qué estúpido afán de casar a las hijas sin saber con quién! ¡Ah! Pura, mucho cuidado con ese danzante; no te fíes. Tiene el arte de adornar su perversidad con palabras que, al pronto, embobán y seducen. A mí no me la da, no; a mí me engañó una vez sola. Pero pronto le calé, y ahora me pongo en guardia, porque es el hombre más malo que Dios ha echado al mundo.

–Pero, ¿no ha dicho a qué viene? ¿Le han dejado cesante? De seguro ha hecho alguna pillada y viene a que tú se la tapes.

–¡Yo! *(Espantado y echando los ojos fuera del casco.)* ¡Como no se la tape el moro Muza! A buena parte viene...

Llegada la hora de comer, Víctor, sentándose a la mesa con la mayor frescura, hubo de permitirse ciertos alardes de conversación jocosa. Todos le miraban con hostilidad, esquivando los temas joviales que quería sacar a relucir. A ratos se ponía ceñudo y receloso; pero a la manera de un actor que recobra su papel momentáneamente olvidado, tomaba la estudiada actitud bonachona y festiva. Luego reapareció la dificultad grave. ¿Dónde le ponían? Y doña Pura, sofocada ante la imposibilidad de alojar al intruso, se plantó diciéndole:

–No, no puede ser, Víctor; ya ves que no hay medio de tenerte en casa.

–No se apure usted, mamá –replicó él, acentuando con cariño el tratamiento–. Me quedaré aquí, en el sofá del comedor. Déme usted una manta, y dormiré como un canónigo.

Nada pudieron oponer a esta conformidad doña Pura y las otras *Miaus*. Cuando empezaron a llegar las personas que iban a la tertulia, Víctor dijo a su suegra:

–Mire usted, mamá, yo no me presento. No tengo malditas ganas de ver gente, al menos en algunos días. Me parece que he oído la voz de Pantoja. No le diga usted que estoy aquí.

–Pues no sé a qué vienen esos incógnitos –replicóle amoscada su suegra–. ¿Te vas a estar de plantón en el comedor? Pues sabrás que voy a poner en esta mesa los vasos de agua, para que salgan a beber todos los que tengan sed. Y te advierto que Pantoja es hombre que me bebe media cuba todas las noches.

–Pues me meteré en el cuarto de Luis, si no pone usted el abrevadero en otra parte.

–¿Pero dónde?

–Nada, nada, mamá; por mi parte no altere usted sus costumbres. Váyase usted a la sala, donde ya tiene toda la *crème* reunida. No olvide ponerme aquí la manta. Mañana temprano traeré mi equipaje.

Cuando doña Pura transmitió a su marido el recelo de ser visto que en Cadalso notara, el buen señor se intranquilizó más y echó nuevas pestes contra el intruso. Puesta sobre la mesa del comedor la bandeja con los vasos de agua, único refrigerio que los Villaamil podían ofrecer a sus amigos, Cadalso se quedó un rato solo con su hijo, el cual mostraba aquella noche aplicación desusada.

–Estudias mucho? –preguntó su padre, acariciándole.

Y él contestó que sí con la cabeza, cohibido y vergonzoso, como si el estudiar fuese delito. Su padre era para él como un extraño, y al intentar hablarle, la timidez le ataba la lengua. El sentimiento que al pobre niño inspiraba aquel hombre era mezcla singularísima de respeto y temor. Le respetaba por el concepto de padre, que en su alma tierna tenía ya el natural valor; le temía porque en su casa había oído mil veces hablar de él en términos harto desfavorables. Era Cadalso el papá malo, como Villaamil era el papá bueno.

Al sentir los pasos de algún tertulio sediento que venía al abrevadero, Víctor se colaba en el cuarto de Milagros. Conoció por la voz a Ponce, que amén de crítico era novio de Abelarda; reconoció también a Pantoja, empleado en Contribuciones, amigo de Villaamil y aun del propio Cadalso, quien le tenía por la máquina humana más inútil y roñosa que en oficinas existiera. No pudo dejar de notar que una de las personas que más sed tuvieron aquella noche fue Abelarda. Salió dos o tres veces a beber, y además quiso sustituir a su tía Milagros en la obligación de acostar al pequeño. Estando en ello, se metió Víctor en la alcoba, huyendo de otro tertulio sofocado que iba a refrescarse.

–Papá está muy inquieto con esta aparición tuya –le dijo Abelarda sin mirarle–. Has entrado en casa como Mefistófeles, por escotillón, y todos nos alteramos al verte.

–¿Me como yo a la gente? –respondió Víctor, sentándose en la misma cama de Luis–. Por lo demás, en mi venida no hay misterio; hay algo, sí, que no comprenderán tu padre y tu madre; pero tú lo comprenderás cuando te lo explique, porque tú eres buena para mí, Abelarda; tú no me aborreces como los demás, sabes mis desgracias, conoces mis faltas y me tienes compasión.

Insinuó esto con mucha dulzura, contemplando a su hijo, ya medio desnudo. Abelarda evitaba mirarle. No así Luisito, que había clavado los ojos en su padre, como queriendo descifrar el sentido de sus palabras.

–¡Lástima yo de ti! –repuso, al fin, la insignificante con voz trémula–. ¿De dónde sacas eso?... ¿Si pensarás que creo algo de lo que dices? A otras engañarás, ¡pero a la hija de mi madre...!

Y como Víctor empezase a replicarle con cierta vehemencia, Abelarda le mandó callar con un gesto expresivo. Temía que alguien viniese o que Luis se enterase, y aquel gesto señaló una nueva etapa en el diálogo.

–No quiero saber nada –dijo, determinándose al fin a mirarle cara a cara.

–¿Pues a quién he de confiarme yo si no me confío a ti..., la única persona que me comprende?

–Vete a la iglesia, arrodíllate ante el confesionario...

–La antorcha de la fe se me apagó hace tiempo. Estoy a oscuras –declaró Víctor, mirando al chiquillo, ya con las manos cruzadas para empezar sus oraciones.

Y cuando el niño hubo terminado, Abelarda se volvió hacia el padre, diciéndole con emoción:

–Eres muy malo, muy malo. Conviértete a Dios, encomiéndate a él, y...

–No creo en Dios –replicó Víctor con sequedad–; a Dios se le ve soñando, y yo hace tiempo que desperté.

Luisito escondió su faz entre las almohadas, sintiendo un frío terrible, malestar grande y todos los síntomas precursores de aquel estado en que se le presentaba su misterioso amigo.

Capítulo 11

A las doce, cuando los tertulios desfilaron, Cadalso se acomodó en el sofá del comedor, cubriéndose con la manta que Abelarda le diera. Ignoraba él que su cuñada se acostaría vestida aquella noche por carecer de abrigo. Retiráronse todos, menos Villaamil, que no quiso recogerse sin tener una explicación con su yerno. La lámpara del comedor había quedado encendida, y el abuelo, al entrar, vio a Víctor incorporado en su duro lecho, con la manta liada de medio cuerpo abajo. Comprendió al punto el yerno que su padre político quería palique, y se preparó, cosa fácil para él, pues era hombre de imaginación pronta, de afluente palabra, de salidas ágiles y oportunas, a fuer de meridional de pura sangre, nacido en aquella costa granadina que tiene detrás la Alpujarra y enfrente a Marruecos. «Este tío –pensó– me quiere embestir. A buena parte viene... Empiece la brega. Le trastearemos con gracia.»

–Ahora que estamos solos –dijo Villaamil, con aquella gravedad que imponía miedo–, decídete a ser franco conmigo. Tú has hecho algún disparate, Víctor. Te lo conozco en la cara, aunque tu cara pocas veces dice lo que piensas. Confiésame la verdad, y no trates de marearme con tus pases de palabras ni con esas ideas raras de que sacas tanto partido.

–Yo no tengo ideas raras, querido don Ramón; las ideas raras son las de mi señor suegro. Debemos juzgar las ideas de las personas por el pelo que éstas echan. ¿Le han colocado a usted ya? Se me figura que no. Y usted sigue tan fresco, esperando su remedio de la justicia, que es lo mismo que esperarlo de la luna. Mil veces le he dicho a usted que el mismo Estado es quien nos enseña el derecho a la vida. Si el Estado no muere nunca, el funcionario no debe perecer tampoco administrativamente. Y ahora le voy a decir otra cosa: mientras no cambie usted de papeles, no le colocarán; se pasará los meses y los años viviendo de ilusiones, fiándose de palabras zalameras y de la sonrisa traidora de los que se dan importancia con los tontos, haciendo que les protegen.

–Pero tú, necio –dijo Villaamil enojadísimo–, ¿has llegado a figurarte que yo tengo esperanzas? ¿De dónde sacas, majadero, que yo me forje ni la milésima parte de una condenada ilusión? ¡Colocarme a mí! No se me pasa por la imaginación semejante cosa, no espero nada, nada, y digo más: hasta me ofende el que me supone pendiente de formulillas y de palabras cucas.

–Como siempre le he conocido a usted así, tan confiado, tan optimista...

–¡Optimista yo! *(Muy contrariado.)* Vamos, Víctor, no te burles de estas canas. Y, sobre todo, no desvíes la cuestión. Ahora no se trata de mí, sino de ti. Vuelvo a mi pregunta: ¿Qué has hecho? ¿Por qué estás aquí, y por qué te escondes de la gente?

–Es que las tertulias de esta casa me cargan. Ya sabe usted que soy muy extremado en mis antipatías. Yo no me escondo; es que no quiero ver la cara de Ponce, con sus ojos pitañosos, ni que me hable Pantoja, el cual tiene un aliento que da el *quién vive.*

–No se trata del aliento de Pantoja, sino de que tú no has dejado tu destino con la frente alta.

–Tan alta, que si mi jefe dice algo contra mí tengo medios de mandarle a presidio. *(Acalorándose.)* Sepa usted que he prestado servicios tales que, si el Estado fuera agradecido, ya sería yo jefe de Administración. Pero el Estado es esencialmente ingrato, bien lo sabe usted, y no sabe premiar. Si el funcionario inteligente no se recompensa a sí propio, está perdido. Para que usted se entere: cuando fui a Valencia a encargarme de Propiedades e Impuestos, el Negociado estaba por los suelos. Mi antecesor era un cómico sin voz, que recibió el empleo como jubilación de la escena. El infeliz no sabía por dónde andaba. Llegué yo y, *¡arsa!,* a trabajar. ¡Qué lío! Las cédulas personales no se cobraban ni a tiros. En Consumos había descubiertos horribles. Llamé a los alcaldes, les apremié, les metí el resuello en el cuerpo. Total, que saqué una millonada para el Tesoro, millonada que se habría perdido sin mí... Entonces reflexioné y dije: «¿Cuál es la consecuencia natural del inmenso servicio que he prestado a la Nación? Pues la consecuencia natural, lógica, ineludible de defender al Estado contra el contribuyente es la ingratitud del Estado. Abramos, pues, el paraguas para resguardarnos de la ingratitud, que nos ha de traer la miseria.»

–No se puede decir más claro que tus manos no están muy limpias.

–No hay tal; no señor. *(Incorporándose y accionando con mucha energía.)* Porque, mediador, entre el contribuyente y el Estado, debo impedir que ambos se devoren, y no quedarían más que los robos si yo no los pusiera en paz. Yo formo parte de la entidad contribuyente, que es la Nación; yo formo parte del Estado, como funcionario. Con esta doble naturaleza, yo, mediador, tengo que asegurar mi vida para seguir impidiendo el choque mortal entre el contribuyente y el Estado...

–Ni te entiendo, ni te entenderá nadie. *(Con gesto de ira y desprecio.)* El mismo de siempre. Con esas chuscadas de tu ingenio quieres ocultar tus trapisondas. Pues, ¿sabes lo que te digo? Que en mi casa no puedes estar.

–No se acalore, mi querido suegro. Entre paréntesis, no he pretendido que me tenga aquí por mi linda cara. Pagaré mi pupilaje... Será por pocos días, porque en cuanto me asciendan...

–¡Ascenderte! ¿Qué dices? *(Como si le hubiera picado un escorpión.)*

–¡Ay! ¿Pues usted qué se creía? ¡Qué inocente! Siempre el mismo don Ramón, la virginal doncella. Que le traigan tila. Ya... ¿qué creía usted? ¿Que yo no soy de Dios y no debo ascender? ¿Sabe que llevo dos años de oficial primero y me corresponde el ascenso a Jefe de Negociado de tercera, por la ley de Cánovas? Y usted, que tan optimista es en lo propio y tan pesimista en lo ajeno, creerá que me voy a pasar la vida escribiendo cartas, espiando la sonrisa de un Director general o quitándole motas a Cucúrbitas. No, señor mío, yo no voy al trapo rojo, sino al bulto.

–Sí, sí, lo que es a descarado no te gana nadie; y digo más... por lo mismo que no tienes vergüenza *(lívido de ira y tragándose su propia amargura)*, consigues todo lo que quieres... El mundo es tuyo... Vengan ascensos, y ¡ole morena!

–En cambio usted *(con cruel sarcasmo)*, siga meciéndose en esos dulces éxtasis, siga creyendo que las mariposillas le traen la credencial, y despiértese todos los días diciendo: «hoy, hoy será», y lea *La Correspondencia* por las noches con la esperanza de ver su nombre en ella.

–Te repito de una vez para siempre *(deseando tener a mano una botella, tintero o palmatoria que tirarle a la cabe-*

za) que yo no espero nada, ni pienso que me colocarán jamás. En cambio estoy convencido de que tú, tú, que acabas de defraudar al Tesoro, tendrás el premio de tu gracia, porque así es el mundo, y así está la cochina Administración... ¡Dios mío! ¡Que viva yo para ver estas cosas! *(Levantándose y llevándose las manos a la cabeza.)*

–Lo que tiene usted que hacer *(con cierta fatuidad)* es aprender de mí.

–¡Bonito modelo! No quiero oírte, no quiero verte ni en pintura... Adiós. *(Marchándose y volviendo desde la puerta.)* Y ten entendido que yo no espero ni esto; que estoy conforme, que llevo con paciencia mi desgracia, y que no se me ocurre que me puedan colocar ahora, ni mañana, ni el siglo que viene..., aunque buena falta nos hace. Pero...

–¿Pero qué?... *(Echándose a reír malignamente.)* Vamos, ¿a que le coloco yo a usted si me atufo?

–¡Tú... tú! ¡Deberte yo a ti...!

Y fue tal su indignación, que no quiso hablar más, temeroso de hacer un disparate; y, pegando un portazo que estremeció la casa, huyó a su alcoba y arrojóse en la inquieta superficie de su camastro, como un desesperado al mar.

Víctor se arrebujó en la manta, tratando de dormir; pero hallábase excitadísimo, más que por el altercado con su suegro, por la memoria de sucesos recientes, y no podía conciliar el sueño, no siendo tampoco extraña a este fenómeno la dureza del banco en que reposaba. La luz menguó de tal manera después de media noche, que apenas alumbraba con incierto resplandor la estancia; y en el cerebro insomne y febril de Víctor, esta penumbra y el olor a comida fiambre que flotaba en la atmósfera, se confundían en una sola impresión desagradable. Examinó punto por punto el comedor, las paredes vestidas de papel, a trozos desgarrado, a trozos sucio. En algunos sitios, particularmente junto a las puertas, la crasitud marcaba el roce de las

personas; en otros se veían impresas las manos de Luisito
y aun los trazos de su artístico lápiz. El techo, ahumado en
la proyección de la lámpara, tenía dos o tres grietas, dibu-
jando una inmensa M y quizás otras letras menos claras.
En la pared, agujeros de clavos, de los cuales colgaron en
otros tiempos láminas. Víctor recordaba haber visto allí
un reloj, que nunca había dicho *esta campana es mía,* y se-
ñalaba siempre una hora inverosímil; también hubo anta-
ño bodegones al cromo con sandías y melones despanzu-
rrados. Láminas y reloj habían desaparecido, como carga
que se arroja al mar para que el barco no zozobre. El aparador subsistía; pero, ¡qué viejo y qué aburrido estaba, con
sus vivos negros despintados, un cristal roto, caído el copete! Dentro de él se veían algunas copas boca abajo, vina-
greras con frascos desiguales, un limón muy arrugado, un
molinillo de café, latas mugrientas y algunas piezas de
loza. La puerta que conducía al pasillo de la cocina estaba
cubierta por un pesado portier de abacá, mugriento por el
borde en que lo sobaban las manos, y con una claraboya en
medio, que bien pudiera servir de torno.

Cansado de mudar posturas, Víctor se incorporó en su lecho, que parecía un potro, y su desasosiego paró en desvarío mental. Le entraron ganas de explicarse consigo mismo,
de deshacer con recriminaciones el nublado de su alma, y en
voz no muy alta, pero perceptible, se expresó de este modo:
«Esto es mío, estúpidos. Ratas de oficina, idos a roer expedientes. Yo valgo más que vosotros; en un día sé despabilar
yo todo el trabajo del Negociado, correspondiente a un
mes.»

Después se echó, asustado de su propio acento. Y al poco
rato, los ojos cerrados, el ceño fruncido, reprodujo en su cerebro, como ciertos sonámbulos, el caso cuya reminiscencia
no podía echar de sí.

«Los consumos... ¡ah! los consumos. Son la más ingeniosa de las invenciones. ¡Pícaros pueblos! Por no pagar, son ellos capaces de venderse al diablo... ¡Y cómo les sabe a cuerno quemado la cuenta corriente que se les lleva! Y que a mí no me joroban. Al que me cerdee, le abraso vivo. ¡Ah! en la expedición de los apremios está el *quid*. Y como nunca falta un roto para un descosido, nada más fácil que ponerse de acuerdo con el interventor para formar la relación de apremios. ¡Feliz el pueblo que se escabulle de la relación, aunque tenga dos semestres en descubierto!... Señor Alcalde, entendámonos. ¿Ustedes quieren respirar? Pues yo también necesito oxígeno. Todos somos hijos de Dios... Y tú, Hacienda, ¿por qué te amontonas? ¿No te salvé yo más de seis millones que mi antecesor dio por perdidos? Pues entonces, ¿a qué ese lloriqueo de mujer arrastrada? Quien presta tan grandes servicios, ¿no merece premio? ¿No hemos de ponernos a cubierto de la ingratitud del Estado, agradeciéndonos nosotros mismos nuestros leales servicios? La recompensa es el principio de la moralidad, es la aplicación de la justicia, del derecho, del *Jus*, a la Administración. Un Estado ingrato, indiferente al mérito, es un Estado salvaje... Lo que yo digo: dondequiera que hay el *haber* de un servicio, hay el *debe* de una comisión. Partida por partida, esto es elemental. Yo doy al Estado con una mano seis millones que andaban trasconejados, y alargo la otra para que me suelte mi comisión... ¡Ah!, perro Estado, ladrón, indecente, ¿qué querías tú? ¿Mamarte los millones y después dejarme asperges? ¡Ah!, infame, eso habrías hecho si yo me descuido. Pues te juro que por listo que tú seas, más lo soy yo. Vamos de pillo a pillo. Y tú, contribuyente, ¿por qué me pones hocico? ¿No ves que te defiendo? Pero para que tú respires es preciso que respire yo también. Si yo me ahogo, vendrá otro que te sacará el redaño.

»¡Y ese estúpido Jefe, ese animal, ese bandido que en Pontevedra se merendó la suscripción para los náufragos y en Cáceres dejó en cueros a las viudas de los mineros muertos; ese que sería capaz de tragarse la Necrópolis con todos sus difuntos, ¡quiere formarme expediente! Pero la comprobación es muy difícil, tunante, y si me pinchas, te denunciaré, te sacaré los trapitos a la calle, con datos, con fechas, con números. Yo tengo buenos amigos, y manos blancas que me defiendan... Eso es lo que tú no me perdonas... Te come la envidia. Y por eso te revuelves contra mí ahora, tomador, que no sirviendo para afanar relojes, te metiste a empleado.»

Y al cabo de un cuarto de hora, cuando parecía que había encontrado el sueño, soltó de improviso la risa, diciendo: «No me pueden probar nada. Pero aunque me lo probaran...» Por fin se durmió, y tuvo una pesadilla, semejante a otras que en los casos de agitación moral turbaban su descanso. Soñó que iba por una galería muy larga, inacabable, con paredes de espejos, que hasta lo infinito repetían su gallarda persona. Iba por aquel inmenso callejón persiguiendo a una mujer, a una dama elegante, la cual corría agitando con el rápido mover de sus pies la falda de crujiente seda. Cadalso le veía los tacones de las botas, que eran... ¡cascarones de huevo! Quién podía ser la dama, lo ignoraba; era la misma con quien soñara otra noche, y al seguirla, se decía que todo aquello era sueño, asombrándose de correr tras un fantasma, pero corriendo siempre. Por fin ponía la mano en ella, la dama se paraba y se volvía, diciéndole con voz ronca: «¿Por qué te empeñas en quitarme esta cómoda que llevo aquí?» En efecto, la dama llevaba en la mano una cómoda ¡de tamaño natural!, y la llevaba tan desahogadamente como si fuera un portamonedas. Entonces Víctor despertaba sintiendo sobre sí un peso tal que no podía moverse, y un terror supersticioso que no sabía relacionar ni con la cómoda, ni con la dama, ni con los espejos. Todo ello era estúpido y sin ningún sentido.

Despierto, tenían más miga los sueños de Cadalso, por-

que toda la vida se la llevaba pensando en riquezas que no
tenía, en honores y poder que deseaba, en mujeres hermo-
sas, cuyas seducciones no le eran desconocidas, en damas
elegantes y de alta alcurnia que con ardentísima curiosidad
anhelaba tratar y poseer, y esta aspiración a los supremos
goces de la vida le traía siempre intranquilo, vigilante y en
acecho. Devorado por el ansia de introducirse en las clases
superiores de la sociedad, creía tener ya en las manos un
cabo y el primer nudo de la cuerda por donde otros menos
audaces habían logrado subir. ¿Cuál era este nudo? Ved
aquí un secreto que por nada del mundo revelaría Cadalso
a sus vulgarísimos y apocados parientes los de Villaamil.

Capítulo 12

Apareciósele muy temprano *la figura arrancada a un cuadro de Fra Angélico,* por otro nombre doña Pura, quien le acometió con el arma cortante de su displicencia, agravada por la mala noche que un dolorcillo de muelas le hizo pasar. «Ea, despejarme el comedor. Ve a lavarte a mi cuarto, que tenemos precisión de barrer aquí. Lárgate pronto si no quieres que te llenemos de polvo.» Apoyaba esta admonición, de una manera más persuasiva, la segunda *Miau,* que se presentó escoba en mano.

–No se enfade usted, mamá. *(A doña Pura le cargaba mucho que su yerno la llamase* mamá.) Desde que está usted hecha una potentada no se la puede aguantar. ¡Qué manera de tratar a este infeliz!

–Eso es, búrlate... Es lo que te faltaba para acabar de conquistarnos. ¡Y que tienes el don de la oportunidad! Siempre te descuelgas por aquí cuando estamos con el agua al cuello.

–¿Y si dijera que precisamente he venido creyendo ser muy oportuno? A ver... ¿qué respondería usted a esto? Porque no conviene despreciar a nadie, querida mamá, y se dan casos de que el huésped molesto nos resulte Providencia de la noche a la mañana.

–Buena Providencia nos dé Dios. *(Siguiéndole hacia el cuarto donde Víctor pensaba lavarse.)* ¿Qué quieres decir? ¿Que vas a apretar la cuerda que nos ahorca?

–Tanto como está usted chillando ahí *(con zalamería)* y todavía soy hombre para convidarla a usted a palcos por asiento.

–Ninguna falta nos hacen tus palcos... ¡Ni qué has de convidar tú, si siempre te he conocido más arrancado que el Gobierno!

–Mamá, mamá, por Dios, no rebaje usted tanto mi dignidad. Y, sobre todo, el que yo sea pobre no es motivo para que se dude de mi buen corazón.

–Déjame en paz. Ahí te quedas. Despacha pronto.

–Prefiero ver delante de mí el puñal del asesino a ver malas caras. *(Deteniéndola por un brazo.)* Un momento. ¿Quiere usted que pague mi hospedaje?

Sacó su cartera en el mismo instante, y a doña Pura se le encandilaron los ojos viendo que abultaba y que el bulto lo hacía un grueso manojo de billetes de Banco.

–No quiero ser gravoso. *(Dándole un billete de 100 pesetas.)* Tome usted, querida mamá, y no juzgue mis intenciones por la insuficiencia de mis medios.

–Pues no creas... *(echando la zarpa al billete, como si éste fuera un ratón)*, no creas que voy a llevar mi delicadeza hasta lo increíble, rechazando con indignación tu dinero, a estilo de teatro. No estamos ahora para escrúpulos ni para indignaciones cursis. Lo tomo, sí, lo tomo, y voy a pagar con él una deuda sagrada, y además, nos viene bien para...

–¿Para qué?

–Déjame a mí. ¿Quién no tiene sus secretillos?

–Y un hijo, un hijo cariñoso, ¿no merece ser depositario de esos secretos? Gracias por la confianza que merezco. Yo creí que me apreciaban más. Querida mamá, aunque usted no me considere de la familia, yo no puedo desprenderme de ella. Mándeme usted que no les quiera, y no obedeceré... En otra parte puedo entrar con indiferencia, pero en esta casa no; y cuando en ella noto síntomas de estrechez, aunque usted me lo prohíba, me tengo que afligir... *(Poniéndole cariñosamente la mano en el hombro.)* Simpática suegra, no me gusta que papá ande sin capa.

–¡Pobrecito!... Y qué le hemos de hacer... Su situación viene siendo muy triste hace tiempo. La cesantía va estirando más de lo que creíamos. Sólo Dios y nosotras sabemos las amarguras que en esta casa se pasan.

–Menos mal si el remedio viene, aunque sea de la persona a quien no se estima. *(Dándole otro billete de igual cantidad, que doña Pura se apresuró a recoger.)*

–Gracias... No es que no te estimemos; es que tú...

–He sido malo, lo confieso *(patéticamente);* reconocerlo es señal de que ya no lo soy tanto. Tengo mis defectos como cada *quisque;* pero no soy empedernido, no está mi corazón cerrado a la sensibilidad, ni mi entendimiento a la experiencia. Yo seré todo lo malo que usted quiera; pero, en medio de mi perversidad, tengo una manía, vea usted...: no tolero que esta familia, a quien tanto debo, pase necesidades. Me da por ahí...; llámelo usted debilidad o como quiera. *(Dándole un tercer billete con gallardía generosa, sin mirar la mano que lo daba.)* Mientras yo gane un real no consiento que el padre de mi pobre Luisa vista indecorosamente, ni que mi hijo ande desabrigado.

–Gracias, Víctor, gracias. *(Entre conmovida y recelosa.)*

–No tiene usted por qué darme las gracias. No hay mérito ninguno en cumplir un deber sagrado. Se me ocurre que podría usted tomar hasta dos mil reales, porque no serán una ni dos las cosas que se han ido a Peñaranda.

–Rico estás... *(Con escama de si serían falsos los billetes.)*

–Rico, no... Ahorrillos. En Valencia se gasta poco. Se encuentra uno con economías sin notarlo. Y repito que, si usted me habla de agradecimiento, me incomodo. Yo soy así. ¡He variado tanto! Nadie sabe la pena que siento al recordar los malos ratos que he dado a ustedes, y sobre todo a mi pobre Luisa. *(Con emoción falsa o verdadera; pero tan bien expresada, que a doña Pura se le humedecieron los ojos.)* ¡Pobre alma mía! ¡Que no pueda yo reparar los agravios que aquella santa recibió de mí! ¡Que no pueda yo resucitarla para que vea mi corazón mudado, aunque luego nos muriéramos los dos! *(Dando un gran suspiro.)* Cuando la muerte se interpone entre la culpa y el arrepentimiento, no tiene uno ni el amargo consuelo de pedir perdón a quien ha ofendido.

–¡Cómo ha de ser! No pienses ahora en cosas tristes. ¿Quieres otra toalla? Aguarda. Y si necesitas agua caliente te la traeré volando.

–No; nada de molestarse por mí. Pronto despacho, y en seguida iré a traer mi equipaje.

–Pues, si se te ocurre algo, llamas... La campanilla no hay quien la haga sonar. Te asomas a la puerta y me das una voz.

Aquel hombre, que sabía desplegar tan variados recursos de palabra y de ingenio cuando se proponía mortificar a alguien, ya con feroz sarcasmo, ya hiriendo con delicada crueldad las fibras más irritables del corazón, entendía maravillosamente el arte de agradar, cuando entraba en sus miras. A doña Pura no la cogían de nuevas las demostraciones insinuantes de su yerno; pero esta vez, sea porque fuesen acompañadas de donación en metálico, sea porque Víctor extremara sus zalamerías, la pobre señora le tuvo por moralmente reformado o en camino de ello siquiera. Corridas algunas horas, no pudo la *Miau* ocultar a su cónyuge que tenía dinero, pues el disimular las riquezas era cosa enteramente incompatible con el carácter y los hábitos de doña Pura. Interrogóla Villaamil sobre la procedencia de

aquellos que modestamente llamaba *recursos,* y ella confesó
que se los había dado Víctor, por lo cual se puso don Ramón
muy sobresaltado, y empezó a mover la mandíbula con
saña, soltando de su feroz boca algunos vocablos que asus-
tarían a quien no le conociera.

–¡Pero qué simple eres!... Si no me ha dado más que una
miseria. Pues, ¿qué querías tú, que le mantenga yo el pico?
Bonitos estamos para eso. Le he acusado las cuarenta... clarito, clarito. Si se empeña en estar aquí, que contribuya a los
gastos de la casa. ¡Bah! ¡Qué cosas dices! Que ha defrauda-
do al Tesoro. Falta probarlo... Serán cavilaciones tuyas.
Vaya usted a saber. Y, en último caso, ¿es eso motivo para
que viva a costa nuestra?

Villaamil calló. Tiempo hacía que estaba resignado a que
su señora llevase los pantalones. Era ya achaque antiguo
que cuando Pura alzaba el gallo bajase él la cabeza, fiando al
silencio la armonía matrimonial. Recomendáronle, cuando
se casó, este sistema, que cuadraba admirablemente a su
condición bondadosa y pacífica. Por la tarde volvió doña
Pura a la carga, diciéndole:

–Con este poco de barro hemos de tapar algunos agujeros. Ve pensando en hacerte ropa. Es imposible que consiga
nada el que se presenta en los Ministerios hecho un mendigo, los tacones torcidos, el sombrero del año del hambre y el
gabán con grasa y flecos. Desengáñate: a los que van así nadie les hace caso, y lo más a que pueden aspirar es a una plaza en San Bernardino. Y como ahora te han de colocar, también necesitas ropa para presentarte en la oficina.

–Mujer, no me marees... No sabes el daño que me haces
con esa confianza de que no participo; al contrario, yo nada
espero.

–Pues sea lo que sea; si te colocan, porque sí, y si no, porque no, necesitas ropa. El traje es casi, casi la persona, y si no
te presentas como Dios manda, te mirarán con desprecio, y

eres hombre perdido. Hoy mismo llamo al sastre para que te haga un gabán. Y el gabán nuevo pide sombrero, y el sombrero, botas.

Villaamil se asustó de tanto lujo; pero, cuando Pura adoptaba el método gubernamental, no había medio de contradecirla. Ni se le ocultaba lo bien fundado de aquellas razones, y el valor social y político de las prendas de vestir; y harto sabía que los pretendientes bien trajeados llevan ya ganada la mitad de la partida. Vino, pues, el sastre llamado con urgencia, y Villaamil se dejó tomar las medidas, taciturno y fosco, como si más que de gabán fuesen medidas de mortaja.

Con la entrada del sastre tuvieron Paca y su marido comidilla para todo el resto del día y parte de la noche.

–¿No sabes, Mendizábal? Ha entrado también un sombrero nuevo. Desde que estamos en esta casa, y va para quince años, no he visto entrar más chisteras nuevas que la de hoy y la que estrenó don Basilio Andrés de la Caña, el que vivió en el tercero, a los pocos días de venir Alfonso. ¿Será que va a haber revolución?

–No me extrañaría –dijo Mendizábal–, porque ese Cánovas ha perdido los papeles. El periódico dice que hay crisis.

–Debe de haberla, y será que van a subir los de don Ramón. Tú, ¿quiénes son los del señor Villaamil?

–Los del señor Villaamil son las ánimas benditas... *(Echándose a reír.)* ¿Conque cobertera nueva y ropa maja? Pues mira, mujer, en vista de ese lujo... asiático, voy a subir ahorita mismo con los recibos atrasados, por si pagan todo o parte de lo que deben. A esta gente es menester acecharla, para cogerla en el momento económico, ¿me entiendes?; en el ínterin, como quien dice, de tener dinero, que es ni visto ni oído.

Miraba el memorialista a su perro, el cual parecía decirle con su expresiva jeta: «Arriba, mi amo, y no se descuide, que ahora tienen guita. Vengo de allí y están como unas pascuas. Por más señas, que han traído un salchichón italiano, gordo como mi cabeza, y que huele a gloria divina.»

Subió, pues, Mendizábal, precedido del can. Casi siempre, cuando el portero se aparecía con aquellos fatídicos papeles en la mano, Villaamil temblaba sintiendo herida su dignidad en lo más vivo, y a doña Pura se le ponía la boca amarga, los labios descoloridos y el corazón rebosando congoja y despecho. Ambos, cada cual en la forma propia de su temperamento, alegaban razones mil para convencer a Mendizábal de lo bueno que sería esperar al mes siguiente. Por dicha suya, el hombre *gorila,* aquel monstruo cuyas enormes manos tocarían el suelo a poco que la cintura se doblase, aquel tipo de transición zoológica en cuyo cráneo parecían verse demostradas las audaces hipótesis de Darwin, no ejercía con malos modos los poderes conferidos por el casero. Era, en suma, Mendizábal, con su fealdad digna de la vitrina de cualquier museo antropológico, hombre benévolo, indulgente, compasivo, que se hacía cargo de las cosas. Sentía lástima de la familia, y verdadero afecto hacia Villaamil. No apremiaba sino en términos comedidos y amistosos; y al rendir cuentas al casero, echaba por aquella boca horrenda, rascándose la oreja corta y chata, frases de intercesión misericordiosa en pro del inquilino atrasado *por mor* de la cesantía. Y gracias a esto, el propietario, que no era de los más déspotas, aguardaba con triste y filosófica resignación.

Cuando Villaamil y doña Pura no estaban en disposición de pagar, añadían a sus excusas algún oficioso párrafo con el memorialista, lisonjeándole y cayéndole del lado de sus aficiones. Decíale Villaamil: «¡Pero cuánto ha visto usted en este mundo, amigo Mendizábal, y qué de cosas habrá presenciado tan trágicas, tan interesantes, tan...!» Y el *gorila,* abarquillando los recibos, contestaba: «La historia de España no se ha escrito todavía, amigo don Ramón. Si yo plumeara mis memorias, vería usted...» Doña Pura extremaba aún más la adulación: «El mundo anda perdido. Mendizábal está en lo cierto: ¡mientras haya libertad de cultos y eso que llaman el racionalismo...!» Total, que el portero se guardaba los recibos, y a la señora se le alegraban las pajarillas. Ya teníamos otro mes de respiro.

Pero aquel día en que, por merced de la Providencia, les era dado pagar dos meses de los tres vencidos, ambos esposos rectificaron con cierta arrogancia aquel criterio de asentimiento. Villaamil habló con discreta autoridad de los ideales modernos, y doña Pura, al verle embolsar los billetes, dijo:

–Pero venga acá, Mendizábal, ¿para qué tiene esas ideas? ¿Y usted cree de buena fe que va a venir aquí don Carlos con la Inquisición y todas esas barbaridades? Vamos, que es preciso estar *(apuntando a la sien)* de la jícara para creer eso...

Mendizábal les contestó con frases truncadas, mal aprendidas del periódico que solía leer, y se alejó refunfuñando. Contraste increíble: se iba de mal humor siempre que llevaba dinero.

Capítulo 13

Antes de proseguir, evoquemos la doliente imagen de Luisa Villaamil, muerta aunque no olvidada, en los días de esta humana crónica. Pero, retrocediendo algunos años, la cogeremos viva. Vámonos, pues, al 68, que marca el mayor trastorno político de España en el siglo presente, y señaló además graves sucesos en los azarosos anales de la familia Villaamil.

Contaba Luisa cuatro años más que su hermana Abelarda, y era algo menos insignificante que ella. Ninguna de las dos se podía llamar bonita; pero la mayor tenía en su mirada algo de *ángel,* un poco más de gracia, la boca más fresca, el cuello y hombros más llenos y, por fin, la aventajaba ligeramente en la voz, acento y manera de expresarse. Las escasas seducciones de entrambas no las realzaba una selecta educación. Se habían instruido en tres o cuatro provincias distintas, cambiando de colegio a cada triquitraque, y sus conocimientos, aun en lo elemental, eran imperfectísimos. Luisa llegó a saber un francés macarrónico que apenas le consentía interpretar, sobando mucho el Diccionario, la

130

primera página del *Telémaco,* y Abelarda llegó a farfullar
dos o tres polcas, martirizando las teclas del piano. De cuatro niñas y un varón, frutos del vientre de doña Pura, sólo
se lograron aquellas dos; las demás crías perecieron a poco
de nacer. A principios de 1868, desempeñaba Villaamil el
cargo de Jefe Económico en una capital de provincia de tercera clase, ciudad arqueológica, de corto y no muy brillante
vecindario, famosa por su catedral y por la abundante cose-
cha de desportillados pucheros e informes pedruscos ro-
manos que al primer azadonazo salían del terruño. En
aquel *pueblo de pesca* pasó la familia de Villaamil la temporada triunfal de su vida, porque allí doña Pura y su hermana
daban el tono a las costumbres elegantes y hacían lucidísimo
papel, figurando en primera línea en el escalafón social.
Cayó entonces en la oficina de Villaamil un empleadillo joven
y guapo, de la clase de aspirantes con cinco mil reales, engendro reciente del caciquismo. Cómo fue a parar allí Víctor Cadalso es cosa que no nos importa saber. Era andaluz,
había estudiado parte de la carrera en Granada, se vino a
Madrid sin blanca, y aquí, después de mil alternativas, encontró un padrinazgo de momio, que le lanzó de un mano-
tazo a la vida burocrática, como se puede lanzar una pelota.
A poco de entrar en las oficinas de aquella provincia hízose
muy de notar, y como tenía atractivos personales, lenguaje
vivo y gracioso, buenas trazas para vestirse y desenvueltos
modales, no tardó en obtener la simpatía y agasajo de la familia del jefe, en cuya sala (no hay manera de decir *salones),*
bastante concurrida los domingos y fiestas de guardar, fue
desde la primera noche astro refulgente. Nadie le igualaba
en el donaire, generalmente equívoco, de la conversación,
en improvisar pasatiempos ingeniosos, en dar sesiones de
magnetismo, prestidigitación o nigromancia casera. Recitaba versos imitando a los actores más célebres, bailaba bien,
contaba todos los cuentos de Manolito Gázquez, y sabía,

como nadie, entretener a las señoras y embobar a las niñas.
Era el *lión* de la ciudad, el número uno de los chicos elegantes, espejo de todos en finura, garbo y ropa. La alta sociedad
se reunía alternativamente en la casa de Villaamil, en la del
Brigadier gobernador militar, cuya esposa era una jamona
de muchas campanillas, en la de cierto personaje, que era el
cacique, agente electoral y déspota de la comarca; pero la
casa en que había más refinamientos sociales era la de Villaamil, y las señoras de Villaamil las más encumbradas y
vanagloriosas. La esposa del cacique tenía hijas casaderas, la
Brigadiera no las tenía de ninguna edad, el Gobernador era
célibe; de modo que las del Jefe Económico, las *cacicas,* la
Gobernadora militar y la Alcaldesa, boticaria por añadidura, componían todo el mujerío distinguido de la localidad.
Eran las dueñas del cotarro elegante, las que recibían in-
cienso de aquella espiritada juventud masculina, con *cha-
quet* y hongo, las que asombraban al pueblo presentándose
en los Toros (dos veces al año) con mantilla blanca, las que
pedían para los pobres en la catedral el Jueves Santo, las
que visitaban al Obispo, las que daban el tono y recibían
constantemente el homenaje tácito de la imitación. En
aquellos tiempos le quedaban aún a Milagros algunos vestigios de su hermosa voz, mucha afinación y todo el compás. Todavía, haciéndose muy de rogar, casi casi a la fuerza,
se acercaba al piano y, soltando las rebañaduras de su arte,
les largaba allí un par de cavatinas que hacían furor. Los
palmoteos se oían desde la cercana plaza de la Constitu-
ción, y las alabanzas duraban toda la noche, amenizando el
baile y los juegos de prendas.

Ornamento de esta sociedad fue, desde que en ella se in-
trodujo, Víctor Cadalso, artista social digno de teatro mejor, y no con las facultades marchitas como las de Milagros,
sino en la plenitud de su poder y lozanía. Por esto sucedió lo
que debía suceder, que Luisa se prendó del aspirante repen-

tina y locamente, desde la primera noche que se vieron, con ese amor explosivo en que los corazones parece que están llenos de pólvora cuando los traspasa la inflamada flecha. Esto suele ocurrir en las clases populares y en las sociedades primitivas, y pasa también alguna vez en el seno del vulgo infatuado y sin malicia, cuando cae en él, como rayo enviado del Cielo, un ser revestido de apariencias de superioridad. La pasión súbita de Luisa Villaamil fue tan semejante a la de Julieta, que al día siguiente de hablarle por primera vez no habría vacilado en huir con Víctor de la casa paterna, si él se lo hubiera propuesto. Siguieron al flechazo unos amoríos furibundos. Luisa perdió el sueño y el apetito. Había carteo dos o tres veces al día y telégrafos a todas horas. Por la noche espiaban la coyuntura de verse a solas, aunque fuese breves momentos. La enamorada chica contaba sus tristezas y sus alegrones a la luna, a las estrellas, al gato, al jilguero, a Dios y a la Virgen. Hallábase dispuesta, si la ley de su amor se lo exigía, a cualquier género de heroicidad, al martirio. Doña Pura no tardó en contrariar aquellos amores, porque soñaba con el ayudante del Brigadier para yerno; y Villaamil, que empezó a columbrar en el carácter de Víctor algo que no le agradaba, hubo de gestionar con el cacique para que le trasladasen a otra provincia. Los amantes, guiados por la perspicacia defensiva que el amor, como todo gran sentimiento, lleva en sí, olfatearon el peligro, y ante el enemigo se juraron fidelidad eterna, resolviendo ser dos en uno y antes morir que separarse, con todo lo demás que en estos apretados lances se acostumbra. El delirio les extraviaba, y la oposición les precipitó a estrechar de tal modo sus lazos, que nadie fuera poderoso a desatarlos. En resolución, que el amor se salió con la suya, como suele. Trinaron los señores de Villaamil; pero, pensándolo bien, ¿qué remedio quedaba más que arreglar aquel desavío como se pudiese?

Luisa era toda sensibilidad, afecto y mimo; un ser desequilibrado, incapaz de apreciar con sentido real las cosas de la vida. Vibraban en ella el dolor y la alegría con morbosa intensidad. Tenía a Víctor por el más cabal de los hombres, se extasiaba en su guapeza y era completamente ciega para ver las jorobas de su carácter. Los seres y las acciones eran como hechuras de su propia imaginación, y de aquí su fama de escaso mundo y discernimiento. Fue padrino del bodorrio el cacique, y su regalo sacarle a Víctor una credencial de ocho mil, lo que agradecieron mucho don Ramón y su mujer, pues una vez incorporado Cadalso a la familia, no había más remedio que empujarle y hacer de él un hombre. A poco estalló la Revolución, y Villaamil, por deber aquel destino a un íntimo de González Bravo, quedó cesante. Víctor tuvo aldabas y atrapó un ascenso en Madrid. Toda la familia se vino por acá, y entonces empezaron de nuevo las escaseces, porque Pura había tenido siempre el arte de no ahorrar un céntimo, y una gracia especial para que la paga de primero de mes hallase la bolsa más limpia que una patena.

Volviendo a Luisa, sépase que, comido el pan de la boda, seguía embelesada con su marido, y que éste no era un modelo. La infeliz niña vivía en ascuas, agrandando cavilosamente los motivos de su pena; le vigilaba sin descanso, temerosa de que él partiese en dos su cariño o se lo llevase todo entero fuera de casa. Entonces empezaron las desavenencias entre suegros y yerno, enconadas por enojosas cuestiones de interés. Luisa pasaba las horas devorada por ansias y sobresaltos sin fin, espiando a su marido, siguiéndole y contándole los pasos de noche. Y el truhán, con aquella labia que Dios le dio, sabía desarmarla con una palabrita de miel. Bastaba una sonrisa suya para que la esposa se creyese feliz, y un monosílabo adusto para que se tuviera por inconsolable. En marzo del 69 vino al mundo Luisito, quedando la madre tan desmejorada y endeble, que desde entonces pudieron, los que constantemente la veían, augurar su cercano fin. El niño nació raquítico, expresión viva de las ansias y aniquilamiento de su madre. Pusiéronle ama, sin ninguna esperanza de que viviera, y estuvo todo el primer año si se va o no se va. Y por cierto que trajo suerte a la familia, pues, a los seis días de nacido, dieron al abuelo un destino con ascenso, en Madrid, y de este modo pudo doña Pura bandearse en aquel golfo de trampas, imprevisión y despilfarro. Víctor se enmendó algo. Cuando ya su mujer no tenía remedio, mostróse con ella cariñoso y solícito. Padecía la infeliz accesos de angustiosa tristeza o de alegría febril, cuyo término era siempre un ataque de hemoptisis. En el último período de su enfermedad, el cariño de su marido se le recrudeció en términos que parecía haber perdido la razón y, cuando él no estaba presente, llamábale a gritos. Por una de esas perversiones del sentimiento que no se explican sin un desorden cerebral, su hijo llegó a serle indiferente; trataba a sus padres y a su hermana con esquiva sequedad. Toda la atención de su alma era para el ingrato, para él todos sus acentos de amor, y sus ojos habían eliminado cuantas hermosuras existen en el mundo moral y físico, quedándose tan sólo con las que su exaltada pasión fantaseaba en él.

Villaamil, que conocía la incorrecta vida de su yerno fuera de casa, empezó a tomarle aborrecimiento; Pura, más conciliadora, dejábase engatusar por las traidoras palabras de Cadalso, y a condición de que éste tratara con piedad y buenos modos a la pobre enferma, se daba por satisfecha y perdonaba lo demás. Por fin, la demencia, que no otro nombre merece, de la infortunada Luisa tuvo fatal término en una noche de San Juan. Murió llorando de gratitud porque su marido la besaba ardientemente y le decía palabras amorosas. Aquella mañana había sufrido un ataque de perturbación mental más fuerte que los anteriores,

y se arrojó del lecho pidiendo un cuchillo para matar a Luis.
Juraba que no era hijo suyo, y que Víctor le había traído a la
casa en una cesta debajo de la capa. Fue aquel día de acerbo
dolor para toda la familia, singularmente para el buen Villaamil, que, sin ruidoso duelo exterior, mudo y con los ojos casi
secos, se desquició y desplomó interiormente, quedándose
como ruina lamentable, sin esperanza, sin ilusión ninguna
de la vida; y desde entonces se le secó el cuerpo hasta momi-
ficarse, y fue tomando su cara aquel aspecto de ferocidad famélica que le asemejaba a un tigre anciano e inútil.

La necesidad de un sueldo que permitiese economías le
lanzó a colocarse en Ultramar. Fue con un regular destino,
de los que proporcionan buenas obvenciones, y regresó a los
dos años con algunos ahorros, que se deshicieron pronto
como granos de sal en la mar sin fondo de la administración
de doña Pura. Emprendió segundo viaje con mejor empleo;
pero tuvo no sé qué cuestiones con el Intendente, y volvió
para acá en los aciagos días de los cantonales. El Gobierno
presidido por Serrano después del 3 de enero del 74 le mandó a Filipinas, donde se las prometía muy felices; pero una
cruel disentería le obligó a embarcarse para España sin
ahorros, y con el propósito firme de desempeñar la portería
de un Ministerio antes que pasar otra vez el charco. No le fue
difícil volver a Hacienda, y vivió tres años tranquilo, con
poco sueldo, siendo respetado por la Restauración, hasta
que en hora fatídica le atizaron un *cese* como una casa. Y el
tremendo anatema cayó sobre él cuando sólo le faltaban
dos meses para jubilarse con los cuatro quintos del sueldo
regulador, que era el de Jefe de Administración de tercera.
Acudió al Ministro, llamó a distintas puertas; todas las in-
tercesiones fueron solicitadas sin éxito. Poco a poco sucedió
a la molesta escasez la indigencia descarnada y aterradora;
los recursos se concluían, y se agotaron también los medios
extraordinarios y arbitristas de sostener a la familia.

Llegó por último la etapa dolorosísima para un hombre delicado, como Villaamil, de tener que llamar a la puerta de la amistad implorando socorro o anticipo. Había él prestado en mejor tiempo servicios de tal naturaleza a algunos que se los agradecieron y a otros que no. ¿Por qué no había de apelar al mismo sistema? Sobre todo, no podía discutirse si estas postulaciones eran o no decorosas. El que se quema no se pone a considerar si es conveniente o no sacudirse los dedos. El decoro era ya nombre vano, como la inscripción impresa en la etiqueta de una botella vacía. Poco a poco se gasta la vergüenza, como se gasta el diente de una lima, y las mejillas pierden la costumbre de colorearse. El desgraciado cesante llegó a adquirir maestría terrible en el arte de escribir cartas invocando a la amistad. Las redactaba con amplificaciones patéticas, y en un estilo que parecía oficial, algo parecido a los preámbulos de las leyes en que se anuncia al país aumento de contribución, verbigracia: «Es muy sensible para el Gobierno tener que pedir nuevos sacrificios al contribuyente...» Tal era el patrón, aunque el texto fuera otro.

Capítulo 14

P ara completar las noticias biográficas de Víctor, importa añadir que tenía una hermana llamada Quintina, esposa de un tal Ildefonso Cabrera, empleado en el ferrocarril del Norte; buenas personas ambos, aunque algo extravagantes. Faltándoles hijos, Quintina deseaba que su hermano le encomendase la crianza de Luis, y quizás lo habría conseguido sin las desavenencias graves que surgieron entre Víctor y su hermano político, por cuestiones relacionadas con la mezquina herencia de los hermanos Cadalso. Tratábase de una casa ruinosa y sin techo en el peor arrabal de Vélez-Málaga, y sobre si el tal edificio correspondía a Quintina o a Víctor, hubo ruidosísimas querellas. La cosa era clara, según Cabrera, y para probar su diafanidad, no inferior a la del agua, puso el asunto en manos de la curia, la cual, en poco tiempo, formó sobre él un mediano monte de papel sellado. Todo para demostrar que Víctor era un pillo, que se había adjudicado indebidamente la valiosa finca, vendiéndola y guardándose su importe. El otro lo echaba a broma, diciendo que el producto de su fraude no le había alcanzado para un par de botas. A lo que respondía Ildefonso que no era por el huevo, sino por el fuero; que no le incomodaba la pérdida material, sino la frescura de su cuñado; y por ésta y otras razones le llegó a cobrar odio tan profundo, que Quintina temblaba por Víctor cuando éste iba a la casa. Cabrera tenía el genio tan atropellado, que un día por poco descarga sobre Víctor los seis tiros de su revólver. La hermana de Cadalso deseaba que el pleito se transigiera y concluyesen aquellas enojosas cuestiones; y cuando su hermano fue a verla, a los pocos días de llegar de Valencia (aprovechando la ocasión en que la fiera de Ildefonso recorría el trozo de línea de que era inspector), le propuso esto: «Mira, si me das a tu Luis, yo te prometo desarmar a mi marido, que desea tanto como yo tener al niño en casa.» Trato inaceptable para Víctor, que aunque hombre de entrañas duras, no osaba arrancar al chiquillo del poder y amparo de sus abuelos. Quintina, firme en su pretensión, argumentaba: «¿Pero no ves que esa gente te le va a criar muy mal? Lo de menos serían los resabios que ha de adquirir; pero es que le hacen pasar hambre al ángel de Dios. Ellas no saben cuidar criaturas, ni en su vida las han visto más gordas. No saben más que suponer y pintar la mona; ni se ocupan más que de si tal artista cantó o no cantó como Dios manda, y su casa parece un herradero.»

Aunque se trataban las *Miaus* y Quintina, no se podían ver ni en pintura, porque la de Cadalso, que era una buena mujer (con lo cual dicho se está que no se parecía a su hermano), tenía el defecto de ser excesivamente curiosa, refistolera, entrometida, olfateadora. Al visitar a las Villaamil, no entraba en la sala, sino que se iba de rondón al comedor, y más de una vez hubo de colarse en la cocina y destapar los pucheros para ver lo que en ellos se guisaba. A Milagros, con esto, se la llevaban los demonios. Todo lo preguntaba Quintina, todo lo quería averiguar y en todo meter sus ávidas

narices. Daba consejos que no le pedían, inspeccionaba la
costura de Abelarda, hacía preguntas capciosas y, en medio
de su cháchara impertinente, se dejaba caer con alguna re-
ticencia burlona, como quien no dice nada.

A Cadalsito le quería con pasión. Nunca se iba de la casa
sin verle, y siempre le llevaba algún regalillo, juguete o
prenda de vestir. A veces, se plantaba en la escuela y mareaba al maestro preguntándole por los adelantos del rapaz, a
quien solía decir: «No estudies, corazón, que lo que quieren
es secarte los sesitos. No hagas caso; tiempo tienes de echar
talento. Ahora come, come mucho, engorda y juega, corre y
diviértete todo lo que te pida el cuerpo.» En cierta ocasión,
observando a las *Miaus* bastante tronadas, les propuso que
le dieran el chico; pero doña Pura se indignó tanto de la
propuesta, que Quintina no hubo de plantearla más sino en
broma. Al bajar de la visita, echaba siempre una parrafada
con los memorialistas a fin de sonsacarles mil menudencias
sobre los del cuarto segundo; si pagaban o no la casa, si debían mucho en la tienda (aunque este conocimiento lo solía
beber en más limpias fuentes), si volvían tarde del teatro, si
la *sosa* se casaba al fin con el *gilí* de Ponce, si había entrado
el zapatero con calzado nuevo... En fin, que era una mosco-
na insufrible, un fiscal pegajoso y un espía siempre alerta.

Eran sus costumbres absolutamente distintas de las de
sus víctimas. No frecuentaba el teatro, vivía con orden admirable y su casa de la calle de los Reyes era lo que se dice
una tacita de plata. Físicamente, valía Quintina menos que
su hermano, que se llevó toda la guapeza de la familia; era
graciosa, mas no bella; bizcaba de un ojo, y la boca pecaba
de grande y deslucida, aunque la adornase perfecta denta-
dura. Vivía el matrimonio Cabrera pacíficamente y con desahogo, pues además del sueldo de inspector disfrutaba Ildefonso las ganancias de un tráfico hasta cierto punto clan-
destino, que consistía en traer de Francia objetos para el

culto y venderlos en Madrid a los curas de los pueblos vecinos y aun al clero de la Corte. Todo ello era género barato,
de cargazón, producto de la industria moderna que no
pierde ripio y sabe explotar la penuria de la Iglesia en los difíciles tiempos actuales. Cabrera tenía sus socios en Henda-
ya y entendíase con ellos, llevándoles telas, cornucopias,
plata de ley, algún cuadro y otras antiguallas substraídas a
las fábricas de los templos de Castilla, un día opulentos y
hoy pobrísimos. El toque de este comercio estaba, según in-
dicaciones maliciosas, en que al ir y venir pasaban las mercancías la frontera francas de derechos; pero esto no se ha
comprobado. De ordinario, la quincalla eclesiástica que
Cabrera introducía (objetos de latón dorado, todo falso,
frágil, pobre y de mal gusto) era tan barato en los centros de
producción y se vendía tan bien aquí, que soportaba sin dificultad el sobreprecio arancelario. En otras épocas, cuando
empezaba este negocio, solía Quintina introducirse en la
sacristía de cualquier parroquia con un bulto bajo el mantón, como quien va a pasar matute, y susurrar al oído del
ecónomo: «¿Quieren ustedes ver un cáliz que da la hora? Y
se pasmarán los señores del precio. La mitad que el género
Meneses...» Pero en breve la señora renunció al papel de
chalana, y recibió en su casa a los clérigos de Madrid y pueblos inmediatos. Últimamente importaba Cabrera enormes
partidas de estampitas para premios o primera comunión,
grandes cromos de los dos Sagrados Corazones, y por fin,
agrandando y extendiendo el negocio, trajo surtidos de
imágenes vulgarísimas, los San Josés por gruesas, los niños
Jesús y las Dolorosas a granel y en variados tamaños, todo
al estilo devoto francés, muy relamido y charolado, doradi-
tas las telas a la bizantina, y las caras con chapas de rosicler,
como si en el cielo se usara ponerse colorete. No sé si consistía en el trato familiar con las cosas santas o en una disposición de carácter el que Quintina fuera radicalmente es-

céptica. Lo cierto es que cumplía yendo a misa de Pascuas a
Ramos y rezando un poco, por añeja rutina, al acostarse. Y
nada de hociqueos con sacerdotes, como no fuera para en-
cajarles el *artículo* o sonsacarles alguna casulla vieja de bro-
cado, hecha un puro jirón.

Cadalsito iba de tiempo en tiempo a casa de la de Cabrera y se embelesaba contemplando las estampas. Cierto día
vio un Padre Eterno, de luenga y blanca barba, en la mano
un mundo azul, imagen que le impresionó mucho. ¿Se derivaba de esto el fenómeno extrañísimo de sus visiones? Nadie lo sabe; nadie quizás lo sabrá nunca. Pero, a lo mejor,
prohibióle su abuela volver a la casa aquella repleta de santos, diciéndole: «Quintina es una picarona que te nos quiere robar para venderte a los franceses.» Cadalsito cogió
miedo, y no volvió a aparecer por la calle de los Reyes.

Tampoco Villaamil tragaba a Ildefonso, que era atrozmente sincero en la emisión de sus opiniones, desconside-
rado y a veces groserote. En otro tiempo iban a la misma
tertulia de café; pero desde que Cabrera dijo que el plantea-
miento del *income tax* en España era un desatino, y que tal
cosa no se le ocurriría a nadie que tuviera sesos, Villaamil
le tomó ojeriza. Se encontraban..., saludo al canto, y hasta
otra. Doña Pura reservaba para Cabrera motivos de odio
más graves que aquel criterio despiadado sobre el *income
tax*. En jamás de los jamases les había obsequiado aquel *tío*
con billetes a mitad de precio para una excursioncita vera-
niega. Víctor hablaba perrerías de su cuñado, vengándose
de los malos ratos que el otro le hacía pasar con exhortos,
notificaciones y comparecencias. Para Víctor era de rúbri-
ca que Cabrera burlaba el rigor de la Aduana en sus traídas
de material eclesiástico y exportaciones de guiñapos artís-
ticos. Y no sólo robaba al Estado, sino a la empresa, porque
en los comienzos del negocio confiaba sus paquetes a los
conductores, y después, cuando aquéllos se trocaron en vo-

luminosas cajas y no quiso exponerse a un réspice de los jefes, facturaba, sí, pero aplicando a sus mercancías de lujo la
tarifa de *envases de retorno,* o maderas de construcción. En
sus declaraciones de Aduanas había cosas muy chuscas.
«¿Cómo creen ustedes que declaró una caja de San Josés?
–decía Víctor–. Pues la declaró *piedras de chispa.*» Como él
hacía favores a los vistas, éstos le pasaban aquellos mani-
fiestos incongruentes; y los incensarios de bronce, ¿qué
eran?... *ferretería ordinaria;* ¿y los ternos de tela barata?...,
paraguas sin armar y corsés en bruto.

Capítulo 15

En los días subsiguientes, Pura saldó algunas cuentas de las que más la agobiaban; trajo a casa diversas prendas de ropa de las más indispensables, y en la mesa restableció el trato de los días felices. *La pudorosa Ofelia* se pasaba las horas muertas en la cocina, pues insensiblemente iba tomando afición al arte de Vatel, tan distinto, ¡María Santísima!, del de Rossini, y sentía verdadero goce espiritual en perfeccionarse en él, lanzándose a inventar o componer algún plato. Cuando había provisiones, o si se quiere, asunto artístico, la inspiración se encendía en ella, y trabajaba con ahínco, entonando a media voz, por añeja costumbre y con afinación perfecta, algún tiernísimo fragmento, como el *moriamo insieme, ah! sí, moriamo...*

Todas las noches que las *Miaus* no iban a la ópera, la sala llenábase de gente. *Aliquando,* la espléndida doña Pura obsequiaba a los actores con dulces y pastas, lo que hacía creer a la tertulia que Villaamil estaba ya colocado o, al menos, con un pie dentro de la oficina. La combinación, sin embargo, no acababa de salir, porque el Ministro, harto de reco-

144

mendaciones y compromisos, no se resolvía a darle la última mano. Crecía, pues, en la familia la incertidumbre, y Villaamil hundíase más y más en su estudiado pesimismo, llegando al extremo de decir: «Antes veremos salir el sol por occidente que a mí entrar en la oficina.»

Desde el segundo día de su llegada, Víctor no se recataba de nadie. Entraba y salía con libertad; pasaba a la sala a las horas de tertulia, pero sin echar raíces en ella, porque tal sociedad le era atrozmente antipática. Desarmada Pura por la generosidad de su hijo político, se compadeció de verle dormir en el duro sofá del comedor, y por fin convinieron las tres *Miaus* en ponerle en la habitación de Abelarda, previa la traslación de ésta a la de su tía Milagros, que era la de Luisito. *La pudorosa Ofelia* se fue a dormir a la alcoba de su hermana, en angostísimo catre. A don Ramón no le supieron bien estos arreglos, porque lo que él desearía era ver salir a su yerno a cajas destempladas. En la Dirección de Contribuciones, su amigo Pantoja le había dicho que Víctor pretendía el ascenso, y que tenía un expediente cuya resolución podía serle funesta si algún padrino no arrimaba el hombro. Era cosa de la Administración de Consumos, o irregularidades descubiertas en la cuenta corriente que Cadalso llevaba con los pueblos de la provincia. Parecía que en la relación de apremios no figuraban algunos pueblos de los más alcanzados, y se creía que Cadalso obraba en connivencia con los alcaldes morosos. También dijeron a Villaamil que el reparto de consumos, propuesto en el último semestre por Víctor, estaba hecho de tal modo que *saltaba a la vista* el chanchullo, y que el jefe no había querido aprobarlo.

De estas cosas no habló Villaamil ni una palabra con su yerno. En la mesa, el primero estaba siempre taciturno y Cadalso muy decidor, sin conseguir interesar vivamente en lo que decía a ninguno de la familia. Con Abelarda echaba

largos parlamentos, si por acaso se encontraban solos, o en
el acto interesante de acostar a Luis. Gustaba el padre de observar el desarrollo del niño y vigilar su endeble salud, y
una de las cosas en que principalmente ponía cuidado era
en que le abrigaran bien por las noches y en vestirle con de-
cencia. Mandó que se le hiciera ropa, le compró una capita
muy mona y traje completo azul con medias del mismo color. Cadalsito, que era algo presumido, no podía menos de
agradecer a su papá que le pusiera tan majo. Pero en lo tocante a ropa nueva, nada es comparable al lujo que desplegó en su persona el mismo Víctor al poco tiempo de llegar a
Madrid. Cada día traíale el sastre una prenda flamante, y no
era ciertamente su sastre como el de Villaamil, un *artista* de
poco más o menos, casi de portal, sino de los más afamados
de Madrid. ¡Y que no lucía poco la gallarda figura de Víctor
con aquel vestir correcto y airoso, no exento de severidad,
que es el punto y filo de la verdadera elegancia, sin cortes ni
colores llamativos! Abelarda le observaba con disimulo, so-
lapadamente, admirando y reconociendo en él al mismo
hombre excepcional que algunos años antes le sorbió el
seso a su desgraciada hermana, y sentía en su alma depósito inmenso de indulgencia hacia el joven tan vivamente de-
nigrado por toda la familia. Aquel depósito parecía pequeño
mientras no se veía de él sino la mal explorada superficie;
pero luego, cavando, cavando, se veía que era inagotable,
quizás infinito, como grande y riquísima cantera. ¡Y qué vetas purpúreas se encontraban en la masa; qué ráfagas brillantes; algo como venas henchidas de sangre o como el material de las piedras preciosas derretido y consolidado por
los siglos en el seno de la tierra! La indulgencia se le subía
del corazón al pensamiento en esta forma: «No, no puede
ser tan malo como dicen. Es que no le comprenden, no le
comprenden.»

La idea de no ser comprendido la había expresado Víctor

muchas veces, no sólo en aquella temporada, sino en otra más antigua, dos años antes, cuando pasó algunos meses con la familia. ¿Cómo habían de comprender las pobres cursis a un ser de esfera o casta superior a la de ellas por la figura, los modales, las ideas, las aspiraciones y hasta por los defectos? Abelarda retrocedía con la imaginación a los tiempos pasados, y estudiando sus sentimientos con respecto a Víctor, se reconocía poseedora de ellos aun en vida de la pobre Luisa. Cuando todos en la casa hablaban pestes de él, Abelarda consolaba a su hermana con especiosas defensas del pérfido o volviendo por pasiva sus faltas. «No tiene Víctor la culpa de que todas las mujeres le quieran», solía decir.

Muerta su hermana, Abelarda siguió admirando en silencio al viudo. Cierto que había dado disgustos y jaquecas sin fin a la difunta; pero ello consistía en la fatalidad de su buena figura. Sin saber cómo, a veces por delicadeza, se veía cogido en lazos amorosos o en trampas que le tendían las pícaras mujeres. Pero tenía buen fondo; con la edad sentaría un poco la cabeza, y sólo necesitaba una mujer de corazón y de temple que le sujetase, combinando el cariño con la severidad. La desdichada Luisa no servía para el caso. ¿Cómo había de practicar este difícil régimen una mujer que por cualquier motivo fútil se echaba a llorar; una mujer que en cierta ocasión cayó con un síncope porque su marido, al entrar en casa, traía el lazo de la corbata hecho de manera muy distinta de como ella se lo hiciera al salir?

En los días de este relato, costábale a la insignificante gran esfuerzo el disimular la turbación que su cuñado producía en ella al dirigirle la palabra. A veces, un gozo íntimo y bullicioso, con inflexiones de travesura, le retozaba en el corazón, como insectillo parásito que anidase en él y tuviera crías; a veces era una pena gravativa que la agobiaba. En toda ocasión sus respuestas eran vacilantes, desentonadas, sin gracia ninguna.

–¿Pero es de veras que te casas con ese pájaro frito de Ponce? –le dijo él una noche, cuando acostaba al pequeño–. Buena boda, hija. ¡Qué envidia te tendrán tus amigas! No a todas les cae esa breva.

–Déjame a mí..., tonto, mala persona.

Otra noche, demostrando vivo interés por la familia, Víctor le indicó: «Mira, Abelarda, no esperes que coloquen a tu papá. La combinación está hecha, pero no se publica todavía. No va en ella. Me lo han dicho reservadamente. Ya comprenderás cuánto lo deploro. ¡El pobre señor, tan lleno de ilusiones...! Porque, aunque él diga que no espera nada, no hace otra cosa el infeliz. Cuando se desengañe recibirá un golpe tremendo. Pero no tengas cuidado; mi ascenso es seguro, tengo mejor arrimo que tu padre y, como he de quedarme en Madrid, no os abandonaré; ten por cierto que no. Os he dado muchos disgustos, y mi conciencia necesita descargarse. Por mucho que haga en beneficio vuestro, no acabaré de quitarme este peso.»

«No, no es malo –pensaba Abelarda, reconcentrándose en sus cavilaciones–. Y todo eso que dice de que no cree en Dios es música, guasa, por divertirse conmigo y hacerme rabiar. Porque, eso sí, echa por aquella boca cosas muy extrañas, que no se le ocurren a nadie. No es malo; no; es travieso, y tiene mucho talento, pero mucho. Sólo que no le sabemos entender.»

En lo de no ser entendido insistía Víctor siempre que venía a pelo. «Mira tú, Abelarda, eso que te digo no debiera parecerte a ti una barbaridad, porque tú me comprendes algo; tú no eres vulgo, o al menos no lo eres del todo, o vas dejando de serlo.»

A solas se descorazonaba la pobre joven, achicándose con implacable modestia. «Sí, por más que él diga que no, vulgo soy, y ¡qué vulgo, Dios mío! De cara..., psh; soy insignificante; de cuerpo, no digamos; y aunque algo valiera, ¿cómo había de lucir mal vestida, con pingos aprovechados, compuestos y vueltos del revés? Luego soy ignorantísima; no sé nada, no hablo más que tonterías y vaciedades, no tengo salero ninguno. Soy una calabaza con boca, ojos y manos. ¡Qué pánfila soy, Dios mío, y qué sosaina! ¿Para qué nací así?»

Capítulo 16

Siempre que Víctor entraba en la casa mirábale Abelarda cual si llegase de regiones sociales muy superiores. En su andar, lo mismo que en sus modales; en su ropa, lo mismo que en su cabellera, traía Víctor algo que se despegaba de la pobre vivienda de las *Miaus,* algo que reñía con aquel hogar destartalado y pedestre. Y las entradas y salidas de Cadalso eran muy irregulares. A menudo comía de fonda con sus amigos; iba al teatro un día sí y otro también; y hasta se dio el caso de pasarse toda la noche fuera. No siempre estaba de buen talante; tenía rachas de tristeza, durante las cuales no se le sacaba palabra en todo el día. Pero otros estaba muy parlanchín, y como sus suegros no le hacían maldito caso, despachábase con su hermana política. Los ratos de plática a solas no eran muchos; pero él sabía aprovecharlos, conociendo el dinamismo de su persona y de su conversación sobre el turbado espíritu de la insignificante.

Luisito andaba malucho, llegando su desazón al punto de guardar cama: doña Pura y Milagros fueron aquella noche al Real, Villaamil, al café, en busca de noticias de la combinación, y Abelarda se quedó cuidando al chiquillo. Cuando menos lo pensaba llaman a la puerta. Era Víctor, que entró muy gozoso, tarareando un tango zarzuelero. Enteróse de la enfermedad de su hijo, que ya estaba durmiendo; le oyó respirar, reconoció que la fiebre, caso de haberla, era levísima, y después se puso a escribir cartas en la mesa del comedor. Su cuñada le vigilaba con disimulo; dos o tres veces pasó por detrás de él fingiendo tener que trastear algo en el aparador, y echando furtiva ojeada sobre lo que escribía. Carta de amores era, sin duda, por lo larga, por lo metido de la letra y por la febril facilidad con que Víctor plumeaba. Pero no pudo sorprender ni una frase ni una sílaba. Concluida la misiva, Cadalso trabó conversación con la joven, que salió a coser al comedor.

–Oye una cosa –le dijo, apoyando el codo en la mesa y la cara en la palma de la mano–. Hoy he visto a tu Ponce. ¿Sabes que he variado de opinión? Te conviene; es buen muchacho, y será rico cuando se muera su tío el notario, de quien dicen va a ser único heredero... Porque no hemos de atenernos al criterio del amigo Ruiz, según el cual no hay felicidad como estar a la cuarta pregunta... Si Federico tuviera razón, y yo me dejara llevar de mis sentimientos, te diría que Ponce no te conviene, que te convendría más otro; yo, por ejemplo...

Abelarda se puso pálida, desconcertándose de tal modo que sus esfuerzos por reír no le dieron resultado alguno.

–¡Qué tonterías dices!... ¡Jesús, siempre has de estar de broma!

–Bien sabes tú que esto no lo es. *(Poniéndose muy serio.)* Hace dos años, una noche, cuando vivías en Chamberí, te dije: «Abelardilla, me gustas. Siento que el alma se me desmigaja cuando te veo...» ¿A que no te acuerdas? Tú me contestaste que... No sé cómo fue la contestación; pero venía a significar que si yo te quería, tú... también.

–¡Ay, qué embustero!... ¡Quita allá! Yo no dije tal cosa.

–Entonces, ¿lo soñé yo?... Como quiera que sea, después te enamoraste locamente de esa preciosidad de Ponce.

–Yo... Enamorarme... Tú estás malo... Pues sí, pongamos que me enamoré. ¿Y a ti qué te importa?

–Me importa, porque en cuanto yo me enteré de que tenía rival volví mi corazón hacia otra parte. Para que veas lo que es el destino de las personas: hace dos años estuvimos casi a punto de entendernos; hoy la desviación es un hecho. Yo me fui, tú te fuiste, nosotros nos fuimos. Y, al encontrarnos otra vez, ¿qué pasa? Yo estoy en una situación muy rara con respecto a ti. El corazón me dice: «enamórala», y en el mismo momento sale, no sé de dónde, otra voz que me grita: «mírala y no la toques».

–¿Qué me importa a mí nada de eso *(ahogándose)*, si yo no te quiero a ti ni pizca, ni te puedo querer?

–Lo sé, lo sé... No necesitas jurármelo. Hemos convenido en que no tiene el diablo por dónde desecharme. Me aborreces, como es lógico y natural. Pues mira tú lo que son las cosas. Cuando una persona me aborrece, a mí me dan ganas de quererla, y a ti te quiero, porque me da la gana, ya lo sabes, ea..., y ole morena, como dice tu papá.

–¡Qué cosas tienes!... ¡Ay, qué tonto! *(Proponiéndose estar seria, y echándose a reír.)*

–No, si yo no te engaño ni te engañaré nunca. Créasla o no la creas, allá va la verdad. Te quiero y no debo quererte, porque eres demasiado angelical para mí. No puedes ser mía sino por el matrimonio, y el matrimonio, esa máquina absurda que sólo funciona bien para las personas vulgares, no nos sirve en estos momentos. Bueno o malo, como tú quieras suponerme, tengo, aunque parezca inmodestia, una misión que cumplir; aspiro a algo peligroso y difícil, para lo cual necesito, ante todo, libertad; corro desolado hacia un fin, al cual no llegaría si no fuera solo. Acompañado, me quedaré a la mitad del camino. Adelante, siempre. *(Con afectación teatral.)* ¿Qué impulso me arrastra? La fatalidad, fuerza superior a mis deseos. Vale más estrellarse que retroceder. No puedo volver atrás ni llevarte conmigo. Temo envilecerte. Y si tuvieras la inmensa desgracia de ser mujer de este miserable... *(Cerrando los ojos y extendiendo la mano como para apartar una sombra.)* No, rechacemos con energía semejante idea... Te quiero lo bastante para no traerte jamás a mi lado. Si algún día... *(con sonsonete declamatorio),* si algún día me alucino y cometo la torpeza insigne de decirte que te amo, de pedirte tu amor, despréciame; no te dejes llevar de tu inmensa bondad; arrójame de ti como a un animal dañino, porque más te valiera morir que ser mía.

–Pero di, ¿te has propuesto marearme? *(Trémula y disimulando su turbación con la tentativa frustrada de enhebrar una aguja.)* ¿Qué disparates son esos que me dices? Si yo no he de... hacerte caso... ¿A qué viene eso de que me mate, o que me muera, o que me lleven los demonios?

–Ya sé que no me quieres. Lo único que te pido, y te lo pido como un favor muy grande, es que no me aborrezcas, que me tengas compasión. Déjame a mí, que yo me entiendo solo, guardando con avaricia estas ideas para consolarme con ellas. En medio de mis desgracias, que tú no conoces, tengo un alivio, y es saber vivir en lo ideal y fortificar mi alma con ello. Tu destino es muy diferente al mío, Abelarda. Sigue tu senda, que yo voy por la mía, llevado de mi fiebre y de la rapidez adquirida. No contrariemos la fatalidad que todo lo rige. Quizás no volvamos a encontrarnos. Antes de que nos separemos, te voy a dar un consejo: si Ponce no te es desagradable, cásate con él. Basta con que no te sea desagradable. Si no te gusta, si no encuentras otro que tenga los ojos menos húmedos, renuncia al matrimonio. Es el consejo de quien te quiere más de lo que tú piensas... Renuncia al mundo, entra en un convento, conságrate a un ideal y a la vida contemplativa. Yo no tengo la virtud de la resignación, y si no consigo llegar a donde pienso, si mi sueño se convierte en humo, me pegaré un tiro.

Lo dijo con tanta energía y tal acento de verdad, que Abelarda se lo creyó, más impresionada por aquel disparate que por los otros que acababa de oír.

–No harás tal. ¡Matarte! Eso sí que no me haría gracia... *(Cazando al vuelo una idea.)* Pero, ¡quiá!, todo eso de la desesperación y el tirito es porque tienes por ahí algún amor desgraciado. Alguien habrá que te atormenta. Bien merecido lo tienes, y yo me alegro.

–Pues mira, hija *(variando de registro),* lo has dicho en broma, y quizás, quizás aciertes...

–¿Tienes novia? *(Fingiendo indiferencia.)*

–Novia, lo que se dice novia..., no.

–Vamos, algún amor.

–Llámalo fatalidad, martirio...

–Dale con la dichosa fatalidad... Di que estás enamorado.

–No sé qué responderte. *(Afectando una confusión bonita y muy del caso.)* Si te digo que sí, miento; y si te digo que no, miento también. Y, habiéndote asegurado que te quiero a ti, ¿en qué juicio cabe la posibilidad de interesarme por otra? Todo ello se explicará distinguiendo entre un amor y otro amor. Hay un cariño santo, puro y tranquilo, que nace del corazón, que se apodera del alma y llega a ser el alma misma. No confundamos este sentimiento con las ebulliciones enfermizas de la imaginación, culto pagano de la belleza, anhelo de los sentidos, en el cual entra también por mucho la vanidad, fundada en la jerarquía de quien nos ama. ¿Qué tiene que ver esta desazón, accidente y pasatiempo de la vida, con aquella ternura inefable que inspira al alma el deseo de fundirse con otra alma, y a la voluntad el ansia del sacrificio...?

No siguió, porque con sutil instinto comprendía que la excesiva sutileza le llevaba a la ridiculez. Para la pobre Abelarda, estos conceptos ardorosos, pronunciados con cierta mímica elegante por aquel hombre guapísimo, que, al decirlos, ponía en sus ojos negros expresión tan dulce y patética, eran lo más elocuente que había oído en su vida, y el alma se le desgarraba al escucharlos. Comprendiendo el efecto, Víctor buscaba en su mente discursiva nuevos arbitrios para seguir sorbiendo el seso a la cuitada joven. Allí le soltó algunas frases más, paradójicas y acaloradas, en contradicción con las anteriores; pero Abelarda no se fijaba en lo contradictorio. La honda impresión de los últimos conceptos borraba en su mente la de los primeros, y se dejaba arrastrar por aquel torbellino entre un hervidero de sentimientos encontrados, curiosidad, amor, celos, gozo y rabia. Víctor doraba sus mentiras con metáforas y antítesis de un romanticismo pesimista que está ya mandado recoger. Mas, para la señorita Villaamil, la quincalla deslucida y sin valor era oro de ley, pues su escasa instrucción no le permitía quilatar los textos olvidados de que Víctor tomaba aquella monserga de la fatalidad. Él volvió a la carga, diciéndole en tono un tanto lúgubre:

–No puedo seguir hablando de esto. Lo que no debe ser, no es. Comprendo que convendría más entregarme a ti...; quizás me salvarías. Pero no; no me quiero salvar. Debo perderme y llevarme conmigo este sentimiento que no merecí, este rayo celestial que guardo con susto como si lo hubiera robado... En mí tienes un trasunto del Prometeo de la fábula. He arrebatado el fuego celeste, y en castigo de esto, un buitre me roe las entrañas.

Abelarda, que no sabía nada de Prometeo, se asustó con aquello del buitre; y el otro, satisfecho de su triunfo, prosiguió así:

–Soy un condenado, un réprobo... No puedo pedirte que

me salves, porque la fatalidad lo impediría. Por tanto, si ves que me llego a ti y te digo que te quiero, no me creas...; es mentira, es un lazo infame que te tiendo; despréciame, arrójame de tu lado; no merezco tu cariño, ni tu compasión siquiera...

La insignificante, con inmensa pena y desaprobación de sí misma, pensó: «Soy tan pava y tan vulgar que no se me ocurre nada que responder a estas cosas tan remontadas y tan sentidas que me está diciendo.» Dio un gran suspiro y le miró, con vivos deseos de echarle los brazos al cuello, exclamando: «Te quiero yo a ti más de lo que tú puedes suponer. Pero no hagas caso de mí, no merezco nada, ni valgo lo que tú. Quiero gozarme en la amargura de quererte sin esperanza.»

Víctor, sosteniéndose la cabeza con ambas manos, espaciaba sus distraídos ojos por el hule de la mesa, ceñudo y suspirón, haciéndose el romántico, el no comprendido, algo de ese tipo de Manfredo, adaptado a la personalidad de mancebos de botica y oficiales de la clase de quintos. Después la miró con extraordinaria dulzura y, tocándole el brazo, le dijo:

–¡Ah! ¡Cuánto te hago sufrir con estas horribles misantropías que no pueden interesarte! Perdóname; te ruego que me perdones. No estoy tranquilo si no dices que sí. Eres un ángel, no soy digno de ti, lo reconozco. Ni siquiera aspiro a merecerte; sería insensato atrevimiento. Sólo pretendo por ahora que me comprendas... ¿Me comprenderás?

Abelarda llegaba ya al límite de sus esfuerzos por disimular el ansia y la turbación. Pero su dignidad podía mucho. No quería entregar el secreto de su alma sin defenderlo hasta morir; y al cabo, con supremo heroísmo, soltó una risa que más bien parecía la hilaridad espasmódica que precede a un ataque de nervios, diciendo a Cadalso:

–Vaya si te comprendo... Te haces el pillo, te haces el malo... sin serlo, para engañarme. Pero a mí no me la pegas... Tonto de capirote..., yo sé más que tú. Te he calado. ¿Qué manía de que te aborrezcan, si no lo has de conseguir?...

Capítulo 17

Luisito empeoró. Tratábase de un catarro gástrico, achaque propio de la infancia, y que no tendría consecuencias, atendido a tiempo. Víctor, intranquilo, trajo al médico, y aunque su vigilancia no era necesaria, porque las tres *Miaus* cuidaban con mucho cariño al enfermito, y hasta se privaron durante varias noches de ir a la ópera, no cesaba de recomendar la esmerada asistencia, observando a todas horas a su hijo, arropándole para que no se enfriara y tomándole el pulso. A fin de entretenerle y alegrar su ánimo, cosa muy necesaria en las enfermedades de los niños, le llevó algunos juguetes, y su tía Quintina también acudió con las manos llenas de cromos y estampas de santos, el entretenimiento favorito de Luis. Debajo de las almohadas llegó a reunir un sinnúmero de baratijas y embelecos, que sacaba a ciertas horas para pasarles revista. En aquellas noches de fiebre y de mal dormir, Cadalsito se había imaginado estar en el pórtico de las Alarconas o en el sillar de la explanada del Conde-Duque; pero no veía a Dios, o mejor dicho, sólo le veía a medias. Presentábasele el cuerpo, el ropaje flotante y de incomparable blancura; a veces distinguía confusamente las manos, pero la cara, no. ¿Por qué no se dejaba ver la cara? Cadalsito llegó a sentir gran aflicción, sospechando que el Señor estaba enfadado con él. ¿Y por qué causa?... En una de las estampitas que su padre le había traído estaba Dios representado en el acto de fabricar el mundo. ¡Cosa más fácil!... Levantaba un dedo, y salían el cielo, el mar, las montañas... Volvía a levantar el dedo y salían los leones, los cocodrilos, las culebras enroscadas y el ligero ratón... Pero la lámina aquella no satisfacía al chicuelo. Cierto que el Señor estaba muy bien pintado; pero no era, no, tan guapo y respetuoso como su amigo.

Una mañana, hallándose ya Luis limpio de calentura, entró su abuelo a visitarle. Parecióle al chico que Villaamil sufría en silencio una gran pena. Ya, antes de llegar el viejo, había oído Luis un run-run entre las *Miaus,* que le pareció de mal agüero. Se susurraba que no había sitio en la combinación. ¿Cómo se sabía? Cadalsito recordaba que por la mañana temprano, en el momento de despertar, había oído a doña Pura diciendo a su hermana: «Nada por ahora... Valiente mico nos han dado. Y no hay duda ya; me lo ha dicho Víctor, que lo averiguó anoche en el Ministerio.»

Estas palabras, impresas en la mente del chiquillo, las relacionó luego con la cara de ajusticiado del abuelo cuando entró a verle. Luis, como niño, asociaba las ideas imperfectamente, pero las asociaba, poniendo siempre entre ellas afinidades extrañas sugeridas por la inocencia. Si no hubiera conocido a su abuelo como le conocía, le habría tenido miedo en aquella ocasión, porque en verdad su cara era cual la de los ogros que se zampan a las criaturas: «No le colocan», pensó Luisito, y al decirlo juntaba otras dos ideas en su mente, aún turbada por la mal extinguida calentura. La dialéctica infantil es a veces de una precisión aterradora, y lo prueba este razonamiento de Cadalsito: «Pues si no le quiere colocar, no sé por qué se enfada Dios conmigo y no me enseña la cara. Más bien debiera yo estar enfadado con él.»

Villaamil se puso a dar paseos por la habitación, con las manos en los bolsillos. Nadie se atrevía a hablarle. Luis sintió entonces congojosa pena que le abatía el ánimo: «No le colocan –pensaba–, porque yo no estudio, ¡contro!, porque no me sé las condenadas lecciones.» Pero al punto la dialéctica infantil resurgió para acudir a la defensa del amor propio: «¿Pero cómo he de estudiar si estoy malo?... Que me ponga bueno él, y verá si estudio.»

Entró Víctor, que venía de la calle, y lo primero que hizo fue darle un abrazo a Villaamil, cortando sus pasos de fiera enjaulada. Doña Pura y Abelarda hallábanse presentes.

–No hay que abatirse ante la desgracia –dijo Víctor al hacer la demostración afectuosa, que Villaamil, por más señas, recibió de malísimo temple–. Los hombres de corazón, los hombres de fibra tienen en sí mismos la fuerza necesaria para hacer frente a la adversidad... El Ministro ha faltado una vez más a su palabra, y han faltado también cuantos prometieron apoyarle a usted. Que Dios les perdone, y que sus conciencias negras les acusen con martirio horrible del mal que han hecho.

–Déjame, déjame –replicó Villaamil, que estaba como si le fueran a dar garrote.

–Bien sé que el varón fuerte no necesita consuelos de un hombre vulgar como yo. ¿Qué ha sucedido aquí? Lo natural, lo lógico en estas sociedades corrompidas por el favoritismo. ¿Qué ha pasado? Que al padre de familia, al hombre probo, al funcionario de mérito, envejecido en la Administración, al servidor leal del Estado que podría enseñar al Ministro la manera de salvar la Hacienda, se le posterga, se le desatiende y se le barre de las oficinas como si fuera polvo. Otra cosa me sorprendería; esto, no. Pero hay más.

Mientras se comete tal injusticia, los osados, los ineptos, los que no tienen conciencia ni título alguno, apandan la plaza en premio a su inutilidad. Contra esto no queda más recurso que retirarse al santuario de la conciencia y decir: «Bien. Me basta mi propia aprobación.»

Víctor, al expresarse con tanta filosofía, miraba a doña Pura y a Abelarda, que estaban muy conmovidas y a dos dedos de llorar. Villaamil no decía palabra, y con la cara lívida y la mandíbula temblorosa había vuelto a sus paseos.

–Nada me sorprende –añadió Víctor, desbordándose en sacrosanta indignación–. Esto está tan podrido, que va a resultar la cosa más chocante del mundo: mientras a este hombre que debiera ser Director general, lo menos, se le desatiende y se le manda a paseo, yo, que ni valgo nada, ni soy nada y tengo tan cortos servicios, yo..., créanlo ustedes, yo, cuando esté más descuidado, me encontraré con el ascenso que he pedido. Así es el mundo, así es España, y así nos vamos educando todos en el desprecio del Estado, y atizando en nuestra alma el rescoldo de las revoluciones. Al que merece, desengaños; al que no, confites. Ésta es la lógica española. Todo al revés; *el país de los viceversas*... Y yo, que estoy tranquilo, que no me apuro, que no tengo tampoco necesidades, que desprecio la credencial y a quien me la ofrece, seré colocado, mientras el padre de familia, cargado de obligaciones, el que por su respetabilidad, por sus servicios, se hacía tan fundadamente la ilusión de que...

–Yo no me hacía ilusiones; ni ése es el camino –dijo bruscamente y con arrebato de ira don Ramón, elevando las manos hasta muy cerca del techo–. Yo no tuve nunca esperanzas..., yo no creí que me colocasen, ni lo volveré a creer jamás. ¡Vaya, que es tema el de esta gente! Si yo no esperé nada... ¿Cómo se ha de decir? De veras parece que entre todos os proponéis freírme la sangre.

–Hijo, cualquiera diría que es crimen tener esperanzas

–observó doña Pura–. Pues las tengo, y ahora más que nunca. Habrá otra combinación. Te lo han prometido, y a la fuerza te lo han de cumplir.

–Claro –dijo Víctor, contemplando a Villaamil con filial interés–. Y, sobre todo, no conviene apurarse. Venga lo que viniere, puesto que todo es injusticia y sinrazón, si a mí me ascienden, como espero, mi suerte compensará la desgracia de la familia. Yo soy deudor a la familia de grandes favores. Por mucho que haga, no los podré pagar. He sido malo; pero ahora me da, no diré que por ser bueno, pues lo veo difícil, pero sí porque se vayan olvidando mis errores... La familia no carecerá de nada, mientras yo tenga un pedazo de pan.

Agobiado por sentimientos de humillación que caían sobre su alma como un techo que se desploma, Villaamil dio un resoplido y salió del cuarto. Siguióle su mujer, y Abelarda, dominada por impresiones muy distintas de las de su padre, se volvió hacia la cama de Luis, fingiendo arroparle para esconder su emoción, mientras discurría: «No, lo que es de malo no tiene nada. No lo creeré dígalo quien lo diga.»

–Abelarda –insinuó él melosamente, después de un rato de estar solos con el pequeño–. Yo bien sé que a ti no necesito repetirte lo que he manifestado a tus padres. Tú me conoces algo, comprendes algo; tú sabes que mientras yo tenga un mendrugo de pan, vosotros no habéis de carecer de sustento; pero a tus padres he de decírselo y aun probárselo para que lo crean. Tienen muy triste idea de mí. Verdad que no se pierde en dos días una mala reputación. ¿Y cómo no había de brindar a ustedes ayuda, a no ser un monstruo? Si no lo hiciera por los mayores, tendría que hacerlo por mi hijo, criado en esta casa, por este ángel que más os quiere a vosotros que a mí..., y con muchísima razón.

Abelarda acariciaba a Luis, tratando de ocultar las lágrimas que se le agolpaban a los ojos, y el pequeñuelo, viéndose tan besuqueado y oyendo aquellas cosas que papá decía, y que le sonaban a sermón o parrafada de libro religioso, se enterneció tanto, que rompió a llorar como una Magdalena. Ambos se esforzaron en distraer su espíritu, riendo, diciéndole chuscadas festivas e inventando cuentos.

Por la tarde, el muchacho pidió sus libros, lo que admiró a todos, pues no comprendían que quien tan poco estudiaba estando bueno, quisiera hacerlo hallándose encamado. Tanto se impacientó él, que le dieron la Gramática y la Aritmética, y las hojeaba, cavilando así: «Ahora no, porque se me va la vista; pero en cuanto yo pueda, ¡contro!, me lo aprendo enterito..., y veremos entonces..., ¡veremos!»

Capítulo 18

La mísera Abelarda andaba tan desmejoradilla, que su madre y su tía la creyeron enferma y hablaron de llamar al médico. No obstante, continuaba haciendo la vida ordinaria, trabajando, durante muchas horas del día, en transformaciones y arreglos de vestidos. Usaba un maniquí de mimbres, trashumante del gabinete al comedor, y que al anochecer parecía una persona, la cuarta *Miau,* o el espectro de alguno de la familia que venía del otro mundo a visitar a su progenie. Sobre aquel molde probaba la insignificante sus cortes y hechuras que eran bastante graciosas. A la sazón traía entre manos un vestido con retazos de cachemir que prestaron ya dos servicios, y había sido vuelto del revés, y lo de arriba abajo. Se les añadía, para combinar, una telucha de a peseta. Semejantes componendas eran familiares a Pura, y si una tela no podía lavarse ni volverse, la mandaba al tinte, y... como acabada de estrenar. Con tal sistema hubo vestido que salió por veinticuatro reales. Pero en lo que Abelarda lucía sorprendentes facultades era en la metamorfosis de sombreros. La capota de doña Pura había pasado

por una serie de vidas diferentes, que al modo de encarna-
ciones la hacían siempre nueva y siempre vieja. Para invier-
no, forrábanla de terciopelo, y para verano la cubrían con el
encaje de una *visita* desechada: las flores o prendidos eran
regalo de las vecinas del principal. La martirizada armadura del sombrero de Abelarda había tomado ya, durante la
época de la cesantía, formas y estilos diferentes, según las
pragmáticas de la moda, y con este exquisito arte de disimular la indigencia salían las Villaamil a la calle hechas unos
brazos de mar.

Las noches que no iban las *Miaus* a rendir culto a Euter-
pe, tenía que aguantar Abelarda, por dos o tres horas, la jaqueca de Ponce, o bien ensayaba su papel en la pieza. Mucho
disgustaba a doña Pura tener que dar función dramática
habiendo fracasado las esperanzas de próxima colocación;
pero como estaba anunciada a son de trompeta, distribui-
dos los papeles y tan adelantados los ensayos, no había más
remedio que sacrificarse en aras de la tiránica sociedad. De
propósito había escogido Abelarda un papel incoloro, el de
criada, que al alzarse el telón salía plumero en mano, la-
mentándose de que sus amos no le pagaban el salario, y revelando al público que la casa en que servía era la más tro-
nada de Madrid. La pieza pertenecía al género predilecto de
los ingenios de esta Corte, y se reducía a presentar una familia cursi, con menos dinero que vanidad; una señora hombruna que trataba a zapatazos a su marido, un noviazgo, un
enredo fundado en equivocaciones de nombres, con gran
mareo de entradas y salidas, hasta que, cuando aquello parecía una casa de Orates, salía el padre memo diciendo:
Ahora lo comprendo todo, y se acababa el entremés con
boda y una décima pidiendo al público aplausos. Ponce hacía el papel de padre tonto; y el de un pollo calavera y achu-
lado, que era autor del lío y la sal y pimienta de la pieza, tocó
a un tal Cuevas, hijo del vecino del principal, don Isidoro

Cuevas, viudo con mucha familia, empleado en la Alcaldía
de la vecina Cárcel de Mujeres, y comúnmente llamado en la
vecindad *el señor de la Galera*. El Cuevas hijo era chistoso,
de buena sombra; contaba cuentos de borrachos con tal
gracia que era morirse de risa, imitaba el lenguaje chulo, se
cantaba flamenco por todo lo alto, amén de otras muchas
habilidades, por las cuales se lo rifaban en las tertulias del
jaez de la de Villaamil. El papel de señorita de la casa corría
a cargo de la chica de Pantoja (don Buenaventura Pantoja,
empleado en el Ministerio de Hacienda, amigo íntimo de
Villaamil); y el de mamá impertinente, ordinaria, lengua-
raz, sargentona, papel del tipo Valverde, correspondió a
una de las chicas de Cuevas (eran cuatro y se ayudaban con
la modistería de sombreros, por cierto muy bien). Otros
papeles, un lacayo, un viejo prestamista, un marqués trona-
do y de filfa, que resultaba ser *lipendi* de marca mayor, fueron repartidos entre diferentes chicos de la tertulia. El cojo
Guillén se avino a ser apuntador. Federico Ruiz oficiaba de
director de escena, y habría deseado que tal función tuviera
carteles en las esquinas, para poner en ellos con letras muy
gordas: *bajo la dirección del reputado publicista, etc., etc.*

Poseía Abelarda memoria felicísima, y se aprendió el papel muy pronto. Asistía a los ensayos como un autómata,
prestándose dócilmente a la vida de aquel mundo para ella
secundario y artificial; como si su casa, su familia, su tertulia, Ponce, fuesen la verdadera comedia, de fáciles y rutinarios papeles... y permaneciese libre el espíritu, empapado en
su vida interior, verdadera y real, en el drama exclusivamente suyo, palpitante de interés, que no tenía más que un
actor: ella; y un solo espectador: Dios.

Monólogo desordenado y sin fin. Una mañana, mientras
la joven se peinaba, el espectador habría podido oír lo siguiente: «¡Qué fea soy, Dios mío; qué poco valgo! Más que
fea, sosa, insignificante; no tengo ni un grano de sal. Si al

menos tuviera talento; pero ni eso... ¿Cómo me ha de querer a mí, habiendo en el mundo tanta mujer hermosa, y siendo él un hombre de mérito superior, de porvenir, elegante, guapo y con muchísimo entendimiento, digan lo que quieran...? *(Pausa.)* Anoche me contó Bibiana Cuevas que en el paraíso del Real nos han puesto un mote; nos llaman las de *Miau* o las *Miaus,* porque dicen que parecemos tres gatitos, sí, gatitos de porcelana, de esos con que se adornan ahora las rinconeras. Y Bibiana creía que yo me iba a incomodar por el apodo. ¡Qué tonta es! Ya no me incomodo por nada. ¿Parecemos gatos? ¿Sí? Mejor. ¿Somos la risa de la gente? Mejor que mejor. ¿Qué me importa a mí? Somos unas pobres cursis. Las cursis nacen, y no hay fuerza humana que les quite el sello. Nací de esta manera y así moriré. Seré mujer de otro cursi y tendré hijos cursis, a quienes el mundo llamará *los michitos... (Pausa.)* ¿Y cuándo colocarán a papá? Si lo miro bien, no me importa; lo mismo da. Con destino y sin destino, siempre estamos igual. Poco más o menos, mi casa ha estado toda la vida como está ahora. Mamá no tiene gobierno; ni lo tiene mi tía, ni lo tengo yo. Si colocan a papá, me alegraré por él, para que tenga en qué ocuparse y se distraiga; pero por la cuestión de bienestar, me figuro que nunca saldremos de ahogos, farsas y pingajos... ¡Pobres *Miaus!* Es gracioso el nombre. Mamá se pondrá furiosa si lo sabe; yo no; ya no tengo amor propio. Se acabó todo, como el dinero de la familia..., si es que la familia ha tenido dinero alguna vez. Le voy a decir a Ponce esto de las *Miaus,* a ver si lo toma a risa o por la tremenda. Quiero que se encrespe un día para encresparme yo también. Francamente, me gustaría pegarle o algo así... *(Pausa.)* ¡Vaya que soy desaborida y sin gracia! Mi hermana Luisa valía más; aunque, la verdad, tampoco era cosa del otro jueves. Mis ojos no expresan nada; cuando más, expresan que estoy triste, pero sin decir por qué. Parece mentira que detrás de estas pupilas haya... lo que hay. Parece mentira que este entrecejo y esta frente angosta oculten lo que ocultan. ¡Qué difícil para mí figurarme cómo es el cielo; no acierto, no veo nada! ¡Y qué fácil imaginarme el infierno! Me lo represento como si hubiera estado en él... Y tienen razón; el parecido con la cara de un gato salta a la vista... La boca es lo peor; esta boca de esquina que tenemos las tres... Sí; pero la de mamá es la más característica. La mía, tal cual, y cuando me río, no resulta maleja. Una idea se me ocurre: si yo me pintara, ¿valdría un poco más? ¡Ah, no! Víctor se reiría de mí. Él podrá desdeñarme; pero no me considera mujer ridícula y antipática. ¡Jesús! ¿Seré antipática? Esta idea sí que no la puedo sufrir. Antipática, no, Dios mío. Si me convenciera de que soy antipática, me mataría... *(Pausa.)* Anoche entró y se metió en su cuarto sin decir oxte ni moxte. Más vale así. Cuando me habla me estruja el corazón. Porque me quisiera, sería yo capaz de cometer un crimen. ¿Qué crimen? Cualquiera..., todos. Pero no me querrá nunca, y me quedaré con mi crimen en proyecto y desgraciada para siempre.»

–Hija –indicó doña Pura, sacándola impensadamente de su abstracción–. Cuando venga Ponce, le dices que le matamos si no nos trae los billetes para el beneficio de la Pellegrini. Si no los tiene, que los busque. Ella ha de dar billetes a los periódicos y a toda la dignísima alabarda. Créelo, si Ponce va a pedírselos, ella es muy fina y no se los negará. Nos enojaremos de veras si no los trae.

–Los traerá –dijo Abelarda, que había acabado de edificar su moño–. Como no los traiga, no le vuelvo a dirigir la palabra.

Ponce entraba allí como Pedro por su casa, dirigiéndose al comedor, donde comúnmente encontraba a su novia. Llegó aquella tarde a eso de las cuatro, y pasó, atusándose el pelo, después de haber colgado la capa y hongo en la percha del recibimiento. Era un joven raquítico y linfático, de esos que tienen novia como podrían tener un paraguas, con ribetes de escritor, crítico gratuito, siempre atareado, quejoso de que no le leía nadie (aquí no se lee), abogadillo, buen muchacho, orejas grandes, lentes sin cordón, bizcando un poco los ojos, mucha rodillera en los pantalones, poca sal en la mollera, y en el bolsillo obra de seis reales, cuando más. Gozaba un destinillo en el Gobierno de provincia, de seis mil, y estaba hipando por los ocho que le habían prometido desde el año anterior..., que hoy, que mañana. Cuando los tuviera, boda al canto. Estas esperanzas no habrían bastado a que los Villaamil aceptasen su candidatura a yerno; pero tenía un tío rico, notario, sin hijos, enfermo de cáncer, y como se había de morir antes de un año, quizá de un mes, y Ponce era su heredero, la familia *Miau* vio en el aspirante una chiripa. El desgraciado tío, según los cálculos de Pantoja, que era su amigo y testamentario, dejaría dos casas, algunos miles y la notaría...

Lo mismo fue entrar Ponce en el comedor, que soltarle Abelarda esta indirecta:

–Si no trae usted las entradas para el beneficio de la Pellegrini, no vuelva usted a poner los pies aquí.

–Calma, hija, calma, déjame sentar, tomar aliento... He venido a escape. Me pasan cosas muy gordas, pero muy gordas.

–¿Qué le pasa a usted, hombre de Dios? –preguntó doña Pura, que acostumbraba reprenderle como a un hijo–. Siempre viene con apuros, y total, nada.

–Óigame usted, doña Pura, y tú, Abelarda, óyeme también. Mi tío está muy malo, pero muy malo.

–¡Ave María Purísima! –exclamó doña Pura, sintiendo que le daba un vuelco el corazón.

Y brincando como un cervatillo, fue a la cocina a dar la noticia a su hermana.

–Está expirando...

–¿Quién?

–El tío, mujer, el tío... ¿no te enteras?... Pero dígame usted, Ponce *(volviendo al comedor con rapidez gatuna)*, ¿va de veras?... Estará usted muy contento, muy... triste, quiero decir.

–Se harán ustedes cargo de que no puedo ir al teatro, ni visitar a la Pellegrini... Como ustedes conocen... Muy malo, muy malito... Dicen los médicos que no dura dos días...

–¡Pobre señor!... ¿Y qué hace usted que no se planta en casa del difunto..., digo, del enfermo?

–De allí vengo... Esta noche, a las siete, le llevaremos el Viático.

Corrió doña Pura al despacho, donde estaba Villaamil.

–El Viático... ¿no te enteras?

–¿Qué?... ¿quién?

–El tío, hombre, el tío de Ponce, que está dando las boqueadas... *(Deslizándose otra vez hacia el comedor.)* Amigo Ponce, ¿quiere usted tomar una copita de vino con bizcochos? Estará usted muy afectado... Y no hay que pensar en teatros... No faltaba más. Nosotras tampoco iremos. Ya ve usted, el luto... guardaremos luto riguroso... ¿De veras no quiere usted una copita de vino con bizcochos?... ¡Ah! ¡Qué cabeza!... ¡Si se ha acabado el vino!... Pero lo traeremos... Con formalidad: ¿no quiere usted?

–Gracias, ya sabe usted que el vino se me sube a la cabeza.

Abelarda y Ponce pegaron la hebra, sin más testigo que Luis, que andaba enredando en el comedor, y a veces se paraba ante los novios, mirándoles con estupor infantil. Hablaban a media voz... ¿Qué dirían? Las trivialidades de siempre. Abelarda hacía su papel con aquella indolente pasividad que demostraba en los lances comunes de la vida. Era ya rutina en ella charlotear con aquel tonto, decirle que le quería, anticipar alguna idea sobre la boda. Había contraído hábito de responder afirmativamente a las preguntas de Ponce, siempre comedidas y correctas. El albedrío no tomaba parte alguna en semejantes confidencias; la mujer exterior y visible realizaba una serie de actos inconscientes, a manera de sonámbula, quedando desligada la mujer interna para obrar conforme a sentimientos más humanos. Antes de la aparición súbita de Víctor en la casa, Abelarda consideraba a Ponce como un recurso y apoyo probable en las vicisitudes de la suerte. Se casaría con él por colocarse, por tener posición y nombre, y salir de aquella estrechez insoportable de su hogar. Desde que vino *el otro,* dejábase llevar de estas mismas ideas, pero como el patinador que, una vez lanzado, sigue y sigue girando y resbalando sin caer sobre el hielo. No se le ocurría a la joven desdecirse ni renegar del matrimonio con Ponce; porque tener aquel marido equivalía a tener un abanico, un imperdible u otro objeto cualquiera de los más usuales a la vez que indiferentes. El pegajoso crítico se creyó obligado a mostrarse aquel día más tierno que los demás, atreviéndose a fijar el de las bendiciones, y a proponer, desmintiendo su timidez, algunos particulares de su futura existencia matrimonial. Oíale la insignificante como quien oye llover, y en virtud de la velocidad adquirida, se mostraba conforme con semejantes proyectos y los apoyaba con palabras glaciales y descoloridas, a la manera de quien repite paternóster y avemarías de un rosario rezado a bostezos sin devoción alguna.

Sonó la campanilla y Abelarda se sobresaltó por dentro, sin perder su continente frío. Le conocía en el modo de llamar, conocía su taconeo al subir la escalera, y si desde la puerta de la casa hasta el comedor pronunciaba alguna frase, hablando con doña Pura o con Villaamil, discernía por la inflexión lejana del acento si llegaba bien o mal humorado. Doña Pura, al abrir a Víctor, le embocó la noticia de la inminente muerte del tío de Ponce. Incapaz de contenerse la buena señora, se espontaneó hasta con el *maestro de baile* (vulgo aguador). Víctor entró sonriendo, y, por inadvertencia o malicia, hubo de dar la enhorabuena a Ponce, el cual se quedó turulato.

Capítulo 19

Ah! no..., dispense usted. Me confundí... Es que a mi señora suegra le bailaban los ojos cuando me lo dijo. Efectos del cariño que le tiene a usted, ínclito Ponce. El cariño ciega a las personas... Usted es ya de casa; le queremos mucho, y como no tenemos el gusto de conocer, ni aun de vista, a su señor tío...

Acarició a Luis sobándole la cara y repujándole los carrillos para besárselos, y después le mostró el regalo que le traía. Era un álbum para sellos, prometido el día que el niño tomó la purga, y, además del álbum, una porción de sellos de diferentes colores, algunos extranjeros, españoles los más, para que se entretuviera pegándolos en las hojas correspondientes. Lo que agradeció Cadalsito este obsequio, no puede ponderarse. Estaba en la edad en que empieza a desarrollarse el sentido de la clasificación y en que relacionamos los juguetes con los conocimientos serios de la vida. Víctor le explicó la distribución de las hojas del álbum, enseñándole a reconocer la nacionalidad de los sellos. «Mira, esta tía frescachona es la República francesa. Esta señora

173

con corona y *bandós* es la Reina de Inglaterra, y esta águila con dos cabezas, Alemania. Los vas poniendo en su sitio, y ahora lo que has de hacer es reunir muchos para llenar los huecos todos.» El pequeñuelo estaba encantado; sólo sentía que la cantidad de sellos no fuera suficiente a inundar la mesa. Pronto se enteró del procedimiento, y en su interior hizo voto de conservar el álbum y de cuidarlo mientras le durase la vida.

Víctor, entretanto, metió cucharada en la conversación hocicante que se traían Abelarda y Ponce. Casi estaban morro con morro, tejiendo un secreto, una conspiración de soserías, para él amorosas y para ella indiferentes y cansadas. Víctor encajó la cuchara entre boca y boca, diciéndoles:

–Amiguitos, los gorros a quien los tolere; yo protesto. ¿Y no podrían aguardar a la luna de miel para hacer los tortolitos? Francamente, eso es insultar a la desgracia. La felicidad debe disimularse ante los desdichados, como la riqueza ante el pobre. La caridad lo manda así.

–¿Pero a ti qué te importa que nosotros nos queramos o dejemos de querernos –dijo Abelarda–, ni que nos casemos o dejemos de casarnos? Seremos felices o no, según nos dé la gana. Eso, acá nosotros. Tú nada tienes que ver.

–Don Víctor –indicó Ponce con su habitual insipidez–, si está usted envidioso, con su pan se lo coma.

–¿Envidioso?... No negaré que lo estoy. Mentiría si otra cosa dijese.

–Pues rabia, pues rabia.

–Papá, papá –chilló Luisito, empeñado en que Víctor volviera la cabeza hacia donde él estaba, y poniéndole mano en la cara para obligarle a que le mirase–. ¿De qué parte es éste que tiene un señor con bigotes muy largos?

–¿Pero no lo ves, hijo? Es de Italia... Pues sí que estoy envidioso. Ésta me dice que rabie, y no tengo inconveniente en rabiar y aun en morder. Porque cuando veo dos que se quieren bien, dos que resuelven el problema del amor y allanan todas las dificultades, y caminito, caminito de la dicha, llegan hasta el matrimonio, me muero de envidia. Para mí, créanlo o no lo crean, ustedes han resuelto el problema. Yo miro en esta parejita lo que nunca podré alcanzar. Ustedes no tienen ambición, ustedes se contentan con una vida pacífica y modesta, estimándose y queriéndose sin fiebre ni locuras de ésas... Ustedes no tendrán mucho *parné,* pero no carecerán del puchero; ustedes, sin ser santos, reúnen bastante virtud para recrearse el uno en el otro... ¿Qué más se puede desear?... ¡Ah! ínclito Ponce, usted la ha sabido entender; ha sabido elegir..., y ella también, esta pícara, que parece que no rompe un plato, ha metido la mano en el cesto y ha sacado la fruta mejor. Yo me felicito, ¿pues no me he de felicitar? Pero eso no quita que tenga mi *pelusa,* como cualquier hijo de vecino, porque me contemplo en situación tan distinta, ¡ay!, tan distinta... Daría todo cuanto tengo, cuanto espero, por una cosa. ¿A que no lo adivinan?

Con repentina intuición, Abelarda le vio venir y temblaba.

–Pues yo daría todo por ser el ínclito Ponce. Créanlo ustedes o no lo crean, ésta es la verdad. ¿Quiere usted cambiarse, Ponce amigo?

–Francamente, si en el cambio me quedo con la dama, no hay inconveniente ninguno.

–¡Oh! eso no. Porque cabalmente ahí está la tostada. Yo daría sangre de las venas por echar mi anzuelo en el mar de la vida, con el cebo de una declaración amorosa, y pescar una Abelarda. Es una ambición que me curaría de las demás.

–Papá, papá. *(Tirándole de la nariz para que volviera la cara hacia él.)* ¿Y éste que tiene una cotorra?

–Guatemala... Déjame, hijo... No aspiro a más. Una Abelardita que me mime, y con tal compañera lo arrostro todo.

Con una como ésta me casaría yo por puertas, es decir, sin una mota. No faltaría el garbanzo. Prefiero con ella un pedazo de pan, a todas las riquezas del mundo solo. Porque ¿dónde se encuentra un carácter tan dulce, un corazón tan tierno, una mujer tan hacendosita, tan...?

–Don Víctor, que se corre usted mucho. *(Con tentativas de humorismo enteramente frustradas).* Que es mi novia, y tantos piropos me van a dar celos...

–Aquí no se trata de celos... A buena parte viene usted... ¿Ésta, ésta?... Ésta es segura, amigo; le quiere a usted con el alma y con la vida. Ya podían acudir todos los reyes y príncipes del orbe a disputársela a su Ponce adorado. ¿Pues se figura usted que si no lo creyera yo así no le habría puesto los puntos? La caridad bien ordenada empieza por uno mismo. Si yo llego a concebir tanto así de esperanzas, ¿piensa que no me alzo con el santo y la limosna? Pero, ¡quiá!, a otra puerta... Mírela usted: al que le hable de cambiar a su Poncecito por otro, le tira los trastos a la cabeza...Véala usted con esa cara, que parece un enigma, con esa sonrisita que parece postiza; cualquiera se atreve a decirle algo.

–Vamos, don Víctor –objetó Ponce con mucha saliva en la boca–, que cuando usted habla así es porque ha tenido sus pretensiones... y ha sacado lo que el negro del sermón.

–No hagas caso, tontín –dijo Abelarda muy inquieta, sonriendo violentamente, y con más gana de llanto que de broma–. ¿No ves que se está quedando contigo?

–Que se quede. Lo que hay es que Abelarda es formal, y una vez dada su palabra, no hay quien la apee. Nosotros nos comprendimos en cuanto nos tratamos; nuestros caracteres ajustan perfectamente, y si yo estoy cortado para ella, ella está cortadita para mí.

–Poco a poco, caballero Ponce. *(Poniéndose muy serio, como siempre que elevaba al grado heroico sus crueles bro-*

mas.) Usted estará cortado para quien guste; no me meto en eso. Pero lo que es Abelarda, lo que es Abelarda...

Ponce le miró serio también, esperando el final de la frase, y la insignificante bajó la vista hacia su labor de costura.

–Digo que lo que es ella no está cortada para usted. Y lo sostendré contra todo el que opine lo contrario. La verdad por delante. Ella le quiere a usted, lo reconozco; pero, en cuanto al corte... Es mucho corte el suyo; hablo del corte moral, y también del físico; sí, señor, también del físico. ¿Quiere usted que lo diga claro? Pues para quien está cortada Abelarda es para mí... Para mí; y no hay que tomarlo a ofensa. Para mí, aunque a usted le parezca un disparate. ¡Si usted no puede juzgarla como yo, que la conocí siendo una muñeca todavía...! Y además usted no me ha tratado a mí lo bastante para saber si congeniamos o no... Ya sé que estoy hablando de una cosa imposible; ya sé que tengo la culpa de haber llegado tarde; ya sé que usted me cogió la delantera, y no hemos de reñir... Pero, en cuanto a conocer el mérito de quién lo tiene; en cuanto a deplorar que tantas dotes no sean para mí, lo que es en eso *(marcando la frase con la mayor formalidad y en tono oratorio),* ¡ah!, lo que es en eso, no cedo ni puedo ceder.

–No le hagas caso, déjale –indicó Abelarda a su novio, que empezaba a enfurruñarse.

–Amigo don Víctor, todo eso podrá ser verdad; pero no viene muy al caso.

–Parece que se amostaza usted, ínclito Ponce. Sépase que yo soy muy leal. Reconozco que se ha ganado usted lo que a mi parecer debió ser mío. *(Patéticamente.)* Bien ganado está. Ha sido en buena lid. Lo que he perdido, lo he perdido por mi culpa. No me quejo. Seremos amigos, siempre amigos. Vengan esos cinco.

–¡Ah, este don Víctor, qué cosas tiene! *(Dejándose apretar la mano.)*

Con otro que no fuera Ponce bien se libraría Cadalso de emplear lenguaje tan impertinente; pero ya sabía él con quién trataba. El novio estaba amoscadillo, y Abelarda no sabía qué pensar. Para burla, le parecía demasiado cruel; para verdad, harto expresiva. Mucho le pesó a Ponce tener que marcharse: presumía que Víctor continuaría hablando a la chica en el mismo tono y, francamente, Abelarda era su novia, su prometida, y aquel cuñadito hospedado bajo el propio techo principiaba a inquietarle. El pillete de Cadalso, conociendo la turbación del crítico, en el momento de despedirse le sacudió mucho la diestra, repitiendo:

–Leal, soy muy leal... Nada hay que temer de mí.

Y cuando volvió al lado de la joven, que le miraba consternada:

–Perdóname, hija, se me escapó aquella idea que yo quería esconder a todos... Espontaneidades que uno tiene cuando menos piensa, y que el más ducho en disimular no puede contener a veces. Yo no quería hablar de esto, pero no sé qué me entró. ¡Me dio tal envidia de veros como dos tórtolos!... ¡Me asusté tanto de la soledad en que me encontraba, nada más que por llegar tarde, sí, por llegar tarde...! Dispénsame, no te diré una palabra más. Sé que este capítulo te aburre y te molesta. Seré discreto.

Abelarda no podía reprimirse. Levantóse, sintiendo pavor, deseo de huir y de esconderse para ocultar algo que impetuosamente al demudado rostro le salía.

–Víctor –exclamó descompuesta y temblando–, o eres el hombre más malo que hay en el mundo, o no sé lo que eres.

Corrió a su habitación y rompió a llorar, desplomándose de cara sobre las almohadas de su lecho. Víctor se quedó en el comedor, y Luis, que en su inocencia comprendía que pasaba algo extraño, no se atrevió durante un rato a molestar a papá con aquel tejemaneje de los sellos. El padre fue quien afectó entonces interesarse en el juego inteligente, y se puso a explicar a su hijo los símbolos de nacionalidades que éste no comprendía:

—Este rey barbudo es Bélgica, y esa cruz, la República helvética, es decir, Suiza.

Doña Pura entró de la calle, y como no viese a su hija en el comedor ni en la cocina, buscóla en el dormitorio. Abelarda salía ya, con los ojos muy colorados, sin dar a su madre explicación satisfactoria de aquellos signos de dolor. Víctor, interrogado por doña Pura sobre el particular, le dijo con socarronería:

—Parece usted tonta, mamá. Llora por el tío de Ponce.

Capítulo 20

Acostaron temprano a Luis, que metió consigo en la cama el álbum de sellos, y se durmió teniéndole muy abrazadito. No sufrió aquella noche el acceso espasmódico que precedía a la singular visión del anciano celestial. Pero soñó que lo sufría y, por consiguiente, que deseaba y esperaba la fantástica visita. El misterioso personaje hizo novillos, y así lo expresaba con desconsuelo Cadalsito, deseando enseñarle su álbum. Esperó, esperó mucho tiempo, sin poder determinar el sitio donde estaba, pues lo mismo podía ser la escuela que el comedor de su casa o el escritorio del memorialista. Y al hilo del sueño, donde todo era sinrazón y desvarío, descargó el rapaz un golpe de lógica admirable: «¡Pero qué tonto soy! –pensó–. ¿Cómo ha de venir, si le han llevado esta noche a casa del tío de Ponce?»

El día siguiente le dieron de alta; pero se determinó que no fuese a la escuela en lo que restaba de semana, lo que él agradeció mucho, determinando estudiar algo por las noches, nada más que una miaja, y reservando los grandes esfuerzos de aplicación para cuando volviera a sus tareas

escolares. Le permitieron bajar a la portería, y cargó con el
álbum para enseñárselo a Paca y a *Canelo*. Bien quisiera llevarlo a casa de su tía Quintina; mas para esto no hubo permiso. En la portería se estuvo hasta el anochecer, hora en
que le llamaron, temiendo que se pasmase con el aire del
portal. Al subir llevaba una idea que en sus conversaciones
con Mendizábal y Paca había adquirido, una idea que le pareció al principio algo rara, pero que luego tuvo por la más
natural del mundo. Hallábase solo con Abelarda, pues su
abuela y Milagros zascandileaban por la cocina, cuando se
determinó Cadalsito a comunicar a su tía la famosa idea.
Ésta le acariciaba con extremada vehemencia, le daba besos,
le prometía regalarle un álbum mayor, y de repente, Luis,
respondiendo a tantos cariños con otros no menos tiernos
le dijo:

–Tía, ¿por qué no te casas tú con mi papá?

Quedóse la chica como lela, fluctuando entre la risa y el
enojo.

–¿De dónde has sacado tú eso, Luis? –le dijo, asustándo-
le con la fiereza de su semblante–. Tú no lo has inventado.
Alguien te lo ha dicho.

–Me lo dijo Paca –afirmó Luis, no queriendo cargar con
responsabilidades ajenas–. Dice que Ponce es más tonto
que quiere y que no te conviene; que mi papá es listo y
guapo, y que va a hacer una carrera muy grande, muy
grande.

–Dile a Paca que no se meta en lo que no le importa... ¿Y
qué más, qué más te dijo?

–Pues... *(Escarbando en su memoria.)* ¡Ah! que mi papá es
un caballero muy decente... como que le da pesetas a la Paca
siempre que le lleva algún recado... Y que tú debías casarte
con mi papá, para que todo quedase en casa.

–¿Le lleva recados...? ¿Cartas? ¿Y a quién? ¿No sabes?

–Debe ser al Ministro... Es que son muy amigos.

–Pues todo eso que te ha contado Paca del pobre Ponce es un disparate –afirmó Abelarda sonriendo–. ¿A ti no te gusta Ponce? Dime la verdad, dime lo que piensas.

Luis vaciló un rato en dar contestación. Habían extinguido la prevención medrosa que su padre le inspiraba, no sólo los regalos recibidos de él, sino la observación de que Víctor se llevaba muy bien con toda la familia. En cuanto a Ponce, bueno será decir que Cadalsito no había formado opinión ninguna acerca de este sujeto, por lo cual aceptó, sin discutirla, la de Paca.

–Ponce no sirve para nada, desengáñate. Va por la calle que parece que se le caen los calzones. Y lo que es talento... Mira, más talento tiene Cuevas. ¿No te parece a ti?

Abelarda se reía con tales ocurrencias. Aún hubiera seguido charlando con Luis de aquel asunto, pero la llamó su padre para que le pegara algunos botones al chaleco, y en esto se entretuvo hasta la hora de comer. Doña Pura dijo que Víctor no comía en casa, sino en la de un amigo suyo, diputado y jefe de un grupito parlamentario. Sobre esto hizo Villaamil algunos comentarios acres, que Abelarda oyó en silencio, con grandísima pena. Discutióse si irían o no al teatro aquella noche, resolviéndose en afirmativa, porque Luis estaba ya bien. Abelarda solicitó quedarse, y su madre le dio una arremetida a solas, asestándole varias preguntas:

–¿Por qué no comes? ¿Qué tienes? ¿Qué cara es esa de carnero a medio morir? ¿Por qué no quieres venir al Real? No me tientes la paciencia. Vístete, que nos vamos en seguida.

Y fueron las tres *Miaus*, dejando a Villaamil con su nieto y sus fúnebres soledades. Después de acostar al niño se puso a leer *La Correspondencia*, que hablaba de una nueva combinación.

Cuando las *Miaus* regresaron, ya Víctor estaba allí, escribiendo cartas en la mesa del comedor. Don Ramón seguía royendo el periódico, y suegro y yerno no se decían media palabra. Retiráronse todos, menos Abelarda, que tenía que mojar ropa para planchar al día siguiente, y al verla metida en esta faena, Víctor, sin soltar la pluma, le dijo:

–He pensado en ti todo el día. Temí que te enojaras por lo de ayer. Yo había hecho el propósito de no revelarte nunca mis sentimientos. Aún no te he dicho toda la verdad, ni te la diré, Dios mediante. Cuando uno llega tarde, debe resignarse y callar. ¿Y tú no me respondes nada? ¿No hablas ni siquiera para reñirme?

La insignificante tenía los ojos fijos en la mesa, y sus labios se agitaban como si la palabra retozara en ellos. Por fin no chistó.

–Te hablaré como hermano *(con aquella gravedad bondadosa que tan bien sabía fingir)*, ya que de otra manera no me es lícito. Soy muy desgraciado... no lo sabes tú bien. Aquí me tienes arrastrado por un vértigo de pasiones insanas; aquí me tienes bajo el peso de relaciones que solicité con aturdimiento, que mantuve por rutina y por pereza, y que ahora deseo romper. Contaba yo para este fin con el auxilio de un ser angelical, a quien pensaba encomendarme primero y entregarme por fin en cuerpo y alma. Pero ya no puede ser. ¿Qué hago yo en este trance? Seguir y seguir encenagado, perderme más y más en el laberinto sin salida. Ya no hay salvación para mí. La fatalidad me arrastra... Tú no comprendes esto, Abelarda; pero quién sabe... quizás lo comprendas, porque tienes mucha penetración. ¡Oh, pues si yo te hubiera encontrado libre...! Mil veces me he propuesto no decirte nada. Sólo que las palabras se me salen de la boca... Basta, basta; no me hagas caso. Esto te lo vengo diciendo desde un principio. No hagas caso de este infeliz; despréciame. Yo no te merezco. Estoy expiando los enormes disparates que cometí desde que me faltó mi pobre Luisa, aquel ángel..., ángel del cielo, pero inferior a ti; tan inferior, que no hay punto de comparación entre ambas. Yo, francamente *(levantándose con exaltación)*, cuando veo qué tesoro tan grande va a ser para un Ponce, cuando pienso que tal conjunto de cualidades cae en manos de...

Abelarda estaba tan sofocada que si no desahoga, si no abre al menos una valvulita, revienta de seguro.

–Y si yo te dijera... vamos a ver *(palideciendo)*, ¿si yo te dijera que no quiero a Ponce?...

–¿Tú? ¿Y es verdad?...

–¿Si yo te dijera que ni le quise jamás, ni le querré nunca?... A ver.

Víctor no contaba con esta salida y se desorientó.

–Ahí tienes tú una cosa... Vamos... *(balbuciendo)*, una cosa que me produce el efecto de un porrazo en la cabeza... ¿Pero es verdad? Cuando lo dices, verdad debe de ser. Abelarda, Abelarda, no juegues conmigo; no juegues con fuego... Estas bromas, si bromas son, suelen traer catástrofes. Porque cuando se aborrece a un hombre, como me aborreces tú a mí... *(confuso y sin saber a qué santo encomendarse)*, no se le dice nada que pueda extraviarle respecto a..., quiero decir, respecto a los sentimientos de la persona que le aborrece, porque podría suceder que el aborrecido... No, no atino a explicarte lo que siento. Si no quieres a Ponce es que quieres a otro, y esto es lo que no debes decirme a mí... ¿Para qué? ¿Para que me confunda más de lo que estoy? *(Columbrando un postigo y aguzando su ingenio para escurrirse por él.)* Y no quiero interrogarte sobre este particular, porque me volvería loco. Guárdate tu secreto y respeta mi situación. Si yo no te inspiro más que odio, si no llegas a la repugnancia, te ruego que me dejes solo, que te retires y no añadas una palabra más. No te ofrezco mis consejos, porque no los aceptarías; pero si te encontraras en alguna situación difícil, y mis consejos te pudieran servir de algo, ya sabes que yo soy para ti lo que tú quieras que sea; hermano, si como hermano me tratas...

–¿Y si los necesitara, si necesitara tus consejos? –insinuó Abelarda, que buscaba no una salida, sino la entrada, sin poder descubrirla.

–Pues dispón de mí. *(Otra vez desconcertado.)* Si quieres a un hombre y temes la oposición de tus padres; si la ruptura con Ponce te parece difícil y necesitas auxilio, aquí estoy dispuesto a prestártelo, por penoso que el caso sea para mí *(Acercándose más a ella.)* Dímelo, dímelo, no tengas miedo. ¿Quieres a un hombre que no es tu novio?

–Es mucho pedir que confiese yo..., así..., de tenazón. *(Recurriendo a la coquetería para salir del paso.)* ¿Y a ti quién te da vela en este entierro?...

–Soy de la familia... soy tu amigo. Podría ser algo más si tú quisieras. Pero he llegado tarde; no hay que hablar de mi persona. Estoy fuera de juego. Si no quieres confiarme tu secreto, mejor para mí. Así no padeceré tanto. Respóndeme a una pregunta: el hombre a quien tú quieres, ¿te quiere a ti también?

–Yo no he dicho que quiera a nadie... Me parece que no lo he dicho... Pero supongamos que lo dijese. Eso no es cuenta tuya. Eres muy entrometido... Claro que yo no iba a querer a nadie que no me correspondiese. ¡Pues lucida estaba!

–De modo que hay reciprocidad. *(Con fingida cólera.)* ¡Y estas cosas me las dices en mi propia cara!

–¡Yo! Si yo no he chistado.

–Pero lo das a entender... No quiero ser tu confidente, vamos... ¿De modo que el otro te ama?...

–No lo sé... *(Dejándose llevar de su espontaneidad, ya irresistible.)* Es lo que no he podido averiguar todavía.

–Y vienes sin duda a que yo te lo averigüe. *(Con sarcasmo.)* Abelarda, esa clase de papeles no los hago yo. No, no me digas quién es; no necesito saberlo. ¿Es quizás persona que yo conozco? Pues cállate el nombre; cállatelo si no quieres que perdamos las amistades. Esto te lo dice un hombre que siente hacia ti un afecto... pero un afecto que ahora no quiero definir; un hombre que vive bajo el peso de su destino fatal –estas filosofías y otras semejantes las tomaba Cadalso de ciertas novelas que había leído–; un hombre a quien está vedado referirte sus padecimientos; y pues yo no debo quererte ni puedo ser tuyo ni tú mía, no debo atormentarme ni dejar que me atormentes tú. Guárdate tu secreto, y yo reservaré la parte de él que he adivinado. Si la fatalidad no se hubiera interpuesto entre nosotros dos, yo intentaría aún tu remedio procurando arrancarte ese amor, reemplazándolo con el mío. Pero no soy dueño de mi voluntad. El sentimiento éste *(golpeándose el pecho)* jamás pasará del corazón a la realidad de la vida. ¿Por qué me incitas a descubrirlo? Déjalo en mí, mudo, sepultado, pero siempre vivo. No me tientes, no me irrites. ¿Quieres a otro? Pues que yo no lo sepa. ¿A qué enconar una herida incurable?... Y para impedir mayores conflictos, mañana mismo me voy de esta casa y no vuelvo a entrar aquí.

Abelarda sintió tan viva aflicción al oír esto, que no pudo encubrirla. No tenía ella en su pobre caletre armas de razonamiento para combatir con aquel monstruo de infinitos recursos e ingenio inagotable, avezado a jugar con los sentimientos serios y profundos. Aturdida y atontada, iba a entregar su secreto, ofreciéndose indefensa y cubierta de ridiculez al brutal sarcasmo de Víctor; pero pudo serenarse un poco, recobrar algún equilibrio, y con afectada calma le dijo:

–No, no, no hay motivo para que te vayas. ¿Es que hiciste las paces con Quintina?

–¿Yo? ¡Qué disparate! Ayer, Cabrera por poco me pega un tiro. Es un animal. Me iré a vivir a cualquier rincón.

–No, eso no. Puedes seguir aquí.

–Pues prométeme no hablar de esto una palabra más.

–Si yo no he hablado. Eres tú el que se lo dice todo. Que me quieres, que no me puedes querer. ¿Cómo se entiende?

–Y la última prueba de que te quiero y no te debo querer *(con agudeza)*, te la voy a dar ahora con este consejo: vuelve los ojos a Ponce...

–Gracias.

–Vuelve los ojos al ínclito Ponce. Cásate con él. Ten espíritu práctico. ¿Que no le quieres? No importa.

–Tú estás loco. *(Aturulladísima.)* ¿Acaso he dicho yo que no le quería?

–Lo has dicho, sí.

–Pues me vuelvo atrás. ¡Qué disparate! Si lo dije, fue broma, por oírte y darte tela.

–Eres mala, muy mala. Yo pensaba otra cosa de ti.

–¿Pues sabes lo que digo? *(Levantándose con violento arrebato de ira y despecho.)* Que estás de lo más cargante y de lo más inaguantable con tus... con tus enigmas; que no te puedo ver, no te puedo ver. La culpa la tengo yo, que oigo tus necedades. Abur... Voy a dormir... Y dormiré tan ricamente, ¿qué te crees?

–El odio muy vivo, como el amor, quita el sueño.

–A mí no... perverso... tonto...

–Tú a dormir, y yo a velar pensando en ti... Adiós, Abelarda... Hasta mañana.

Y cuando se retiró el impío, un minuto después de la desaparición de la víctima (que se metió en su cuarto y atrancó la puerta como quien huye de un asesino), llevaba en los labios risilla diabólica y este monólogo amargo y cruel: «Si me descuido, me espeta la declaración con toda desvergüenza. ¡Y cuidado que es antipática y levantadita de cascos la niña!... Y cursi hasta dejárselo de sobra, y sosita... Todo se lo podría perdonar si fuera guapa... ¡Ah! Ponce, ¡qué ganga te ha caído!... Es una plepa que no hay por dónde cogerla para echarla a la basura.»

Capítulo 21

Aunque las esperanzas de los Villaamil, apenas segadas en flor, volvían a retoñar con nueva lozanía, el atribulado cesante las daba siempre por definitivamente muertas, fiel al sistema de esperar desesperando. Sólo que su pesimismo se avenía mal con el furor de escribir cartas y de mover cuantas teclas pudiesen comunicar vibración a la desmayada voluntad del Ministro. «Todo eso de esperar vacante es música –decía–. Yo sé que cuando quieren hacer las cosas, las hacen saltando por cima de las vacantes y hasta por cima de las leyes. Ni que fuéramos tontos. He visto mil veces el caso de entrar un prohombre en el Ministerio, navaja en mano, pedir una credencial de las gordas; el Ministro, ¡zas!, llama al Jefe del Personal... "No hay vacante..." "Pues hacerla." ¡Pataplún! allá te va, caiga el que caiga... ¿Pero dónde está mi prohombre? ¿Qué personaje de campanillas entrará en el despacho del Ministro con cara *feroce* diciendo: "De aquí no me muevo hasta que me den... eso."? ¡Ay, Dios mío, qué desgraciado soy y cómo me voy quedando fuera de juego!... Con esta Restauración maldita, epílogo de una condenada

Revolución, ha salido tanta gente nueva, que ya se vuelve uno a todos lados, sin ver una cara conocida. Cuando un don Claudio Moyano, un don Antonio Benavides o un Marqués de Novaliches le dicen a uno: "Amigo Villaamil, ya estamos mandados recoger", es que el mundo se acaba. Bien dice Mendizábal que la política ha caído en manos de mequetrefes.»

Para distraer su pena y olfatear nombramientos ajenos, ya que en el suyo afectaba no creer, o realmente no creía, iba por las tardes al Ministerio de Hacienda, en cuyas oficinas tenía muchos amigos de categorías diversas. Allí se pasaba largas horas, charlando, enterándose del expedienteo, fumando algún cigarrillo y sirviendo de asesor a los empleados noveles o inexpertos que le consultaban cualquier punto oscuro de la enrevesada Administración.

Profesaba Villaamil entrañable cariño a la mole colosal del Ministerio; la amaba como el criado fiel ama la casa y familia cuyo pan ha comido durante luengos años; y en aquella época funesta de su cesantía visitábala él con respeto y tristeza, como sirviente despedido que ronda la morada de donde le expulsaron, soñando en volver a ella. Atravesaba el pórtico, la inmensa crujía que separa los dos patios, y subía despacio la monumental escalera, encajonada entre gruesos muros, que tiene algo de feudal y de carcelario a la vez. Casi siempre encontraba por aquellos tramos a algún empleado amigote que subía o bajaba. «Hola, Villaamil, ¿qué tal?» «Vamos tirando.» Al llegar al principal titubeaba antes de decidir si entraría en Aduanas o en el Tesoro, pues en ambas Direcciones le sobraban conocidos; pero en el segundo prefería siempre Contribuciones o Propiedades. Los porteros le saludaban, y como Villaamil era tan afable, siempre echaba un párrafo con ellos. Si era tarde, les encontraba con la paletada de brasas, resto de las chimeneas, cuyo último fuego sirve para alimentar los braseros de las porterías; si temprano, llevando papeles de una oficina a otra o transportando bandejas con vasos de agua y azucarillos. «Hola, Bermejo, ¿cómo va?» «Tal cual, don Ramón, y sintiendo mucho no verle a usted todos los días por aquí.» «Dígame, ¿y Ceferino?» «Ha pasado a Impuestos. El pobre Cruz fue el que *cascó.*» «¿Qué me cuenta usted? Hombre; si le vi el otro día tan bueno y tan sano. ¡Qué mundo éste! Vamos quedando pocos de aquella fecha. Cuando yo entré aquí, en tiempos de don Juan Bravo Murillo, ya estaba Cruz *en la casa...* Mire usted si ha llovido... Pobre Cruz, lo siento.»

El mejor amigo entre los muchos buenos que Villaamil tenía en aquella casa eran don Buenaventura Pantoja, de quien algo sabemos ya, padre de Virginia Pantoja, una de las actrices del coliseo doméstico de las *Miaus.* Visitaba con preferencia don Ramón la oficina de tan excelente y antiguo compañero (Contribuciones), del cual había sido jefe: tomaba asiento en la silla más próxima a la mesa, le revolvía los papeles si no estaba allí, y si estaba trabábase entre los dos sabroso coloquio de chismografía burocrática.

–¿Sabes...? –decía Pantoja–. Hoy salieron calentitos dos oficiales primeros y un jefe de Administración. Ayer estuvo ese fantoche –aquí el nombre de cualquier célebre político–, y claro, a raja tabla. Lo que yo te digo: cuando quieren hacer las cosas, saltan por encima de todo.

–Sea por amor de Dios –respondía Villaamil, dando un doliente suspiro que ponía trémulas las hojas de papel más cercanas.

Aquel día tardó mucho el buen hombre en fondear ante la mesa de Pantoja. A cada paso saltaban conocidos. Uno salía por aquí, aferrando legajos atados con balduque; otro entraba presuroso por allá, retrasado y temiendo un regaño del jefe. «¿Cuánto bueno?... ¿Qué tal, Villaamil?» «Hijo, defendiéndonos.» La oficina de Pantoja formaba parte de un vastísimo salón, dividido por tabiques como de dos metros de alto. El techo era común a los distintos departamentos, y en la vasta capacidad se veían los tubos de las estufas, largos y negros, quebrados en ángulo recto para tomar la horizontal, horadando las paredes. Llenaba aquel recinto el estridor sonoro de los timbres, voz lejana de los jefes, llamando sin cesar a sus subalternos. Como era la hora en que entran los rezagados, en que los madrugadores almuerzan, en que otros toman café, que mandan traer de la calle, no reinaba allí el silencio propicio al trabajo mental; antes, todo se volvía cierres de puertas, risas, traqueteo de loza y cafeteras, gritos y voces impacientes.

Villaamil entró en la sección, saludando a diestro y siniestro. Allí estaba de oficial tercero el cojo Guillén, muy amigo de la familia Villaamil, tertuliano asiduo, apuntador en la pieza que se iba a representar. Era, por más señas, tío del famoso *Posturitas,* amigo y émulo de Luisito Cadalso, y vivía con sus hermanas, dueñas de la casa de *empréstamos.* Tenía fama Guillén de mordaz y maleante, capaz de tomarle el pelo al lucero del alba. En la oficina escribía juguetes cómicos groseros y verdes, algún dramón espeluznante, que nunca llegaría a arrostrar las candilejas; dibujaba caricaturas y rimaba sátiras contra la mucha gente ridícula de la casa. También había por allí un aspirantillo, hijo del Director del Tesoro, que apenas frisaba en los dieciséis y cobraba sus cinco mil reales, listo como una pólvora, apto para traer y llevar recados de oficina en oficina. Oficial segundo era un tal Espinosa, señorito elegante, de carrera improvisada y raya en el pelo, con mucho requilorio en el vestir y bastantes gazapos en la ortografía; buen muchacho, que no se formalizaba nunca con las cargantes bromas de Guillén. Pero el más característico de todos era un tal Argüelles y Mora, oficial segundo, perfecta parodia de un caballero del tiempo de Felipe IV: pequeño, genuino *gato* de Madrid, rostro enjuto y color de cera, bigote y perilla teñidos de negro, melenas largas y bien atusadas. Para que el tipo resultase más cabal, usaba cierta capita corta y negra, que parecía un desecho del guardarropa de Quevedo. El sombrero era hongo chato, achambergado, con un dedo de grasa. Lástima que no llevara golilla; mas aun sin ella, era un acabado tipo de alguacil. En sus tiempos tuvo pretensiones de guapeza, originalidad y elegancia; pero ya sus espaldas tiraban a corcovarse, y su rostro, con los pelos pintados, tenía un sello de vigilia forzosa que daba compasión. Tocaba la trompa en un teatro. Llamábanle sus compañeros *el padre de familia,* porque en todas sus conversaciones burocráticas traía a colación la multitud de bocas que tenía que mantener con el mezquino y descontado sueldo de doce mil reales. Había tres o cuatro empleados más, algunos taciturnos y atentos a su obligación, repartidos en varias mesas, a distancia respetuosa de la del jefe, próxima a la ventana que daba al patio.

Cerca de las mesas veíanse las perchas donde los funcionarios colgaban capas y sombreros. Guillén tenía las muletas junto a sí. Entre mesa y mesa, estantes y papeleras, trastos de forma y aspecto que sólo se ven en las oficinas, viejos los unos, con no sé qué olor y color de *Paja y Utensilios,* de donde procedían; los otros nuevos, pero no semejantes a ningún mueble usado fuera de las regiones burocráticas. Sobre todos los pupitres abundaban legajos atados con cintas rojas, los unos amarillentos y polvorosos, papel que tiene algo de cinerario y encierra las esperanzas de varias generaciones, los otros de hojas flamantes y reciente escritura, con notas marginales y firmas ininteligibles. Eran las piezas más modernas del pleito inmenso entre el pueblo y el fisco.

Pantoja no estaba: le había llamado el Director.

–Tome usted asiento, don Ramón. ¿Quiere un cigarrito?

–¿Y tú qué te traes entre manos? *(Acercándose a la mesa del cojo y apoderándose de un papel.)* ¿A ver, a ver...? «Dra-

ma original y en verso». ¿Título? «La hijastra de su herma-
nastra». Muy bien, zánganos; así perdéis las horas.

–Don Ramón, don Ramón –dijo el elegante, que acababa
de paladear su café–. ¿No sabe? A Cañizares, ¿se acuerda usted?, el que estaba en Propiedades, aquel a quien llamába-
mos don Simplicio, le han dado los doce mil. ¿Ha visto usted *polacada* mayor?

–Le tuve yo en mi oficina con cinco mil hace catorce años
–dijo el *padre de familia,* esgrimiendo su puño cerrado y revelando toda la aflicción del mundo en su cara alguaciles-
ca–. Era tan asno, que le ocupábamos en traer leña para la
estufa. Ni para eso servía. ¡Cáscaras, qué hombre más animal! Yo cobraba entonces doce mil, lo mismo que ahora.
Vean ustedes si esto es justicia o qué. ¿Tengo o no tengo razón cuando digo que vale más recoger boñiga en las calles
que servir al gran pindongo del Estado? Convengamos en
que se acabó la vergüenza.

–Amigo Argüelles –suspiró Villaamil con tristeza estoica–, no hay más remedio que tragar bilis. Dígamelo usted a
mí, que he tenido a mis órdenes, en provincias, con seis mil,
al propio Director del ramo... Estaba la criatura en Estanca-
das... y no valía ni para pegar precintos en las cajas de cigarros.

–Dame, paloma mía, de lo que comes... ¡Cuando me
acuerdo, ¡cascarones!, de que mi padre quería colocarme de
hortera en una tienda, y yo me remonté creyendo que esto
no era cosa fina!... Vamos, cuando me acuerdo de esto, me
dan ganas de arrancarme a puñadas estos condenados mechones que a uno le quedan... Era allá por el 51. Pues no
sólo no quise oír hablar de mostrador, sino que me metí a
empleado por aquello de ser caballero; y para acabar de ensuciarla, me casé. Si sería yo pillín... Después, *pian, pianino,*
nueve de familia, suegra y dos sobrinos huérfanos. Y de-
fienda usted el garbanzo de tanta gente... Y gracias que la

tropa ayuda, señores. El 64 llegué a los doce mil reales, y allí
me planté. ¿Saben ustedes quién me sacó los doce mil? Julián Romea. No me veré en otra. Catorce años llevo en esta
plaza. Ya ni siquiera pido el ascenso. ¿Para qué? Como no lo
pida a tiros...

Las lamentaciones del trompista *padre de familia* eran oídas siempre con deleite. Entró en aquel punto Pantoja, y
conticuere omnes. Cubría la cabeza del jefe de la sección un
gorrete encarnado, con unas al modo de alcachofas bordea-
das de oro, y borla deshilachada que caía con gracia. Vestía
gabán pardo y muy traído, pantalón con rodilleras, rabi-
corto, dejando ver la caña de las botas recién estrenadas, sin
lustre aún. Después de saludar al amigo, ocupó su asiento.
Arrimóse Villaamil y charlaron. Pantoja no olvidaba por el
palique los deberes, y a cada instante daba órdenes a su tropa. «Oiga usted, Argüelles, haga el favor de ponerme una orden a la Administración Económica de la Provincia pidiendo tal cosa... Usted, Espinosa, sáqueme en seguida el estado
de débitos por Industrial.» Y deshacía con mano experta el
lazo de balduque para destripar un legajo y sacarle el mon-
dongo. En atarlos también mostraba singular destreza, y
parecía que los acariciaba al mudarlos de sitio en la mesa o
al ponerlos en el estante.

El tipo fisiognómico de este hombre consistía en cierta
inercia espiritual que en sus facciones se pintaba. Su frente
era ancha, lisa, y tan sin sentido como el lomo de uno de
esos libros rayados para cuentas, donde no se lee rótulo alguno. La nariz era gruesa en el arranque, resultando tan separados los ojos, que parecían estar reñidos y mirar cada
uno por su cuenta y riesgo, sin hacer caso del otro. Su gran
boca no se sabía dónde acababa. Las orejas lo sabrían. Sus
labios fruncidos parecía que se violentaban al desplegarse
para hablar, cual si fuesen expresamente creados para la
discreción.

Moralmente, era Pantoja el prototipo del integrismo administrativo. Lo de *probo funcionario* iba tan adscrito a su
persona como el nombre de pila. Se le citaba de tenazón y
por muletilla, y decir *Pantoja* era como evocar la propia
imagen de la moralidad. Hombre de pocas necesidades, vivía oscuramente y sin ambición, contentándose con su
ascenso cada seis o siete años, ni ávido de ventajas, ni temeroso de cesantía, pues era de esos pocos a quienes, por su
conocimiento práctico, cominero y minucioso de los asuntos oficinescos, no se les limpia nunca el comedero. Había
llegado a considerar su inmanencia burocrática como tribu-
to pagado a su honradez, y esta idea se transformaba en
sentimiento exaltado o superstición. Era un alma ingenua-
mente honrada, una conciencia tan angosta, que se asustaba si oía hablar de millones que no fuesen los de la Hacienda. Las cifras muy altas, no siendo las del presupuesto del
Estado, le producían un estremecimiento convulsivo; y si
en el Ministerio se preparaba algún proyecto relacionado
con fuertes empresas industriales o bancarias, se le subía a
la boca, sin poderlo remediar, la palabra *chanchullo*. Nunca
iba a la Tesorería Central sin experimentar sensación de espanto, como en presencia de un abismo o sima pavorosa
donde anidan el peligro y la muerte; y cuando veía entrar en
la Dirección del Tesoro o en la Secretaría a los altos personajes de la Banca, temblaba por la riqueza del Erario, de
quien se creía perro de presa. Según Pantoja, no debía ser
verdaderamente rico nadie más que el Estado. Todos los demás caudales eran producto del fraude y del cohecho. Siempre había servido en Contribuciones, y durante su larga y la-
boriosa carrera fue cultivando en su alma el insano goce de
perseguir al contribuyente moroso o maligno, placer que
tiene algo del cruel entusiasmo de la caza: para él era deleite inefable ver a la grande y a la pequeña propiedad defen-
derse, pataleando, de la persecución del Fisco, y sucumbir

siempre ante la superioridad del cazador. En todos los conflictos entre la Hacienda y el contribuyente, la Hacienda tenía siempre razón, según el dictamen inflexible de Pantoja, y este criterio se mostraba en sus notas, que jamás reconocieron el derecho de ningún particular contra el Estado. Para él la Propiedad, la Industria, el consumo mismo, eran organismos o instrumentos de defraudación, algo de disolvente y revolucionario que tenía por objeto disputar sus inmortales derechos a la única entidad dueña y propietaria de todo, la Nación. Pantoja no poseyó nunca más que su ropa y sus muebles; era hijo de un portero de la Sala de *Mil y Quinientas;* se había criado en un desván de los Consejos, sin salir nunca de Madrid; no conocía más mundo que las oficinas, y para él la vida era una sucesión no interrumpida de menudos servicios al Estado, recibiendo de éste, en recompensa, el garbanzo y la santa rosca de cada día.

Capítulo 22

Ah! ¡Cielos! ¿Qué sería del mundo sin cocido? ¿Y qué de la mísera humanidad sin pagas? La paga era la única forma de bienes terrestres en conformidad con los principios morales, pues para todas las demás clases de bienestar archivaba Pantoja en el fondo de su alma un altivo desprecio. Difícilmente concedía que en la clase de ricos hubiera alguno que fuese propiamente honrado, y a las grandes empresas y a los audaces contratistas les miraba con religioso horror. Labrar en pocos años pingüe fortuna, pasar de la pobreza a la opulencia... era imposible por medios lícitos. Para que tal cosa suceda, es indispensable *ensuciarse,* quitándole lo suyo a la víctima eterna, al propietario elemental, al Estado. Al millonario que había heredado su fortuna y no hacía más que gastarla, le perdonaba el buen Pantoja; pero aun así no le tenía en olor de santidad, diciendo que si él no robaba, lo habían hecho sus padres, y la responsabilidad, como el dinero, se transmitía de generación en generación.

Cuando veía entrar en el Ministerio y pasar al despacho del Ministro al representante de Rothschild o de otra opu-

lenta casa española o extranjera, pensaba cuán útil sería
ahorcar a todos aquellos señores que no iban allí sino a tra-
mar algún enjuague. Estas ideas y otras semejantes las vertía Pantoja en el círculo del café adonde concurría, siendo
objeto de punzantes burlas por su estrechez de miras; pero
él no se daba a partido. ¿Hablábase de Hacienda? Pues en el
acto tremolaba Pantoja su banderín con este sencillo y con-
vincente lema: *Mucha administración y poca o ninguna
política.* Guerra a los grandes negocios, guerra al agio y
guerra también a los extranjeros, que no vienen aquí más
que a explotarnos y a llevarse el *cumquibus,* dejándonos
más pobres que las ratas. Tampoco ocultaba Pantoja sus
simpatías por el rigor arancelario, pues el libre cambio es la
protección a la industria de extranjis.

Al propio tiempo sostenía que los propietarios se quejan
de vicio, que en ninguna parte se pagan menos contribuciones que en España, que el país es esencialmente defrauda-
dor, y la política el arte de cohonestar las defraudaciones y
el turno pacífico o violento en el saqueo de la Hacienda. En
suma, las ideas de Pantoja eran tres o cuatro, pero profundamente incrustadas en su *intellectus,* como si se las hubieran metido a mazo y escoplo. Su conversación en el círculo
de amigos languidecía, porque nunca hablaba mal de sus
jefes, ni censuraba los planes del Ministro; no se metía en
honduras, ni revelaba ningún secreto de entre bastidores.
En el fondo de su cerebro dormía cierto comunismo de que
él no se daba cuenta. De este tipo de funcionario, que la política vertiginosa de los últimos tiempos se ha encargado de
extinguir, quedan aún, aunque escasos, algunos ejemplares.

En su trabajo era Pantoja puntualísimo, celoso, inco-
rruptible y enemigo implacable de lo que él llamaba *el particular.* Jamás emitió dictamen contrario a la Hacienda; la
Hacienda le pagaba, era su ama y no estaba él allí para servir a los enemigos *de la casa.* En cuanto a los asuntos oscu-

ros, de una antigüedad telarañosa y de resolución difícil, su
sistema era que no debían resolverse nunca, y cuando llegaba forzosamente el último trámite impuesto por las leyes,
buscaba en la ley misma la triquiñuela necesaria para enre-
darlo de nuevo. Escribir la última palabra de uno de estos
pleitos equivalía a una fragilidad de la Administración, a
declararse vencida y casi deshonrada. En cuanto a su probi-
dad, no hay que decir sino que recibía a cajas destempladas
a los agentes que iban a ofrecerle recompensa por despachar bien y pronto tal o cual negocio. Conocíanle ya y no se
atrevían con aquel puerco-espín que erizaba sus púas todas
al sentir la aproximación del *particular,* o sea, del contribuyente.

En su vida privada, era Pantoja el modelo de los modelos. No había casa más metódica que la suya, ni hormiga
comparable a su mujer. Eran el reverso de la medalla de los
Villaamil, que se gastaban la paga entera en los tiempos bo-
nancibles y luego quedaban pereciendo. La señora de Pantoja no tenía, como doña Pura, aquel ruinoso prurito de suponer, aquellos humos de persona superior a sus medios y
posición social. La señora de Pantoja había sido criada de
servir (creo que de don Claudio Antón de Luzuriaga, al cual
debió Pantoja su credencial primera), y lo humilde de su
origen la inclinaba a la oscuridad y al vivir modesto y esqui-
vo. Nunca gastaron más que los dos tercios de la paga, y sus
hijos iban adoctrinados en el amor de Dios y en el supersticioso miedo al fausto y pompas mundanales. A pesar de la
amistad íntima que entre Villaamil y Pantoja reinaba, nunca se atrevió el primero a recurrir al segundo en sus frecuentes ahogos; le conocía como si le hubiese parido; sabía
perfectamente que el *honrado* ni pedía ni daba, que la pos-
tulación y la munificencia eran igualmente incompatibles
con su carácter, arcas cuyas puertas jamás se abrían ni para
dentro ni para fuera.

Sentados los dos, el uno ante un pupitre, el otro en la silla más próxima, Pantoja se ladeó el gorro, que resbalaba sobre su cabeza lustrosa al menor impulso de la mano, y dijo a su amigo:

–Me alegro que hayas venido hoy. Ha llegado el expediente contra tu yerno... No le he podido echar un vistazo. Parece que no es nada limpio. Dejó de incluir dos o tres pueblos en la nota de apremios, y en los repartos del último semestre hay sapos y culebras.

–Ventura, mi yerno es un pillo; demasiado lo sabes. Habrá hecho cualquier barrabasada.

–Y me enteró ayer el Director de que anda por ahí dándose la gran vida, convidando a los amigachos y gastando un lujo estrepitoso, con un surtidito de sombreros y corbatas que es un asco, y hecho un figurín el muy puerco. Dime una cosa. ¿Vive contigo?

–Sí –respondió secamente Villaamil, que sentía la ola de la vergüenza en las mejillas, al considerar que también su ropa, por flaqueza de Pura, procedía de los dineros de Cadalso–. Pero estoy deseando que se largue de mi casa. De su mano, ni la hostia.

–Porque... verás, me alegro de tener esta ocasión de decírtelo: eso te perjudica, y basta que sea yerno tuyo y que viva bajo tu techo, para que algunos crean que vas a la parte con él.

–¡Yo... con él! *(Horrorizado.)* Ventura, no me digas tal cosa...

–No; si yo no soy quien lo dice, ni me pasa por el magín. Pero la gente de esta casa... Ya ves, ¡hay tanto pillo! Y cuando tocan a pensar mal, los más pillos son los que descueran al inocente.

–Pues aunque Víctor es mi yerno, tan ajeno soy a sus trapacerías, que si en mi mano estuviere el impedirle ir a presidio, no lo impediría... Figúrate.

–¡Ah! No irá, no irá; no te dé cuidado. No irá por lo mismo que lo merece. Tiene pararrayos y paracaídas. Se están poniendo los tiempos tan corruptos, que estos granujas como tu yerno son los que cobran el barato. Verás cómo le echan tierra al expediente, aprueban su conducta y le dan el jeringado ascenso. Por cierto que es de lo más atrevido que conozco. Ayer estuvo aquí; luego bajó a ver al Subsecretario, y como tiene aquella labia y aquel buen ver, el Subsecretario... (me lo ha dicho quien estaba presente) le recibió con palmas, y allí estuvieron los dos de cháchara más de media hora.

–¿Y al señor Ministro le ha visto? *(Con grandísimo desconsuelo.)*

–No te lo puedo decir; pero me consta que ha venido a recomendárselo un diputado de la provincia en que servía la alhajita de tu yerno. Es de estos que mientras más le dan más quieren. No sale de aquí nunca el tal sin apandar dos o tres credenciales gordas, pero gordas, y eso que es disidente; pero por lo mismo, por la disidencia, le atienden más.

–¿Crees tú que le darán el ascenso a Víctor? *(Con ansiedad profunda.)*

–Yo no puedo asegurarte nada.

–Y de lo mío, ¿qué sabes? *(Con ansiedad mayor aún.)*

–El Jefe del Personal no suelta prenda. Cuando le hablo de ti, me echa un *veremos* y un *yo haré lo que pueda,* que es tanto como no decir nada. ¡Ah! entre paréntesis: ayer, después de hablar con el Subsecretario, se coló Víctor en el Personal. Vino a contármelo el hermano de Espinosa. El Jefe le enseñó las vacantes de provincias, y tu yernito se dejó decir con arrogancia que a provincias no iba ni atado.

–Amigo Ventura –indicó Villaamil con dolorosa consternación–, acuérdate de lo que te anuncio. Tú lo has de ver, y si lo dudas, apostemos algo... ¿A que ascienden a Víctor y a mí no me colocan? Otra cosa sería justicia y ra-

zón, y la razón y la justicia andan ahora de paseo por las
nubes.

Pantoja volvió a ladear el gorro. Era una manera especial
suya de rascarse la cabeza. Dando un gran suspiro, que salió muy oprimido de la boca, porque ésta no se abría sino
con cierta solemnidad, trató de consolar a su amigo en la
forma siguiente:

–No sabemos si podrán arreglar lo del expediente de
Víctor, a pesar de las ganas que parece tienen de ello sus
protectores. Y por lo que hace a ti, yo que tú, sin dejar de
machacar en el Director, el Subsecretario y el Ministro, me
buscaría un buen faldón entre la gente que manda.

–Pero si me cojo y tiro, y... como si no.

–Pues sigue tirando, hombre, hasta que te quedes con el
faldón en la mano. Arrímate a los pájaros gordos, sean o no
ministeriales; dirígete a Sagasta, a Cánovas, a don Venancio,
a Castelar, a los Silvela; no repares si son blancos, negros o
amarillos, pues al paso que vas, tal como se han puesto las
cosas, no conseguirás nada. Ni Pez ni Cucúrbitas te servi-
rán: están abrumados de compromisos, y no colocan más
que a su pandilla, a sus paniaguados, a sus ayudas de cáma-
ra, y hasta a los barberos que les afeitan. Esa gente que sirvió a la Gloriosa primero y después a la Restauración está
con el agua al cuello, porque tiene que atender a los de ahora, sin desamparar a los de antes, que andan ladrando de
hambre. Pez ha metido aquí a alguien que estuvo en la facción y a otros que retozaron con la cantonal. ¿Cómo puede
olvidar Pez que los del gorro colorado le sostuvieron en la
Dirección de Rentas, y que los amadeístas casi casi le hacen
Ministro, y que los moderados del tiempo de sor Patrocinio
le dieron la gran cruz?

Villaamil oía estos sabios consejos, los ojos bajos, la expresión lúgubre, y sin desconocer cuán razonables eran.
Mientras que los dos amigos departían de este modo, total-

mente abstraídos de lo que en la oficina pasaba, el maldito cojo Salvador Guillén trazaba en una cuartilla de papel, con humorísticos rasgos de pluma, la caricatura de Villaamil, y una vez terminada, y habiendo visto que era buena, puso por debajo: *El señor de Miau, meditando sus planes de Hacienda.* Pasaba el papel a sus compañeros para que se riesen, y el monigote iba de pupitre en pupitre, consolando de su aburrimiento a los infelices condenados a la esclavitud perpetua de las oficinas.

Cuando Pantoja y Villaamil hablaban de generalidades tocantes al ramo, no sonaban con armonioso acuerdo sus dos voces. Es que discrepaban atrozmente en ideas, porque el criterio del honrado era estrecho y exclusivo, mientras Villaamil tenía concepciones amplias, un plan sistemático, resultado de sus estudios y experiencia. Lo que sacaba de quicio a Pantoja era que su amigo preconizara el *income tax,* haciendo tabla rasa de la Territorial, la Industrial y Consumos. El impuesto sobre la renta, basado en la declaración, teniendo por auxiliares el amor propio y la buena fe, resultaba un disparate aquí donde casi es preciso poner al contribuyente delante de una horca para que pague. La simplificación, en general, era contraria al espíritu del *probo funcionario,* que gustaba de mucho personal, mucho lío y muchísimo mete y saca de papeles. Y por último, algo había de recelo personal en Pantoja, pues aquella manía de suprimir las contribuciones era como si quisiesen suprimirle a él. Sobre esto discutían acaloradamente, hasta que a los dos se les agotaba la saliva. Y cuando Pantoja tenía que salir, porque le llamaba el Director, y se quedaba Villaamil solo con los subalternos, éstos se distraían y solazaban un rato a cuenta de él, distinguiéndose el cojo Guillén por su intención maligna.

–Dígame, don Ramón, ¿por qué no publica usted su plan para que lo conozca el país?

–Déjame a mí de publicar planes. *(Paseándose agitadamente por la oficina.)* Sí; buen caso me haría ese puerco país. El Ministro los ha leído, y les ha dado un vistazo el Director de Contribuciones. Como si no... Y no es la dificultad de enterarse pronto, porque en las Memorias que he escrito he atendido: primero, a la sencillez; segundo, a la claridad; tercero, a la brevedad.

–Yo creí que eran muy largas, pero muy largas –dijo Espinosa con gravedad–. Como abrazan tantos puntos...

–¿Quién le ha dicho a usted semejante cosa? *(Enfadándose.)* Si cada una no abraza más que un punto, y son cuatro. Y basta y sobra. Ojalá no me hubiera ocupado de escribirlas. Bienaventurados los brutos...

–Porque de ellos es la nómina de los cielos... Bien dicho, señor don Ramón –observó Argüelles, mirando con ojeriza a Guillén, a quien detestaba–. A mí también se me ocurrió un plan; pero no quise darlo a luz. Más cuenta me tenía componer el solo de trompa.

–Eso, toque usted la trompa, y déjese de arreglar la Hacienda, que al paso que va, pronto, ni los rabos. Mire usted, amigo Argüelles *(parándose ante la mesa del* caballero de Felipe IV, *la capa terciada, la mano derecha muy expresiva).* Yo he consagrado a esto mi experiencia de tantos años. Podré acertar o no; pero que aquí hay algo, que aquí hay una idea, no puede dudarse. *(Todos le oían con gran atención.)* Mi trabajo consta de cuatro Memorias o tratados, que llevan su título para más fácil inteligencia. Primer punto: *Moralidad.*

–Muy bien. Rompe plaza la moralidad, que es lo primero.

–Es el fundamento del orden administrativo. Moralidad abajo, a izquierda y a derecha. Segundo punto: *Income tax.*

–Que es la madre del cordero.

–Fuera Territorial, Subsidio y Consumos. Lo sustituyo con el impuesto sobre la renta, con su recarguito municipal,

todo muy sencillo, muy práctico, muy claro; y expongo mis
ideas sobre el método de cobranza, apremios, investiga-
ción, multas, etc... Tercer punto: *Aduanas*. Porque, fíjense
ustedes, las Aduanas no son sólo un arbitrio, son un método de protección al trabajo nacional. Establezco un arancel
bien remontado, para que prosperen las fábricas y nos vis-
tamos todos con telas españolas.

–*Superior de Holanda...* Don Ramón, Bravo Murillo era
un niño de teta... Siga usted...

–Cuarto punto: *Unificación de la Deuda*. Recojo todo el
papel que anda por ahí con diferentes nombres: *Tres* consolidado, Diferido, Bonos, Banco y Tesoro, Billetes hipoteca-
rios, y lo canjeo por un 4 por 100, emitido al tipo que convenga... Se acabaron los quebraderos de cabeza...

–Sabe usted más, don Ramón, que el muy marrano que
inventó la Hacienda.

(*Coro de plácemes. El único que callaba era Argüelles, que
no gustaba de reírle mucho las gracias a Guillén.*)

–No es que sepa mucho *(con modestia);* es que miro las
cosas *de la casa* como mías propias, y quisiera ver a este país
entrar de lleno por la senda del orden. Esto no es ciencia, es
buen deseo, aplicación, trabajo. Ahora bien: ¿ustedes me
hicieron caso? Pues ellos tampoco. Allá se las hayan. Llegará día en que los españoles tengan que andar descalzos y los
más ricos pedir para ayuda de un panecillo...; digo, no pe-
dirán limosna, porque no habrá quien la dé. A eso vamos.
Yo les pregunto a ustedes: ¿tendrá algo de particular que me
restituyesen a mi plaza de Jefe de Administración? Nada,
¿verdad? Pues ustedes verán todo lo que quieran; pero eso
no lo han de ver. Vaya, con Dios.

Salía encorvado, como si no pudiera soportar el peso de
la cabeza. Todos le tenían lástima; pero el despiadado Guillén siempre inventaba algún sambenito que colgarle a la espalda después que se iba.

–Aquí he copiado los cuatro puntos conforme los decía: señores, oro molido. Vengan acá. ¡Qué risa, Dios! Vean, vean los cuatro títulos, escritos uno bajo el otro:

> *Moralidad.*
> *Income tax.*
> *Aduanas.*
> *Unificación de la Deuda.*

Juntadas las cuatro iniciales resulta la palabra *MIAU*.

Una explosión de carcajadas retumbó en la oficina, poniéndola tan alegre como si fuera un teatro.

Capítulo 23

Desconcertada para muchos días quedó Abelarda después del largo diálogo aquel con Víctor; pero ponía la infeliz tal arte en evitar que su madre y su tía comprendieran el estado de su ánimo, que lo lograba al fin. Desde el día posterior a las incomprensibles declaraciones de Víctor, notó a éste taciturno. Evitaba encontrarse solo con su cuñada; apenas la miraba, y ni por incidencia le dirigía palabra alguna. Creyérase que un delicado asunto personal le traía caviloso. Transcurrido poco tiempo, observó Abelarda que estaba de mejor temple, y que le echaba miradas amorosas y lánguidas, a las que ella, sin poderlo remediar, respondía con otras inflamadas, aunque rapidísimas. Delante de la familia le hablaba Víctor; pero a solas ni jota. Estaban, pues, como los que se aman y no se atreven a decírselo; mas ella esperaba este estallido impensado y súbito de la ocasión que no falta nunca, como si las leyes del tiempo y del espacio tuvieran marcado el necesario instante en que se junten las órbitas de los seres compelidos a ello por la voluntad. En aquella temporada le dio a la insignificante por ir a la iglesia

207

bastante a menudo. Las prácticas religiosas de los Villaamil
se concretaban a la misa dominguera en las Comendadoras,
y esto no con rigurosa puntualidad. Don Ramón faltaba
rara vez, pero doña Pura y su hermana, por aquello de no
estar vestidas, por quehaceres o por otra causa, quebranta-
ban algunos domingos el precepto. Abelarda se sentía ansiosa de corroborar su espíritu en la religión y meditar en la
iglesia; se consolaba mirando los altares, el sagrario donde
el propio Dios está guardado, oyendo devotamente la misa,
contemplando los santos y vírgenes con sus ahuecadas vestiduras. Estos inocentes consuelos le sugirieron pronto la
idea de otro más dulce y eficaz, el confesarse; porque sentía
la necesidad imperiosa y punzante de confiar a alguien un
secreto que no le cabía en el corazón. Temía que si no lo
confiaba, *se le escaparía* a lo mejor con espontaneidad indis-
creta delante de sus padres, y esto la aterraba, porque sus padres se habrían de enfadar cuando tal supieran. ¿A quién
confiarlo? ¿A Luis? Era muy niño. Hasta se le pasaba por las
mientes el disparate increíble de revelar su secreto al buena-
zo de Ponce. Por último, el mismo sentimiento religioso
que se amparaba de su alma le inspiró la solución, y a la mañana siguiente de pensarla acercóse al confesonario y le
contó al cura lo que le pasaba, añadiendo pormenores que
al sacerdote no le importaba saber. Después de la confesión
se quedó la insignificante muy aliviada y con el espíritu
bien dispuesto para lo que pudiera sobrevenir.

Como era tiempo de Cuaresma, había ejercicios todas las
tardes en las Comendadoras, y los viernes en Montserrat y
en las Salesas Nuevas. Algo chocaba a la familia la asiduidad
con que Abelarda iba a la iglesia, y a doña Pura no se le pu-
drió en el cuerpo esta observación impertinente: «¡Vaya,
hija, a buenas horas, mangas verdes!»

La circunstancia de que Ponce estaba complacidísimo y
un si es no es entusiasmado con las devociones de su novia,

por ser él uno de los chicos más católicos de la generación presente (aunque más de pico que de obras, como suele suceder), acalló las susceptibilidades de doña Pura. El ínclito joven acompañaba a su novia algunas tardes a la iglesia, a pesar de las reiteradas instancias de ella para que la dejara sola. Comúnmente la esperaba al salir, y juntos iban hasta la casa, hablando del predicador, como la noche antes, en la tertulia, hablaban de los cantantes del Real. Si Abelarda iba temprano a la iglesia, la acompañaba Luis, que a poco de probar estas excursiones tomó grandísima afición a ellas. El buen Cadalsito pasaba un rato con devoción y compostura; pero luego se cansaba y se ponía a dar vueltas por la iglesia, mirando los estandartes de la Orden de Santiago que hay en las Comendadoras, acercándose a la reja grande para atisbar a las monjas, inspeccionando los altares recargados de ex-votos de cera. En Montserrat, iglesia perteneciente al antiguo convento que es hoy Cárcel de Mujeres, no se encontraba Luis tan a gusto como en las Comendadoras, que es uno de los templos más despejados y más bonitos de Madrid. A Montserrat encontrábalo frío y desnudo; los santos estaban mal trajeados; el culto le parecía pobre, y además de esto había en la capilla de la derecha, conforme entramos, un Cristo grande, moreno, lleno de manchurrones de sangre, con enaguas y una melena natural tan larga como el pelo de una mujer, la cual efigie le causaba tanto miedo que nunca se atrevía a mirarla sino a distancia, y ni que le dieran lo que le dieran entraba en su capilla.

Sucedió más de una vez que Cadalsito, en su inquieta vagancia dentro de la iglesia, se sentaba en algún banco solitario, sintiéndose acometido del mal precursor de la extraña visión. Más de una vez se dijo que en tal sitio, a poco que se adormilase, había de ver al *Señor de la barba blanca,* por ser aquélla una de sus casas. Pero cerraba los ojos, haciendo como una mental evocación de la extraordinaria visita, y ésta no se presentaba. En alguna ocasión, no obstante, creyó ver al augusto anciano saliendo por una puerta de la sacristía y perdiéndose en el altar, como si se introdujera por invisible hueco. También le pareció que el mismo Señor salía revestido de la sacerdotal túnica y casulla bordada, a decir misa, a *decirse a sí mismo la misa,* cosa que a Cadalsito le pareció por demás extraña. Pero no estaba muy seguro de que esto fuera así, y bien podía ser que se engañase; al menos, grandes dudas tenía sobre el particular. Una tarde, oyendo en Montserrat el rosario que rezaba el cura, al cual contestaban en la iglesia unas dos docenas de mujeres y en el coro las presas, que debían ser más de ciento, por el murmullo intensísimo que sus voces hacían, Luisito se sintió con los síntomas de somnolencia. En la iglesia había muy poca luz, y todo en ella era misterio, sombras que la cadencia tétrica del rezo hacía más cerradas y tenebrosas. Desde donde Cadalsito estaba veía un brazo del Cristo aquel, y la lamparilla que junto al brazo colgaba del techo. Le entró tal pánico que se habría marchado a la calle si hubiera podido; pero no se pudo levantar. Hizo propósito de vencer el sopor y se pellizcó los brazos diciendo: «¡Ay! ¡Contro! Si me duermo y se me pone al lado el Cristo de las melenas, del miedo me caigo muerto.» Y el miedo y los esfuerzos por despabilarse vencían, al fin, su insano sopor.

En cambio de estos malos ratos, Montserrat se los proporcionaba buenos, cuando se aparecía por allí su amigo y condiscípulo Silvestre Murillo, hijo del sacristán. Silvestre inició a Luis en algunos misterios eclesiásticos, explicándole mil cosas que éste no comprendía; por ejemplo: qué era la reserva del Santísimo, qué diferencia hay entre el Evangelio y la Epístola, por qué tiene San Roque un perro y San Pedro llaves, metiéndose en unas erudiciones litúrgicas que tenían que oír. «La hostia, verbigracia, lleva dentro a Dios, y por eso los curas, antes de cogerla se lavan las manos para no ensuciarla, y *dominus vobisco* es lo mismo que decir: *cui-*

dado, que seáis buenos.» Metidos los dos en la sacristía, Silvestre le enseñaba las vestiduras, las hostias sin consagrar, que Cadalso miraba con respeto supersticioso, las piezas del monumento que pronto se armaría, el palio y la manga-cruz, revelando en el desenfado con que lo enseñaba y en sus explicaciones un cierto escepticismo del cual no participaba el otro. Pero no pudo Murillito hacerle entrar en la capilla del Cristo de las melenas, ni aun asegurándole que él las había tenido en la mano cuando su madre se las peinaba, y que aquel Señor era muy bueno y hacía la mar de milagros.

Como la mente de los chicos se impresiona con todo, y a esta impresión se amolda con energía y prontitud su naciente voluntad, aquellas visitas a la iglesia despertaron en Cadalsito el deseo y propósito de ser cura, y así lo manifestaba a sus abuelos una y otra vez. Todos se reían de esta precoz vocación, y al mismo Víctor le hizo mucha gracia. Sí, Luisito aseguraba que o no sería nada o cantaría misa, pues le entusiasmaban todas las funciones sacerdotales, incluso el predicar, incluso el meterse en el confesonario para *oír los pecados de las mujeres.* Díjolo con ingenuidad tan graciosa que todos se partieron de risa, y de ello tomó pie Víctor para romper a hablar a solas con la insignificante por primera vez después de la conferencia de marras. No estaba presente ninguna persona mayor, y el único que podía oír era Luis, y estaba engolfado en su álbum filatélico.

–Yo no diré, como mi hijo, que quiero ordenarme, ¡pero ello es que de algún tiempo a esta parte siento en mí una necesidad tan viva de creer...! Este sentimiento, júzgalo como quieras, me viene de ti, Abelarda *(aquí una mirada amplia, sostenida, tiernísima);* de ti, y de la influencia que tu alma tiene sobre la mía.

–Pues cree, ¿quién te lo impide? –repuso la joven, que se sentía aquella tarde con facilidades para hablar, y esperaba mayor claridad en él.

–Me lo impiden las rutinas de mi pensamiento, las falsas ideas adquiridas en el trato social, que forman una broza difícil de extirpar. Me convendría un maestro angélico, un ser que me amase y que se interesara por mi salvación. ¿Pero dónde está ese ángel? Si existe, no es para mí. Soy muy desgraciado. Veo el bien muy próximo y no me puedo acercar a él. Dichosa tú, si no comprendes esto.

Encontrábase la señorita de Villaamil con fuerzas para tratar aquel asunto, porque la religión se las diera hasta para confesar su secreto a quien no debía oírlo de sus labios.

–Yo quise creer y creí –dijo–. Yo busqué un alivio en Dios y lo encontré. ¿Quieres que te cuente cómo?

Víctor, que sentado junto a la mesa se oprimía la cabeza entre las manos, levantóse de pronto, diciendo con el tono y gesto de un consumado histrión:

–No hables; me atormentarías sin consolarme. Soy un réprobo, un condenado...

Estas frases de relumbrón, espigadas sin criterio en diferentes libros, las traía muy preparaditas para espetarlas en la primera ocasión. Apenas dichas, acordóse de que había quedado en juntarse en el café con varios amigos, y buscó la fórmula para cortar la hebra que su cuñada había empezado a tender entre boca y boca.

–Abelarda, necesito alejarme, porque si estoy aquí un minuto más..., yo me conozco: te diré lo que no debo decirte..., al menos todavía... Dame tu permiso para retirarme. Voy a dar vueltas por las calles, sin dirección fija, errante, calenturiento, pensando en lo que no puede ser para mí..., al menos todavía...

Dio un suspiro y hasta otra... Dejó a la insignificante confusa y con un palmo de morros, procurando desentrañar el significado de aquel *al menos todavía,* frase de risueños horizontes.

Por la noche, antes de comer, Víctor entró muy gozoso y

dio un abrazo a su suegro, al cual no le hicieron gracia tales confianzas, y estuvo por decirle: «¿En qué pícaro bodegón hemos comido juntos?» No tardó el otro en explicar los móviles de su enhorabuena. Había estado en el Ministerio aquella tarde y el Jefe del Personal le dijo que Villaamil iba en la primera hornada.

–¡Otra vez el mismo cuento! –exclamó don Ramón furioso–. ¿De cuándo acá es permitido que te burles de mí?

–No es burla, hombre –manifestó doña Pura, alentada por dulces esperanzas–. Cuando él te lo dice es porque lo sabe.

–Créalo usted o no lo crea, es verdad.

–Pues yo lo niego, yo lo niego –declaró Villaamil, rayando el aire con el dedo índice de la mano derecha–. Y de mí no se ríe nadie, ¿estamos? ¿Cuándo y por dónde te has ocupado tú de mí en el Ministerio? Tú vas allá por tus asuntos propios, por trabajar tu ascenso, que te darán... ¡Ah! Yo estoy cierto de que te lo dan... Bueno fuera que no.

–Pues yo le digo a usted *(con gran energía)* que podré haber ido otras veces con ese objeto, pero hoy por hoy fui, y por cierto en compañía de dos diputados de muchísima influencia, exclusivamente a interceder por usted, a hablarle gordo al Jefe del Personal, después de teclear al Ministro. Si no se lo digo a usted porque me lo agradezca; si esto no tiene mérito ninguno... Y tan cierto como es luz esa que nos alumbra *(con solemne acento)* lo es que yo dije a los amigos que me apoyan: «Señores, antes que mi ascenso pídase la colocación de mi suegro.» Repito que no lo digo para que me lo agradezca nadie. Vaya un puñado de anís...

Doña Pura estaba radiante, y Villaamil, desconcertado en su pesimismo, parecía un combatiente a quien le destruyen de improviso las defensas que le amparan, dejándole inerme y desnudo ante las balas enemigas. Esforzábase en recobrar su aplomo pesimista... «Historias... Bueno, y aun-

que fuese verdad que Juan, Pedro y Diego me recomenda-
ran, ¿de eso se sigue que me coloquen? Déjame en paz y
pide para ti, pues sin abrir la boca te lo han de dar, mientras
que yo, aunque vuelva loco al género humano, nada alcan-
zaré.»

Abelarda, aunque no desplegó los labios, sentía su pecho
inundado de gratitud hacia Víctor y se congratulaba de
amarle, declarándose que ninguna duda podía existir en la
bondad de sus sentimientos. Imposible que aquel acento
noble y hermoso no fuera el acento de la verdad. Mientras
comían se discutió lo mismo: Villaamil opinando terca-
mente que jamás habría piedad para él en las esferas ministeriales, y la familia entera, sosteniendo con denuedo lo
contrario. Entonces soltó Luisito aquella frase que fue célebre en la familia durante una semana y se comentó y repitió
hasta la saciedad, celebrándola como gracia inapreciable, o
como uno de esos rasgos de sabiduría que de la mente divina pueden descender a la de los seres cuyo estado de gracia
les comunica directamente con aquélla. Lo dijo Cadalsito
con ingenuidad encantadora y cierto aplomo petulante,
que aumentaba el hechizo de sus palabras.

–Pero, abuelito, parece que eres tonto. ¿Por qué estás pidiendo y pidiendo a esos tíos de los Ministerios, que son
unos *cualisquieras* y no te hacen caso? Pídeselo a Dios, ve a
la iglesia, reza mucho, y verás cómo Dios te da el destino.

Todos se echaron a reír; pero en el ánimo de Villaamil
hizo efecto muy distinto la salida del inspirado niño. Por
poco se le saltan al buen viejo las lágrimas, y, dando un golpe en la mesa con el cabo del tenedor, decía:

–Ese demonches de chiquillo sabe más que todos nosotros y que el mundo entero.

Capítulo 24

Marchóse Víctor, apenas tomado el postre, que era, por más señas, miel de la Alcarria, y de sobremesa, doña Pura echó en cara a su marido la incredulidad y desabrimiento con que éste había oído lo expresado por el yerno.

–¿Por qué no ha de ser cierto que se interesa por ti? No debemos ponernos siempre en la mala. Es más: Víctor, si no lo ha hecho, estaba en la obligación de hacerlo.

–Pues es claro... –observó Abelarda, dispuesta a hacer panegírico ardiente de su cuñado, a quien no entendía en la cuestión de amores, pero cuya cacareada maldad estimaba calumniosa.

–¿Pero vosotras –dijo Villaamil sulfurándose– sois tan cándidas que creéis lo que dice ese embustero trapalón?... Apuesto lo que queráis a que en vez de recomendarme, lo que ha hecho es llevarle al Jefe del Personal algún cuento para que se le quiten las pocas ganas que tiene de servirme...

–¡Jesús, Ramón!

–¡Papá, por Dios!... También usted tiene unas cosas...

–Parece mentira que en tantos años no hayáis aprendido

215

a conocer a ese hombre *(exaltándose),* el más malo y más traicionero que hay bajo la capa del sol. Para hacerle más temible, Dios que ha hecho tan hermosos a algunos animales dañinos, le dio a éste el mirar dulce, el sonreír tierno y aquella parla con que engaña a los que no le conocen, para atontarles, fascinarles y comérseles después... Es el monstruo más...

Detúvose Villaamil al reparar que estaba presente Luisito, quien no debía oír semejante apología. Al fin era su padre. Y por cierto que el pobre niño clavaba en el abuelo sus ojos con expresión de terror. Abelarda, como si le arrancaran el corazón a tenazazos, sentía impulsos de echarse a llorar, seguidos de un brutal anhelo de contradecir a su padre, de taparle la boca, de disparar algún denuesto contra su cabeza venerable. Levantóse y se fue a su cuarto, aparentando que entraba a buscar algo, y desde allí oyó aún el murmullo de la conversación... Doña Pura denegaba tímidamente lo dicho por su esposo, y éste, después que se retiró Luisito, llamado por Milagros para lavarle en la cocina boca y manos, reiteró su bárbaro, implacable y sangriento anatema contra Víctor, añadiendo que con él no iba ni a recoger monedas de cinco duros. Era tan hondo el acento del buen Villaamil, y tan lleno de sinceridad y convicción, que Abelarda creyó volverse loca en aquel mismo instante, soñando como único alivio a su desatada pena salir de la casa, correr hacia el Viaducto de la calle de Segovia y tirarse por él. Figurábase en el momento breve de desplomarse al abismo, con las enaguas sobre la cabeza, la frente disparada hacia los adoquines. ¡Qué gusto! Después la sensación de convertirse en tortilla, y nada más. Se acabaron todas las fatigas.

A poco de esto empezó a llegar la escogida sociedad que frecuentaba en determinadas noches aquella elegante mansión. Milagros, terminada su faena en la cocina, preparó la luz de petróleo para iluminar la sala. Se arregló, dejando en la cocina a la vieja, que iba a fregar, pues *la pudorosa Ofelia,* si se adaptaba con gusto a todos los ramos de la culinaria, no entraba con aquel rudo trajín del fregado, y a poco penetró en sus *salones* tan bien apañadita que daba gusto verla. Abelarda tardó más en presentarse, y apareció al fin con tan fuerte mano de polvos en la cara que parecía una molinera. Y aún no bastaba tanto afeite a disimular el tono cadavérico de su faz ni el cerco violado de sus ojos. Virginia Pantoja, su madre y otras señoras la observaron y callaban, guardando sus comentarios para postdata de la tertulia. Ninguna de las amigas dejó de decir para sí: «¡Ajadilla está!» Fue también aquella noche Salvador Guillén, el cual presentó a su compañero de oficina, el elegante Espinosa. Villaamil, desde que empezaba a entrar gente, se iba a la calle, renegando de la tal tertulia, y se pasaba en el café un par de horitas oyendo hablar de crisis o probando, como dos y tres son cinco, que debía haberla. Solía Pantoja acompañarle, volviendo después con él para recoger a la familia, y por el camino seguían glosando el tema eterno, sin agotarlo nunca, ni encontrar jamás la última variación. Conocedor sagaz de la vida burocrática y de las misteriosas energías psicológicas que determinan la elevación y caída de funcionarios, Pantoja trazaba a su amigo un nuevo plan de campaña. Primero, sin perjuicio de buscarse entre la gente política de influencia algún padrinazgo de empuje, convenía no dejar vivir al Ministro ni al Jefe del Personal; convertirse en su sombra, espiarles las entradas y salidas, acometerles cuando más descuidados estuvieran, ponerles en el terrible dilema de *la credencial o la vida,* imponerse por el terror. De esta manera se sacaba siempre tajada, pues al fin Ministros, Subsecretarios y Jefes del Personal eran hombres, y para poder respirar y vivir daban al moscón lo que pedía, por quitárselo de encima de su alma y perderle de vista.

Reconociendo el profundo sentido humano y político de estos consejos, Villaamil deploraba sinceramente haber llegado al extremo de ser él lo que tantas veces había censurado en otros, acosador importuno y pordiosero inaguantable.

Víctor no solía concurrir a las tertulias; pero aquella noche entró más temprano que de costumbre y pasó a la sala, produciendo la admiración de Virginia Pantoja y de las chicas de Cuevas. ¡Era tan superior por todos conceptos a los tipos que allí se veían! Guillén le tenía ojeriza, y como Víctor le pagaba en la misma moneda, se tirotearon con frases de doble sentido, haciendo reír a la concurrencia.

Al día siguiente, antes de almorzar, hallándose en el comedor Víctor, su suegra, Abelarda y Luisito, que acababa de llegar de la escuela, dijo Cadalso a doña Pura:

—¿Pero cómo reciben ustedes en su casa a ese cojo inmundo? ¿No comprenden que viene por divertirse observando y contar luego en la oficina lo que ve?

—¿Pero acaso tenemos monos pintados en la cara —dijo Pura con desenfado—, para que ese cojitranco venga aquí nada más que a reírse?

—Es un sapo venenoso que en cuanto ve algo que no es sucio como él, se irrita y suelta toda la baba. Cuando papá va a la oficina de Pantoja, ¿en qué creen ustedes que se ocupa Guillén? En hacerle la caricatura. Tiene ya una colección que anda de mano en mano entre aquellos gandules. Ayer, sin ir más lejos, vi una con un letrero al pie que dice: *El señor de Miau meditando su plan de Hacienda.* Había ido corriendo de oficina en oficina, hasta que Urbanito Cucúrbitas la llevó al Personal, donde el majadero de Espinosa, hermano de ese cursilón que estuvo aquí anoche, la pegó en la pared con cuatro obleas para que sirviera de chacota a todo el que entraba. Cuando vi aquello me sulfuré, y por poco se arma allí la de San Quintín.

Doña Pura se indignó tanto, que el coraje le cortaba la respiración y la palabra.

–Pues yo le diré a ese galápago que no vuelva a poner los pies en mi casa... ¿Y cómo dices que llaman a mi marido? ¿Habrá desvergüenza?...

–Es que le quieren aplicar el mote que le pusieron a la familia en el Real –dijo Víctor dulcificando su crueldad con una sonrisa–; mote que no tiene maldita gracia.

–¡A nosotras, a nosotras! –exclamaron a un tiempo, rojas de ira, las dos hermanas.

–Tomémoslo a risa, pues no merece otra cosa. Es público y notorio que cuando toman ustedes posesión de su sitio en el Paraíso, todo el mundo dice: «Ya están ahí las *Miaus*...» ¡Qué tontería!

–¡Y el muy mamarracho se ríe de la gracia! –exclamó doña Pura cogiendo lo primero que encontró a mano, que fue un pan, y apuntando con él a la cabeza de su yerno.

–No, no la emprenda usted conmigo, señora, que no soy yo autor del apodo. Pues si yo las acompañara a ustedes alguna vez, y un cursi de aquéllos se atreviera a mayar delante de mí, de la primera bofetada todas sus muelas salían a tomar el aire.

–No estás tú mal fantasmón. *(Devorando su ira.)* Pico y nada más que pico. Si no tuviéramos nosotras más defensa que tú...

La ira de las dos hermanas era nada en comparación de la que agitaba el ánimo de Luisito Cadalso, al oír que el cojo Guillén motejaba a su abuelo y le ponía en solfa; y para sí decía: «De todo esto tiene la culpa *Posturitas,* y le he de dar *pa* el pelo, porque la ordinariota de su mamá, que es hermana de Guillén, fue la que puso el mote, ¡contro!, y luego se lo dijo al cojo, que es un sapo venenoso, y el muy canalla se lo ha dicho a los de la oficina.»

Tan rabioso se puso, que al ir a la escuela cerraba los puños y apretaba los dientes. De seguro que si encuentra a *Posturitas* en la calle la emprende con él dándole una morrada buena en *mitá la cara*. Tocóle después estar a su lado en la clase y le pegó en el codo, diciéndole:

–No *quio na* contigo, sinvergüenza. Tú no eres caballero, ni tu familia tampoco *son* caballeros.

El otro no le contestó, y dejando caer la cabeza sobre el brazo, cerró los ojos como vencido de un profundo sueño. Hubo de notar entonces Cadalso que su amigo tenía la cara muy encendida, los párpados hinchados, la boca abierta, respirando por ella, y a ratos soplando fuertemente por la nariz, como si quisiera desobstruirla. Nuevos y más fuertes codazos de Luisito no le hicieron salir de aquel pesado sopor.

–¿Qué tienes, recontro?... ¿Estás malo?

La cara de *Posturitas* echaba fuego. El maestro llegó por allí y viéndole en tal estado y que no había medio de enderezarle, le observó, le pulsó, le puso la mano en la cara.

–Chiquillo, tú estás malo; vete corriendo a tu casa y que te acuesten y te abriguen bien para que sudes.

Levantóse entonces el rapaz tambaleándose, y con cara y gesto de malísimo humor, atravesó la sala de la escuela. Algunos compañeros le miraron con envidia porque se iba a su casa antes que los demás. Otros, Cadalsito entre ellos, creían que la enfermedad era farsa, pura comedia para irse de pingo y estarse brincando toda la tarde en el Retiro con los peores gateras de Madrid. Porque era muy pillo, muy embustero, y en poniéndose a inventar y a hacer pamemas, no había quien le ganara.

Al día siguiente, Murillito trajo la noticia de que Paco Ramos estaba enfermo de tabardillo, y que le había entrado tan fuerte, pero tan fuerte, que si no bajaba la calentura aquella noche se moriría. Hubo discusión a la salida sobre ir o no a verle. «Que eso se pega, *hombre*.» «Que no se

pega... ¡Bah, tú!» «Morral.» «Morral él.» Por fin, Murillito,
otro que llamaban Pando, y Cadalso con ellos, fueron a verle. Era a dos pasos de la escuela, en la casa que tiene farol y
muestra de prestamista. Subieron los tres muy ternes, discu-
tiendo todavía si se pegaba o no se pegaba la *tifusidea,* y
Murillito, el más farfantón de la partida, les animaba escu-
piendo por el colmillo.

–No seáis gallinas. Si creeréis que por entrar *sus* vais a
morir...

Llamaron, y les abrió una mujer, quien al ver la talla y
fuste de los visitantes, no les hizo maldito caso, y les dejó
plantados, sin dignarse responder a la pregunta que hizo
Murillito. Otra mujer pasó por el recibimiento y dijo:

–¿Qué buscan aquí estos monos? ¡Ah! ¿Venís a saber de
Paquito? Más animado está esta tarde...

–Que pasen, que pasen –gritó desde dentro otra voz femenil–, a ver si mi niño les conoce.

Vieron, al entrar, el despacho de los préstamos, donde estaba un señor de gorro y espejuelos que *parecía un ministro*
(según pensó Cadalso), y atravesaron luego un cuarto
grande donde había ropa, golfos de ropa, la mar de ropa, y
por fin, en una habitación toda llena de capas dobladas,
cada una con su cartón numerado, yacía el enfermo, y a su
lado dos enfermeras, la una sentada en el suelo, la otra junto al lecho. *Posturitas* había delirado atrozmente toda la noche y parte de la mañana. En aquel momento estaba más
tranquilo, sin que el recargo se iniciara aún.

–Rico –le dijo la mujer o señora instalada a la cabecera, y
que debía de ser la mamá–, aquí están tus amiguitos, que
vienen a preguntar por ti. ¿Quieres verles?

El pobre niño exhaló una queja, como si quisiera romper a llorar, lenguaje con que indican las criaturas enfer-
mas lo que les desagrada y molesta, que suele ser todo lo
imaginable.

–Mírales, mírales. Te quieren mucho.

Paquito dio una vuelta en la cama, e incorporándose sobre un codo, echó a sus amigos una mirada atónita y vidriosa. Tenía los ojos, aunque inflamados, mortecinos, los labios tan cárdenos que parecían negros, y en los pómulos manchas de color de vino. Cadalso sentía lástima y también terror instintivo que le mantuvo desviado de la cama. La mirada fija y sin luz de su compañero de escuela le hacía temblar. Paco Ramos sin duda no conoció de los tres más que a Luisito; porque sólo dijo *Miau, Miau,* después de lo cual su cabeza se derrumbó sobre la almohada. La madre hizo una seña a los chicos para que despejaran, y ellos obedecieron como unos santos. En la habitación próxima tropezaron con dos hermanillos de *Posturitas,* más chicos que él, carisucios y culirrotos, los zapatos agujereados y los mandiles hechos una sentina. El uno arrastraba un muñeco de trapo amarrado por el pescuezo, y el otro un caballo sin patas, gritando como un desesperado *¡arre!* Al ver gente menuda, se fueron detrás, deseando hacer migas con ella; pero Murillito, echándoselas de persona, les reprendió por la bulla que armaban, estando el hermanito malo. Ellos se miraron estupefactos. No comprendían jota. El más pequeño sacó del bolsillo del delantal un pedazo de pan ya muy lamido, todo lleno de babas, y le metió el diente con fe. Al pasar por la sala, el señor aquel que parecía un ministro estaba examinando dos mantones de Manila que le presentaba una mujer. Los tres amigos le saludaron con exquisita cortesía, pero él no les contestó.

Capítulo 25

Muy pensativo se fue Cadalsito a su casa aquella tarde. El sentimiento de piedad hacia su compañero no era tan vivo como debiera, porque el mameluco de Ramos le había insultado, arrojándole a la cara el infamante apodo, delante de gente. La infancia es implacable en sus resentimientos, y la amistad no tiene raíces en ella. Con todo, y aunque no perdonaba a su mal educado compañero, pensó pedir por él en esta forma: «Ponga usted bueno a *Posturitas*. A bien que poco le cuesta. Con decir *levántate, Posturitas,* ya está.» Acordándose después de que la mamá de su amigo, aquella misma señora que estaba junto al lecho tan afligida, era la inventora del ridículo bromazo, renovóse en él la inquina que le tenía. «Pero no es *señora* –pensó–. No es más que *mujer,* y ahora Dios la castiga de firme por poner motes.»

Aquella noche estaba muy intranquilo; dormía mal, se despertaba a cada instante, y su cerebro luchaba angustiosamente con un fenómeno muy singular. Habíase acostado con el deseo de ver a su benévolo amigo el de la barba blanca; los síntomas precursores se habían presentado, pero la

223

aparición no. Lo doloroso para Cadalsito era que soñaba que la veía, lo que no era lo mismo que verla. Al menos no estaba satisfecho, y su mente forcejeaba en un razonar penoso y absurdo, diciendo: «No es éste, no es éste..., porque yo no le veo, sino sueño que le veo, y no me habla, sino que sueño que me habla.» De aquella febril cavilación pasaba a estotra: «Y no podrá decir ya que no estudio, porque hoy sí que me supe la lección, ¡contro! El maestro me dijo: "Bien, bien, Cadalso." Y la clase toda estaba turulata. Largué de corrido lo del adverbio, y no me comí más que una palabra. Y cuando dije lo de que caía el maná en el desierto, también *me lo supe,* y sólo me trabuqué después en aquello de los Mandamientos, por decir que los trajo encima de un tablero, en vez de una tabla.» Luis exageraba el éxito de su lección de aquel día. La dijo mejor que otras veces, pero no había motivo fundado para tanto bombo.

Mala noche fue aquélla para los dos habitantes del estrecho cuarto, pues Abelarda no hacía más que dar vueltas en su catre, rebelde al sueño, conciliándolo breves minutos, sintiéndose acometida por bruscos estremecimientos, que la hacían pronunciar algunas palabras, de cuyo sonido se asombraba ella propia. Una vez dijo: «Huiré con él.» Y al punto le respondió un acento suspirón: «Con el que tenía los anillos de puros.» Al oír esto, dio un salto aterrada. ¿Quién le respondía? Todo era silencio en la alcoba; pero al poco rato la voz volvió a sonar, diciendo: «Le castiga usted por malo, por poner motes.» Al fin, la mente de Abelarda se esclarecía, pudiendo apreciar la realidad y reconocer la vocecilla de su sobrino. Volvióse del otro lado y se durmió. Luis murmuraba gimiendo, como si quisiera llorar y no pudiese. «Que sí me supe la lección... que sí.» Y al cabo de un rato: «No me mojes el sello con tu boca negra... ¿Ves? Esto te pasa por malo. Tu mamá no es señora, sino mujer...» A lo que contestó Abelarda: «Esa elegantona que te escribe cartas no es dama, sino una tía *feróstica*... Tonto, y me desprecias a mí por ella; a mí, que me dejaría matar por... Mamá, mamá, yo quiero ser monja.» «No... –decía Luis–, ya sé que no le dio usted al señor de Moisés los Mandamientos en un tablero, sino en una tabla... Bueno, en dos tablas... *Posturas* se va a morir. Su padre le envolverá en aquel mantón de Manila... Usted no es Dios, porque no tiene ángeles... ¿En dónde están los ángeles?»

Y Abelarda: «Ya pesqué la llave de la puerta. Quiero escapar. ¡Con el frío que hace, esperándome en la calle!... ¡Vaya un llover!»

Luis: «Es un ratón lo que *Posturas* echa por la boca, un ratón negro y con el rabo *mu* largo. Me escondo debajo de la mesa. ¡Papá!»

Abelarda, en voz alta: «Qué..., ¿qué es eso, Luis? ¿Qué tienes? Pobrecito..., esas pesadillas que le dan. Despierta, hijo, que estás diciendo disparates. ¿Por qué llamas a tu papá?»

Despierto también Luis, aunque no con el sentido muy claro: «Tiíta, no duermo. Es que... un ratón. Pero mi papá lo ha cogido. ¿No ves a mi papá?»

–Tu papá no está aquí, tontín; duérmete.

–Sí que está... Mírale, mírale. Estoy despierto, tiíta. ¿Y tú?

–Despéjate, hijo... ¿Quieres que encienda la luz?

–No... Tengo sueño. Es que todo es muy grande, todas las cosas grandes, y mi papá estaba acostado contigo, y cuando yo le llamé vino a cogerme.

–Prenda, acuéstate de ladito y no tendrás malos sueños. ¿De qué lado estás acostado?

–Del lado de la mano izquierda... ¿Por qué es todo grandísimo, del tamaño de las cosas mayores?

–Acuéstate del lado derecho, alma mía.

–Estoy del lado de la mano izquierda y del pie derecho... ¿Ves? Éste es el pie derecho, ¡tan grande! Por eso la mamá de *Posturas* no es señora. Tiíta...

–¿Qué?

–¿Estás dormida?... Yo me duermo ahora. ¿Verdad que no se muere *Posturas*?

–¡Qué se ha de morir, hombre! No pienses en eso.

–Dime otra cosa. ¿Y mi papá se va a casar contigo?

En la excitación cerebral que producen la oscuridad y el insomnio, Abelarda no pudo responder lo que habría respondido a la luz del día con la cabeza serena, por cuya razón se dejó decir:

–No sé todavía... verdaderamente no sé nada... Puede...

Poco después murmuró Luis: «Bueno», en tono de conformidad, y se quedó dormido. Abelarda no pegó los ojos en el resto de la noche, y al día siguiente se levantó muy temprano, la cabeza pesadísima, los párpados encendidos y el humor destemplado, deseando hacer algo extraordinario y nuevo, reñir con alguien, así fuese el mismísimo cura cuya misa pensaba oír pronto, o el monago que había de ayudarla. Se fue a la iglesia, y en ella tuvo muy malos pensamientos, tales como escabullirse de la casa sin saber para qué, casarse con Ponce y pegársela después, meterse monja y amotinar el convento, hacerle una declaración burlesca de amor al cojo Guillén, empezar la representación de la comedia y retirarse a la mitad, dejándoles a todos plantados; envenenar a Federico Ruiz, tirarse del paraíso del Real a las butacas en lo mejor de la ópera..., y otros disparates por el estilo. Pero la permanencia en el templo, silencioso y plácido, las tres misas que oyó, sosegaron poco a poco sus nervios, estableciendo en su cerebro la normalidad de las ideas. Al salir se asustaba y aún se reía de aquellas extravagancias sin sentido. Pasara lo de tirarse del paraíso a las butacas en un momento de desesperación; pero envenenar al pobre Federico Ruiz, ¿a qué santo?

Al llegar a su casa, lo primero que hizo, según costumbre, fue enterarse de si Víctor había salido o no. Resultó que sí, y doña Pura dijo con alegría no disimulada que su yerno almorzaba fuera. Los recursos se le habían ido agotando a la señora con la rapidez solutiva de esa sal puesta en agua que se llama dinero. ¡Cosa más rara! Lo mismo era cambiar un duro que desleírsele pieza a pieza. Y ya veía próximo el aterrador lindero que separa la escasez de la carencia absoluta. Detrás de aquel lindero se alzaban los espectros familiares mirando a doña Pura y haciéndole muecas. Eran sus terribles compañeros de toda la vida, el deber, el pedir y el empeñar, resueltos a acompañarla hasta la tumba. Ya estaba la señora tirando sus líneas a ver si Víctor le daba medios para zafarse de aquellos socios insufribles. Pero Víctor, a las primeras indirectas, se había hecho el mal entendedor, señal de que no encerraba ya su cartera los tesoros de mejores días. Además, pudo observar doña Pura que por dos o tres veces habían venido a cobrarle a su yerno cuentas de zapateros o sastres, y que Víctor no había pagado, diciendo que volvieran o que él pasaría por allá. Este olor a chamusquina puso a la señora sobre ascuas.

Fueron aquella tarde doña Pura y su hermana a visitar unas amigas. Milagros encargó a Abelarda que diese una vuelta por la cocina; pero la exaltada joven, al quedarse sola, pues Villaamil había ido al Ministerio y Luis a la escuela, echó al olvido cacerolas y sartenes, y metióse en el cuarto de Víctor, con el fin de revolver, de escudriñar, de ponerse en íntimo contacto con su ropa y los objetos de su uso. Sentía la insignificante, en esta inspección vedada, los estímulos de la curiosidad mezclados con un goce espiritual de los más profundos. El examen de la indumentaria, la exploración de todos los bolsillos, aunque en ellos no encontrara cosa de verdadero interés, era un gusto que no cambiaría ella por otros más positivos e indiscutibles. Porque manoseando las camisas se suponía por momentos en una intimidad a la cual su viva imaginación daba apariencias reales.

Soñaba actos de los más nobles, como el cuidar la ropa de su
hombre, fuera marido o no, deseando algo que arreglar en
ella, botón suelto o forro descosido; y en tanto reconocía en
el olor la persona, por más señas limpia y elegante, gozando
en olfatearla a menor distancia que en familia y ante el
mundo. Las pocas veces que Abelarda podía darse estos
atracones de idealidad y sensaciones rebuscadas, sus registros de bolsillos no arrojaban ninguna luz sobre el misterio
que a su parecer envolvía la existencia de Cadalso. A veces,
encontraba en el bolsillo del pantalón perros grandes o chicos, billetes de tranvía y butacas de teatro; en los de la americana o levita, alguna nota del Ministerio, alguna carta indiferente. Al concluir, cuidaba de volver todo a su sitio para
que no fuera notado el escrutinio, y se sentaba sobre el baúl
a meditar. No había sido posible poner en el cuarto de Víctor cómoda ni armario ropero, de modo que tenía su equi-
po en la misma maleta de viaje, como si estuviera por pocos
días en una fonda. Lo que desesperaba a la insignificante
era encontrar el baúl siempre cerrado. Allí sí que habría
querido ella meter manos y ojos. ¡Qué de secretos guardaría aquella cavidad misteriosa! Varias veces había probado
a abrirla con llaves diferentes; pero en vano.

    Pues señor, aquel día, al sentarse en el baúl, ¡tlin!, un ru-
morcillo metálico. Miró, y... ¡las llaves estaban puestas! Víctor se había olvidado de quitarlas, faltando a sus hábitos
cautelosos y previsores. Ver las llaves, abrir y levantar la
tapa casi fueron actos simultáneos. Gran desorden en la
parte superior del contenido. Había allí un sombrero chafa-
do, de los que llaman *livianillos,* cuellos y puños sueltos, cigarros, una caja de papel y sobres, ropa blanca y de punto,
periódicos doblados, corbatas ajadas y otras nuevecitas.
Abelarda observó todo un buen rato sin tocar, enterándose
bien, como es uso de curiosos y ladrones, de la colocación
de los objetos para volver a ponerlos lo mismo. Luego des-

lizó la mano por un lado, explorando la segunda capa. No sabía por dónde empezar. Al propio tiempo, la presunción de que Víctor andaba en líos con alguna señorona de mucho lustre y empinadísimo copete, se imponía y destacaba sobre las ideas restantes. Pronto se descubriría todo; allí se encontraban de fijo las pruebas irrecusables. De tal modo dominaba este prejuicio la mente de Abelarda, que antes de descubrir el cuerpo del delito ya creía olfatearlo, porque el olfato era quizá su sentido más despierto en aquellas pesquisas. «¡Ah! ¿No lo dije? ¿Qué es esto? Un ramito de violetas.» En efecto, al levantar con cuidado una pieza de ropa, encontró el ramo ajado y oloroso. Siguió explorando. Su instinto, su intuición o corazonada, que tenía la fuerza de una luz precursora o de indicador misterioso, la guiaba por aquellas revueltas honduras. Sacó varias cosas cuidadosamente, las puso en el suelo, y adelante; busca de aquí, busca de allí, su mano convulsa dio con un paquete de cartas. ¡Ah! Por fin había parecido la clave del secreto. ¡Si no podía ser de otro modo! Cogió el paquete, y al sentirlo entre sus dedos infundióle terror su propio hallazgo.

Sin quitar la goma leyó algo ya, pues las cartas no tenían envoltura que las cubriese. Lo primero que se echó a la cara fue una coronita estampada en el membrete de la carta superior; y como no era fuerte en heráldica, no supo si la corona era de marquesa o de condesa... Pensó entonces la insignificante en su mucho acierto y sagacidad. No, no podía ella equivocarse al suponer que la misteriosa persona con quien *él* estaba en relaciones era de alta categoría. Había nacido Víctor para las esferas superiores de la vida, como el águila para remontarse a las alturas. Pensar que hombre de tales condiciones descendiese a las esferas de cursilería y pobreza en que ella vivía... ¡absurdo!, y raciocinando así, persuadíase también de que lo incomprensible y tenebroso de la conducta y del lenguaje de Víctor no era fal-

ta de él, sino de ella, por no alcanzar con sus cortas luces y
su apreciación vulgar de la vida a la superioridad de semejante hombre.

A leer tocan. No sabía la joven por dónde empezar. Hubiera querido echarse al coleto en un santiamén todas las
cartas de cruz a fecha. El tiempo apremiaba; su madre y su
tía no tardarían en entrar. Leyó rápidamente una, y cada
frase fue una cuchillada para la lectora. Allí se trataba de negativa de rompimiento, se daban descargos como respondiendo a una acusación celosa; allí se prodigaban los términos azucarados que Abelarda no había leído nunca más que
en las novelas; allí todo era fineza y protestas de amor entero, planes de ventura, anuncios de entrevistas venideras y
recuerdos dulces de las pasadas, refinamientos de precaución para evitar sospechas, y al fin derrames de ternezas en
forma más o menos velada. Pero el nombre, el nombre de la
sinvergüenzona aquella, por más que la lectora lo buscaba
con ansia, no aparecía en ninguna parte. La firma no rompía el anónimo; a veces una expresión convencional, *tu chacha, tu nenita;* a veces un simple garabato... Pero lo que es
nombre, ni rastros de él. Leyendo todo, cuidadosamente, se
habría podido sacar en limpio, por referencias, quién era la
chacha; pero Abelarda no podía detenerse; ya era tarde, llamaban a la puerta... Había que colocar todo en su sitio de
modo que no se conociese la mano revoltijera. Hízolo rápidamente, y fue a abrir. Ya no se borró más de su mente, en
aquel día ni en los que le siguieron, la fingida imagen de la
odiada señora. ¿Quién sería? La insignificante se la figuraba
hermosota, muy *chic,* mujer caprichosa y desenfadada,
como a su parecer lo eran todas las de las altas clases. «¡Qué
guapa debe de ser!... ¡Qué perfumes tan finos usará! –se decía a todas horas con palabras de fuego que del cerebro le salían para estampársele en el corazón–. ¡Y cuántos vestidos
tendrá, cuántos sombreros, cuántos coches!...»

Capítulo 26

Allá va otra vez el amigo don Ramón a la oficina de Pantoja. Él no quiere hablar de su pleito, de su cuita inmensa y desgarradora, pero sin quererlo habla; y cuanto dice va a parar insensiblemente al eterno tema. Le pasa lo que a los amantes muy exaltados, que cuanto hablan o escriben se convierte en sustancia de amor. Aquel día encontró en la oficina de su amigo a cierto sujeto que discutía ardorosamente. Era un señor de provincia, uno de aquellos enemigos de la Administración a quienes *el honrado* designaba con el desdeñoso nombre de *particulares;* comerciante de vinos al por mayor, con establecimiento abierto, y la Hacienda le había cogido por banda, haciéndole pagar contribución por dos conceptos. Protestó él alegando que renunciaba a detallar quedándose sólo con el almacén. El asunto pasó a informe de Pantoja. Quejábase el *particular* de que se le hiciera pagar por dos conceptos, y va Pantoja ¿y qué hace? Pues informar que pagará por tres. De suerte que mi hombre, hecho un basilisco, dijo allí tales picardías de la Administración, que por poco le echan a la calle. Villaamil comprendía que tenía ra-

231

zón. Nunca había sido él verdugo del *particular,* como su amigo Pantoja; pero no se atrevió a intervenir por no malquistarse con *el honrado.* Su flaqueza le llevó hasta apoyar la providencia del Dracón administrativo, diciendo:

–Claro, por tres conceptos, por el de detallista, por el de almacenista y por el de fabricante de vinos.

En fin, que el desgraciado *particular* se largó trinando como ruiseñor en la época del celo, y cuando se quedaron solos Villaamil y Pantoja, al primero le faltó tiempo para decir:

–¿Ha vuelto Víctor por aquí? ¿Cómo va su expediente?

Pantoja tardó en responder; tenía la boca lo mismo que si se la hubieran cosido. Se ocupaba en abrir pliegos, dentro de los cuales, al ser abiertos, sonaba la arenilla pegada a la tinta seca, y *el honrado* cuidaba de que los tales polvos no se cayeran, lástima de desperdicio, y prolijamente los vertía en la salvadera. Era en él costumbre antigua este aprovechamiento de los polvos empleados ya en otra oficina, y lo hacía con nimio celo, cual si mirase por los intereses de su ama, la señora Hacienda.

–Créeme a mí –replicó al fin, dando permiso a la boca, y poniendo la mano por pantalla a fin de que sus oficiales no oyeran–. No le harán falta a tu yerno. El expediente es música. Créeme a mí que conozco el paño.

–Ventura, las influencias lo pueden todo –observó Villaamil con inmensa pena–, absolver a los delincuentes, y aun premiarlos, mientras los leales perecen.

–Y las influencias que vuelven al mundo patas arriba y hacen escarnio de la justicia, no son las políticas... Quiero decir que estas influencias no revuelven el cotarro tanto como otras.

–¿Cuáles? –preguntó Villaamil.

–Las faldas –replicó Pantoja tan a media voz que Villaamil no lo oyó y tuvo que hacerse repetir el concepto.

–¡Ah!... Noticia fresca... Pero dime, ¿crees tú que Víctor, por ese lado?...

–Me ha dado en la nariz. *(Con malicia, llevándose el dedo a la punta de aquella facción.)* No aseguro nada; es que yo, con mi experiencia de esta casa, lo huelo, lo huelo, Ramón... no sé... puede que me equivoque. Al tiempo. Anoche en el café, Ildefonso Cabrera, el cuñado de tu yerno, contó de éste ciertos lances...

–¡Dios, qué cosas ve uno! –dijo Villaamil llevándose las manos a la cabeza. Y en medio de su catoniana indignación, pensando en aquella ignominia de las faldas corruptoras, se preguntaba por qué no habría también faldas benéficas que, favoreciendo a los buenos, como él, sirvieran a la Administración y al país.

–Ese tuno sabe por dónde anda. Acuérdate de lo que te digo: le echarán tierra al expediente...

–Y venga el ascenso... ¡y ole morena!

Sonó el timbre, y Pantoja fue al despacho del Director, que le llamaba. En cuanto salió, los subalternos la emprendieron con el cesante.

–Amigo Villaamil, ni usted ni yo echaremos buen pelo hasta que no suban los nuestros; y los nuestros son los del petróleo.

–Así subieran mañana –dijo don Ramón agitando las quijadas y poniendo en sus ojos toda la ferocidad de su expresión carnívora.

–No lo diga usted de broma, que esto está muy malo. Hay crisis.

–¿Qué broma? ¡Sí, para bromitas está el tiempo! Así saltara esta noche el cantón de Madrid y la *Commune* inclusive, y tocaran a pegar fuego... Les digo a ustedes que el amigo Job era un niño mimado y se quejaba de vicio... Que venga el santo petróleo, que venga. Más de lo que nos han quitado no nos han de quitar... Peor que esta gente no lo han de hacer.

–¿Sabe usted lo que corre hoy? Que van a ceder las Islas Baleares a Alemania... Y que quieren arrendar las Aduanas a no sé qué empresa belga, recibiendo el primer plazo en unos puentes viejos para ferrocarriles.

–Como si lo viera, hombre, como si lo viera... Todo lo que sea un disparate tiene aquí su fundamento. Francamente, el don Antonio tendrá mucho pesquis, pero no se le conoce... Digo, cualquiera que estuviese en su puesto me parece a mí que lo había de hacer mejor.

–Pues claro –dijo *el caballero de Felipe IV,* atusándose el bigotillo embetunado–. Y si no, figúrese usted que los que estamos aquí formamos un Ministerio. Villaamil, Presidencia; Espinosa, por la buena lámina, iría a Estado a poner varas a las diplomáticas.

–Y que las hay de *buten.* A Guillén le encajamos en Guerra.

–¡Madre de Dios! ¡Un cojo en Guerra! Mejor es en Marina.

–Sí, para que reme con las muletas.

–O por lo que tiene de tortuga –dijo Argüelles, que no perdonaba ocasión de tirar una china al cojo–. Y para mí, venga la carterita de Gobernación.

–Clavado. Para que pueda colocar de temporeros a su cáfila de hijos, los de teta inclusive.

–Y para que expida una Real orden mandando que se toque la trompa en todos los entierros. ¿Y Hacienda, señores?

–Hacienda, Villaamil, con la Presidencia.

–¿Y qué le damos al *insine* Pantoja?

–Hacienda, Ventura, ¿qué duda tiene? –apuntó Villaamil, que no tomaba aquello en serio, pero dejaba correr la broma para prestar un poco de esparcimiento a su angustiado espíritu.

–Sí, ¡buena se iba a armar!... ¿Y el *income tax?*

–Lo que es eso... –observó Villaamil sonriendo triste y descorazonado– no me lo pasaba.

–No; fuera Pantoja, que es capaz de imponer una contribución sobre las pulgas que lleva cada *quisque*. Viva el *income tax*, dogma del nuevo Gabinete, y la unificación de la Deuda.

–Eso... *(con seriedad, bostezando)* es fácil que me lo admitiera Ventura... Vaya, caballeros *(como quien vuelve en sí, levantándose con ademán diligente)*, ustedes tienen que hacer, y yo *ídem*. A trabajar se ha dicho.

Y pasó a Propiedades (el mismo piso a la derecha), donde era segundo jefe don Francisco Cucúrbitas, y de allí bajó para caer como una bomba en el Personal, donde tenía varios conocidos, entre ellos un tal Sevillano, que a veces le informaba de las vacantes efectivas o presuntas. Después bajaba a Tesorería, dando una vuelta por el Giro Mutuo, previo el consabido palique de los porteros al entrar en cada oficina. En algunas partes le recibían con cordialidad un tanto helada; en otras, la constancia de sus visitas empezaba a ser molesta. No sabían ya qué decirle para darle esperanzas, y los que le habían aconsejado que machacase sin tregua se arrepentían ya, viendo que sobre ellos se ponía en práctica el socorrido consejo. En el Personal era donde Villaamil se mostraba más tenaz y jaquecoso. El Jefe de aquel departamento, sobrino de Pez y sujeto de mucha escama, le conocía, aunque no lo bastante para apreciar y distinguir las excelentes prendas del hombre, bajo las importunidades del pretendiente. Así, cuando las visitas arreciaron, el Jefe no ocultaba su desabrimiento ni sus pocas ganas de conversación. Villaamil era delicado, y sufría lo indecible con tales desaires; pero la imperiosa necesidad le obligaba a sacar fuerzas de flaqueza y a forrar de vaqueta su cara. Con todo, a veces se retiraba consternado, diciendo para su capote: «No puedo, Señor, no puedo. El papel de mendigo porfiado no es para mí.» Y la consecuencia de este abatimiento era no aparecer unos días por el Personal. Luego volvía la ley tiránica de la necesidad a imponerse brutalmente; el amor propio se sublevaba contra el olvido, y a la manera del lobo en ayunas, que sin reparar en el peligro de muerte se echa al campo y se aproxima impávido al caserío en busca de una res o de un hombre, así don Ramón se lanzaba otra vez, hambriento de justicia, a la oficina del Personal, arrostrando desaires, malas caras y peores respuestas. Quien mejor le recibía y más le alentaba, ofreciéndole cordialmente su ayuda, era don Basilio Andrés de la Caña (Impuestos). Terminada la excursión, Villaamil volvía a su casa rendido de cuerpo y espíritu. Su mujer le interrogaba con arte; pero él, firme en su dignidad estudiada, sostenía no haber ido al Ministerio más que a fumar un cigarro con los amigos; que, no esperando nada, no formulaba pretensiones, y que la familia no debía edificar castillos en el aire, sino irse preparando para un viaje de recreo a San Bernardino. Replicaba a esto Pura que, si él no hacía por colocarse, entraría ella a funcionar, apelando a la intercesión de la señora de Pez, Carolina de Lantigua, pues hasta los gatos saben que donde acaba la eficacia de las recomendaciones políticas empieza la de las *faldas*.

–¡Ah! No es esa *faldamenta* la que hace y deshace la fortuna –respondía Villaamil con profundo escepticismo, hijo de su conocimiento del mundo burocrático–. Carolina Pez es una señora honrada; es decir, para el caso, la carabina de Ambrosio. Además... hazte cargo: los *Peces* no privan ahora; se defienden y nada más. Ya hay quien habla de dejarles en seco. Figúrate una gente que ha mamado en todas las ubres y que ha sabido empalmar la Gloriosa con Alfonsito... Pues el turrón que ellos comen es el que corresponde a tantos leales como estamos mirando a la luna. Ya principia a levantarse un runrún contra ellos. Y digo más: la Administración necesita de servidores fieles, identificados, fíjate bien, identificados con la política monárquica; es preciso que no se vinculen los destinos; es menester que haya turno. Si no, ¿a dónde vamos a parar? Y ahí tienes al Jefe del Personal, sobrino de Pez, vendiendo protección a los que, por no servir a la jeringada República, sacrificaron sus destinos. Esto es escandaloso y no se ha visto nunca. De esta manera no se puede evitar que haya trifulcas, y que a España se la lleve Pateta. ¿Conque te vas enterando? Por el lado de Pez, ya se trate de Peces con faldas o con pantalones, no esperes tanto así. Por supuesto (*volviendo a su tema, del cual se había olvidado en el calor del discurso*), con Peces y sin Peces, para mí no habrá nada. La Caña es el único que se interesa ahora para mí. Algo haría si pudiera. Pero tengo enemigos ocultos, que en la sombra trabajan por hundirme. Alguien me ha jurado guerra a muerte. Quién podrá ser, no lo sé; pero el traidor existe, no lo dudes.

Por aquellos días, que eran ya primeros de marzo, volvió la infortunada familia a notar los pródromos de la *sindineritis*. Hubo una semana de horrible penuria, mal disimulada ante los íntimos, sobrellevada por Villaamil con estoica entereza y por doña Pura con aquella ecuanimidad valerosa que la salvaba de la desesperación. Pero el remedio vino inopinadamente y por el mismo conducto que en otra ocasión no menos aflictiva. Víctor volvió a estar boyante. Su suegra fue sorprendida cuando menos lo pensaba por nuevos ofrecimientos de metálico, que no vaciló en aceptar, sin meterse en la filosofía de inquirir la procedencia. Ni creyó discreto contarle a su marido que había visto la cartera de Víctor reventando de billetes. ¡Como que se le habían encandilado los ojos! Embolsó los cuartos recibidos y las consideraciones que el caso le sugería. Si aún no le habían colocado, ¿de dónde sacaba tanto dinero? Y aunque le hubieran colocado... Por fuerza había mano oculta... En fin, ¿a qué escarbar en el temido enigma? No gustaba ella de averiguar vidas ajenas.

Víctor andaba otra vez muy fachendoso. Se había encargado más ropa, tenía butaca una y otra noche en diferentes teatros, y en el mismo Real; hacía frecuentes regalitos a toda la familia, y su esplendidez llegó hasta convidar a las tres *Miaus* a la ópera, a butaca nada menos.

Lo que produjo en Villaamil verdadera indignación, pues era un escarnio de su pobreza y un insulto a la moral pública. Pura y su hermana se rieron del ofrecimiento, pues aunque rabiaban por ir, carecían de los perendengues necesarios a semejante exhibición. Abelarda se negó resueltamente. Armóse gran disputa sobre esto, y la mamá sugirió algunas ideas para obviar las grandes dificultades con que el pensamiento de su yerno tropezaba en la práctica. Véase lo que discurrió el cacumen arbitrista de *la figura de Fra Angélico.* Sus amigas y vecinas las de Cuevas se ayudaban, como se ha dicho antes, con la confección de sombreros. En cierta ocasión que las *Miaus* pescaron tres butacas de periódico para el Español, Abelarda, doña Pura y Bibiana Cuevas se encasquetaron los mejores modelos que aquellas amigas tenían en su taller, después de arreglarlos cada cual a su gusto. ¿Por qué no hacer lo mismo en la ocasión que se discutía? Bibiana no se había de oponer. Y por cierto que tenía en aquel entonces tres o cuatro *prendas,* una de la marquesa A, otra de la condesa B, a cual más bonitas y elegantes. Se las disfrazaba, pues para eso había en el taller cantidad de alfileres, hebillas, cintas y plumas, y aunque sus dueñas estuvieran en el teatro, no habían de conocer las mascaritas. En cuanto a los vestidos, ellas lo arreglarían, con ayuda de las amigas, procurándose además algún abrigo, traído de la tienda para probarlo; y como Víctor se había brindado a regalarles también los guantes, no era un arco de iglesia el ir a butacas. ¡Cuántos no irían disimulando con menos gracia la *tronitis!*

Capítulo 27

Abelarda se resistió a esta trapisonda, asegurando que ni en pedazos la llevarían a butacas de aquella manera, y así quedó la cuestión. Todo se redujo a ir a delantera de paraíso una noche que dieron *La Africana,* y al punto de sentarse las tres cundió por la concurrencia de aquellas alturas el comentario propio de tan desusado acontecimiento. «¡Las *Miaus* en delantera!» En diez años no se había visto un caso igual. La vasta gradería del centro y las laterales estaban llenas de bote en bote. Las *Miaus* eran conocidas de todo aquel público como puntos fijos del paraíso, siempre en la última fila lateral de la derecha, junto a la salida. La noche que faltaban notábase un vacío, como si desaparecieran los frescos de la techumbre. No eran ellas las únicas *abonadas a paraíso,* pues innumerables personas y aun familias se eternizan en aquellos bancos, sucediéndose de generación en generación. Estos beneméritos y tenaces *dilettanti* constituyen la masa del entendido público que otorga y niega el éxito musical y es archivo crítico de las óperas cantadas desde hace treinta años y de los artistas que en las gloriosas tablas se suceden. Hay allí círculos, peñas y tertulias más o menos íntimas; allí se traban y conciertan relaciones; de allí han salido infinitas bodas, y los tortoleos y los telégrafos tienen, entre romanza y dúo, atmósfera y ocasión muy propicias. Desde su delantera, las *Miaus* saludaron con sonrisas a los amigos que en la banda de la derecha y en el centro tenían, y de una y otra parte las saetaron con miradas y frasecitas del tenor siguiente: «Mira qué sílfide está doña Pura. Se ha traído toda la caja de polvos.» «Pues ¿y la hermana con su cinta de terciopelo al cuello? Si las tres traen cinta negra, no les faltará el cascabelito para estar en carácter.» «Mira, mira con los gemelos a la *Miau* chica; tiene que ver. Aquel traje café y leche es el que llevaba el año pasado la mamá. Le ha puesto unas cintas coloradas que parecen de caja de cigarros.» «Sí, sí; son de mazos de cigarros.» «Pues la otra, la cantante averiada, trae el vestido que debió de sacar en el Liceo Jover cuando hizo la parte de Adalgisa.» «Sí, mira, mira; es una túnica romana con grecas y todo. ¡Qué clásica está! »

–Diga usted, Guillén –murmuraban en otro círculo donde hacía el gasto el maldecido cojo–. ¿Han colocado a ese pobre *Miau,* el padre de sus amigas de usted? Porque ese lujo asiático de delantera significa que *han subido los nuestros.*

–Como no le coloquen en Leganés... Viven ahora del *sable.* El buen señor da unas estocadas... de maestro.

Abelarda, más que en la ópera, que había visto cien veces, fijó su atención en la concurrencia, recorriendo con ansiosa mirada palcos y butacas, reparando en todas las señoras que entraban por la calle del centro con lujosos abrigos, arrastrando la cola e introduciéndose después con todo aquel falderío por las filas ya ocupadas. Poco a poco se iba poblando el patio. Los palcos no aparecían poblados hasta el fin del primer acto, cuando Vasco, incomodado con aquellos fantasmones del Consejo, tan retrógrados, les canta cuatro frases. En el palco regio apareció la reina Mercedes, detrás don Alfonso. Las señoras inevitables, conocidas del público, aparecieron en el segundo acto, conservando el abrigo hasta el tercero, y aplaudían maquinalmente siempre que había por qué. Las *Miaus,* conocedoras de toda la sociedad elegante, *abonada* también, la comentaban como ellas fueron comentadas al ocupar sus asientos. Viéndola una y otra noche, habían llegado a tomarse tanta confianza, que se creería que trataban íntimamente a damas y caballeros. «Ahí está ya la Duquesa. Pero Rosario no ha venido todavía... María Buschental no puede tardar. Ya empiezan a llegar al *tranvía* sus amigos... Mira, mira, ahora viene María Heredia... ¡Pero qué pálida está Mercedes; pero qué pálida!... Ahí tienes a don Antonio en el palco de los Ministros, y a ese Cos-Gayón... así le fusilaran.»

Después de mucho rebuscar descubrió la insignificante a su cuñadito en la segunda fila de butacas. Estaba de frac, tan elegante como el primero. ¡Qué cosas hay en la vida! ¿Quién había de decir que aquel hombre parecido a un duque, aquel apuesto joven que charlaba desenfadadamente con su vecino de butaca, el Ministro de Italia, era un empleado oscuro y cesante, alojado en la casa de la pobreza, en cuartucho humilde, guardando su ropa en un baúl? «¿No es aquél Víctor? –dijo Pura, echándole los gemelos–. ¡Buen charol se está dando!... Si le conocieran... Parece un potentado. ¡Cuánto hay de esto en Madrid! Yo no sé cómo se las compone. Él buena ropa, él butacas en todos los teatros, él cigarros magníficos. Mira, mira con qué desparpajo habla. ¡Pobre señor, qué papas le estará encajando! Y esos extranjeros son tan inocentes, que todo se lo creerá.»

Abelarda no le quitaba los ojos, y cuando le veía mirar para algún palco, seguía la dirección de sus miradas, creyendo que ellas venderían el amoroso secreto. «¿Cuál de estas que aquí están será? –pensaba la insignificante–. Porque alguna de éstas tiene que ser. ¿Será aquélla vestida de blanco? ¡Ah! Puede. Parece que le mira. Pero no; él mira a otro lado. ¿Será alguna cantante? ¡Quiá! No; cantante no. Es de éstas, de estas elegantonas de los palcos, y yo la he de descubrir.» Fijábase en alguna, sin saber por qué, por mera indicación de su avizor instinto; pero luego, desechando la hipótesis, se fijaba en otra, y en otra, y en otra más, concluyendo por asegurar que no era ninguna de las presentes. Víctor no manifestaba preferencias en sus ojeadas a butacas y palcos. Podría ser que hubieran concertado no mirarse de una manera descarada y delatora. También echó el joven una visual hacia la delantera de paraíso, e hizo un saludito a la familia. Doña Pura estuvo un cuarto de hora dando cabezadas, en respuesta a la salutación que del noble fondo del teatro subía hasta las pobres *Miaus*.

En los entreactos, algunos amigos, *abonados* como ellas a paraíso limpio, se acercaron a saludarlas, abriéndose paso por entre la apretada muchedumbre. Federico Ruiz era uno de ellos, y él y todos querían oír la opinión crítica de Milagros sobre la soprano que se estrenaba aquella noche en el papel de Selika. Cuando ésta espichó bajo el manzanillo, retiráronse las *Miaus,* que nunca perdonaban nota, y no se marchaban sino después de la última llamada a la escena. Durante el penoso descenso por las anchas escaleras invadidas del público, se les aproximaron varios íntimos, entre ellos el cojo Guillén, y algunas amigas de las que tan acerbadamente pusieron en solfa su aparición en delantera.

Al regresar a su casa encontraron a Villaamil en vela: Víctor no había entrado aún ni lo hizo hasta muy tarde, cuando todos dormían, menos Abelarda, que sintió el ruido del llavín, y echándose de la cama y mirando por un resquicio de la puerta, le vio entrar en el comedor y meterse en su alcoba, después de beber un vaso de agua. Venía de buen humor, tarareando, el cuello del gabán alzado, pañuelo de seda al cuello, anudado con negligencia, y la felpa del sombrero ajadísima y con chafaduras. Era la viva imagen del perfecto *perdis* de buen tono.

Al día siguiente molestó bastante a la familia solicitando pequeños servicios de aguja, ya pegadura de botón, ya un delicado zurcido, o bien algo referente a las camisas. Pero Abelarda supo atender a todo con gran diligencia. A la hora de almorzar entró doña Pura diciendo que se había muerto el chico de la casa de préstamos, noticia que confirmó Luis con más acento de novelería que de pena, condición propia de la dichosa edad sin entrañas. Villaamil entonó al difuntito la oración fúnebre de gloria, declarando que es una dicha morirse en la infancia para librarse de los sufrimientos de esta perra vida. Los dignos de compasión son los padres, que se quedan aquí pasando la tremenda crujía, mientras el niño vuela al cielo a formar en el glorioso batallón de los ángeles. Todos apoyaron estas ideas, menos Víctor, que las acogía con sonrisa burlona, y cuando su suegro se retiró y Milagros se fue a su cocina y doña Pura empezó a entrar y salir, encaróse con Abelarda, que continuaba de sobremesa, y le dijo:

–¡Felices los que creen! No sé qué daría por ser como tú, que te vas a la iglesia y te estás allí horas y horas, ilusionada con el aparato escénico que encubre la mentira eterna. La religión, entiendo yo, es el ropaje magnífico con que visten la nada para que no nos horrorice... ¿No crees tú lo mismo?

–¿Cómo he de creer eso? –exclamó Abelarda, ofendida de la tenacidad artera con que el otro hería sus sentimientos religiosos siempre que encontraba coyuntura favorable–. Si lo creyera no iría a la iglesia, o sería una farsante hipócrita. A mí no tienes que salirme por ese registro. Si no crees, buen provecho te haga.

–Es que yo no me alegro de ser incrédulo. Fíjate bien: yo

lo deploro, y me harías un favor si me convencieras de que estoy equivocado.

–¿Yo? No soy catedrática, ni predicadora. El creer nace de dentro. ¿A ti no se te pasa por la cabeza alguna vez que puede haber Dios?

–Antes, sí; hace mucho tiempo que semejante idea voló.

–Pues entonces... ¿qué quieres que yo te diga? *(Tomándolo en serio.)* ¿Y piensas tú que cuando nos morimos no nos piden cuenta de nuestras acciones?

–¿Y quién nos la va a pedir? ¿Los gusanitos? Cuando llega la de *vámonos* nos recibe en sus brazos la señora *Materia,* persona muy decente, pero que no tiene cara, ni intención, ni conciencia, ni nada. En ella desaparecemos, en ella nos diluimos totalmente. Yo no admito términos medios. Si creyese lo que tú crees, es decir, que existe allá por los aires, no sé dónde, un Magistrado de barba blanca que perdona o condena y extiende pasaportes para la Gloria o el Infierno, me metería en un convento y me pasaría todo el resto de mi vida rezando.

–Y es lo mejor que podías hacer, tonto. *(Quitándole la servilleta a Luis, que tenía fijos en su padre los atónitos ojuelos.)*

–¿Por qué no lo haces tú?

–¿Y qué sabes si lo haré hoy o mañana? Estate con cuidado. Dios te va a castigar por no creer en él; te va a sentar la mano, y una mano muy dura; verás.

En este momento, Luisito, muy incomodado con los dicharachos de su padre, no se pudo contener, y con infantil determinación agarró un pedazo de pan y se lo arrojó a la cara al autor de sus días, gritando:

–¡Bruto!

Todos se echaron a reír de aquella salida, y doña Pura dio muchos besos a su nieto, azuzándole de este modo:

–Dale, hijo, dale; que es un pillo. Dice que no cree para

hacernos rabiar. ¿Pero veis qué chico? Si vale más que pesa. Si sabe más que cien doctores. ¿Verdad que mi niño va a ser eclesiástico, para subir al púlpito a echar sus sermoncitos y decir sus misitas? Entonces estaremos todos hechos unos carcamales, y el día que Luisín cante misa nos pondremos allí de rodillas para que el cleriguito nuevo nos eche la bendición. Y el que estará más humilde y cayéndosele la baba será este zángano, ¿verdad? Y tú le dirás: «Papá, ya ves cómo al fin has llegado a creer.»

—¡Qué guapo es este hijo y qué talento tiene! —dijo Víctor, levantándose gozoso y besando al pequeño, que escondía la cara para rehuir el halago—. ¡Si le quiero yo más!... Te voy a comprar un velocípedo, para que pasees en la plazuela de enfrente. Verás qué envidia te van a tener tus compañeros.

La promesa del velocípedo trastornó por un momento las ideas del pequeño, quien calculó con rudo egoísmo que sus deseos de ser cura y de servir a Dios, y aun de llegar a santo, no estaban reñidos con tener un velocípedo precioso, montarse en él y pasárselo por los hocicos a sus compañeros, muertos de dentera.

Capítulo 28

A la mañana siguiente, Villaamil celebró con su mujer, cuando ésta volvió de la compra, una conferencia interesante. Estaba él en su despacho escribiendo cartas, y al sentir entrar a su costilla siseó con misterio, y encerrándose con ella, le dijo:

–De esto, ni una palabra a Víctor, que es muy perro y me puede parar el golpe. Aunque yo nada espero, he dado ayer algunos pasos. Me apoya un diputado de mucho empuje... Hablamos anoche largamente. Te diré, para que lo sepas todo, que me presentó a él mi amigo La Caña. Le relaté mis antecedentes y se admiró de que me tuvieran cesante. Así como quien no quiere la cosa, le expuse mis ideas sobre la Hacienda, y mira tú qué casualidad: son las mismas que tiene él. Piensa igualito que yo. Que deben ensayarse nuevas maneras de tributación, tirando a simplificar, apoyándose en la buena fe del contribuyente y tendiendo a la baratura de la cobranza. Pues prometió apoyarme a raja tabla. Es hombre que vale mucho, y parece que no le niegan nada.

–¿Es de oposición?

–No; ministerialísimo, pero disidente, ahí está el chiste, y cada día le da una desazón al Gobierno. Vale, vale. Y es de estos que no se ocupan más que del bien del país. Cuando se levanta a hablar, el banco azul tiembla. Como que les prueba, *ce* por *be,* que el país corre a la perdición si siguen las cosas como van, y que la agricultura está arruinada, la industria muerta y la nación toda en la más espantosa miseria. Esto salta a los ojos. Pues el Gobierno, que ve en él su acusador, le tiene un miedo, hija, un canguelo tal, que cosa que él pida es otorgada. Saca las credenciales a espuertas... Bueno; hemos quedado en que le avisaría si se hace hoy una vacante que me indicaron Sevillano y Pantoja. Voy al Ministerio en cuanto almuerce, me entero de si hay o no la vacante y, como la haya, le escribo a su casa o al Congreso, según la hora. Me ha dado palabra de hablar esta tarde al Ministro, el cual le está agradecidísimo por haber renunciado a explanar una interpelación sobre cierta contrata en que hay sapos y culebras. Ya se ve, el Ministro le daría hoy el arpa de David si se la pidiera. ¿Te vas enterando?

–Sí, hombre, sí *(radiante de satisfacción);* y me parece que lo que es ahora no hay quien nos quite el bollo.

–¡Oh! Lo que es confianza, lo que se llama confianza, yo no la tengo. Ya sabes que me pongo siempre en lo peor. Pero vamos a hacer nuestro plan: Yo, al Ministerio. Que Luis no vaya a la escuela esta tarde y que espere aquí, porque con él le tengo que mandar la carta. No le veré yo mismo, porque Víctor se ha empeñado en que visitemos juntos esta tarde al Jefe del Personal. Quiero ir con él para despistarle. ¿Entiendes? Cuidado como le dejes entender a ese pillo de dónde sopla ahora el viento.

Levantándose excitadísimo, se puso a dar paseos por el angosto aposento. Su mujer, gozosa, le dejó solo, y, a pesar de la reserva que se impuso, su hija y hermana le conocieron en la cara las buenas nuevas. Era de esas personas que atesoran en sí mismas un arsenal de armas espirituales contra las penas de la vida y poseen el arte de transformar los hechos, reduciéndolos y asimilándoselos en virtud de la facultad dulcificante que en sus entrañas llevan, como la abeja, que cuanto chupa lo convierte en miel.

Para Cadalsito fue aquel día de huelga, pues por la mañana, según disposición del maestro, debían ir todos al sepelio del malogrado *Posturitas*. Y uno de los designados para llevar las cintas del féretro era Luis, a causa de ser tal vez el que mejor ropa tenía, gracias a su papá Víctor. Su abuela le puso los trapitos de cristianar, con guantes y todo, y salió muy compuesto y emperejilado, gozoso de verse tan guapo, sin que atenuara su contento el triste fin de tales composturas. La mujer del memorialista le hizo mil caricias encareciendo lo majo que estaba, y el niño se dirigió hacia la casa de préstamos, seguido de *Canelillo*, que también quiso meter su hocico en el entierro, aunque no era fácil le dieran vela en él. Al entrar en la calle del Acuerdo se encontró Cadalso a su tía Quintina, que le llenó de besos, ensalzó mucho su elegancia, le estiró el cuerpo de la chaqueta y las mangas, y le arregló el cuello para que resultara más guapo todavía.

–Esto me lo debes a mí, pues le dije a tu padre que te comprara ropita. A él no se le hubiera ocurrido nunca tal cosa; anda muy distraído. Por cierto, corazón, que estoy bregando ahora más que nunca con tu papá para que te lleve a vivir conmigo. ¿Qué es eso? ¿Qué cara me pones? Estarás conmigo mucho mejor que con esas remilgadas *Miaus*... ¡Si vieras qué cosas tan bonitas tengo en casa! ¡Ay, si las vieras!... Unos niños Jesús que se parecen a ti, con el mundito en la mano; unos nacimientos tan preciosos, pero tan preciosos... Tienes que verlos. Y ahora estamos esperando cálices chiquititos, custodias que son una monada, casullas así..., para que los niños buenos jueguen a misas; santos de este tamaño, así, mira, como los soldados de plomo, y la mar de candeleritos y arañitas que se encienden en los altares de juguete. Todo lo tienes que ver, y si vas a casa puedes hacer con ello lo que quieras, pues es para tu diversión. ¿Irás, rico mío?

Cadalsito, abriendo cada ojo con aquellas descripciones de juguetes sacros, decía que sí con la cabeza, aunque afligido por la dificultad de ver y gozar tales cosas, pues abuelita no le dejaba poner los pies allá. En esto llegaron a la puerta de la casa mortuoria, donde Quintina, después de besuquearle otra vez refregándole la cara, le dejó en compañía de los demás chicos, que ya estaban allí, alborotando más de lo que permitían las tristes circunstancias. Unos por envidia, otros porque eran en toda ocasión muy guasones, empezaron a tomarle el pelo al amigo Cadalso por la ropa flamante que llevaba, por las medias azules y más aún por los guantes, del mismo color, que, dicho sea entre paréntesis, le entorpecían las manos. No dejaba él que le tocasen, resuelto a defender contra todo ataque de envidiosos y granujas la limpieza de sus mangas. Tratóse luego de si subían o no a ver a Paco Ramos muerto, y entre los que votaron por la afirmativa se coló también Luis, movido de la curiosidad. Nunca tal hiciera.

Porque le impresionó tan vivamente la vista del chiquillo difunto que a poco se cae al suelo. Le entró una pena en la boca del estómago como si le arrancasen algo. El pobre *Posturitas* parecía más largo de lo que era. Estaba vestido con sus mejores ropas; tenía las manos cruzadas, con un ramo en ellas: la cara muy amarilla, con manchas moradas, la boca entreabierta y de un tono casi negro, viéndose los dos dientes de en medio, blancos y grandes, mayores que cuando estaba vivo... Tuvo que apartarse Luisín de aquel espectáculo aterrador. ¡Pobre *Posturitas*!..., ¡tan quieto el que era la misma viveza, tan callado el que no cesaba de alborotar un punto, riendo y hablando a la vez! ¡Tan grave el que era

la misma travesura y a toda la clase traía siempre al retorte-
ro! En medio de aquel inmenso trastorno de su alma, que
Luis no podía definir, ignorando si era pena o temor, hizo el
chico una observación que se abría paso por entre sus sentimientos, como voz del egoísmo, más categórico en la infancia que la piedad. «Ahora –pensó– no me llamará
Miau.» Y al deducir esto, parecía quitársele un peso de encima, como quien resuelve un arduo problema o ve conju-
rado un peligro. Al descender la escalera, procuraba conso-
larse de aquel malestar que sentía, afirmando mentalmente:
«Ya no me dirá *Miau*... Que me diga ahora *Miau.*»

Poco tardó en bajar la caja azul para ser puesta en el carro. En todos los balcones de la casa, sin exceptuar los del establecimiento de préstamos, se asomaron no pocas mujeres
para ver salir el entierro. El cojo Guillén apareció con los
ojos encendidos de llorar y la cara tan seria que no se parecía a sí mismo. Él fue quien dispuso todo y distribuyó las
cintas, confiándole una a Cadalso. Después se metió en el
coche, donde iba también el maestro, con su bastón roten y
su chistera lacia; el tendero vecino, con limpia camisa de
cuello corto sin corbata, y un señor viejo a quien no conocía Cadalso. En marcha, pues. Luis pensó que su ropa daba
golpe, y no fue insensible a las satisfacciones del amor propio. Iba muy consentido en su papel de portador de cinta,
pensando que si él no la llevase el entierro no sería, ni con
mucho, tan lucido. Buscó a *Canelo* con la mirada; pero el sabio perro de Mendizábal, en cuanto entendió que se trataba
de enterrar, cosa poco divertida y que sugiere ideas misan-
trópicas, dio media vuelta y tomó otra dirección, pensando
que le tenía más cuenta ver si se parecía alguna perra elegante y sensible por aquellos barrios.

En el cementerio, la curiosidad, más poderosa que el
miedo, impulsó a Cadalso a ver todo... Bajaron del carro el
cadáver, lo entraron entre dos, abrieron la caja... No com-

prendía Luis para qué, después de taparle la cara con un pañuelo, le echaban cal encima aquellos brutos... Pero un amigo se lo explicó. Cadalso sentía, al ver tales operaciones, como si le apretasen la garganta. Metía su cabeza por entre las piernas de las personas mayores, para ver, para ver más. Lo particular era que *Posturitas* se estuviese tan callado y tan quieto mientras le hacían aquella herejía de llenarle la cara de cal. Luego cerraron la tapa... ¡Qué horror quedarse dentro! Le daban la llave al cojo, y después metían la caja en un agujero, allá, en el fondo, allá... Un albañil empezó a tapar el hueco con yeso y ladrillos. Cadalso no apartaba los ojos de aquella faena... Cuando la vio concluida soltó un suspiro muy grande, explosión del respirar contenido largo tiempo. ¡Pobre *Posturitas*! «Pues, señor, a mí me dirán *Miau* todos los que quieran; pero lo que es éste no me lo vuelve a decir.»

Cuando salieron, los amigos le embromaron otra vez por su esmerado atavío. Alguno dejó entrever la intención malévola de hacerle caer en una zanja, de la cual habría salido hecho una compasión. Varias manos muy puercas le tocaron con propósitos que es fácil suponer, y ya Cadalso no sabía qué hacerse de las suyas, aprisionadas en los guantes, entumecidas e incapaces de movimiento. Por fin se libró de aquella apretura, quitándose los guantes y guardándolos en el bolsillo. Antes de llegar a la calle Ancha los chicos se dispersaron y Luisito siguió con el maestro, que le dejó a la puerta de su casa. Ya estaba allí *Canelo* de vuelta de sus depravadas excursiones, y subieron juntos a almorzar, pues el can no ignoraba que había repuesto fresco de víveres arriba.

–¿Y los guantes? –preguntó doña Pura a su nieto cuando le vio entrar con las manos desnudas.

–Aquí están... No los he perdido.

Villaamil, a eso de las tres, entró de la calle, afanadísimo, y metiéndose en su despacho, escribió una carta delante de su esposa, que veía con gusto en él la excitación saludable, síntoma de que la cosa iba de veras.

–Bueno. Que Luis lleve esta carta y espere la contestación. Me ha dicho Sevillano que tenemos vacante, y quiero saber si el diputado la pide para mí o no. De la oportunidad depende el éxito. Yo estoy citado con Víctor, y para desorientarle no quiero faltar... Es labor fina la que traigo entre manos, y hay que andar con muchísimo tiento. Dame mi sombrero... mi bastón, que ya estoy otra vez en la calle. Dios nos favorezca. A Luis, que no se venga sin la respuesta. Que dé la carta a un portero y se aguarde en el cuarto aquel, a la derecha conforme se entra. Yo no espero nada; pero es preciso, es preciso echar todos los registros, todos...

Salió Cadalsito a eso de las cuatro con la epístola y sin guantes, seguido de *Canelo* y conservando la ropita del entierro, pues su abuela pensó que ninguna ocasión más propia para lucirla. No fue preciso indicarle hacia dónde caía el Congreso, pues había ido ya otra vez con comisión semejante. En veinte minutos se plantó allí. La calle de Florida-Blanca estaba invadida de coches que, después de soltar en la puerta a sus dueños, se iban situando en fila. Los cocheros, de chistera galonada y esclavina, charlaban de pescante a pescante, y la hilera llegaba hasta el teatro de Jovellanos. Junto a las puertas del edificio por la calle del Sordo había filas de personas, formando cola, que los de Orden Público vigilaban, cuidando que no se enroscase mucho. Examinado todo esto, el observador Cadalsito se metió por aquella puerta coronada de un techo de cristales. Un portero con casaca le apartó suavemente para que entrasen unos señorones con gabán de pieles, ante los cuales abría la mampara roja. Cadalsito se encaró después con el sujeto aquel de la casaca, y quitándose la gorra (pues él, siempre cortés en viendo galones, no distinguía de jerarquías), le dio la carta, diciendo con timidez:

–Aguardo contestación.

El portero, leyendo el sobre:

–No sé si ha venido. Se pasará.

Y poniendo la carta en una taquilla, dijo a Luis que entrase en la estancia a mano derecha.

Había allí bastante gente, la mayor parte en pie junto a la puerta, hombres de distintas cataduras, algunos muy mal de ropa, la bufanda enroscada al cuello, con trazas de pedigüeños; las mujeres de velo por la cara, y en la mano enrollado papelito que a instancia trascendía. Algunos acechaban con airado rostro a los señores entrantes, dispuestos a darles el alto. Otros, de mejor pelo, no pedían más que papeletas para las tribunas, y se iban sin ellas por haberse acabado. Cadalsito se dedicó también a mirar a los caballeros que entraban en grupos de dos o de tres, hablando acaloradamente. «Muy grande debe de ser esta casona –pensó Luis–, cuando cabe tanto señorío.» Y cansado al fin de estar en pie, se metió para dentro y se sentó en un banco de los que guarnecen la sala de espera. Allí vio una mesa donde algunos escribían tarjetas o volantes, que luego confiaban a los porteros, y aguardaban sin disimular su impaciencia. Había hombre que llevaba tres horas, y aún tenía para otras tres. Las mujeres suspiraban inmóviles en el asiento, soñando una respuesta que no venía. De tiempo en tiempo abríase la mampara que comunicaba con otra pieza; un portero llamaba: «El señor Tal», y el señor Tal se erguía muy contento.

Transcurrió una hora, y el niño bostezaba aburridísimo en aquel duro banco. Para distraerse, levantábase a ratos y se ponía en la puerta a ver entrar personajes, no sin discurrir sobre el intríngulis de aquella casa y lo que irían a guisar en ella tantos y tantos caballerotes. El Congreso (bien lo sabía él) era un sitio donde se hablaba. ¡Cuántas veces había oído a su abuelo y a su padre: «Hoy habló Fulano o Mengano, y dijeron esto, lo otro y lo de más allá»! ¿Y cómo sería la casa por dentro? Gran curiosidad. ¿Cómo sería? ¿Dónde hablaban? Ello debía de ser una casa grandona como la iglesia, con la mar de bancos, donde se sentaban para charlar todos a un tiempo. ¿Y a qué era tanta habladuría? Pues también entraban allí los Ministros. ¿Y quiénes eran los Ministros? Los que gobernaban y daban los destinos. Igualmente recordó haber oído a su abuelo, en frecuentes ratos de mal humor, que las Cortes eran una farsa y que allí no se hacía más que perder el tiempo. Pero otras veces se entusiasmaba el buen viejo, elogiando un discurso de alboroto. Total, que Luisín no podía formar juicio exacto, y su mente era toda confusión.

Volvió al banco, y desde él vio entrar a uno que se le figuró su padre. «¡Mi papá también aquí!» Y le franquearon la mampara como a los demás. Por poco sale tras él gritando: «Papá, papá», pero no hubo tiempo, y donde estaba se quedó. «¿Y será mi papá de los que hablan? Quien debía venir aquí a explicarse es Mendizábal, que sabe tanto, y dice unas cosas tan buenas...» En esto sintió que se le nublaba la vista, y le entraba el intenso frío al espinazo. Fue tan brusca y violenta la acometida del mal que sólo tuvo tiempo de decirse: *que me da, que me da;* y dejando caer la cabeza sobre el hombro, y reclinando el cuerpo en la esquina próxima, se quedó profundamente dormido.

Capítulo 29

Por un instante, Cadalsito no vio ante sí cosa alguna. Todo tinieblas, vacío. Al poco rato aparecióse enfrente el Señor, sentado, ¿pero dónde? Tras de él había algo como nubes, una masa blanca, luminosa, que oscilaba con ondulaciones semejantes a las del humo. El Señor estaba serio. Miró a Luis, y Luis a él en espera de que le dijese algo. Había pasado mucho tiempo desde que le vio por última vez, y el respeto era mayor que nunca.

–El caballero para quien trajiste la carta –dijo el Padre– no te ha contestado todavía. La leyó y se la guardó en el bolsillo. Luego te contestará. Le he dicho que te dé un *sí* como una casa. Pero no sé si se acordará. Ahora está hablando por los codos.

–Hablando –repitió Luis–. ¿Y qué dice?

–Muchas cosas, hombre, muchas que tú no entiendes –replicó el Señor, sonriendo con bondad–. ¿Te gustaría a ti oír todo eso?

–Sí que me gustaría.

–Hoy están muy enfurruñados. Acabarán por armar un gran rebumbio.

–Y usted –preguntó Cadalso tímidamente, no decidiéndose nunca a llamar a Dios de *tú*–. ¿Usted no habla?

–¿Dónde, aquí? Hombre... yo... te diré... alguna vez puede que diga algo... Pero casi siempre lo que yo hago es escuchar.

–¿Y no se cansa?

–Un poquitín; pero qué remedio...

–¿El caballero de la carta contestará que sí? ¿Colocarán a mi abuelo?

–No te lo puedo asegurar. Yo le he mandado que lo haga. Se lo he mandado la friolera de tres veces.

–Pues lo que es ahora *(con desembarazo)*, bien que estudio.

–No te remontes mucho. Algo más aplicado estás. Aquí, entre nosotros, no vale exagerar las cosas. Si no te distrajeras tanto con el álbum de sellos, más aprovecharías.

–Ayer me supe la lección.

–Para lo que tú acostumbras, no estuvo mal. Pero no basta, hijo, no basta. Sobre todo, si te empeñas en ser cura, hay que apretar. Porque, figúrate tú, para decirme una misa has de aprender latín, y para predicar tienes que estudiar un sin fin de cosas.

–Cuando sea mayor lo aprenderé todito... Pero mi papá no quiere verme cura, y dice que él no cree nada de usted, ni aunque lo maten. Dígame, ¿es malo mi papá?

–No es muy católico que digamos.

–Y la Quintina, ¿es buena?

–La tía Quintina, sí. ¡Si vieras qué cosas tan bonitas tiene en su casa! Debías ir a verlas.

–Abuelita no me deja. *(Desconsolado.)* Es que a la tía Quintina se le ha metido en la cabeza que me vaya a vivir con ella, y los de casa... que nones.

–Es natural. Pero tú, ¿qué piensas de esto? ¿Te gustaría seguir donde estás y que te dejaran ir a casa de la tía para ver los santos?

–¡Vaya si me gustaría!... Dígame, ¿y mi papá está aquí dentro?

–Sí, por ahí anda.

–¿Y también él hablará?

–También. Pues no faltaba más...

–Usted perdone. El otro día dijo mi papá que las mujeres son muy malas. Por eso yo no quiero casarme nunca.

–Muy bien pensado. *(Conteniendo la risa.)* Nada de casorios. Tú vas a ser curita.

–Y obispo, si usted no manda otra cosa...

En esto vio que el Señor se volvía hacia atrás como para apartar de sí algo que le molestaba... El chico estiró el cuello para ver qué era, y el Padre dijo:

–Largo; Idos de aquí y dejadme en paz.

Entonces vio Luisito que por entre los pliegues del manto de su celestial amigo asomaban varias cabecitas de granujas. El señor recogió su ropa y quedaron al descubierto tres o cuatro chiquillos en cueros vivos y con alas. Era la primera vez que Cadalso les veía, y ya no pudo dudar que aquél era verdaderamente Dios, puesto que tenía ángeles. Empezaron a parecerse por entre aquellas nubes algunos más, y alborotaban y reían, haciendo mil cabriolas. El Padre Eterno les ordenó segunda vez que se largaran, sacudiéndoles con la punta de su manto, como si fuesen moscas. Los más chicos revoloteaban, subiéndose hasta el techo (pues había techo allí), y los mayores le tiraban de la túnica al buen abuelo para que se fuera con ellos. El anciano se levantó al fin, algo contrariado, diciendo:

–Bien; ya voy, ya voy... ¡Qué machacones sois! No os puedo aguantar.

Pero esto lo decía con acento bonachón y tolerante. Cadalsito estaba embobado ante tan hermosa escena, y entonces vio que entre los alados granujas se destacaba uno...

¡Contro! Era *Posturitas,* el mismo *Posturas,* no tieso y lí-

vido como le vio en la caja, sino vivo, alegre y tan guapote.
Lo que llenó de admiración a Cadalso fue que su condiscípulo se le puso delante y, con el mayor descaro del mundo,
le dijo:

–*Miau*, fu, fu...

El respeto que debía a Dios y a su séquito no impidió a
Luis incomodarse con aquella salida, y aun se aventuró a
responder:

–¡Pillo, ordinario..., eso te lo enseñaron la puerca de tu
madre y tus tías, que se llaman *las arpidas!*

El Señor habló así, sonriendo:

–Callar, a callar todos... Andando...

Y se alejó pausadamente, llevándoselos por delante y
hostigándoles con su mano como a una bandada de pollos.
Pero el recondenado de *Posturitas,* desde gran distancia, y
cuando ya el Padre celestial se desvanecía entre celajes, se
volvió atrás y, plantándose frente al que fue su camarada,
con las patas abiertas, el hocico risueño, le hizo mil garatusas y le sacó un gran pedazo de lenguaza, diciendo otra vez:

–*Miau, Miau,* fu, fu...

Cadalsito alzó la mano... Si llega a tener en ella libro, vaso
o tintero, le descalabra. El otro se fue dando brincos, y desde lejos, haciendo trompeta con ambas manos, soltó un
Miau tan fuerte y tan prolongado, que el Congreso entero,
repercutiendo el inmenso mayido, parecía venirse abajo...

Un portero con una carta en la mano despertó al chiquillo, que tardaba mucho en volver en sí.

–Niño, niño, ¿eres tú el que ha traído la carta para ese señor? Aquí está la respuesta. «Señor don Ramón Villaamil.»

–Sí, yo soy... Digo, es mi abuelo –contestó al fin Luisito, y,
restregándose los ojos salió.

El fresco de la calle despejóle un poco la cabeza. Estaba
lloviendo, y, su primera idea fue para considerar que se le
iba a poner la ropa perdida. *Canelo,* a todas éstas, había ma-

tado el tiempo en la Carrera de San Jerónimo, calle arriba, calle abajo, viendo las *muchachas* bonitas que pasaban, algunas en coche, con sus collares de lujo; y cuando Luis salió del Congreso, ya estaba de vuelta de su correría, esperando al amigo. Unióse a éste, esperando que comprase bollos; pero el pequeño no tenía cuartos, y aunque los tuviera, no estaba él de humor para comistrajos después de las cosas que había visto y con el gran trastorno que en todo su cuerpo le quedara.

¿Y la carta?... ¿Qué decía la carta? Con trémula mano abrióla Villaamil *(mientras doña Pura se llevaba adentro al chiquillo para mudarle la ropa)*, y al leerla se le cayeron las alas del corazón. Era una de esas cartas de estampilla, como las que a centenares se escriben diariamente en el Congreso y en los Ministerios. Mucha fórmula de cortesía, mucho trasteo de promesas vagas sin afirmar ni negar nada. Cuando su mujer acudió a enterarse, Villaamil ofrecía un aspecto trágico, mostrando la epístola abierta, arrojada sobre la mesa.

–¡Ya! –dijo la *Miau*, después de leerla–, las pamplinas de siempre. Pero no te apures, hombre. Vete mañana a verle, y...

–Cuando te digo *(con atroz desaliento)* que entre unos y otros me están jorobando...

Pasó la noche sumido en negra tristeza, y a la mañana inmediata, cambio completo de decoración. En la afanosa vida del pretendiente ocurren estos rudos contrastes que les hacen pasar del desconsuelo a la esperanza. Recibió Villaamil una esquela del prohombre citándole para su casa, de doce a una. Con la prisa y el anhelo que le entró a mi hombre no acertaba a ponerse el gabán. «Me llamará para decirme alguna tontería –pensaba, arrimándose siempre a lo peor–. Vamos, vamos allá.» Y salió, dejando a su mujer excitadísima con la ilusión de un próximo triunfo. Por el camino procuraba compenetrarse bien de su fatalismo pesimista. Según su teoría, siempre sucede lo contrario de lo que uno piensa. Véase por qué no nos sacamos nunca la lotería; bien claro está: porque compra uno el billete con el intento firme de que le ha de caer el premio gordo. Lo previsto no ocurre jamás, sobre todo en España, pues por histórica ley, los españoles viven al día, sorprendidos de los sucesos y sin ningún dominio sobre ellos. Conforme a esta teoría del fracaso de toda previsión, ¿qué debe hacerse para que suceda una cosa? Prever la contraria, compenetrarse bien de la idea opuesta a su realización. ¿Y para que una cosa no pase? Figurarse que pasará, llegar a convencerse, en virtud de una sostenida obstinación espiritual, de la evidencia de aquel supuesto. Villaamil había experimentado siempre con éxito este sistema, y recordaba multitud de ejemplos demostrativos. En uno de sus viajes a Cuba, corriendo furioso temporal, se compenetró absolutamente de la idea de morir, arrancó de su espíritu toda esperanza, y el vapor hubo de salvarse. Otra vez, hallándose amenazado de una cesantía, se empapó de la persuasión de su desgracia; no pensaba más que en el fatídico *cese;* lo veía delante de sí día y noche, manifestándose con brutal laconismo. ¿Y qué sucedió? Pues sucedió que me le ascendieron.

En resumidas cuentas, al ir a casa del padre de la patria, Villaamil se impregnó bien en el convencimiento de un desastre, y pensaba así: «Como si lo viera; este señor me va a dar ahora la puntilla, diciéndome: "Amigo, lo siento mucho; el Ministro y yo no nos entendemos, y me es imposible hacer nada por usted".»

Pero las palabras del aprovechado personaje fueron muy distintas, y jamás habría podido barruntar don Ramón que el otro saliese por este registro: «Pues ayer tarde, después de escribir a usted, hablé con su yerno, el cual me manifestó que a usted le convendría más servir en provincias. Eso ya varía de especie, porque en provincias es mucho más fácil. Hoy mismo me ocuparé del asunto.»

En medio de la sorpresa grata que tan expresivas razones le causaron, sintió mi hombre el disgusto de la injerencia de Víctor en aquel negocio. Retiróse a su casa intranquilo, pues le hacía muy poca gracia ver mezcladas la persona y recomendaciones de Cadalso con las suyas. No participó doña Pura de estos recelos, y el sol de su regocijo brilló sin nubes. Cierto que les contrariaba tener que hacer el hatillo; pero no estaban en situación de escoger lo mejor, sino de apechugar con lo posible, dando gracias a Dios.

Desde aquel día, Villaamil frecuentaba la iglesia de un modo vergonzante. Al salir de casa, si las Comendadoras estaban abiertas, se colaba un rato allí, y oía misa si era hora de ello, y si no, se estaba un ratito de rodillas, tratando, sin duda, de armonizar su fatalismo con la idea cristiana. ¿Lo conseguiría? ¡Quién sabe! El cristianismo nos dice: *pedid y se os dará;* nos manda que fiemos en Dios, y esperemos de su mano el remedio de nuestros males; pero la experiencia de una larga vida de ansiedad sugería al buen Villaamil estas ideas: *no esperes y tendrás; desconfía del éxito para que el éxito llegue.* Allá se las compondría en su conciencia. Quizá abdicaba de su diabólica teoría, volviendo al dogma consolador; tal vez se entregaba con toda la efusión de su espíritu al Dios misericordioso, poniéndose en sus manos para que le diera lo que más le convenía, la muerte o la vida, la credencial o el eterno *cese,* el bienestar modesto o la miseria horrible, la paz dichosa del servidor del Estado o la desesperación famélica del pretendiente. Quizás anticipaba su acalorada gratitud para el primer caso o su resignación para el segundo, y se proponía aguardar con ánimo estoico el divino fallo, renunciando a la previsión de los acontecimientos, resabio pecador del orgullo del hombre.

Capítulo 30

Una tarde, ya cerca de anochecido, al volver a su casa, vio a Montserrat abierto, y allá se entró. La iglesia estaba muy oscura. Casi a tientas pudo llegar a un banco de los de la nave central y se hincó junto a él, mirando hacia el altar, alumbrado por una sola luz. Pisadas de algún devoto que entraba o salía y silabeo tenue de rezos eran los únicos rumores que turbaban el silencio, en cuyo seno profundo arrojó el cesante su plegaria melancólica, mezcla absurda de piedad y burocracia... «Porque por más que revuelvo en mi conciencia no encuentro ningún pecado gordo que me haga merecer este cruel castigo... Yo he procurado siempre el bien del Estado, y he atendido a defender en todo caso la Administración contra sus defraudadores. Jamás hice ni consentí un chanchullo, jamás, Señor, jamás. Eso bien lo sabes tú, Señor... Ahí están mis libros cuando fui tenedor de la Intervención... Ni un asiento mal hecho, ni una raspadura... ¿Por qué tanta injusticia en estos jeringados Gobiernos? Si es verdad que a todos nos das el pan de cada día, ¿por qué a mí me lo niegas? Y digo más: si el Estado debe favorecer a todos por igual, ¿por qué a mí me abandona?... ¡A mí, que le he servido con tanta lealtad! Señor, que no me engañe ahora... Yo te prometo no dudar de tu misericordia como he dudado otras veces; yo te prometo no ser pesimista, y esperar, esperar, en ti. Ahora, Padre nuestro, tócale en el corazón a ese cansado Ministro, que es una buena persona: sólo que me le marean con tantas cartas y recomendaciones.»

Transcurrido un rato se sentó, porque el estar de rodillas le fatigaba, y sus ojos, acostumbrándose a la penumbra, empezaron a distinguir vagamente los altares, las imágenes, los confesonarios y las personas, dos o tres viejas que rezongaban acurrucadas en ruedos al pie de los confesonarios. No esperaba él el buen encuentro que tuvo a la media hora de estar allí. Deslizándose sobre el banco, o andando con las asentaderas sobre la tabla, se le apareció su nieto.

–Hijo, no te había visto. ¿Con quién vienes?

–Con tía Abelarda, que está en aquella capilla... Aquí la estaba esperando y me quedé dormido. No le vi entrar a usted.

–Pues aquí llegué hace un ratito –le dijo el abuelo, oprimiéndole contra sí–. ¿Y tú, vienes aquí a dormir la siesta? No me gusta eso; te puedes enfriar y coger un catarro. Tienes las manos heladitas. Dámelas que te las caliente.

–Abuelo –le preguntó Luis, cogiéndole la cara y ladeándosela–. ¿Estaba usted rezando para que le coloquen?

Tan turbado se encontraba el ánimo del cesante que al oír a su nieto pasó de la risa al lloro en menos de un segundo. Pero Luis no advirtió que los ojos del anciano se humedecían, y suspiró con toda su alma al oír esta respuesta:

–Sí, hijo mío. Ya sabes tú que a Dios se le debe pedir todo lo que necesitamos.

–Pues yo –replicó el chicuelo saltando por donde menos se podía esperar– se lo estoy diciendo todos los días, y nada.

–¿Tú... pero tú también pides?... ¡Qué rico eres! El Señor nos da cuanto nos conviene. Pero es preciso que seamos buenos, porque si no, no hay caso.

Luis lanzó otro suspiro hondísimo que quería decir: «Ésa es la dificultad, ¡contro!, que uno sea bueno.» Después de una gran pausa, el chiquillo, manoseando otra vez la cara del abuelo para obligarle a mirar para él, murmuró:

–Abuelo, hoy me he sabido la lección.

–¿Sí? Eso me gusta.

–¿Y cuándo me ponen en latín? Yo quiero aprenderlo para cantar misa... Pero mire usted, lo que es esta iglesia no me hace feliz. ¿Sabe usted por qué? Hay en aquella capilla un Señor con pelos largos que me da mucho miedo. No entro allí aunque me maten. Cuando yo sea cura, lo que es allí no digo misa...

Don Ramón se echó a reír.

–Ya se te irá quitando el temor, y verás cómo también al Cristo melenudo le dices tus misitas.

–Y que ya estoy aprendiendo a echarlas. Murillo sabe todo el latinaje de la misa, y cuándo se toca la campanilla y cuándo se le levanta el faldón al cura.

–Mira –le dijo su abuelo sin enterarse–. Ve y avisa a la tía que estoy aquí. No me habrá visto. Ya es hora de que nos vayamos a casa.

Fue Luis a llevar el recado, y el taconeo de sus pisadas resonó en el suelo de la iglesia como alegre nota en tan lúgubre silencio. Abelarda, sentada a la turca en el suelo, miró hacia atrás, después se levantó y vino a situarse junto a su padre.

–¿Has acabado? –le preguntó éste.

–Aún me falta un poquito. –Y siguió silabeando, fijos los ojos en el altar.

Confiaba mucho Villaamil en las oraciones de su hija, que creía fuesen por él, y así le dijo:

–No te apresures; reza con calma y cuanto quieras, que hay tiempo todavía. ¿Verdad que el corazón parece que se descarga de un gran peso cuando le contamos nuestras penas al único que las puede consolar?

Esto brotó con espontaneidad nacida del fondo del alma. El sitio y la ocasión eran propicios al dulcísimo acto de abrir de par en par las puertas del espíritu y dar salida a todos los secretos. Abelarda se hallaba en estado psicológico semejante, pero sentía con más fuerza que su padre la necesidad de desahogo. No era dueña de callar en aquel instante, y a poco que se descubriera, le rebosarían de la boca confidencias que en otro lugar y momento por nada del mundo dejaría asomar a sus labios.

–¡Ay, papá! –se dejó decir–. Soy muy desgraciada... Usted no lo sabe bien.

Asombróse Villaamil de tal salida, porque para él no había en la familia más que una desgracia, la cesantía y angustiosa tardanza de la credencial.

–Es verdad –dijo soturnamente–; pero ahora... ahora debemos confiar... Dios no nos abandonará.

–Lo que es a mí –confirmó Abelarda–, bien abandonada me tiene... Es que le pasan a una cosas muy terribles. Dios hace a veces unos disparates...

–¿Qué dices, hija? *(Alarmadísimo.)* ¡Disparates Dios!...

–Quiero decir que a veces le infunde a una sentimientos que la hacen infeliz; porque, ¿a qué viene querer, si no van las cosas por buen camino?

Villaamil no comprendía. La miró por ver si la expresión del rostro aclaraba el enigma de la palabra. Pero la menguada luz no permitía al anciano descifrar el rostro de su hija. Y Luisito, en pie ante los dos, no entendía ni jota del diálogo.

–Pues si te he de decir verdad –añadió Villaamil buscando luz en aquella confusión–, no te entiendo. ¿Qué disgusto tienes? ¿Has reñido con Ponce? No lo creo. El pobre chico, anoche, en el café, me habló tan natural de la prisa que le corre casarse. No quiere esperar a que se muera su tío, el cual, entre paréntesis, es hombre acabado.

—No es eso, no es eso —dijo la *Miau,* con el corazón en prensa—. Ponce no me ha dado rabieta ninguna.

—Pues entonces...

Callaron ambos, y a poco Abelarda miró a su padre. Le retozaba en el alma un sentimiento maligno, un ansia de mortificar al bondadoso viejo diciéndole algo muy desagradable. ¿Cómo se explica esto? Únicamente por el rechazo de la efusión de piedad en aquel turbado espíritu, que buscando en vano el bien rebotaba en dirección del mal, y en él momentáneamente se complacía. Algo hubo en ella de ese estado cerebral (relacionado con desórdenes nerviosos, familiares al organismo femenil) que sugiere los actos de infanticidio; y, en aquel caso, el misterioso fluido de ira descargó sobre el mísero padre, a quien tanto amaba.

—¿No sabes una cosa? —le dijo—. Ya han colocado a Víctor. Hoy al mediodía... a poco de salir tú, llamaron a la puerta: era la credencial. Él estaba en casa. Le han dado el ascenso y le nombran... no sé qué en la Administración Económica de Madrid.

Villaamil se quedó atontadísimo, como si le hubieran descargado un fuerte golpe de maza en la cabeza. Le zumbaron los oídos... creyó delirar, se hizo repetir la noticia, y Abelarda la repitió con acento en que vibraba la saña del parricida.

—Un gran destino —añadió—. Él está muy contento, y dijo que si a ti te dejan fuera puede, por de pronto y para que no estés desocupado, darte un destinillo subalterno en su oficina.

Creyó por un momento el anciano sin ventura que la iglesia se le caía encima. Y en verdad, un peso enorme se le sentaba sobre el corazón no dejándole respirar. En el mismo instante, Abelarda, volviendo en sí de aquella perturbación cerebral que nublara su razón y sus sentimientos filiales, se arrepintió de la puñalada que acababa de asestar a su padre y quiso ponerle bálsamo sin pérdida de tiempo.

–También a ti te colocarán pronto. Yo se lo he pedido a Dios.

–¡A mí! ¡Colocarme a mí! *(Con furor pesimista.)* Dios no protege más que a los pillos... ¿Crees que espero algo del Ministro ni de Dios? Todos son lo mismo... ¡Arriba y abajo, farsa, favoritismo, polaquería! Ya ves lo que sacamos de tanta humillación y de tanto rezo. Aquí me tienes desairado siempre y sin que nadie me haga caso, mientras que ese pasmarote, embustero y trapisondista...

Se dio con la palma de la mano un golpe tan recio en el cráneo, que Luisito se asustó, mirando consternado a su abuelo. Entonces volvió a sentir Abelarda la malignidad parricida, uniéndola a un cierto instinto defensivo de la pasión que llenaba su alma. Los grandes errores de la vida, como los sentimientos hondos, aunque sean extraviados, tienden a conservarse y no quieren en modo alguno perecer. Abelarda salió a la defensa de sí misma defendiendo al otro.

–No, papá, malo no es *(con mucho calor),* malo no. ¡En qué error tan grande están usted y mamá! Todo consiste en que le juzgan de ligero, en que no le comprenden.

–¿Tú qué sabes, tonta?

–¿Pues no he de saberlo? Los demás no le comprenden, yo, sí.

–¡Tú, hija!... –y al decirlo, una sospecha terrible cruzó por su mente, atontándole más de lo que estaba. Pronto se rehízo, diciéndose: «No puede ser; ¡qué absurdo!» Pero como notara la excitación de su hija, el extravío de su mirar, volvió a sentirse acometido de la cruel sospecha.

–¡Tú... dices que le comprendes tú!

Resistiéndose a penetrar el misterio, éste, al modo de gran sima, más profunda y temerosa cuanto más mirada, le atraía con vértigo insano. Comparó rápidamente ciertas actitudes de su hija, antes inexplicables, con lo que en aquel momento oía; ató cabos, recordó palabras, gestos, incidentes, y concluyó por declararse que estaba en presencia de un hecho muy grave. Tan grave era y tan contrario a sus sentimientos, que le daba terror cerciorarse de él. Más bien quería olvidarlo o fingirse que era vana cavilación sin fundamento razonable.

–Vámonos –murmuró–. Es tarde, y yo tengo que hacer antes de ir a casa.

Abelarda se arrodilló para decir sus últimas oraciones, y el abuelo, cogiendo a Luisito de la mano, se dirigió lentamente hacia la puerta, sin hacer genuflexión alguna, sin mirar para el altar ni acordarse de que estaba en lugar sagrado. Pasaron junto a la capilla del Cristo melenudo, y como Cadalsito tirase del brazo de su abuelo para alejarle lo más posible de la efigie que tanto miedo le daba, Villaamil se incomodó y le dijo con cruel aspereza:

–Que te come... Tonto...

Salieron los tres, y en la esquina de la calle de Quiñones se encontraron a Pantoja, que detuvo a don Ramón para hablarle del inaudito ascenso de Cadalso. Abelarda siguió hacia la casa. Al subir por la mal alumbrada escalera sintió pasos descendentes. Era él... Su andar con ningún otro podía confundirse. Habría deseado esconderse para que no la viera, impulso de vergüenza y sobresalto que obedecía a misterioso presentimiento. El corazón le anunciaba algo inusitado, desarrollo y resultante natural de los hechos, y aquel encuentro la hacía temblar. Víctor la miró y se detuvo tres o cuatro escalones más arriba del rellano en que la chica de Villaamil se paró, viéndole venir.

–¿Vuelves de la iglesia? –le dijo–. Yo no como hoy en casa. Estoy de convite.

–Bueno –replicó, y no se le ocurrió nada más ingenioso y oportuno.

De un salto bajó Víctor los cuatro escalones y, sin decir nada, cogió a la insignificante por el talle y la oprimió contra sí, apoyándose en la pared. Abelarda dejóse abrazar sin la menor resistencia, y cuando él la besó con fingida exaltación en la frente y mejillas, cerró los ojos, descansando su cabeza sobre el pecho del guapo monstruo, en actitud de quien saborea un descanso muy deseado, después de larga fatiga.

–Tenía que ser –dijo Víctor con la emoción que tan bien sabía simular–. No hemos hablado con claridad, y al fin nos entendemos. Vida mía, todo lo sacrifico por ti. ¿Estás dispuesta a hacer lo mismo por este desdichado?

Abelarda respondió que sí con voz que sólo fue un simple despegar de labios.

–¿Abandonarías casa, padres, todo, por seguirme? –dijo él en un rapto de infernal inspiración.

Volvió la sosa a responder afirmativamente, ya con voz más clara y con acentuado movimiento de cabeza.

–¿Por seguirme para no separarnos jamás?

–Te sigo como una tonta, sin reparar...

–¿Y pronto?

–Cuando quieras... Ahora mismo.

Víctor meditó un rato.

–Alma mía, todo puede hacerse sin escándalo. Separémonos ahora... Me parece que viene alguien. Es tu padre... Súbete. Hablaremos.

Al sentir los pasos de su padre, Abelarda despertó de aquel breve sueño. Subió azorada, trémula, sin mirar hacia atrás. Víctor siguió bajando lentamente, y al cruzarse con su suegro y el niño, ni les dijo nada, ni ellos le hablaron tampoco. Cuando Villaamil llegaba al segundo, ya la joven había llamado presurosa, deseando entrar antes de que su padre pudiera sorprender la turbación de criminal que desencajaba su rostro.

Capítulo 31

Toda aquella noche estuvo la insignificante en un estado próximo a la demencia, dividido su espíritu entre la alegría loca y una tristeza sepulcral. A ratos sentíase acometida de punzante suspicacia. Había entregado su voluntad sin condiciones, sin exigir en cambio la rendición del albedrío del otro y el término de aquellos amores con mujer desconocida, amores de compromiso sin duda, difíciles de romper. ¿Los rompía y liquidaba todas sus atrasadas cuentas de amor? Así tenía que ser. Y francamente, no estaba de más haberlo dicho. ¡Pero si no había habido tiempo para nada, ni pudieron darse y pedirse las explicaciones propias del caso!... Fue como un relámpago aquel trueque y abandono mutuo de ambas voluntades. Convenía, pues, en la primera coyuntura, despejar la situación, alejando todo temor de duplicidad, y poner para siempre a un lado a la señora aquella de las cartas. Hecho esto, Abelarda se entregaría sin ningún trámite al hombre que le había absorbido el alma; renunciaba a toda libertad, era suya, de él, en la forma y condiciones que él quisiese, con escándalo o sin escándalo, con honra o sin honra.

270

Mientras comían, Villaamil observaba a su hija, poniendo en su rostro los rasgos más enérgicos de aquella ferocidad tigresca que le caracterizaba. Comía sin apetito, y creeríase que devoraba una pieza palpitante y medio viva, que gemía y temblaba con dolores horribles, clavada en su tenedor. Doña Pura y Milagros no osaron hablarle de la colocación de Víctor. Ambas estaban mohínas, lúgubres y con cara de responso, y la misma Abelarda concluyó por formar parte de aquel silencioso coro de sepulcrales figuras. Aquella noche no había Real. El cesante se metió en su despacho, y las tres *Miaus* fueron a la sala, donde se reunieron el ínclito Ponce y las de Cuevas. Abelarda tuvo momentos de febril locuacidad, y otros de meditación taciturna.

A las doce se acabó la tertulia, y a dormir... La casa en silencio, Abelarda en vela, esperando a Víctor para decirse lo que por decir estaba, y variar de lleno alma en alma, cambiando los vasos su contenido. Pero dio la una, la una y media, y el galán no aparecía. Entre dos y tres, la infeliz muchacha se hallaba en estado febril, que encendía en su mente los más peregrinos disparates. Le habían matado... También podía ser que el abrazo, el besuqueo y la declaración de la escalera fueran una burla infame... Esta idea la rechazaba por ser demasiado absurda y no caber, según ella, dentro de los moldes de la humana maldad. Luego pensaba (y eran ya las tres y media), que la elegantona de las cartas coronadas, al enterarse aquella misma noche de que el amante se le iba, o al oír de su propio labio tristes acentos de ruptura, tramaba contra él horrible venganza, le convidaba a cenar y le envenenaba, echándole en una copa de jerez el veneno de los Borgias. Con las extrañas cavilaciones mezclaba la sosa mil lances que había visto en las óperas, las conjuraciones que arma la mezzo-soprano contra el tenor, porque éste la desprecia por la tiple; las perrerías del barítono para deshacerse de su aborrecido rival, la constancia sublime del tenor (y

eran ya las cuatro), que sucumbiendo a las combinadas artimañas del bajo y la contralto, revienta en brazos de la tiple,
y concluyen ambos diciéndose que se amarán en el otro
mundo.

Las cinco, y Víctor sin aparecer. El cerebro de Abelarda
era un volcán, que desfogaba por los ojos en destellos de calentura, por los labios en monosílabos de despecho, de
amor, de cólera. Sólo dos veces, en la temporada aquella,
había pasado el *hombre superior* toda la noche fuera de
casa; y la primera vez que esto sucediera, entró a eso de las
diez de la mañana en un desorden lamentable, denuncian-
do con su actitud, con sus palabras y hasta con su ropa, los
excesos de una noche de festín entre personas de vida poco
regular. ¡Si sucediera lo mismo aquella segunda vez!... Pero
no; algo había ocurrido. Entre el tiernísimo paso de la escalera y aquella ausencia inexplicable había un enigma,
algo misterioso, quizás una desgracia o una monstruosidad
que la pobre muchacha, en la ofuscación de su inteligencia,
no acertaba a comprender. Las seis, y nada. Rompió a llorar,
y tan pronto reclinaba su cabeza sobre la almohada, como se
sentaba en un baúl o iba de una parte a otra de la habitación,
cual pájaro saltando en su jaula de palito en palito.

Llegó el día, y nada. El primero a quien Abelarda sintió levantarse fue su padre, que pasó camino de la cocina y después del despacho. Las ocho. Doña Pura no tardaría en
abandonar las ociosas plumas. Como ya, aunque Víctor entrase, no era posible hablar a solas con él, la dolorida se
acostó, no para dormir ni descansar, sino para que su madre no cayese en la cuenta de la noche toledana. Más de las
nueve eran ya cuando entró el trasnochador con muy mal
cariz. Doña Pura le abrió la puerta sin decirle una sola palabra. Metióse en su cuarto, y Abelarda, que salía del suyo,
le sintió revolviéndose en el estrecho recinto, donde apenas
cabían la cama, una silla y el baúl.

–Si vas a la iglesia –díjole Pura, sacando unos cuartos del portamonedas–, te traes cuatro huevos... Que te acompañe Luis. Yo no salgo. Me duele la cabeza. Tu padre está disgustadísimo, y con razón. ¡Mira que colocar a este perdulario y dejarle a él en la calle, a él, tan honrado y que sabe más de Administración que todo el Ministerio junto! ¡Qué Gobiernos, señor, qué Gobiernos! Y se espantan luego de que haya revolución. Te traes cuatro huevos. ¡No sé cómo saldremos del día!... ¡Ah!, tráete el cordón negro para mi vestido y los corchetes.

Abelarda fue a la iglesia y, al volver con los encargos de su madre, halló a ésta, su tía y Víctor en el comedor, enzarzados en furiosa disputa. La voz de Cadalso sobresalía, diciendo:

–Pero, señoras mías, ¿yo qué culpa tengo de que me hayan colocado a mí antes que a papá? ¿Es esto razón bastante para que todos en esta casa me pongan cara de cuerno? Pues ganas me dan, como hay Dios, de tirar la credencial a la calle. Antes que nada, la paz de la familia. Yo desviviéndome porque me quieran, yo tratando de hacer olvidar los disgustos que les he causado, y ahora, ¡válgame Dios!, porque al Ministro se le antoja colocarme, ya falta poco para que mi suegra y la hermana de mi suegra me saquen los ojos. Bueno, señoras; arañen, peguen todo lo que gusten; yo no he de quejarme. Mientras más perrerías me digan, más he de quererles yo a todos.

–¡Como si no supiéramos –objetó doña Pura hecha un áspid– que tú tienes vara alta en el Ministerio, y que si hubieras querido, ya Ramón tendría plaza!...

–Por Dios, mamá, por Dios –replicó Víctor revelando verdadera consternación–. Eso es del género inocente... No puedo creer que usted lo diga con formalidad. ¡Que yo...! ¡Vamos; tengo entre la familia una reputacioncita!... ¿Y si yo jurase que he gestionado por papá más que por mí? ¿Si yo lo jurase? Claro, no me creerían. Pero, créanlo o no, lo digo y lo sostengo.

Abelarda no intervino en la reyerta, pero mentalmente se ponía de parte de su hermano político. En esto entró Villaamil, y Víctor se fue resueltamente a él:

–Usted que es un hombre razonable, dígame si cree, como estas señoras, que yo he gestionado o trabado o intrigado porque me colocaran a mí y a usted no. Porque aquí me están calentando las orejas con esa historia, y, francamente, me aflige oírme tratar como un Judas sin conciencia. *(Con noble acento.)* Yo, señor don Ramón, me he portado lealmente. Si he tenido la desgracia de ir por delante de otros, no es culpa mía. ¿Sabe usted lo que yo haría ahora?... Y que me muera si no digo verdad. Pues cederle a usted mi plaza.

–Si nadie habla del asunto –replicó Villaamil con serenidad, que obtenía violentándose cruelmente–. ¡Colocarme a mí! ¿Crees que alguien piensa en tal cosa? Ha pasado lo natural y lógico. Tú tienes allá... no sé dónde... buenos padrinos o madrinas... Yo no tengo a nadie... Que te aproveche.

Cerró la puerta de su despacho, dejando en el pasillo a Víctor, algo confuso y con una respuesta entre labio y labio que no se atrevió a soltar. Aún quiso engatusar a doña Pura en el comedor, tratando de rendir su ánimo con expresiones servilmente cariñosas.

–¡Qué desgracia tan grande, Dios mío, no ser comprendido! Me consumo por esta familia, me sacrifico por ella, hago mías sus desgracias y suyos mis escasos posibles, y como si nada. Soy y seré siempre aquí un huésped molesto y un pariente maldito. Paciencia, paciencia.

Dijo esto con afectación hábil, en el momento de sacar papel y disponerse a escribir sobre la mesa del comedor. Al sentarse vio ante sí a su cuñada, de pie y mirándole, sosteniendo la barba entre los dedos de la mano derecha, actitud

atenta, pensativa y cariñosa, semejante, salvo la belleza, a la
de la célebre estatua de Polimnia en el grupo antiguo de las
Musas. No era preciso ser lince para leer en las pupilas y expresión de la insignificante estas o parecidas reconvencio-
nes: «¿Pero qué haces ahí sin atenderme? ¿No sabes que soy
la única persona que te ha comprendido? Vuélvete hacia mí,
y no hagas caso de los demás... Estoy aguardándote desde
anoche, ¡ingrato!, y tú tan distraído. ¿Qué se hicieron tus
planes de escapatoria? Estoy pronta... Me iré con lo puesto.»

Al verla en tal actitud y al leer en sus ojos la reconvención,
cayó Víctor en la cuenta de que estaba en descubierto con
ella. Maldito si desde la noche anterior se había vuelto a
acordar del paso de la escalera, y si lo recordaba era como
un hecho baladí, cual humorada estudiantil sin consecuencias para la vida. Su primera impresión, al despertarse la
memoria, fue de disgusto, cual si recordase la precisión impertinente de pagar una visita de puro cumplido. Pero al
instante compuso la fisonomía, que para cada situación tenía una hermosa máscara en el variado repertorio de su
histrionismo moral; y cerciorándose de que no andaba por
allí su suegra, puso una cara muy tierna, miró al techo, después a su cuñada, y entre ambos se cruzaron estas breves
cláusulas:

–Vida mía, tengo que hablarte... ¿Dónde y cuándo?

–Esta tarde... en las Comendadoras... a las seis.

Y nada más. Abelarda se escapó a arreglar la sala, y Víctor se puso a escribir, arrojando con desdén la careta y pensando de este modo: «La chiflada esta quiere saber cuándo
tocan a perderse... ¡Ah! ... pues si tú lo cataras... Pero no lo
catarás.»

Capítulo 32

Puntual, como la hora misma, entró Abelarda, a la de la cita, en las Comendadoras. La Iglesia, callada y oscura, estaba que ni de encargo para el misterioso objeto de una cita. Quien hubiera visto entrar a la chica de Villaamil, se habría pasmado de notar en ella su mejor ropa, los verdaderos trapitos de cristianar. Se los puso sin que lo advirtiera su madre, que había salido a las cinco. Sentóse en un banco, rezando distraída y febril, y al cuarto de hora entró Víctor, que al pronto no veía gota, y dudaba a qué parte de la iglesia encaminarse. Fue ella a servirle de guía, y le tocó el brazo. Diéronse las manos y se sentaron cerca de la puerta, en un lugar bastante recogido y el más tenebroso de la iglesia, a la entrada de la capilla de los Dolores.

A pesar de su pericia y del desparpajo con que solía afrontar las situaciones más difíciles, Víctor, no sabiendo cómo desflorar el asunto, estuvo mascando un rato las primeras palabras. Por fin, resuelto a abreviar, encomendándose mentalmente al demonio de su guardia, dijo:

–Empiezo por pedirte perdón, vida mía; perdón, sí, lo

siento, por mi conducta... imprudente... El amor que te tengo es tan hondo, tan avasallador, que anoche, sin saber lo que hacía, quise lanzarte por las... escabrosidades de mi destino. Estarás enojadísima conmigo, lo comprendo, porque a una mujer de tu calidad, proponer yo como propuse... Pero estaba ciego, demente, y no supe lo que me dije. ¡Qué idea habrás formado de mí! Merezco tu desprecio. ¡Proponerte que abandonaras tus padres, tu casa, por seguirme a mí, a mí, cometa errante *(recordando frases que había leído en otros tiempos y enjaretándolas con la mayor frescura)*, a mí que corro por los espacios, sin dirección fija, sin saber de dónde he recibido el impulso ni a dónde me lleva mi carrera loca!... Me estrellaré; de fijo me estrellaré. Pero sería un infame, Abelarda *(tomándole una mano)*, sería el último de los monstruos si permitiera que te estrellaras conmigo..., tú, que eres un ángel; tú, que eres el encanto de tu familia... ¡Oh!, te pido perdón, y me pondría de rodillas para alcanzarlo. Cometí gravísimo atentado contra tu dignidad, ultrajé tu candor, proponiéndote aquella atrocidad nacida en este celebro calenturiento... en fin, perdóname, y admite mis honradas excusas. Te amo, te amo, y te amaré siempre, sin esperanza, porque no puedo aspirar a poseer tan... rica joya. Insultaría a Dios si tal aspiración tuviese...

No acertaba la *Miau* a comprender bien aquella palabrería, de sentido tan opuesto a lo que esperaba escuchar. Mirábale a él, y después a la imagen más próxima, un San Juan con cordero y banderola, y le preguntaba al santo si aquello era verdad o sueño.

—Estás, estás perdonado —murmuró respirando muy fuerte.

—No extrañes, amor mío —prosiguió él, dueño ya de la situación—, que en tu presencia me vuelva tímido y no sepa expresarme bien. Me fascinas, me anonadas, haciéndome ver mi pequeñez. Perdóname el atrevimiento de anoche.

Quiero ahora ser digno de ti, quiero imitar esa serenidad sublime. Tú me marcas el camino que debo seguir, el camino de la vida ideal, de las acciones perfectamente ajustadas a la ley divina. Te imitaré; haré por imitarte. Es preciso que nos separemos, mujer incomparable. Si nos juntamos, tu vida corre peligro y la mía también. Estamos cercados de enemigos que nos acechan, que nos vigilan... ¿Qué debemos hacer?... Separarnos en la tierra, unirnos en las esferas ideales. Piensa en mí, que yo ni un instante te apartaré de mi pensamiento...

Abelarda, inquietísima, se movía en el banco como si éste se hallara erizado de púas.

–¿Cómo olvidar que cuando toda la familia me despreciaba, tú sola me comprendías y me consolabas? ¡Ah!, no se olvida eso en mil años. Te aseguro que eres sublime. Soy un miserable. Déjame abandonado a mi triste suerte. Sé que has de pedir a Dios por mí, y esto me consuela. Si yo creyera, si yo pudiera prosternarme ante ese altar o ante otro semejante, si yo rezar pudiese, rezaría por ti... Adiós, amor mío.

Quiso cogerle una mano; pero Abelarda la retiró, volviendo la cara hacia el opuesto lado.

–Tu esquivez me mata. Bien sé que la merezco... Anoche estuve contigo irrespetuoso, grosero, indelicado. Pero ya has dicho que me perdonabas. ¿A qué ese gesto? Ya, ya sé... Es que te estorbo, es que te soy aborrecible... Lo merezco; sé que lo merezco. Adiós. Estoy expiando mis culpas, porque ahora quiero separarme de ti, y ya ves, no puedo... ¡Clavado en este banco!... *(Impaciente, y atropellándose por concluir pronto.)* ¿Te acordarás de mí en tu vida futura?... Oye un consejo: cásate con Ponce, y si no te casas, entra en un convento, y reza por él y por mí, por este pecador... Tú has nacido para la vida espiritual. Eres muy grande, y no cabes en la estrechez del matrimonio ni en la... prosaica vida de familia... No puedo seguir, mujer, porque pierdo la razón... deliro y... Valor... un supremo esfuerzo... Adiós, adiós.

Y como alma que lleva Satanás, salió de la iglesia, refunfuñando. Tenía prisa, y se felicitaba de haber saldado una fastidiosa cuentecilla. «¡Qué demonio! –dijo, mirando su reloj y avivando el paso–. Pensé despachar en diez minutos y he empleado veinte. ¡Y *aquélla* esperándome desde las seis!... Vamos, que sin poderlo remediar me da lástima de esta inefable cursi. Van a tener que ponerte camisa... o corsé de fuerza.»

Y Abelarda, ¿qué hacía y qué pensaba? Pues si hubiera visto que al púlpito de la iglesia subía el Diablo en persona y echaba un sermón acusando a los fieles de que no pecaban bastante, y diciéndoles que si seguían así no ganarían el infierno; si Abelarda hubiera visto esto, no se habría pasmado como se pasmó. La palabra del monstruo y su salida fugaz dejáronla yerta, incapaz de movimiento, el cerebro cuajado en las ideas y en las impresiones de aquella entrevista, como sustancia echada en molde frío y que prontamente se endurece. Ni le pasó por la cabeza rezar, ¿para qué? Ni marcharse, ¿adónde? Mejor estaba allí, quieta y muda, rivalizando en inmovilidad con el San Juan del gallardete y con la Dolorosa. Ésta se hallaba al pie de la Cruz, rígida en su enjuto vestido negro y en sus tocas de viuda, acribillado el pecho de espaditas de plata, las manos cruzadas con tanta fuerza, que los dedos se confundían formando un haz apretadísimo. El Cristo, mucho mayor que la imagen de su madre, extendíase por el muro arriba, tocando al techo del templete con su corona de abrojos, y estirando los brazos a increíble distancia. Abajo, velas, los atributos de la Pasión, ex-votos de cera, un cepillo con los bordes de la hendidura mugrientos, y el hierro del candado muy roñoso; el puño del altar goteado de cera, la repisa pintada imitando jaspes. Todo lo miraba la señorita de Villaamil, no viendo el conjunto, sino los detalles más íntimos, clavando sus ojos aquí y allí como aguja que picotea sin penetrar, mientras su alma se apretaba contra la esponja henchida de amargor, absorbiéndolo todo.

Vinieron a coincidir en el tiempo dos gravísimos actos, cada uno de los cuales pudo decidir por sí solo la vida ulterior de la insignificante y trastornada joven. Con diferencia de dos horas y media, se realizaron el suceso que acabo de referir y otro no menos importante. Ponce, conferenciando con doña Pura en la sala de ésta, sin testigos, se mostró enojado porque los padres de su prometida no habían fijado aún el día de la boda.

–Pues por fijado, hijo, por fijado. Ramón y yo no deseamos otra cosa. ¿Le parece a usted que a principios de mayo? ¿El día de la Cruz?

Poco antes doña Pura había explicado la ausencia de su hija en la tertulia por el grandísimo enfriamiento que aquella tarde cogiera en las Comendadoras. Entró en casa castañeteando los dientes, y con un calenturón tan fuerte, que su madre la mandó acostarse al momento. Era esto verdad; mas no toda la verdad, y la señora se calló el asombro de verla entrar a horas desusadas y con un vestido que no acostumbraba ponerse para ir de tarde a la iglesia más próxima. «Eso es, lo mejorcito que tienes; estropéalo donde no lo puedes lucir, y dedícate a refregar con ese *casimir* tan rico de catorce reales los bancos de la iglesia, llenos de mugre, de polvo y de cuantas porquerías hay.» También se calló que su hija no contestaba acorde a nada de cuanto le decía. Esto, el chasquido de dientes y la repugnancia a comer movieron a doña Pura a meterla en la cama. No las tenía la señora todas consigo, y estaba cavilosa buscando el sentido de ciertas rarezas que en la niña notaba. «Sea lo que quiera –pensó–, cuanto más pronto la casemos, mejor.» Sobre esto dijo algo a su marido; pero Villaamil no se había dignado contestar sílaba; tan tétrico y cabizbajo andaba.

Abelarda, que se hacía la dormida para que no la molestase nadie, vio a Milagros acostando a Luisito, el cual no se durmió pronto aquella noche, sino que daba vueltas y más vueltas. Cuando ambos se quedaron solos, Abelarda le mandó estarse callado. No tenía ella ganas de jarana; era tarde y necesitaba descanso.

–Tiíta, no puedo dormirme. Cuéntame cuentos.

–Sí, para cuentos estoy yo. Déjame en paz o verás...

Otras veces, al sentir a su sobrino desvelado, la insignificante, que le amaba entrañablemente, procuraba calmar su inquietud con afectuosas palabras; y si esto no era bastante, se iba a su cama y, arrullándole y agasajándole, conseguía que conciliara el sueño. Pero aquella noche, excitada y fuera de sí, sentía tremenda inquina contra el pobre muchacho; su voz la molestaba y hería, y por primera vez en su vida pensó de él lo siguiente: «¿Qué me importa a mí que duermas o no, ni que estés bueno ni que estés malo, ni que te lleven los demonios?»

Luisito, hecho a ver a su tía muy cariñosa, no se resignaba a callar. Quería palique a todo trance, y con voz de mimo, dijo a su compañera de habitación:

–Tía, ¿viste tú por casualidad a Dios alguna vez?

–¿Qué hablas ahí, tonto?... Si no te callas, me levanto y...

–No te enfades... pues yo, ¿qué culpa tengo? Yo veo a Dios, le veo cuando me da la gana; para que lo sepas... Pero esta noche no le veo más que los pies..., los pies con mucha sangre, clavaditos y con un lazo blanco, como los del Cristo de las melenas que está en Montserrat... y me da mucho miedo. No quiero cerrar los ojos, porque... te diré... yo nunca le he visto los pies, sino la cara y las manos... y esto me pasa... ¿sabes por qué me pasa?... porque hice un pecado grande... porque le dije a mi papá una mentira, le dije que quería ir con la tía Quintina a su casa. Y fue mentira. Yo no quiero ir más que un ratito para ver los santos. Vivir con

ella, no. Porque irme con ella y dejaros a vosotros es pecado, ¿verdad?

–Cállate, cállate, que no estoy yo para oír tus sandeces...
¿Pues no dice que ve a Dios el muy borrico?... Sí, ahí está
Dios para que tú le veas, bobo...

Abelarda oyó al poco rato los sollozos de Cadalsito, y en
vez de piedad sintió, ¡cosa más rara!, una antipatía tal contra su sobrino, que mejor pudiera llamarse odio sañudo. El
tal mocoso era un necio, un farsante que embaucaba a la familia con aquellas simplezas de ver a Dios y de querer hacerse curita; un hipócrita, un embustero, un mátalas-callan-
do... y feo, y enclenque, y consentido además...

Esta hostilidad hacia la pobre criatura era semejante a la
que se inició la víspera en el corazón de Abelarda contra su
propio padre, hostilidad contraria a la naturaleza, fruto sin
duda de una de esas auras epileptiformes que subvierten los
sentimientos primarios en el alma de la mujer. No supo ella
darse cuenta de cómo tal monstruosidad germinara en su
espíritu, y la veía crecer, crecer a cada instante, sintiendo
cierta complacencia insana en apreciar su magnitud. Aborrecía a Luis, le aborrecía con todo su corazón. La voz del
chiquillo le encalabrinaba los nervios, poniéndola frenética.

Cadalsito, sollozando, insistió:

–Le veo las piernas negras con manchurrones de sangre,
le veo las rodillas con unos cardenales muy negros, tiíta...
tengo mucho miedo... ¡Ven, ven!

La *Miau* crispó los puños, mordió las sábanas. Aquella
voz quejumbrosa removía todo su ser, levantando en él una
ola rojiza, ola de sangre que subía hasta nublarle los ojos. El
chiquillo era un cómico, fingido y trapalón, bajado al mundo para martirizarla a ella y a toda su casta... Pero aún quedaba en Abelarda algo de hábito de ternura que contenía la
expansión de su furor. Hacía un movimiento para echarse
de la cama y correr a la de Luis con ánimo de darle azotes, y

se reprimía luego. ¡Ah!, como pusiera las manos en él, no se contentaría con la azotaina…, le ahogaría, sí. ¡Tal furia le abrasaba el alma y tal sed de destrucción tenían sus ardientes manos!

–Tiíta, ahora le veo el faldellín todo lleno de sangre, mucha sangre… Ven, enciende luz, o me muero de susto; quítamele, dile que se vaya. El otro Dios es el que a mí me gusta, el abuelo guapo, el que no tiene sangre, sino un manto muy fino y unas barbas blanquísimas…

Ya no pudo ella dominarse, y saltó del lecho… Quedóse a su orilla inmovilizada, no por la piedad, sino por un recuerdo que hirió su mente con vívida luz. Lo mismo que ella hacía en aquel instante, lo había hecho su difunta hermana en una noche triste. Sí, Luisa padecía también aquellas horribles corazonadas de aborrecer a su progenitura, y cierta noche que le oyó quejarse, echóse de la cama y fue contra él, con las manos amenazantes, trocada de madre en fiera. Gracias que la sujetaron, pues si no, sabe Dios lo que habría pasado. Y Abelarda repetía las mismas palabras de la muerta, diciendo que el pobre niño era un monstruo, un aborto del infierno, venido a la tierra para castigo y condenación de la familia.

Llevóla este recuerdo a comparar la semejanza de causas con la semejanza de efectos, y pensó angustiadísima: «¿Estaré yo loca, como mi hermana…? ¿Es locura, Dios mío?»

Volvió a meterse entre sábanas, prestando atención a los sollozos de Luis, que parecían atenuarse, como si al fin le venciera el sueño. Transcurrió un largo rato, durante el cual la tiíta se aletargó a su vez; pero de improviso despertó sintiendo el mismo furor hostil en su mayor grado de intensidad. No la detuvo entonces el recuerdo de su hermana; no había en su espíritu nada que corrigiese la idea, o mejor dicho, el delirio de que Luis era una mala persona, un engendro detestable, un ser infame a quien convenía exterminar.

Él tenía la culpa de todos los males que la agobiaban, y cuando él desapareciera del mundo, el sol brillaría más y la vida sería dichosa. El chiquillo aquel representaba toda la perfidia humana, la traición, la mentira, la deshonra, el perjurio.

Reinaba profunda oscuridad en la alcoba. Abelarda, en camisa y descalza, echándose un mantón sobre los hombros, avanzó palpando... Luego retrocedió buscando las cerillas. Habíasele ocurrido en aquel momento ir a la cocina en busca de un cuchillo que cortara bien. Para esto necesitaba luz. La encendió, y observó a Luis, que al cabo dormía profundamente. «¡Qué buena ocasión! –se dijo–; ahora no chillará, ni hará gestos... Farsante, pinturero, monigote, me las pagarás... Sal ahora con la pamplina de que ves a Dios... Como si hubiera tal Dios, ni tales carneros...» Después de contemplar un rato al sobrinillo, salió resuelta. «Cuanto más pronto, mejor.» El recuerdo de los sollozos del chico, hablando aquellos disparates de los pies que veía, atizaba su cólera. Llegó a la cocina y no encontró cuchillo; pero se fijó en el hacha de partir leña, tirada en un rincón, y le pareció que este instrumento era mejor para el *caso,* más seguro, más ejecutivo, más cortante. Cogió el hacha, hizo ademán de blandirla, y satisfecha del ensayo, volvió a la alcoba, en una mano la luz, en otra el arma, el mantón por la cabeza... Figura tan extraña y temerosa no se había visto nunca en aquella casa. Pero en el momento de abrir la puerta de cristales de la alcoba, sintió un ruido que la sobrecogió. Era el del llavín de Víctor girando en la cerradura. Como ladrón sorprendido, Abelarda apagó de un soplo la luz, entró y se agachó detrás de la puerta, recatando el hacha. Aunque rodeada de tinieblas, temía que Víctor la viese al pasar por el comedor, y se hizo un ovillo, porque la furia que había determinado su última acción se trocó súbitamente en espanto con algo de femenil vergüenza. Él pasó alumbrándose con una cerilla, entró en su cuarto y se cerró al instante. Todo volvió a quedar en silencio. Hasta la alcoba de Abelarda llegaba débil, atravesando el comedor y las dos puertas de cristales, la claridad de la vela que encendiera Víctor para acostarse. Cosa de diez minutos duró el reflejo; después se extinguió, y todo quedó en sombra. Pero la cuitada no se atrevía ya a encender su luz; fue tanteando hasta la cama, escondió el hacha bajo la cómoda próxima al lecho, y se deslizó en éste reflexionando: «No es ocasión ahora. Gritaría, y el otro... Al otro le daría yo el hachazo del siglo; pero no basta un hachazo, ni dos, ni ciento... ni mil. Estaría toda la noche dándole golpes y no le acabaría de matar.»

Capítulo 33

Nuestro infortunado Villaamil no vivía desde el momento aciago en que supo la colocación de su yerno, y para mayor desdicha el prohombre ministerial no le hacía caso. Inmediatamente después de almorzar, se echaba a la calle, y se pasaba el día de oficina en oficina, contando su malaventura a cuantos encontraba, refiriendo la atroz injusticia, que, entre paréntesis, no le cogía de nuevo: porque él, se lo podían creer, nunca esperó otra cosa. Cierto que, apretado por la fea necesidad, y llegando a sentir como un estorbo en aquel pesimismo que se había impuesto, se lo arrancaba a veces como quien se arranca una máscara, y decía, implorando con toda el alma desnuda:

–Amigo Cucúrbitas, me conformo con cualquier cosa. Mi categoría es de Jefe de Administración de tercera; pero si me dan un puesto de oficial primero, vamos, de oficial segundo, lo tomo, sí, señor, lo tomo, aunque sea en provincias.

La misma cantinela le entonaba al Jefe del Personal, a todos los amigos influyentes que en la casa tenía, y epistolarmente al Ministro y a Pez. A Pantoja, en gran confianza, le dijo:

–Aunque sea para mí una humillación, hasta oficial tercero aceptaré por salir de estas angustias... Después, Dios dirá.

Luego iba de estampía contra Sevillano, de quien se hablará después, empleado en el Personal, el cual le decía con expresión de lástima:

–Sí, hombre, sí; cálmese usted; tenemos nota preferente... Debe usted procurar serenarse –y le volvía la espalda.

Poco a poco fue el santo varón desmintiendo su carácter, aprendiendo a importunar a todo el mundo y perdiendo el sentido de las conveniencias. Después de verle andar por las oficinas, dando la lata a diferentes amigos, sin excluir a los porteros, Pantoja le habló en confianza:

–¿Sabes lo que el bigardo de tu yerno le dijo al Diputado ese? Pues que tú estabas loco y que no podías desempeñar ningún destino en la Administración. Como lo oyes; y el Diputado lo repitió en el Personal delante de Sevillano y del hermano de Espinosa, que me lo vino a contar a mí.

–¿Eso dijo? *(Estupefacto.)* ¡Ah!, lo creo. Es capaz de todo...

Esto acabó de trastornarle. Ya la insistencia de su incansable porfía y la expresión de ansiedad que iban tomando sus ojos asustaba a sus amigos. En algunas oficinas cuidaban de no responderle o de hablarle con brevedad para que se cansara y se fuese con la música a otra parte. Pero estaba a prueba de desaires, por habérsele encallecido la epidermis del amor propio. En ausencia de Pantoja, Espinosa y Guillén le tomaban el pelo de lo lindo:

–¿No sabe usted, amigo Villaamil, lo que se corre por ahí? Que el Ministro va a presentar a las Cortes una ley estableciendo el *income tax*. La Caña la está estudiando.

–Como que me ha robado mis ideas. Mis cuatro Memorias durmieron en su poder más de un año. Vean ustedes lo que saca uno de quemarse las cejas por estudiar algo que sir-

va de remedio a esta Hacienda moribunda... País de raterías.
Administración de nulidades, cuando no se puede afanar
una peseta, se tima el entendimiento ajeno. Ea, con Dios.

Y salía disparado, precipitándose por los escalones abajo,
hacia la Dirección de Impuestos (patio de la izquierda), ansioso de calentarle las orejas al amigo La Caña. A la media
hora se le veía otra vez venciendo jadeante la cansada escalera para meterse un rato en el Tesoro o en Aduanas. Algunas veces, antes de entrar, daba la jaqueca a los porteros,
contándoles toda su historia administrativa.

–Yo entré a servir en tiempo de la Regencia de Espartero,
siendo Ministro el señor Surrá y Rull, excelente persona,
hombre muy mirado. Me parece que fue ayer cuando subí
por esa escalera. Traía yo unos calzoncitos de cuadros, que
se usaban entonces, y mi sombrero de copa, que había estre-
nado para tomar posesión. De aquel tiempo no queda ya
nadie en *la casa,* pues el pobre Cruz, a quien vi en este mismo sitio cuando yo entraba, se las lió hace dos meses. ¡Ay,
qué vida esta!... Mi primer ascenso me lo dio don Alejandro
Mon... buena persona... y de mucho carácter, no se crean ustedes. Aquí se plantificaba a las ocho de la mañana, y hacía
trabajar a la tropa; por eso hizo lo que hizo. Como madru-
gador, no ha habido otro don Juan Bravo Murillo, y el número uno de los trasnochadores era don José Salamanca,
que nos tenía aquí a los de Secretaría hasta las dos o las tres
de la madrugada. Pues digo, ¿hay alguno entre ustedes que
se acuerde de don Juan Bruil, que, por más señas, me hizo a
mí oficial tercero? ¡Ah, qué hombre! Era una pólvora. Pues
también el amigo Madoz las gastaba buenas. ¡Qué cascarra-
bias! Yo tuve el 57 un director que no hacía un servicio al lucero del alba ni despachaba cosa alguna, como no viniera
una mujer a pedírsela. Crean ustedes que la perdición del
país es la faldamenta.

Los porteros le llevaban el humor mientras podían; pero

también llegaron a sentir cansancio de él, y pretextaban ocupaciones para zafarse. El santo varón, después de explayarse por las porterías, volvía adentro, y no faltaba en Aduanas o en Propiedades un guasón presumido, como Urbanito, el hijo de Cucúrbitas, que le convidase a café para tirarle de la lengua y divertirse oyendo sus exaltadas quejas.

–Miren ustedes; a mí me pasa esto por decente, pues si yo hubiera querido desembuchar ciertas cosas que sé referentes a pájaros gordos, ¿me entienden ustedes?... Digo que si yo hubiera sido como otros que van a las redacciones con la denuncia del enjuague A, del enredo B..., otro gallo me cantara... ¿Pero qué resulta? Que aunque uno no quiera ser decente y delicado, no puede conseguirlo. El pillo nace, el orador se hace. Total, que ni siquiera me vale haber escrito cuatro Memorias que constituyen un plan de presupuestos, porque un mal amigo a quien se las enseño, me roba la idea y la da por suya. Lo que menos piensan ustedes es que ese dichoso *income tax* que quieren establecer ¡temprano y con sol! es idea mía... Diez años devanándome los sesos... ¿Para qué? Para que un grajo se adorne con mis plumas o con la obra de mi pluma. Yo digo que si el Ministro sabe esto, si lo sabe el país, ¿qué sucederá? Puede que no suceda nada, porque allá se van el país y el Ministro en lo puercos y desagradecidos... Yo me lavo las manos; yo me estoy en mi casa, y si vienen revoluciones, que vengan; si el país cae en el abismo, que caiga con cien mil demonios. Después dirán: «¡Qué lástima no haber planteado los cuatro puntos aquellos del buen Villaamil: *Moralidad, Income tax, Aduanas, Unificación!*» Pero yo diré: «*tarde piache*... Haberlo visto antes.» Dirán: «Pues que sea Villaamil Ministro»; y yo responderé: «Cuando quise no quisiste, y ahora... a buena hora mangas verdes...» Conque, señores, me voy para que ustedes trabajen. En mis tiempos no había estos ocios. Se fumaba un cigarrito, se tomaba café, y luego al telar... Pero ahora, empleado hay que viene aquí a inventar charadas, a chapucear comedias, revistas de toros y gacetillas. Así está la Administración pública, que es una mujer pública, hablando mal y pronto. Francamente, esto da asco, y yo no sé cómo todos ustedes no hacen dimisión, y dejan solos al Ministro y al Jefe del Personal, a ver cómo se desenvuelven. No, no lo digo en broma; veo que se ríen ustedes, y no es cosa de risa. Dimisión total, huelga en un día dado, a una hora dada...

Por fin, hartos de este charlar incoherente, le echaban con buenos modos, diciéndole:

–Don Ramón, usted debiera ir a tomar el aire. Un paseíto por el Retiro le vendría muy bien.

Salía rezongando, y en vez de seguir el saludable consejo de oxigenarse, bajaba, mal terciada la capa, y se metía en el Giro Mutuo, donde estaba Montes, o en Impuestos, donde su amigo Cucúrbitas soportaba con increíble paciencia discursos como éste:

–Te digo en confianza, aquí de ti para mí, que me contento con una plaza de oficial tercero: propónme al Ministro. Mira que siento en mi cabeza unas cosas muy raras, como si se me fuera el santo al cielo. Me entran ganas de decir disparates, y aun recelo que a veces se me salen de la boca. Que me den esos dos meses, o no sé; creo que pronto empezaré a tirar piedras. Ya sabes mi situación; sabes que no tengo cesantía, porque, si bien soy anterior al 45, mi primer destino no fue de Real orden; no entré en plantilla hasta el 46, gracias a don Juan Martín Carramolino. Bien te acordarás. Tú estabas por debajo de mí; yo te enseñé a poner una minuta en regla. El 54 tú entraste en la Milicia Nacional; yo no quise, porque nunca me ha gustado la bullanga. Ahí tienes el principio de tu buena fortuna y el de mi desdicha. Gracias al morrón te plantaste de un salto en Jefe de Negociado de segunda, mientras yo me estancaba en oficial primero... Parece mentira, Francisco, que el sombrero influya tanto. Pues

dicen que Pez debe su carrera nada más que al chisteróme-
tro de alas anchas y abarquilladas que le da un aire tan solemne... Bien recuerdo que tú me decías: «Ramón, ponte un
chaleco de buen ver, que esto ayuda; gasta cuellos altos,
muy altos, muy tiesos, que te obliguen a engallar la cabeza
con cierto aire de importancia.» Yo no te hice caso, y así estoy. A Basilio, desde que se encajó la levita inglesa, le empezaron a indicar para el ascenso, y a mí se me antoja que las
botas chillonas del amigo Montes, dando a su personalidad
un no sé qué de atrevido, insolente y *qué se me da a mí,* han
influido para que avance tanto... Sobre todo el sombrero, el
sombrero es cosa esencialísima, Francisco, y el tuyo me parece un perfecto modelo..., alto de copa y con hechura de
trombón, el ala muy semejante a la canaleja de un cura...
Luego esas corbatas que tú te permites. Si me colocan, me
pondré una igual... Conque ya sabes: oficial tercero: cualquier cosa: el quid está en firmar la nómina, en ser algo, en
que cuando entre yo aquí no me parezca que hasta las paredes lloran compadeciéndome... Francisco, hormiga de esta
casa, hazlo por Dios y por tus hijos, tres de los cuales tienes
ya bien colocados de aspirantes con cinco mil; sin contar a
Urbanito que se calza doce. Si mi mujer fuera Pez en vez de
ser rana, ¡ay!, no estaría yo en seco. Parece que lo tenéis en
la masa de la sangre, y cuando nacen tus nenes y sueltan el
primer lloro de la vida, en vez de ponerles la teta en la boca,
les ponen el *estado Letra A, sección octava,* del Presupuesto.
Adiós, interésate por mí, sácame de este pozo en que me he
caído... No quiero molestarte; tienes que hacer. Yo también
estoy atareadísimo. Abur, abur.

   No se crea que se iba mi hombre a la calle. Atraído de
irresistible querencia, se lanzaba otra vez, jadeante, a la fatigosa ascensión por la escalera, y llegaba sin aliento a Secretaría. Allí cierto día se encontró una novedad. Los porteros,
que comúnmente le franqueaban la entrada, le detuvieron,

disimulando con insinuaciones piadosas la orden termi-
nante que tenían de no dejarle pasar.

–Don Ramón, váyase a su casa y descanse y duerma para
que se le despeje ese meollo. El Jefe está encerrado y no recibe a nadie.

Irritóse Villaamil con la desusada consigna y aun quiso
forzarla, alegando que no debía regir para él. La capa del infeliz cesante barrió el suelo de aquí para allí, y aun tuvieron
los ordenanzas que ponerle el sombrero, desprendido de su
cabeza venerable.

–Bien, Pepito Pez, bien –decía el infeliz, respirando con
dificultad–; así pagas a quien fue tu jefe y te tapó muchas faltas. En donde menos se piensa salta un ingrato. Basta que yo
te haya hecho mil favores, para que me trates como a un negro. Lógica puramente humana... Quedamos enterados.
Adiós... ¡Ah! *(volviéndose desde la puerta),* dígale usted al
Jefe del Personal, al don Soplado ese, que usted y él se pueden ir a escardar cebollinos.

Capítulo 34

P echo a los escalones, y otra vez al piso segundo, a la oficina de Pantoja. Cuando entró, Guillén, Espinosa y otros badulaques estaban muy divertidos viendo las aleluyas que el primero había compuesto, una serie de dibujillos de mala muerte, con sus pareados al pie, ramplones, groseros y de mediano chiste, comprendiendo la historia completa de Villaamil desde su nacimiento hasta su muerte. Argüelles, que no veía con buenos ojos las groseras bromas de Guillén, se apartaba del corrillo para atender a su trabajo. Rezaba la aleluya que el señor *Miau* había nacido en Coria, garrafal dislate histórico, pues vio la luz en tierra de Burgos; que desde el vientre de su madre pretendía, y que el ombligo se lo ataron con balduque. Entre otras particularidades, decía la ilustrada crónica, con dudosa gramática: *En vez de faja y pañales, / le envuelven en credenciales;* y más adelante: *Pide tela con afán, / y un Presupuesto le dan.* Luego, cuando el digno funcionario llega a la mayor edad: *Henchido de amor sin tasa, / con Zapaquilda se casa;* y a poco de estrenada la vida matrimonial empiezan los apuros. El desmantelado hogar de Villaamil se caracteriza en este elegante dístico: *Cuando faltan patacones, / se dan a cazar ratones...* Pero en lo que el inspirado coplero explaya su numen, es en la pintura de los sublimes trabajos villaamilescos: *Modelo de asiduidaz, / inventa el* INCOME TAX... *Al Ministro le presenta, / sus planes sobre la Renta... El Jefe, al ver el* INCOMIO, */ me le manda a un manicomio.* Por fin le arroja el poeta estas flores: *Su existencia miserable / la sostiene con el sable;* y por aquí seguía hasta suponer el glorioso tránsito del héroe: *Le dan al fin la ración, / y muere del alegrón...* *Los gatos, cuando se muere, / dicen todos: Miserere...*

Al ver a Villaamil escondieron el nefando pliego, pero con hilaridad mal reprimida denunciaban la broma que traían y su objeto. Ya otras veces el infeliz cesante pudo notar que su presencia en la oficina (faltando de ella Pantoja) producía un recrudecimiento en la sempiterna chacota de aquellos holgazanes. Las reticencias, las frases ilustradas con morisquetas al verle entrar, la cómica seriedad de los saludos le revelaron aquel día que su persona y quizás su desventura motivaban impertinentes chanzas, y esta certidumbre le llegó al alma. El enredijo de ideas que se habían iniciado en su mente, y la irritación producida en su ánimo por tantas tribulaciones encalabrinaban su amor propio; su carácter se agriaba, la ingénita mansedumbre trocábase en displicencia y el temple pacífico en susceptibilidad camorrista.

–A ver, a ver –gruñó, acercándose al grupo con muy mal gesto–. Me parece que se ocupaban ustedes de mí... ¿Qué papelotes son esos que guarda Guillén?... Señores, hablemos claro. Si alguno de ustedes tiene que decirme algo, dígamelo en mis barbas. Francamente, en toda la casa noto que se urde contra mí una conjuración de calumnias; se trata de ponerme en ridículo, de indisponerme con los jefes, de presentarme al señor Ministro como un hombre grotesco, como un... ¡Y he de saber quién es el canalla, quién...! ¡Maldita sea su alma! *(Terciándose la capa y pegando fuerte puñetazo en la mesa más próxima.)*

Quedáronse todos fríos y mudos, porque no esperaban en Villaamil aquel rasgo de dignidad. *El caballero de Felipe IV* fue el primero que se explicó aquel súbito cambio de temperamento, por un desequilibrio mental. Además de que odiaba profundamente a Guillén, sentía lástima de su amigo, y echándole el brazo por encima del hombro, le rogó que se tranquilizara, añadiendo que, donde él estuviera, nadie osaría zaherir a persona tan respetable. Mas no se calmaba Villaamil con estas razones, porque vio al maldito Guillén aguantando la risa con la cara pegada al pupitre, y en un arrebato de cólera se fue a él y, con ahogada y trémula voz, le dijo:

–Sepa usted, cojitranco de los infiernos, que de mí no se ríe nadie... Ya sé, ya sé que ha hecho usted unos estúpidos versos y unos mamarrachos ridiculizándome. En Aduanas he oído que si yo propuse o no propuse al Ministro el *income tax*... y si me mandó o no me mandó a un manicomio.

–¿Yo?... Don Ramón..., ¡qué cosas tiene! –replicó Guillén, cortado y cobarde–. Yo no he hecho las aleluyas; las hizo Pez Cortázar, el de Propiedades, y Urbano Cucúrbitas es el que las ha enseñado por ahí.

–Pues hágalas quien las hiciere, el autor de esta porquería es un marrano que debiera estar en un cubil. Me ultrajan porque me ven caído. ¿Es eso de caballeros? A ver, respóndanme. ¿Es eso de personas regulares?

El santo varón giró sobre sí mismo y se sentó, quebrantadísimo de aquel esfuerzo que acababa de hacer. Siguió murmurando, como si hablara a solas:

–Es que por todos los medios se proponen acabar conmigo, desautorizarme, para que el Ministro me tenga por un ente, por un visionario, por un idiota.

Exhalando suspiros hondísimos, encajó la quijada en el pecho y así estuvo más de un cuarto de hora sin pronunciar palabra. Los demás callaban, mirándose de reojo, serios, quizás compadecidos, y durante un rato no se oyó en la oficina más que el rasgueo de la pluma de Argüelles. De pronto, el chillar de las botas de Pantoja anunció la aproximación de este personaje. Todos afectaron atender a la faena, y el jefe de la sección entró con las manos cargadas de papeles. Villaamil no alzó la cabeza para mirar a su amigo ni parecía enterarse de su presencia.

–Ramón –dijo Pantoja en afectuoso tono, llamándole desde su asiento–. Ramón... pero Ramón... ¿qué es eso?

Y por fin el amigo, dando otro suspirazo como quien despierta de un sueño, se levantó y fue hacia la mesa con paso claudicante.

–Pero no te pongas así –le dijo don Ventura quitando legajos de la silla próxima para que el otro se sentara–. Pareces un chiquillo. En todas las oficinas hablan de ti, como de una persona que empieza a pasearse por los cerros de Úbeda... Es preciso que te moderes y, sobre todo *(amoscándose un poco),* es preciso que, cuando se hable de planes de Hacienda y de la confección de los nuevos Presupuestos, no salgas con la patochada del *income tax...* Eso está muy bueno para artículos de periódico *(con desprecio),* o para soltarlo en la mesa del café, delante de cuatro tontos perdularios, de esos que arreglan con saliva el presupuesto de un país y no pagan al sastre ni a la patrona. Tú eres hombre serio y no puedes sostener que nuestro sistema tributario, fruto de la experiencia...

Levantóse Villaamil como si en la silla hubiera surgido agudísimo punzón, y este movimiento brusco cortó la frase de Pantoja, que sin duda iba a rematarla en estilo administrativo, más propio de la *Gaceta* que de humana boca. Quedóse el buen Jefe de sección archipasmado al ver que la faz de su amigo expresaba frenética ira, que la mandíbula le temblaba, que los ojos despedían fuego; y subió de punto el pasmo al oír estas airadas expresiones:

–Pues yo te sostengo... sí, por encima de la cabeza de Cristo lo sostengo... que mantener el actual sistema es de jumentos rutinarios... y digo más, de chanchulleros y tramposos... Porque se necesita tener un dedo de telarañas en los sesos para no reconocer y proclamar que el *income tax,* impuesto sobre la renta o como quiera llamársele, es lo único racional y filosófico en el orden contributivo... y digo más: digo que todos los que me oyen son un atajo de ignorantes, empezando por ti, y que sois la calamidad, la polilla, la ruina de esta casa, y la filoxera del país, pues le estáis royendo y devorando la cepa, majaderos mil veces. Y esto se lo digo al Ministro si me apura, porque yo no quiero credenciales, ni colocación, ni derechos pasivos, ni nada; no quiero más que la verdad por delante, la buena administración, y conciliar... compaginar... armonizar *(golpeando los dos dedos índices uno contra otro)* los intereses del Estado con los del contribuyente. Y el mastuerzo, canalla, que diga que yo quiero destinos, se verá conmigo de hombre a hombre, aquí en mitad de la calle, junto al Dos de Mayo, o en la pradera del Canal, a media noche, sin testigos... *(dando terribles gritos, que atrajeron a los empleados de la oficina inmediata).* Claro, me toman por un mandria porque no me conocen, porque no me han visto defendiendo la ley y la justicia contra los infames que en esta casa la atropellan. Yo no vengo aquí a mendigar una cochina credencial que desprecio; yo me paso por las narices a toda la casa, y a vosotros, y al Director, y al Jefe del Personal, y al Ministro; yo no pido más que orden, moralidad, economías...

Revolvió los ojos a una parte y otra, y viéndose rodeado de tantas caras, alzó los brazos como si exhortara a una muchedumbre sediciosa, y lanzó un alarido salvaje gritando:

–¡Vivan los presupuestos nivelados!

Salió de la oficina, arrastrando la capa y dando traspiés. El buen Pantoja, rascándose con el gorro, le siguió con mirada compasiva, mostrando sincera aflicción.

–Señores –dijo a los suyos y a los extraños, agrupados allí por la curiosidad–: Pidamos a Dios por nuestro pobre amigo, que ha perdido la razón.

Capítulo 35

No eran las once de la mañana del día siguiente, día último de mes, por más señas, cuando Villaamil subía con trabajo la escalera encajonada del Ministerio, parándose a cada tres o cuatro peldaños para tomar aliento. Al llegar a la entrada de la Secretaría, los porteros, que la tarde anterior le habían visto salir en aquella actitud lamentable que referida está, se maravillaron de verle tan pacífico, en su habitual modestia y dulzura, como hombre incapaz de decir una palabra más alta que otra. Desconfiaban, no obstante, de esta mansedumbre, y cuando el buen hombre se sentó en el banco, duro y ancho como de iglesia, y arrimó los pies al brasero próximo, el portero más joven se acercó y le dijo:

–Don Ramón, ¿para qué viene por aquí? Estése en su casa y cuídese, que tiempo tiene de rodar por estos barrios.

–Puede que tengas razón, amigo Ceferino. En mi casa metidito, y acá se las arreglen estos señores como quieran. ¿Yo qué tengo que ver? Verdad que el país paga los vidrios rotos, y no puede uno ver con indiferencia tanto desbaratar. ¿Sabes tú si han llevado ya al Ministro el nuevo Presupues-

to ultimado? No sabes... Verdad, a ti qué más te da.Tú no
eres contribuyente... Pues desde ahora te digo que el nuevo
Presupuesto es peor que el vigente, y todo lo que hacen aquí
una cáfila de barbaridades y despropósitos. Ahí me las den
todas. Yo en mi casa tan tranquilo, viendo cómo se desmo-
rona este país, que podría estar nadando en oro si quisieran.

A poco de soltar esta perorata, el pobre cesante se quedó
solo, meditando, la barba en la mejilla. Vio pasar algunos
empleados conocidos suyos; pero como no le dijeron nada,
no chistó. Consideraba quizás la soledad que se iba formando en torno suyo, y con qué prisa se desviaban de él los
que fueron sus compañeros y hasta poco antes se llamaban
sus amigos. «Todo ello –pensó con admirable observación
de sí mismo– consiste en que mis desgracias me han hecho
un poco extravagante, y en que alguna vez la misma fuerza
del dolor es causa de que se me escapen frases y gestos que
no son de hombre sesudo, y contradicen mi carácter y mi...
¿cómo es la palabreja?... ¡ah!, mi idiosincrasia... ¡Todo sea
por Dios!»

Distrájole de su meditación un amigo que entraba, y que
se fue derecho a él en cuanto le vio. Era Argüelles, *el padre
de familia,* envuelto en su capa negra, o más bien ferreruе-
lo, el sombrerete ladeado a la chamberga, el bigote retorci-
do, la perilla enhiesta y erizada por el roce del embozo. Antes de subir a Contribuciones solía entrar un rato en el Personal, para desahogar las penas de su alma con un amigo
que le daba cuenta de todo, y así alimentaba sus ilusiones de
un próximo ascenso.

–¿Qué hace usted por aquí, amigo Villaamil? –le dijo en el
tono que se emplea con los enfermos graves–. ¿Quiere usted
que tomemos café? Pero no; quizá el café le sentará mal.
Hay que cuidarse, y si vale mi consejo, haría usted muy bien
en no parecer por esta *posá del Peine* en muchos días.

–¿A dónde vamos? *(Levantándose.)*

–Al Personal. Echaremos un parrafillo con Sevillano, que nos enterará de los nombramientos del día. Venga usted.

Y se internaron por luengo corredor, no muy claro, que primero doblaba hacia la derecha, después a la izquierda. A lo largo del pasadizo accidentado y misterioso, las figuras de Villaamil y de Argüelles habrían podido trocarse, por obra y gracia de hábil caricatura, en las de Dante y Virgilio buscando por senos recónditos la entrada o salida de los recintos infernales que visitaban. No era difícil hacer de don Ramón un burlesco Dante por lo escueto de la figura y por la amplia capa que le envolvía; pero, en lo tocante al poeta, había que sustituirle con Quevedo, parodiador de la *Divina Comedia,* si bien el bueno de Argüelles más semejanza tenía con el *alguacil alguacilado* que con el gran vate que lo inventó. Ni Dante ni Quevedo soñaron, en sus fantásticos viajes, nada parecido al laberinto oficinesco, al campaneo discorde de los timbres que llaman desde todos los confines de la vasta mansión, al abrir y cerrar de mamparas y puertas, y al taconeo y carraspeo de los empleados que van a ocupar sus mesas colgando capa y hongo; nada comparable al mete y saca de papeles polvorosos, de vasos de agua, de paletadas de carbón, a la atmósfera tabacosa, a las órdenes dadas de pupitre a pupitre, y al tráfago y zumbido, en fin, de estas colmenas donde se labra el panel amargo de la Administración. Metiéronse Villaamil y su guía en un despacho donde había dos mesas y una sola persona, que en aquel momento se mudaba el sombrero por un gorro de pana morada, y las botas por zapatillas. Era Sevillano, oficial de secretaría, buen mozo, aunque algo machucho, bienquisto en la casa, con fama de cuquería. Saludó el tal a Villaamil con recelo, mirándole mucho a la cara:

–Vamos tirando –contestó el cesante eterno, y ocupó una silla junto a la mesa.

–¿De lo mío nada?... –dijo Argüelles, usando una fórmula interrogativa y afirmativa a la vez.

–Nada –replicó el presumido Sevillano, que al ponerse delante de la mesa parecía movido del deseo de que le vieran las zapatillas bordadas y de que admiraran su breve pie–, lo que se llama nada. Ni te han propuesto ni ése es el camino.

–No me coge de nuevo –gruñó el otro, soltando capa y sombrero, como si quisiera oponer a la publicidad de las zapatillas de Sevillano la exhibición de sus encrespadas melenas–. Ese perro de Pantoja me ha engañado ya tres veces, y me engañará la cuarta si no le doy la morcilla. Yo lo paso todo, con tal que no me eche el pie adelante ese gorgojo repulsivo de Guillén. ¡Vamos, si le ascienden a él antes que a mí; si un *padre de familia* cargado de hijos y que lleva todo el peso de la oficina se ve pospuesto a ese aborto inútil que mata el tiempo pintando monos!... *(Volviéndose a Villaamil en solicitud de su aquiescencia.)* ¿Tengo razón o no tengo razón? ¿Le parece a usted que después de tantos años en este empleo, todavía les parezca temprano para darme el ascenso y en cambio se lo den a ese coco, mamarracho, mal hombre y peor amigo, que además no sabe poner una minuta?

–Cabalmente, cabalmente por eso, por ser una inutilidad –afirmó Villaamil con inmenso pesimismo–, tiene asegurada su carrera.

–Yo me sublevo –declaró con rabia *el caballero de Felipe IV*, dando una patada–. Si ascienden a ése antes que a mí, me voy al Ministro y le digo... vamos, le suelto una frescura. Esto es peor que insultarle a uno y escupirle la cara. Sí, porque tanto polaquismo requema la sangre, y le entran a uno ganas de echarse la moral a la espalda y casarse con Judas. Esa garrapata de Guillén, con sus chuscadas y sus versitos y sus porquerías, se ha hecho popular aquí. Le ríen las gracias estúpidas... Todos tenemos alguna culpa de darle alas, lo reconozco... Yo le aseguro a usted, amigo don Ramón, que no volverá a enseñar delante de mí sus monigotes. Ya le diré yo cuántas son cinco, ya le diré...

Argüelles se detuvo, creyendo ver en el rostro de Villaamil señales de excitación; pero, contra lo que temía, el anciano escuchaba sereno, no mostrándose lastimado por el recuerdo de las groseras burlas.

–Dejarle, dejarle –contestó–. Por mi parte, sé sobreponerme a esas majaderías. Acuérdese usted; ayer, al enterarme de que se burlaban de mí, no dije esta boca es mía. ¿Verdad que no? Estas cosas se desprecian, y nada más. Después me tropecé en la calle con el chico de Cucúrbitas, Urbanito, el cual está en Aduanas, y me contó que allí había ido Guillén con las aleluyas, que son una pura sandez. Ni siquiera hay un chiste en ellas. Que si, de niño, en vez de envolverme en pañales, me envolvían en nóminas...; que si le propuse al ministro el *income tax*... Y a él, pregunto yo ahora; a él, el muy asno, ¿qué le va ni le viene con que yo proponga el *income tax*? ¿Qué entiende él de esas materias tan superiores al entendimiento de un escuerzo sietemesino? Luego dice que doy sablazos... Calumnia infame, porque si en las horribles trinquetadas que paso, la necesidad me impulsa a pedir el auxilio de un amigo, eso no quiere decir que sea yo un petardista. Pero estas injurias hay que llevarlas con muchísima paciencia, y no dar al infame denostador ni siquiera el gusto de nuestras quejas, porque se engreiría del mal que hace. Desprecio, indiferencia, y que vomite veneno hasta que se le seque el alma... ¡Ah! Yo no obsequiaré nunca a esos reptiles con el favor de mis miradas. Y a ese tal le he dado yo calor en mi seno, vean ustedes, porque él va a mi casa, adula a mi familia, se bebe mi vino, y allí parece que nos quiere a todos como hermanos. ¡Valiente bicharraco!... Y digo más: digo que Pantoja también tiene algo de culpa, porque le permite perder el tiempo en hacer estas porquerías... Todos sus mamarrachos los conozco lo mismo que si los hubiera visto, pues Urbanito no omitió detalle. Pasa por tonto este chico; pero yo afirmo que tiene mucho talento, y lo que es a memoria no hay quien le gane. Díjome también que con las iniciales de los títulos de mis cuatro Memorias ha compuesto Guillén el mote de *Miau,* que me aplica en las aleluyas. Yo lo acepto. Esa M, esa I, esa A y esa U son como el *Inri,* el letrero infame que le pusieron a Cristo en la cruz... Ya que me han crucificado entre ladrones, para que todo sea completo, pónganme sobre la cabeza esas cuatro letras en que se hace mofa y escarnio de mi gran misión.

Capítulo 36

Sevillano y Argüelles, que al principio le habían oído con algo de respeto, en cuanto oyeran aquella salida titubearon entre la compasión y la risa, prevaleciendo al fin la primera, que expresó Sevillano en esta forma:

–Hace bien usted en despreciar tales miserias. Nada más repugnante que hacer burla de un hombre digno y desgraciado. Aquí me trajeron también los muñecos esos; pero no los quise ver... Ahora, si ustedes quieren, tomaremos café.

Entró el mozo con el servicio; Villaamil rehusó cortésmente el obsequio, y los otros dos se sentaron para tomar a gusto, en vaso muy colmadito, el brebaje aromático que es alegría y consuelo de las oficinas.

–Pues le he de decir a usted –manifestó el cesante con la serenidad de un hombre dueño de sus facultades–, que se vaya usted haciendo a la injusticia, que se familiarice con las bofetadas y se acostumbre a la idea de ver a ese piojo pasándole por delante. La lógica española no puede fallar. El pillo delante del honrado; el ignorante encima del entendido; el funcionario probo debajo, siempre debajo. Y agradezca usted que en premio de sus servicios no le limpian el comedero..., que no sé, no sé si sacar también esa consecuencia lógica.

–Armo un tiberio, créalo usted, lo armo, pero gordo –dijo el *padre de familia* entre sorbo y sorbo–. Como le asciendan antes que a mí, crea usted que todo el Colegio de Sordomudos me tendrá que oír.

–Le oirá y callará, y no habrá más remedio que conformarse. Véase mi raciocinio. *(Acercando su silla a las de los bebedores de café.)* ¿Quién le apoya a usted? Nadie; y digo nadie, porque no le apoya ninguna mujer.

–Eso es verdad.

–Bueno. Cuando veo un nombramiento absurdo, pregunto: *¿quién es ella?* Porque es probado, siempre que una nulidad se sobrepone a un empleado útil, ponga usted el oído y escuchará rumor de faldas. ¿Apostamos a que sé quién ha pedido el ascenso del cojo? Pues su prima, la viuda del comandantón aquel que está en Filipinas, esa tal Enriqueta, frescachona, más suelta que las gallinas, de la cual se dice si tuvo que ver o no tuvo que ver con nuestro egregio Director. Ahora, sabiendo a qué aldabas se agarra ese morral de Guillén, ayúdenme ustedes a sentir. Nada, el amigo Argüelles, con toda su prole a rastras, se quedará ladrando de hambre, y el otro ascenderá, y ole morena.

Sevillano confirmaba con una sonrisa las acres observaciones del trastornado Villaamil, que no lo parecía al decir cosas tan a pelo; y *el caballero de Felipe IV* se atusaba sus engrasadas melenas y se retorcía el bigote, dándole a la perilla tales tirones, que a poco más se la arranca de cuajo.

–Lo vengo diciendo hace tiempo, ¡cáscaras! Se necesita no tener vergüenza para servir a este cabrón del Estado. Y ya que el amigo Villaamil está hoy de buena pasta, le diremos una cosa que no sabe. ¿Quién recomendó a Víctor Cadalso para que echaran tierra al expediente y encimita le encajaran un ascenso?

–Ello debe ser cosa de hembras; alguna joven sensible que ande por ahí, porque Víctor las atrapa lindamente.

–Le apoyaron dos Diputados –dijo Sevillano–: hicieron fuerza de vela sin conseguir nada, hasta que vino presión por alto...

–Pero si me ha dicho Ildefonso Cabrera –observó el viejo acalorándose– que ese pelele está liado con marquesas, duquesas y cuantas señoronas hay en la alta sociedad...

–No haga usted caso, don Ramón –indicó Argüelles–. Si, después de todo, su yerno de usted es un cursi... así como suena, un cursilón. No se ve ya un mozo verdaderamente elegante, como los de mi tiempo. Ríase usted de todas esas conquistas de Víctor, que no tiene más amparo que el de mi vecina. En el principal de mi casa vive un marqués... no me acuerdo del título; es valenciano y algo así como Benengeli, algo que suena a morisco. Este marqués tiene una tía, dos veces viuda... una criatura, como quien dice... Mi mujer, que ya pasó de los cincuenta, asegura que estando ella de corto (mi mujer, se entiende), conoció a esa señora en Valencia, ya casada. En fin, que los sesenta y pico no hay quien se los quite, y aunque debió de ser buena moza, ya no hay pintura que la salve ni remedio que la enderece.

–Y cuando menos, mi yernecito ha seducido toda esa inocencia.

–Aguárdese usted. Es cosa pública en Valencia que el tiburón ese se enamorisc ó de Cadalso, y él... también la quiso, por supuesto, con su cuenta y razón. Vinieron juntos a Madrid; enredito allá, enredito aquí. A mí nadie tiene que contármelo, pues le veo en la calle, esperando a la abuela, porque los marqueses no le permiten entrar en la casa. Ella sale en su coche, muy emperejilada, toda fofa y hueca, con unas témporas así, todo postizo, se entiende, y la cara con más pintura que el *Pasmo de Sicilia*... Se para en la esquina de Relatores, y allí entra el terror de las doncellas y se van qué sé yo adónde... Y me ha contado el lacayo, que es vecino mío en el sotabanco de la izquierda, que casi todos los días recibe carta la tarasca, y en seguida le larga a su nene tres pliegos... El lacayo echa las cartas al correo, y me cuenta lo que dice el sobre y las señas... Quiñones, 13, segundo.

–Si yo me sorprendiera de esto –declaró Villaamil entre risueño y desdeñoso–, sería un niño de teta. ¡Y esa fantasma ha venido aquí, al templo de la Administración *(indignándose)*, a arrojar sobre el Estado la ignominia de sus recomendaciones en favor de un perdis!...

–No, por aquí no ha aparecido, ni lo necesita –apuntó Sevillano–. Con el teclado de sus relaciones mueven ésas todo el Ministerio, sin poner los pies en él.

–Les basta decir una palabrita a cualquier pájaro gordo. Luego descarga aquí la nota...

–De esas que no piden, sino mandan.

–A raja tabla... Hágase... Y hecho está, y ole morena... No sería malo un buen pararrayos para esas chispas, un Ministro de carácter. ¿Pero dónde está ese Mesías? *(Dándose fuerte puñetazo en la rodilla.)* La condenada Administración es una hi de mala hembra con la que no se puede tener trato sin deshonrarse... Pero los que tienen hijos, amigo Argüelles, ¿qué han de hacer sino prostituirse? A ver, búsquese usted por ahí un felpudito que le ampare. Usted tiene todavía buen ver. A poco que se emperifolle, le salen las conquistas así... y le pica en el anzuelo una lamprea con conchas... Animarse, pollo... ¡Pues si yo tuviera veinte años menos...!

Sevillano se reía, y Argüelles se pavoneaba henchido de fatuidad, enroscándose aquella birria de bigote pintado... No parecía echar en saco roto la exhortación, porque la edad no le había curado de su vanidad de Tenorio.

–Francamente, señores –manifestó con acento de hombre

muy corrido–, nunca me ha gustado el amor como negocio... El amor por el amor. Ni con dinero encima cargo yo
con una res como esa de Víctor, contemporánea del andar a
pie, y todo lo tiene postizo, todo absolutamente, créanme
ustedes.

–¡Fuera remilgos, y a ellas! –dijo Villaamil, a quien le había entrado hilaridad nerviosa–. No están los tiempos para
hacer *fu* a nada... Este *padre de familia* es terrible. No le gustan más que las doncellitas tiernas.

–Pues de broma ha dicho usted la verdad. De quince a
veinte. Lo demás para bobos.

–Vamos, que si le cayera a usted un pimpollo como ese de
Víctor... Porque la tal debe de tener guita, y a su vera no hay
bolsillo vacío... Ahora me explico que mi yerno, cuando se
le acabaron los dineros que afanó por el enjuague de Consumos, gastaba del capítulo de guerra de esa vejancona...
¡Vamos *(dándose otro palmetazo en la rodilla),* que vivimos
en una condenada época en que no podemos ni siquiera
avergonzarnos, porque el estiércol, la condenada costra de
estiércol que llevamos en la cara nos lo impide!

Levantóse para salir. Argüelles suspiró y con un gesto
despidióse de Sevillano, que se puso a trabajar antes de que
salieran.

–Vamos a la oficina –dijo el caballero alguacilado, embo-
zándose en el ferreruelo, cogiendo del brazo a su amigo e in-
ternándose por los pasillos–; que ese mal bicho de Pantoja
me chillará si tardo. ¡Qué vida, don Ramón, qué vida!... Y a
propósito. ¿No observó usted que mientras hablábamos de
la señora que protege a Víctor, Sevillano no chistaba? Es
que también él se calza a una momia... sí... ¿no sabía usted?
La viuda de aquel Pez y Pizarro que fue Director de Loterías
en La Habana, primo de nuestro amigo don Manuel. Eso lo
saben hasta los perros... y ella le protege, le regala cada dos
años su ascensito.

–¿Qué me dice usted? *(Parándose y mirándole cara a cara, en una actitud propiamente dantesca.)* Conque Sevillano... Sí; ya decía yo que ese chico iba demasiado aprisa. Era yo Jefe de Negociado, cuando entró de aspirante con cinco mil...

Se persignó y siguieron hasta Contribuciones. Pantoja y los demás recibieron al sufrido cesante con sobresalto, temerosos de una escena como la del día anterior. Pero el anciano les tranquilizó con su apacible acento y la serenidad relativa de su rostro. Sin dignarse mirar a Guillén, fue a sentarse junto al Jefe, a quien dijo de manos a boca:

–Hoy me encuentro muy bien, Ventura. He descansado anoche, me despejé, y estoy hasta contento, me lo puedes creer, echando chispas de contento.

–Más vale así, hombre, más vale así –repuso el otro, observándole los ojos–. ¿Qué traes por acá?

–Nada... la querencia... hoy estoy alegre... ya ves cómo me río. *(Riendo.)* Es posible que hoy venga por última vez, aunque... te lo aseguro... me divierte, me divierte esta casa. Se ven aquí cosas que le hacen a uno... morir de risa.

El trabajo concluyó aquel día más pronto que de ordinario, porque era día de paga, la fecha venturosa que pone feliz término a las angustias del fin de mes, abriendo nueva era de esperanzas. El día de paga hay en las salas de aquel falansterio más luz, aire más puro y un no sé qué de diáfano y alegre que se mete en los corazones de los infelices jornaleros de la Hacienda pública.

–Hoy os dan la paga –dijo Villaamil a su amigote, suspendiendo aquel reír franco y bonachón de que afectado estaba.

Ya se conocía en el ruido de pisadas, en el sonar de timbres, en el movimiento y animación de las oficinas, que había empezado la operación. Cesaba el trabajo, se ataban los legajos, eran cerrados los pupitres y las plumas yacían sobre las mesas entre el desorden de los papeles y las arenillas que se pegaban a las manos sudorosas. En algunos departamentos, los funcionarios acudían, conforme les iban llamando, al despacho de los habilitados, que les hacían firmar la nominilla y les daban el trigo. En otros, los habilitados mandaban un ordenanza con los santos cuartos en una hortera, en plata y billetes chicos, y la nominilla. El Jefe de la sección se encargaba de distribuir las raciones de metálico y de hacer firmar a cada uno lo que recibía.

Capítulo 37

E s cosa averiguada que cuando Villaamil vio entrar al portero con la horterita aquella, se excitó mucho, acentuando su increíble alegría y expresándola de campechana manera:

–¡Anda, anda, qué cara ponéis todos!... Aquí está ya el santo advenimiento... la alegría del mes... San Garbanzo bendito... Pues apenas vais a echar mal pelo con tantos dinerales...

Pantoja empezó a repartir. Todos cobraron la paga entera, menos uno de los aspirantes, a quien entregó el Jefe el pagaré otorgado a un prestamista, diciendo:

–Está usted cancelado.

Y Argüelles recibió un tercio no más, por tener retenido lo restante. Cogiólo torciendo el gesto, echando la firma en la nominilla con rasgos que declaraban su furia; y después, el gran Pantoja se guardó su parte pausada y ceremoniosamente, metiendo en su cartera los billetes, y los duros en el bolsillo del chaleco, bien estibaditos para que no se cayesen. Villaamil no le quitaba ojo mientras duró la operación, y hasta que no desapareció la última moneda no dejó de observarle. Le temblaba la mandíbula, le bailaban las manos.

–¿Sabes? –dijo a su amigo, levantándose–. Nos iremos de paseo. Yo tengo hoy... muy buen humor... ¿no ves?... Estoy muy divertido...

–Yo me quedo un rato más –respondió *el honrado*, que deseaba quitarse de encima aquella calamidad–. Tengo que ir un rato a Secretaría.

–Pues quédate con Dios... Me largo de paseo... Estoy contentísimo... y de paso, compraré unas píldoras.

–¿Píldoras? Te sentarán bien.

–¡Ya lo creo!... Abur; hasta más ver. Señores, que sea por muchos años... Y que aproveche... Yo bueno, gracias...

En la escalera de anchos peldaños desembocaban, como afluentes que engrosan el río principal, las multitudes que a la misma hora chorreaban de todas las oficinas. Contribuciones y Propiedades descargaban su personal en el piso segundo; descendía la corriente uniéndose luego a la numerosa grey de Secretaría, Tesoro y Aduanas. El humano torrente, haciendo un ruido de mil demonios de peldaño en peldaño, apenas cabía en la escalera, y mezclábanse los pisotones con la charla gozosa y chispeante de un día de paga. En los oídos de Villaamil añadíase al murmullo inmenso el tintineo de los duros, recién guardados en tanta faltriquera. Pensó que el metal de los pesos debía de estar frío aún; pero se calentaría pronto al contacto del cuerpo, y aun se derretiría al de las necesidades. Al llegar al vasto ingreso que separa del pórtico la escalera, veíanse en los patios de derecha e izquierda afluir las muchedumbres de Impuestos, Tesorería y Giro Mutuo, y antes de llegar a la calle, las corrientes se confundían. Las capas deslucidas abundaban más que los raídos gabanes; pero también los había flamantes, y chisteras lustrosas, destacándose entre la muchedumbre de hongos chafados y verdinegros. El taconeo ensordecía la casa, y

Villaamil oía siempre, por encima del rumor de pisadas, aquel tintín de las piezas de cinco pesetas. «Hoy –se dijo, echando toda su alma en un suspiro– han dado casi toda la paga en duros nuevecitos, y algo en pesetas dobles con el cuño de Alfonso.»

Al desaguar la corriente en la calle, iba cesando el ruido y el edificio se quedaba como vacío, solitario, lleno de un polvo espeso levantado por las pisadas. Pero aún venían de arriba destacamentos rezagados de las multitudes oficinescas. Sumaban entre todos tres mil, tres mil pagas de diversa cuantía, que el Estado lanzaba al tráfico devolviendo por modo parabólico al contribuyente parte de lo que sin piedad le saca. La alegría del cobro, sentimiento característico de la humanidad, daba a la caterva aquella un aspecto simpático y tranquilizador. Era sin duda una honrada plebe anodina, curada del espanto de las revoluciones, sectaria del orden y la estabilidad, pueblo con gabán y sin otra idea política que asegurar y defender la pícara olla; proletariado burocrático, lastre de la famosa nave; masa resultante de la hibridación del pueblo con la mesocracia, formando el cemento que traba y solidifica la arquitectura de las instituciones.

Embozábase Villaamil en su pañosa para resguardarse del frío callejero, cuando le tocaron en el hombro. Volvióse y vio a Cadalso, quien le ayudó a asegurar el embozo liándoselo al cuello.

–¿Qué tiene usted... de qué se ríe usted?

–Es que... estoy esta tarde muy contento... A bien que a ti no te importa. ¿No puede uno ponerse alegre cuando le da la real gana?

–Sí... pero... ¿Va usted a casa?

–Otra cosa que no es de tu incumbencia. ¿Tú a dónde vas?

–Arriba, a recoger mi título... Yo también estoy hoy de enhorabuena.

–¿Te han dado otro ascenso? No me extrañaría. Tienes la sartén por el mango. Mira, que te hagan Ministro de una vez; acaba de ponerte el mundo por montera antes que se acaben los carcamales.

–No sea usted guasón. Digo que estoy de enhorabuena, porque me he reconciliado con mi hermana Quintina y el salvaje de su marido. Él se queda con aquella maldecida casa de Vélez-Málaga que no valía dos higos, paga las costas, y yo...

–Suma y van tres... Otra cosa que a mí me tiene tan sin cuidado como el que haya o no pulgas en la luna. ¿Qué se me da a mí de tu hermana Quintina, de Ildefonso, ni de que hagáis o no cuantas recondenadas paces queráis?

–Es que...

–Anda, sube, sube pronto y déjame a mí. Porque yo te pregunto: ¿en qué cochino bodegón hemos comido juntos? Tú por tu camino, lleno de flores; yo por el mío. Si te dijera que con toda tu buena suerte no te envidio ni esto... Más quiero honra sin barcos que barcos sin honra. Agur...

No le dio tiempo a más explicaciones y, asegurándose otra vez el embozo, avanzó hacia la calle. Antes de traspasar la puerta, le tiraron de la capa, acompañando el tirón de estas palabras amigables:

–¡Eh, simpático Villaamil, aunque usted no quiera!...

Urbano Cucúrbitas, pollancón rubio, ralo de pelo, estirado, zancudo y con mucha nuez; semejante a vástago precoz de la raza gallinácea que llaman Cochinchina; vestido con elegante traje a cuadros, cuello larguísimo, de cucurucho, hongo claro; manos y pies inconmensurables, muy limpio y la boca risueña, enseñando hasta los molares, que bien podrían llamarse del juicio si alguno tuviera.

–¡Hola, Urbanito!... ¿Has cobrado tu paga?

–Sí, aquí la llevo *(tocándose el bolsillo y haciendo sonar la plata);* casi todo en pesetas. Me voy a dar una vuelta por la Castellana.

–¿En busca de alguna conquistilla?... Hombre feliz... Para ti es el mundo. ¡Qué risueño estás! Pues mira, yo también estoy de vena hoy... Dime, ¿y tus hermanitos, han cobrado también sus paguillas? Dichosos los nenes a quienes el Estado les pone la teta en la boca, o el biberón. Tú harás carrera, Urbanito; yo sostengo que eres muy listo, contra la opinión general, que te califica de tonto. Aquí el tonto soy yo. Merezco, ¿sabes qué?, pues que el Ministro me llame, me haga arrodillar en su despacho y me tenga allá tres horas con una coroza de orejas de burro... por imbécil, por haberme pasado la vida creyendo en la moral, en la justicia y en que se deben nivelar los presupuestos. Merezco que me den una carrera en pelo, que me pongan motes infamantes, que me llamen *el señor de Miau,* que me hagan aleluyas con versos chabacanos para hacer reír hasta a las paredes de la casa... No, si no lo digo en son de queja; si ya ves.... estoy contento, y me río... me hace una gracia atroz mi propia imbecilidad.

–Mire usted, querido don Ramón. *(Poniéndole ambas manos en los hombros.)* Yo no he tenido arte ni parte en los monigotes. Confieso que me reí un poco cuando Guillén los llevó a mi oficina; no niego que me entró tentación de enseñarlos a mi papá, y se los enseñé...

–Pero si yo no te pido explicaciones, hijo de mi alma.

–Déjeme acabar... Y mi papá se puso furioso y a poco me pega. Total, que enterado Guillén de las cosas que mi papá dijo, salió a espeta perros de nuestra oficina, y no ha vuelto a parecer. Yo digo que ello puede pasar como broma de un rato. Pero ya sabe usted que le respeto, que me parece una tontería juntar las iniciales de sus cuatro Memorias que nada significan, para sacar una palabra ridícula y sin sentido.

–Poco a poco, amiguito. *(Mirándole a los ojos.)* A que la palabra *Miau* sea una sandez, no tengo nada que objetar;

pero no estoy conforme con que las cuatro iniciales no encierren una significación profunda...

–¡Ah!... ¿sí? *(Suspenso.)*

–Porque es preciso ser muy negado o no tener pizca de buena fe para no reconocer y confesar que la M, la I, la A y la U significan lo siguiente: *Mis... Ideas... Abarcan... Universo.*

–¡Ah!... ya... bien decía yo... Don Ramón, usted debe cuidarse.

–Si bien no faltará quien sostenga... y yo no me atrevería a contradecirlo de plano... quien sostenga, quizás con algún fundamento, que las cuatro misteriosas letras rezan esto: *Ministro... I... Administrador... Universal.*

–Pues mire usted, esa interpretación me parece una cosa muy sabia y con muchísimo intríngulis.

–Lo que yo te digo: hay que examinar imparcialmente todas las versiones, pues éste dice una cosa, aquél sostiene otra, y no es fácil decidir... Yo te aconsejo que lo mires despacio, que lo estudies, pues para eso te da el Gobierno un sueldo, sin ir a la oficina más que un ratito por la tarde, y eso no todos los días... Y que tus hermanitos lo estudien también con el biberón de la nómina en los labios. Adiós; memorias a papá. Dile que crucificado yo, por imbécil, en el madero afrentoso de la tontería, a él le toca darme la lanzada, y a Montes la esponja con hiel y vinagre, en la hora y punto en que yo pronuncie mis Cuatro Palabras, diciendo: *Muerte... Infamante... Al... Ungido...* Esto de *ungido* quiere decir... para que te enteres... *lleno de basura,* o embadurnado todo de materias fétidas y asquerosas, que son el símbolo de la zanguanguería, o llámese principios.

–Don Ramón... ¿va usted a su casa? ¿Quiere que le acompañe? Tomaré un coche.

–No, hijo de mi alma; vete a tu paseíto. Yo me voy *pian pianino.* Antes tengo que comprar unas píldoras... aquí en la botica.

–Pues le acompañaré... y si quiere que veamos antes a un médico...

–¡Médico! *(Riendo desaforadamente.)* Si en mi vida me he sentido más sano, más terne... Déjame a mí de médicos. Con estas pildoritas...

–De veras, ¿no quiere que le acompañe?

–No, y digo más: te suplico que no lo hagas. Tiene uno sus secretillos, y el acto, al parecer insignificante, de comprar tal o cual medicina, puede evocar el pudor. El pudor, chico, aparece donde menos se piensa. ¿Qué sabes tú si soy yo un joven, digo, un anciano disoluto? Conque vete por tu camino, que yo tomo el de la farmacia. Adiós, niño salado, chiquitín del Ministerio, diviértete todo lo que puedas; no vayas a la oficina más que a cobrar; haz muchas conquistas; pica siempre muy alto; arrímate a las buenas mozas, y cuando te lleven a informar un expediente, pon la barbaridad más gorda que se te ocurra... Adiós, adiós... Sabes que se te quiere.

Fuese el pollancón por la calle de Alcalá abajo, y Villaamil, después de cerciorarse de que nadie le seguía, tomó en dirección de la Puerta del Sol, y antes de llegar a ella, entró en la que llamaba botica; es a saber, en la tienda de armas de fuego que hay en el número 3.

Capítulo 38

Notaban aquellos días doña Pura y su hermana algo desusado en las maneras, en el lenguaje y en la conducta del buen Villaamil, que, si en actos de relativa importancia se mostraba excesivamente perezoso y apático, en otros de ningún valor y significación desplegaba brutales energías. Tratóse de la boda de Abelarda, de señalar fecha y de fijar ciertos puntos a tan gran suceso pertinentes, y el hombre no dijo esta boca es mía. Ni la bonita herencia de su futuro yerno (pues ya se había llevado Dios al tío notario) le arrancó una sola de aquellas hipérboles de entusiasmo que de la boca de doña Pura salían a borbotones. En cambio, a cualquier tontería daba Villaamil la importancia de suceso trascendente, y por si su mujer cerró la puerta con algún ruido (resultado de lo tirantes que tenía los nervios), o por si le habían quitado, para ensortijarse la cabellera, un número de *La Correspondencia,* armó un cisco que hubo de durar media mañana.

También merece notarse que Abelarda acogió la formalización de su boda con suma indiferencia, la cual, a los ojos

de la primera *Miau,* era modestia de hija modosa bien edu-
cada, sin más voluntad que la de sus padres. Los preparativos, en atención al ahogo de la familia, habían de ser muy
pobres, casi nulos, limitándose a algunas prendas de ropa
interior, cuya tela se adquirió con un donativo de Víctor,
del cual no se dio cuenta a Villaamil para evitar susceptibilidades. Debo advertir que desde la escena aquella en las
Comendadoras, Víctor apenas paraba en la casa. Rarísimas
noches entraba a dormir, y comía y almorzaba fuera todos
los días. Los tertulios de la casa eran los mismos, excepto
Pantoja y familia, que escaseaban sus visitas, sin que doña
Pura penetrase la causa de este desvío, y Guillén, que definitivamente se eclipsó, muy a gusto de las tres *Miaus.* Las repetidas ausencias de Virginia Pantoja motivaron gran atra-
so en los ensayos de la pieza. A la señorita de la casa se le ol-
vidó en absoluto su papel, y por estas razones y por la
desgana de fiestas que Pura sentía mientras no se resolviera
el problema de la colocación de su esposo, fue abandonado
el proyecto de función teatral.

Federico Ruiz, consecuente siempre, iba algunos ratos
por las tardes, pidiendo mil perdones a las *Miaus* por quitarles su tiempo, pues no ignoraba que debían de estar sobre
un pie con los preparativos... ¡Dichosos preparativos, y
cuántos castillos y torres edificó sobre cimiento tan frágil la
imaginación fecunda de la esposa de Villaamil!... Una mañana entró Ruiz muy sofocado, seguido de su mujer, ambos
despidiendo alegría de sus ojos, ebrios de júbilo, deseando
que los amigos participaran de su dicha.

–Vengo –dijo él casi sin aliento– a que nos den la enhorabuena. Sé que nos quieren y que se alegrarán de verme colocado.

Tanto Federico como Pepita fueron sucesivamente abra-
zados por las tres *Miaus.* En esto salió de su despacho olfa-
teando alegría el buen Villaamil, y antes de que Ruiz tuvie-

ra tiempo de embocarle la venturosa nueva, le cogió en los
brazos, diciéndole:

–Sea mil y mil veces enhorabuena, queridísimo... Bien
merecido lo tiene, y muy requetebién ganado.

–Gracias, muchísimas gracias –dijo Ruiz constreñido en
los enormes brazos de Villaamil, que apretaba con nerviosa
contracción–. Pero, por la Virgen Santísima, no me apriete
tanto, que me va a ahogar... Don Ramón... ¡ay, ay!, que me
hace añicos...

–Pero, hombre –dijo Pura a su marido, sorprendida y temerosa–, ¿qué manera de abrazar?

–Es que... –balbució el cesante– quiero darle un parabién
bien dado... una enhorabuena de padre y muy señor mío,
para que le quede memoria de mí y de lo muy contento que
estoy por su triunfo. ¿Y qué es ello?

–Una comisioncilla en Madrid mismo... ésa es la ganga...
para estudiar y proponer mejoras en el estudio de las ciencias naturales... a fin de que resulte práctico.

–¡Oh, cosa buena!... Ni sé cómo no se les había ocurrido
antes. ¡Y este mísero país vive ignorando cómo se enseñan
las ciencias naturales! Felizmente ahora, amigo Ruiz, vamos a salir de dudas... Nuestro sabio Gobierno tiene una
mano para escoger el personal... Así está la Nación reventando de gusto. Pues digo, si tendrá su aquel la comisioncita. Golpes de éstos bastan a salvar la patria oprimida... En
fin, lo celebro mucho... Y digo más, señor de Ruiz: si usted
está de enhorabuena, no lo está menos el país, que debe ponerse a tocar las castañuelas al saber que tiene quien le estudie eso... ¿Verdad? Con su permiso, me vuelvo a trabajar.
Mil millones de plácemes.

Sin esperar lo que Federico contestaba a estas expansio-
nes calurosas, el buen hombre se metió de rondón en su
despacho. Algo extrañó a los Ruices, lo mismo que a las
Miaus, aquella manera desordenada y estrepitosa de dar

322   Miau

enhorabuenas; pero disimularon su extrañeza. Fuéronse los felicitados para seguir sus visitas de dar parte, cosechando a granel las felicitaciones. Y no era la comisioncita el único motivo de contento que Ruiz aquella mañana tenía, pues el correo le trajo nueva satisfacción con que no contaba. Era nada menos que el diploma de una sociedad portuguesa, cuyo objeto es enaltecer a los que realizan actos heroicos en los incendios, y también a los que propagan por escrito las mejores teorías sobre este útil servicio. Todo individuo perteneciente a dicha asociación tenía derecho, según rezaba el diploma, a usar el título de *Bombeiro, salvador da humanidade,* y a ponerse un vistosísimo uniforme con relucientes bordados. El figurín de la deslumbradora casaca acompañaba al nombramiento. ¡Si estaría hueco el hombre con su comisión (de que dependía el porvenir científico de España), con los honores de *bombeiro,* y con la librea reluciente que pensaba lucir en la primera coyuntura pública y solemne que se le presentase!

Luisito salió de paseo aquella tarde con Paca, y al volver se puso a estudiar en la mesa del comedor. Pasado el extrañísimo, increíble arrechucho de Abelarda en la famosa noche de que antes hablé, el cerebro de la insignificante quedó aparentemente restablecido, hasta el punto de que un olvido benéfico y reparador arrancó de su mente los vestigios del acto. Apenas lo recordaba la joven con la inseguridad de sueño borroso, como pesadilla estúpida cuya imagen se desvanece con la luz y las realidades del día. Ocupábase en coser su ajuar, y Luis, cansado del estudio, se entretenía en quitarle y esconderle los carretes de algodón.

–Chiquillo –le dijo su tía sin incomodarse–, no enredes. Mira que te pego.

En vez de pegarle le daba un beso, y el sobrinillo se envalentonaba más, ideando otras travesuras, como suyas, poco maliciosas. Pura ayudaba a su hija en los cortes, y Milagros funcionaba en la cocina, toda tiznada, el mandilón hasta los pies. Villaamil, siempre encerrado en su leonera. Tal era la situación de los individuos de la familia, cuando sonó la campanilla y cátate a Víctor. Sorprendiéronse todos, pues no solía ir a semejante hora. Sin decir nada pasó a su cuartucho, y se le sintió allí lavándose y sacando ropa del baúl. Sin duda estaba convidado a una comida de etiqueta. Esto pensó Abelarda, poniendo especial estudio en no mirarle ni dirigir siquiera los ojos a la puerta del menguado aposento.

Pero lo más singular fue que, a poco de la entrada del monstruo, sintió la sosa en su alma, de improviso, con aterradora fuerza, la misma perturbación de la noche de marras. Estalló el trastorno cerebral como una bomba, y en el mismo instante toda la sangre se le removía, amargor de odio hacíale contraer los labios, sus nervios vibraban, y en los tendones de brazos y manos se iniciaba el brutal prurito de agarrar, de estrujar, de hacer pedazos algo, precisamente lo más tierno, lo más querido y, por añadidura, lo más indefenso. Tuvo Cadalsito, en tan crítica ocasión, la mala idea de tirarle del hilo de unos hilvanes y la tela se arrugó...

–¡Chiquillo!, si no te estás quieto, verás –gritó Abelarda, con eléctrica conmoción en todo el cuerpo, los ojos como ascuas. Quizás no habría pasado a mayores; pero el tontín, queriendo echárselas de muy pillo, volvió a tirar del hilo, y... aquí fue Troya. Sin darse cuenta de lo que hacía, obrando cual inconsciente mecanismo que recibe impulso de origen recóndito, Abelarda tendió un brazo, que parecía de hierro, y de la primera manotada le cogió de lleno a Luis toda la cara. El restallido debió de oírse en la calle. Al hacerse para atrás, vaciló la silla en que el chico estaba, y, ¡pataplum!, al suelo.

Doña Pura dio un chillido:

–¡Ay, hijo de mi alma!... ¡Mujer!

Y Abelarda, ciega y salvaje, de un salto cayó sobre la víctima, clavándole los dedos furibundos en el pecho y en la garganta. Como las fieras enjauladas y entumecidas recobran, al primer rasguño que hacen al domador, toda su ferocidad, y con la vista y el olor de la primera sangre pierden la apatía perezosa del cautiverio, así Abelarda, en cuanto derribó y clavó las uñas a Luisito, ya no fue mujer, sino el ser monstruoso creado en un tris por la insana perversión de la naturaleza femenina.

–¡Perro, condenado..., te ahogo! ¡Embustero, farsante..., te mato! –gruñía, rechinando los dientes, y luego buscó con ciego tanteo las tijeras para clavárselas. Por dicha no las encontró a mano.

Tal terror produjo el acto en el ánimo de doña Pura, que se quedó paralizada, sin poder acudir a evitar el desastre, y lo que hizo fue dar chillidos de angustia y desesperación. Acudió Milagros, y también Víctor, en mangas de camisa. Lo primero que hicieron fue sacar al pobre Cadalsito de entre las uñas de su tía, operación no difícil, porque, pasado el ímpetu inicial, la fuerza de Abelarda cedió bruscamente. Su madre tiraba de ella, ayudándola a levantarse, y de rodillas aún, convulsa, toda descompuesta, su voz, temblorosa y cortada, balbucía:

–Ese infame..., ese trasto... quiere acabar conmigo... y con toda la familia...

–Pero, hija, ¿qué tienes? –gritaba la mamá, sin darse cuenta del brutal hecho, mientras Víctor y Milagros examinaban a Luisito, por si tenía algún hueso roto. El chico rompió a llorar, el rostro encendido, la respiración fatigosa.

–¡Dios mío, qué atrocidad! –murmuró Víctor, ceñudamente.

Y en el mismo instante se determinaba en Abelarda una nueva fase de la crisis. Lanzó tremendo rugido, apretó los dientes, rechinándolos; puso en blanco los ojos, y cayó como cuerpo muerto, contrayendo brazos y piernas y dando resoplidos. Aparece entonces Villaamil, pasmado de aquel espectáculo: su hija con pataleta; Luisito, llorando, la cara rasguñada; doña Pura, sin saber a quién atender primero; los demás turulatos y aturdidos.

–No es nada –dijo, al fin, Milagros, corriendo a traer un vaso de agua fría para rociarle la cara a su sobrina.

–¿No hay por ahí éter? –preguntó Víctor.

–Hija, hija mía –exclamó el padre–, ¿qué te pasa? Vuelve en ti.

Había que sujetarla para que no se hiciese daño con el pataleo incesante y el bracear violentísimo. Por fin, la sedación se inició tan enérgica como había sido el ataque. La joven empezó a exhalar sollozos, a respirar con esfuerzo, como si se ahogara, y un llanto copiosísimo determinó la última etapa del tremendo acceso. Por más que intentaban consolarla no tenía término aquel río de lágrimas. Lleváronla a su lecho, y en él siguió llorando, oprimiéndose con las manos el corazón. No parecía recordar lo que había hecho. Entre Villaamil y Cadalso habían conseguido acallar a Luisito, convenciéndole de que todo había sido una broma un poco pesada.

De repente, el jefe de la familia se cuadró ante su yerno y, con temblor de mandíbula, intensa amarillez de rostro y mirada furibunda, gritó:

–De todo esto tienes tú la culpa, danzante. Vete pronto de mi casa, y ojalá no hubieras entrado nunca en ella.

–¡Que tengo yo la culpa!... ¡Pues no dice que yo...! –respondió el otro descaradamente–. Ya me parecía a mí que no estaba usted bueno de la jícara...

–La verdad es –observó Pura, saliendo del cuarto próximo–, que antes de que tú vinieras no pasaban en mi casa estas cosas que nadie entiende.

–¡Ah! También usted... No parece sino que me hacen un favor con tenerme aquí. ¡Y yo creí que les ayudaba a pasar la travesía del ayuno! Si me marcho, ¿dónde encontrarán un huésped mejor?

Villaamil, ante tanta insolencia, no encontraba palabras para expresar su indignación. Acarició el respaldo de una silla, con prurito de blandirla en alto y estampársela en la cabeza a su hijo político. Pudo dominar las ganas que de esto tenía y, reprimiendo su ira con fortísima rienda, le dijo con voz hueca de sochantre:

–Se acabaron las contemplaciones. Desde este momento estás demás aquí. Recoge tus bártulos y toma el portante, sin ningún género de excusas ni aplazamiento.

–No se apure usted... No parece sino que estoy en Jauja.

–Jauja o no Jauja *(a punto de estallar)*, ahora mismo fuera. Vete a vivir con los esperpentos que te protegen. ¿De qué te sirve esta familia pobre y desgraciada? Aquí no hay credenciales, ni destinos, ni recomendaciones, ni nada, como dijo el otro. Y en esta pobreza honrada somos felices. ¿No ves lo contento que yo estoy? *(Castañeteando los dientes.)* En cambio tú no tendrás paz en el pináculo de tus glorias, alcanzadas por el deshonor... Pronto, a la calle... El señor de *Miau* quiere perderte de vista.

Víctor, lívido; doña Pura, asustada; Luisito, con ganas de romper a llorar nuevamente; Milagros, haciendo pucheros...

–Bien –dijo Cadalso, con aquella gallardía que sabía poner en sus resoluciones siempre que eran mortificantes–. Me voy. También yo lo deseaba, y no lo había hecho por caridad, porque soy aquí un sostén, no una carga. Pero la separación será absoluta. Me llevo a mi hijo.

Las dos *Miaus* le miraron aterradas. Villaamil apretó con ferocidad los dientes.

–¿Pues qué...? Después de lo que ha pasado hoy –añadió Víctor–, ¿todavía pretenden que yo deje aquí a este pedazo de mi vida?

La lógica de este argumento desconcertó a todos los *Miaus* de ambos sexos.

–¡Pero qué tonto! –insinuó doña Pura, con ganas de capitular–. ¿Crees tú que esto volverá a pasar? ¿Y adónde vas con tu hijo, adónde? Si el pobrecito no quiere separarse de nosotros.

Poco le faltaba para llorar. Milagros dijo:

–No, lo que es el niño no sale de aquí.

–¡Vaya si sale! –sostuvo Cadalso con brutal resolución–. A ver: saque usted toda la ropita de mi hijo para juntarla con la mía.

–Pero, ¿adónde le llevas? Bobo, simple... ¡Qué cosas se te ocurren tan disparatadas!

–Por sabio se calla. Su tía Quintina le criará y educará mejor que ustedes.

Doña Pura se sentó, atacada de gran congoja, sudor frío y latidos dolorosos del corazón. Vaya, que después de la hija la madre iba a caer con la pataleta. Villaamil dio unas vueltas sobre sí mismo, como si le hiciera girar el vértice de un ciclón interior, y, después de parar en firme, abrióse de piernas, alzó los brazos enormes, simulando la figura de San Andrés clavado en las aspas, y rugió con toda la fuerza de sus pulmones:

–¡Que se lo lleve..., que se lo lleve con mil demonios! Mujeres locas, mujeres cobardes, ¿no sabéis que *Morimos... Inmolados... Al... Ultraje?*

Y tropezando en las paredes corrió hacia el gabinete. Su mujer fue detrás, creyendo que iba disparado a arrojarse por el balcón a la calle.

Capítulo 39

No cedo, no cedo –dijo Víctor a Milagros, al quedarse solo con ella–. Me llevo a mi hijo. ¿Pero no comprende usted que no podré vivir con tranquilidad dejándole aquí después de lo que ha pasado hoy?

–¡Por Dios, hijo! –le respondió con dulzura *la pudorosa Ofelia,* queriendo someterle por las buenas–. Todo ello es una tontería... No volverá a suceder. ¿No ves que es nuestro único consuelo este mocoso? Y si nos le quitas...

La emoción le cortaba la palabra. Calló la artista, tratando de disimular su pena, pues harto sabía que, como la familia mostrase vivo interés en la posesión de Luisito, esto sólo era motivo suficiente para que el monstruo se obstinase en llevársele. Creyó oportuno dejar el delicado pleito en las manos diplomáticas de doña Pura, que sabía tratar a su yerno combinando la energía con la suavidad. Al ir la *Miau* al gabinete en seguimiento de su marido, le encontró arrojado en un sillón, la cabeza entre las manos.

–¿Qué te parece que debemos hacer? –le dijo ella confusa, pues no había tenido tiempo aún de tomar una resolución.

Grande, inmensa fue la sorpresa de doña Pura cuando su marido, irguiendo la frente, respondió estas inverosímiles palabras:

–Que se lo lleve cuando quiera. Será un trance doloroso verle salir de aquí; pero, ¡qué remedio!... Por lo demás, no hay que remontarse, y digo más..., digo que, en efecto, mejor estará el chiquillo con Quintina que con... *vosotras*.

Al oír esto, *la figura de Fra Angélico* examinó en silencio, atónita, el turbado rostro del cesante. La sospecha de que empezaba a perder la razón confirmóse entonces, oyéndole decir aquel gran desatino.

–¡Que estará mejor con Quintina que con nosotras! Tú no estás en tu juicio, Ramón.

–Y dejando a un lado lo que al niño convenga *(atenuando su crueldad)*, Víctor es su padre, y tiene sobre él más autoridad que nosotros. Si él quiere llevárselo...

–Es que no querrá... ¡Pues, no faltaba otra! Verás cómo arreglo yo a ese truhán...

–Yo no le diría una palabra, ni me rebajaría a tratar con él. *(Cayendo en gran aplanamiento, sedación enérgica de su furia pasada.)* Yo le dejaría hacer su gusto. Tiene la autoridad, ¿sí o no? Pues, si la tiene, a nosotros nos corresponde callar y sufrir.

–¿Pues no dice que callemos y suframos *(espantada y briosa)*, cuando ese vil nos quiere quitar nuestra única alegría?... Tú no estás bueno. Te aseguro que Víctor se llevará al niño, pero ha de ser a la fuerza, atropellándonos, y no sin que le arranque las orejas a ese perro.

–Pues mi opinión es no cuestionar con semejante tipo... Se me figura que si le veo otra vez delante de mí, le muerdo... Siento algo como una ansiedad física de clavar los dientes a alguien. Créelo, mujer, la Administración está deshonrada; ya no se podrá decir el *probo* y *sufrido personal* de Hacienda, como se decía antes. Y lo que es en cuanto a nivelación

del presupuesto, que se limpien. Con esta chusma que va
invadiendo la casa, es imposible.

–Pero ¿a qué me sacas ahora la Administración *(exaltada)*, ni qué tiene que ver el burro con las témporas? ¡Ay, Ramón, tú no estás bueno! Déjame a mí de *probos*... Que les
parta un rayo. Mírate en tu espejo, y abre esos ojos, ábrelos...

–¡Abiertos, muy abiertos los tengo! *(Intencionadamen-
te.)* ¡Y qué horizontes ante mí!

Viendo que no podía ponerse de acuerdo con su marido,
volvió a emprenderla con Víctor, que no había salido aún.
Contra la creencia de Pura, el otro continuaba inflexible,
sosteniendo su acuerdo con tenacidad digna de mejor causa. A entrambas *Miaus* se les habría podido ahogar con un
cabello, y Abelarda, confesándose autora del conflicto, lloraba en su lecho como una Magdalena. Entre atender a su
hija y discutir con Víctor, doña Pura tenía que duplicarse,
corriendo de aquí para allí, mas sin poder dominar la aflicción de la una ni la implacable contumancia del otro. Nunca había visto al guapo mozo tan encastillado en una resolución, ni encontraba el busilis de tanta crueldad y firmeza.
Para ello habría sido preciso estar al tanto de lo ocurrido el
día anterior en casa de los Cabrera. Éste ganó en segunda
instancia el famoso pleito de la casucha de Vélez-Málaga,
siendo Víctor condenado a reintegrar el valor de la finca y al
pago de costas. El irreconciliable Ildefonso le había echado
ya el dogal al cuello y disponíase a apretar, reteniéndole la
paga, persiguiéndole y acosándole sin piedad ni considera-
ción. Pero del fallo judicial tomó pie la muy lagarta de
Quintina para satisfacer sus aspiraciones maternales, y en-
gatusando a Cabrera con estudiadas zalamerías y caranto-
ñas, obtuvo de él que aprobara las bases del siguiente con-
venio: «Se echaría tierra al asunto; Ildefonso pagaría las
costas (quedándose con la casa, se entiende). Y Víctor les
entregaría a su hijo.» Vio el cielo abierto Cadalso, y, aunque

le hacía mala boca arrancar al chiquillo del poder y amparo de sus abuelos, hubo de aceptar a ojos cerrados. Todo se reducía a pasar un mal rato en casa de las *Miaus,* a recibir algún arañazo de Pura y otro de Milagros, y una dentellada quizá de Villaamil. He aquí muy claro el móvil de la determinación por la cual hubo de cambiar de casa y de familia el célebre Cadalsito.

En lo más recio del trajín que Milagros y Pura traían, corriendo de Abelarda inconsolable a Víctor inflexible, con escala en Luisito, que también había vuelto a gimotear, entró Ponce. No podía venir en peor ocasión, y su presunta suegra, contrariada con la visita, le enchiqueró en la sala para decirle:

–Ese trasto de Víctor nos ha hecho una pillada. Hemos tenido aquí hoy una verdadera tragedia. Figúrese usted que ha dado en llevarse al chiquitín, arrancándolo de este hogar, donde se ha criado. Estamos consternadísimas. Abelarda, al ver que ese verdugo se llevaba al niño a viva fuerza, cayó con un síncope atroz, pero atroz. En la cama la tenemos, hecha un mar de llanto. ¡Ay, hijo, qué rato hemos pasado!

Por fin, como Abelarda estaba vestida sobre el lecho, se permitió a Ponce pasar a verla. La insignificante no lloraba ya, tenía los ojos encendidos, los miembros desmadejados. El ínclito mancebo se sentó a la cabecera, apretándole la mano y permitiéndose el inefable exceso de besársela cuando no estaba presente la mamá, quien repitió delante de su hija la versión dada al novio sobre el suceso del día.

–Pero qué malo es ese hombre –dijo el crítico a su amada–. Es una bestia apocalíptica.

–No lo sabes tú bien –respondió la chica, mirando fijamente a su novio, mientras éste se acariciaba con el pañuelo sus siempre húmedos lagrimales–. Alma más negra no echó Dios al mundo... ¡Mira tú que es maldad: querer quitarnos a Luisito, nuestro encanto, nuestra dicha! Desde que nació está con nosotras. Nos debe la vida, porque le hemos cuidado como a las niñas de nuestros ojos; le sacamos adelante del sarampión y la tos ferina, con mil sacrificios. ¡Qué ingratitud y qué infamia! Ya ves lo pacífica que soy. Más que pacífica soy cobarde, inofensiva, pues hasta cuando mato una pulga me da lástima del pobre animalito. Pues bien, a ese hombre, si a mano le tuviera, creo que le atravesaría de parte a parte con un cuchillo... Para que veas.

–Sosiégate, minina –dijo Ponce con voz meliflua–. Estás excitada. No hagas caso tú. ¿Me quieres mucho?

–¡Vaya que si te quiero! –replicó Abelarda, plenamente decidida a tirarse por el Viaducto, es decir, a casarse con Ponce.

–Tu mamá te habrá dicho que hemos fijado el 3 de mayo, día de la Cruz. ¡Qué largo me está pareciendo el tiempo y con qué lentitud corren noches y días!

–Pero todo llega... Detrás de un día viene otro –dijo Abelarda mirando al techo–. Todos los días son enteramente iguales.

Las conferencias entre las dos *Miaus* y Víctor duraron hasta que éste salió vestido de etiqueta, y toda la diplomacia de la una y los ruegos quejumbrosos de la otra no ablandaron el duro corazón de Cadalso. Lo más que obtuvieron fue aplazar la traslación de Luis hasta el día siguiente. Enterado Villaamil de esto, salió y dijo a su yerno con sequedad:

–Yo te prometo, te doy mi palabra de que le llevaré yo mismo a casa de Quintina. No hay más que hablar... No necesitas tú volver más acá.

A esto respondió el monstruo que por la noche volvería a mudarse de ropa, añadiendo benévolamente que el acto de llevarse al hijo no significaba prohibición de que le vieran sus abuelos, pues podían ir a casa de Quintina cuando gustaran, y que así lo advertiría él a su hermana.

–Gracias, señor elegante –dijo doña Pura con desdén.

Y Milagros:

–Lo que es yo... ¿Allá?... ¡Estás tú fresco!

Faltaba todavía un dato importante para apreciar la gravedad del asunto; faltaba conocer la actividad del interesado, si se prestaría de buen grado a cambiar de familia, o si, por el contrario, se resistiría con la irreductible firmeza propia de la edad inocente. Su abuela, en cuanto el monstruo se fue, empezó a disponer el ánimo del chico para la resistencia, asegurándole que la tía Quintina era muy mala, que le encerraría en un cuarto oscuro, que la casa estaba llena de unas culebronas muy grandes y de bichos venenosos. Oía Cadalsito estas cosas con incredulidad, porque realmente eran papas demasiado gordas para que las tragase un niño ya crecidito y que empezaba a conocer el mundo.

Aquella noche nadie tuvo apetito, y Milagros se llevaba para la cocina las fuentes lo mismo que habían ido al comedor. Villaamil no desplegó los labios sino para desmentir las terroríficas pinturas que su mujer hacía del domicilio de Cabrera:

–No hagas caso, hijo mío; la tía Quintina es muy buena, y te cuidará y te mimará mucho. No hay allí sapos ni culebras, sino las cosas más bonitas que puedes imaginarte, santos que parece que están hablando, estampas lindísimas y altares soberbios, y... la mar de cosas. Vas a estar muy a gusto.

Oyendo esto, Pura y Milagros se miraban atónitas, sin poder explicarse que el abuelo se pasase descarada y cobardemente al enemigo. ¿Qué vena le daba de apoyar la inicua idea de Víctor, llegando hasta defender a Quintina y pintando su casa como un paraíso infantil? ¡Lástima que la familia no estuviera en fondos, pues, de lo contrario, lo primero sería llamar a un buen especialista en enfermedades de la cabeza para que estudiara la de Villaamil y dijere lo que dentro de ella ocurría!

Capítulo 40

Cadalsito tampoco tuvo ganas de comer y menos de estudiar. Mientras le acostaban, la tiíta, completamente repuesta de aquel salvaje desvarío, y sin tener de él más que vaga reminiscencia, le besó y le hizo extremadas caricias, no sin cierta escama del pequeño y aun de doña Pura. Milagros se quedó allí a dormir aquella noche, por lo que pudiera tronar.

Luis cogió pronto el sueño; pero a media noche despertó con los síntomas anunciadores de la visión. Su tía Milagros cuidó de arroparle y hacerle mimos, acostándose al fin con él para que se tranquilizase y no tuviera miedo. Lo primero que vio el chiquillo al adormilarse fue una extensión vacía, un lugar indeterminado, cuyos horizontes se confundían con el cielo, sin accidente alguno, casi sin términos, pues todo era igual, lo próximo y lo lejano. Discurrió si aquello era suelo o nubes, y luego sospechó si sería el mar, que nunca había visto más que en pintura. Mar no debía de ser, porque el mar tiene olas que suben y bajan, y la superficie aquella era como la de un cristal. Allá lejos, muy lejos, dis-

334

tinguió a su amigo el de la barba blanca, que se aproximaba
lentamente recogiendo el manto con la mano izquierda y
apoyándose con la otra en un bastón grande o báculo como
el que usan los obispos. Aunque venía de muy lejos y andaba despacio, pronto llegó delante de Cadalsito, sonriendo al
verle. Acto continuo se sentó. ¿Dónde, si allí no había piedra
ni silla? Todo era maravilloso en grado sumo, pues por encima de los hombros del Padre vio Luis el respaldo de uno
de los sillones de la sala de su casa. Pero lo más estupendo
de todo fue que el buen abuelo, inclinándose hacia él, le
acarició la cara con su preciosa mano. Al sentir el contacto
de los dedos que habían hecho el mundo y cuanto en él
existe sintió Cadalso que por su cuerpo corría un temblor
gustosísimo.

–Vamos a ver –le dijo el amigo–, he venido desde la otra
parte del mundo sólo por echar un párrafo contigo. Ya sé
que te pasan cosas muy raras. Tu tía... ¡Parece mentira que
queriéndote tanto...! ¿Tú entiendes esto? Pues yo tampoco.
Te aseguro que, cuando lo vi, me quedé como quien ve visiones. Luego tu papá, empeñado en llevarte con la tía
Quintina... ¿Sabes tú el porqué de estas cosas?

–Pues yo –opinó Luis con timidez, asombrándose de tener ideas propias ante la sabiduría eterna–, creo que de
todo lo que está pasando tiene la culpa el Ministro.

–¡El Ministro! *(Asombrado y sonriente.)*

–Sí, señor, porque si ese tío hubiera colocado a mi abuelo
todos estarían contentos y no pasaría nada.

–¿Sabes que me estás pareciendo un sabio de tomo y
lomo?

–Mi abuelo, furioso porque no le colocan, y mi abuela, lo
mismo, y mi tía Abelarda, también. Y mi tía Abelarda no
puede ver a mi papá, porque mi papá le dijo al Ministro que
no colocara a mi abuelo. Y como no se atreve con mi papá,
porque puede más que ella, la emprendió conmigo. Des-

pués se puso a llorar... Dígame, ¿mi tía es buena o es mala?

–Yo estoy en que es buena. Hazte cuenta que el achuchón de hoy fue de tanto como te quiere.

–¡Vaya un querer! Todavía me duele aquí, donde me clavó las uñas... Me tiene mucha tirria desde un día que le dije que se casara con mi papá. ¿Usted no sabe? Mi papá la quiere; pero ella no le puede ver.

–Eso sí que es raro.

–Como usted lo oye. Mi papá le dijo una noche que estaba enamoradísimo de ella, por lo fatal... ¿sabe? y que él era un condenado, y qué sé yo qué...

–¿Pero a ti quién te mete a escuchar lo que dicen las personas mayores?

–Yo... estaba allí... *(Alzando los hombros.)*

–¡Vaya, vaya! ¡Qué cosas ocurren en tu casa! Se me figura que estás en lo cierto: el pícaro Ministro tiene la culpa de todo. Si hubiera hecho lo que yo le dije, nada de esto pasaría. ¿Qué le costaba, en aquella casona tan llena de oficinas, hacer un hueco para ese pobre señor? Pero nada, no hacen caso de mí, y así anda todo. Verdad que tienen que atender a éste y al otro, y cuanto yo les digo, por un oído les entra y por otro les sale.

–Pues que le coloquen ahora..., ¡vaya! Si usted va allá y lo manda pegando un bastonazo fuerte con ese palo en la mesa del Ministro...

–¡Quia! No hacen caso. Pues si consistiera en bastonazos, por eso no había de quedar. Los doy tremendos, y como si no.

–Entonces, ¡contro! *(envalentonado por tanta benevolencia)*, ¿cuándo le van a colocar?

–Nunca –declaró el Padre con serenidad, como si aquel *nunca,* en vez de ser desesperante, fuera consolador.

–¡Nunca! *(No entendiendo que esto se dijera con tanta calma.)* ¡Pues estamos aviados!

–Nunca, sí. Y te añadiré que lo he determinado yo. Porque verás: ¿para qué sirven los bienes de ese mundo? Para
nada absolutamente. Esto, que tú habrás oído muchas veces
en los sermones, te lo digo yo ahora con mi boca, que sabe
cuanto hay que saber. Tu abuelito no encontrará en la tierra
la felicidad.

–¿Pues dónde?

–Parece que eres bobo. Aquí, a mi lado. ¿Crees que no
tengo yo ganas de traérmele para acá?

–¡Ah!... *(Abriendo la boca todo lo que abrirse podía.)* Entonces... eso quiere decir que mi abuelo se muere.

–Y verdaderamente, chico, ¿a cuento de qué está tu abue-
lo en ese mundo feo y malo? El pobre no sirve ya para nada.
¿Te parece bien que viva para que se rían de él, y para que un
Ministrillo le esté desairando todos los días?

–Pero yo no quiero que se muera mi abuelo...

–Justo es que no lo quieras... pero ya ves... Él está viejo, y,
créelo, mejor le irá conmigo que con vosotros. ¿No lo comprendes?

–Sí. *(Diciendo que sí por cortesía, pero sin estar muy convencido.)* Entonces... ¿el abuelo se va a morir pronto?

–Es lo mejor que puede hacer. Adviérteselo tú. Dile que
has hablado conmigo, que no se apure por la credencial,
que mande al Ministro a freír espárragos, y que no tendrá
tranquilidad sino cuando esté conmigo. ¿Pero qué es eso?
¿Por qué arrugas las cejas? ¿No comprendes esto, tontín?
¿Pues no dices que vas a ser cura y a consagrarte a mí? Si así
lo piensas, vete acostumbrando a estas ideas. ¿No te acuerdas ya de lo que dice el Catecismo? Apréndetelo bien. El
mundo ese es un valle de lágrimas, y mientras más pronto
salís de él, mejor. Todas estas cosas, y otras que irás aprendiendo, las has de predicar tú en mi púlpito cuando seas
grande, para convertir a los malos. Verás cómo haces llorar
a las mujeres, y dirán todas que el padrito *Miau* es un pico

de oro. Dime, ¿no estás en ser clérigo y en ir aprendiendo ya unas miajas de misa, un poco de latín y todo lo demás?

–Sí, señor... Murillo me ha enseñado ya muchas cosas: lo que significa *aleluya* y *gloria Patri,* y sé cantar lo que se canta cuando alzan, y cómo se ponen las manos al leer los santísimos Evangelios.

–Pues ya sabes mucho. Pero es menester que te apliques. En casa de tu tía Quintina verás todas las cosas que se usan en mi culto.

–Me quieren llevar con la tía Quintina. ¿Qué le parece?... ¿Voy?

Al llegar aquí, Cadalsito, alentado por la amabilidad de su amigo, que le acariciaba con sus dedos las mejillas, se tomó la confianza de corresponder con igual demostración, y primero tímidamente, después con desembarazo, le tiraba de las barbas al Padre, quien nada hacía para impedirlo ni se incomodaba diciendo como Villaamil: *¿en qué cochino bodegón hemos comido juntos?*

–Sobre eso de vivir o no con los Cabreras, yo nada te digo. Tú lo deseas por la novelería de los juguetes eclesiásticos, y al mismo tiempo temes separarte de tus abuelitos. ¿Sabes lo que te aconsejo? Que llegado el momento, hagas lo que te salga de dentro.

–¿Y si me lleva mi papá a la fuerza sin dejarme pensarlo?

–No sé... me parece que a la fuerza no te llevará. En último caso, haces lo que mande tu abuelo. Si él te dice: «A casa de Quintina», te callas y andando.

–¿Y si me dice que no?

–No vas. Pásate sin los altaritos, y entretanto, ¿sabes lo que haces? Le dices al amigo Murillito que te dé otra pasada de latín, de ese que él sabe, que te explique bien la misa y el vestido del cura, cómo se pone el cíngulo, la estola, cómo se preparan el cáliz y la hostia para la consagración... en fin, Murillito está muy bien enterado, y también puede enseñarte a llevar el Viático a los enfermos, y lo que se reza por el camino.

–Bueno... Murillito sabe mucho; pero su padre quiere que sea abogado. ¡Qué estúpido! Dice él que llegará a Ministro, y que se casará con una moza muy guapa. ¡Qué asco!

–Sí que es un asco.

–También *Posturas* tenía malas ideas. Una tarde nos dijo que se iba a echar una querida y a jugar a la timba. ¿Qué cree usted? Fumaba colillas y era muy mal hablado.

–Todas esas mañas se le quitan aquí.

–¿Dónde está, que no le veo con usted?

–Todos castigados. ¿Sabes lo que me han hecho esta mañana? Pues entre *Posturitas* y otros pillos que siempre están enredando, me cogieron el mundo, ¿sabes?, aquel mundo que yo uso para llevarlo en la mano, y lo echaron a rodar, y cuando quise enterarme, se había caído al mar. Costó Dios y ayuda sacarlo. La suerte que es un mundo figurado, ¿sabes?, que no tiene gente, y no hubo que lamentar desgracias. Les di una mano de cachetes como para ellos solos. Hoy no me salen del encierro...

–Me alegro. Que la paguen. Y dígame, ¿dónde les encierra?

La celestial persona, dejándose tirar de las barbas, miraba sonriendo a su amigo, como si no supiera qué decir.

–¿Dónde les encierra?... A ver... diga...

La curiosidad de un niño es implacable, y ¡ay de aquel que la provoca y no la satisface al momento! Los tirones de barba debieron de ser demasiado fuertes, porque el bondadoso viejo amigo de Luis hubo de poner coto a tanta familiaridad.

–¿Qué dónde les encierro?... Todo lo quieres saber. Pues les encierro... donde me da la gana. ¿A ti qué te importa?

Pronunciada la última palabra, la visión desapareció súbitamente, y quedóse el buen Cadalso hasta la mañana, durante el sueño, atormentado por la curiosidad de saber dónde les encerraba... ¿Pero dónde diablos les encerraría?

Capítulo 41

No pareció Víctor en toda la noche; pero a la mañana, temprano, fue a reiterar la temida sentencia respecto a Luis, no cediendo ni ante las conminaciones de doña Pura, ni ante las lágrimas de Abelarda y Milagros. El chiquillo, afectado por aquel aparato luctuoso, se mostró rebelde a la separación; no quería dejarse vestir ni calzar; rompió en llanto, y Dios sabe la que se habría armado sin la intervención discreta de Villaamil, que salió de su alcoba diciendo:

–Pues es forzoso separarnos de él, no atosigarle, no afligir a la pobre criatura.

Asombrábase Víctor de ver a su suegro tan razonable, y le agradecía mucho aquel criterio consolador, que le permitiría realizar su propósito sin apelar a la violencia, evitando escenas desagradables. Milagros y Abelarda, viendo el pleito perdido, retiráronse a llorar al gabinete. Pura se metió en la cocina, echando de su boca maldiciones contra los Cabreras, los Cadalsos y demás razas enemigas de su tranquilidad, y en tanto Víctor ponía las botas a su hijo, tratando de llevárselo pronto, antes que surgieran nuevas complicaciones.

–Verás, verás –le decía– qué cosas tan monas te tiene allí la tía Quintina: santos magníficos, grandes como los que hay en las iglesias, y otros chiquitos para que tú enredes con ellos; vírgenes con mantos bordados de oro, luna y plata a los pies, estrellas alrededor de la cabeza, tan majas..., verás... Y otras cosas muy divertidas... candeleros, cristos, misales, custodias, incensarios...

–¿Y les puedo poner fuego y menearlos para que den olor?

–Sí, vida mía. Todo es para que tú te entretengas y vayas aprendiendo. Y a los santos puedes quitarles la ropa para ver cómo son por dentro, y luego volvérsela a poner.

Villaamil se paseaba en el comedor oyendo todo esto. Como observara que Luis, después de aquel entusiasmo por el uso del incensario, volvió a caer en su morriña, gimoteando: «Yo quiero que la abuela me lleve y se esté allí conmigo», hubo de meter su cuarto a espadas en la catequización, y acariciándole, le dijo:

–Tienes allá también altares chicos con velitas y arañas de este tamaño, custodias así, casullitas bordadas, un sagrario que es una monada, una manga cruz que la puedes cargar cuando quieras, y otras preciosidades... como, por ejemplo...

No sabía por dónde seguir, y Víctor suplió su falta de inventiva, añadiendo:

–Y un hisopo de plata que echa agua bendita por todos lados, y, en fin, un cordero pascual...

–¿De carne?

–No, hombre... digo, sí, vivo.

Para abreviar la penosa situación y acelerar el momento crítico de la salida, Villaamil ayudó a ponerle la chaqueta; pero aún no le habían abrochado todos los botones, cuando, ¡Madre de Dios!, sale doña Pura hecha una pantera y arremete contra Víctor, badila en mano, diciendo:

–¡Asesino, vete de mi casa! ¡No me robarás esta joya!...
¡Vete, o te abro la cabeza!

Y lo mismo fue oír las otras *Miaus* aquella voz airada, salieron también chillando en la propia cuerda. En suma, que
aquello se iba poniendo feo.

–Puesto que ustedes no quieren que sea por buenas, será
por malas –dijo Víctor, poniéndose a salvo de las uñas de las
tres furias–. Pediré el auxilio a la justicia. Él aquí no se ha de
quedar. Conque ustedes verán...

Villaamil intervino, diciendo con voz conciliadora, saca-
da trabajosamente del fondo de su oprimido pecho:

–Calma, calma. Ya lo teníamos arreglado, cuando estas
mujeres nos lo echan a perder. Váyanse para adentro.

–Eres un estafermo –le dijo la esposa, ciega de ira–. Tú
tienes la culpa, porque si te pusieras de nuestra parte, entre
todos habríamos ganado la partida.

–Cállate tú, loca, que harto sé yo lo que tengo que hacer.
Fuera de aquí todo el mundo.

Pero Luisito, viendo a sus tías y abuela tan interesadas
por él, volvió a mostrar resistencia. Pura no se contentaba
con menos que con sacarle los ojos a su yerno, y aquello iba
a acabar malamente. La suerte que aquel día estaba Villaamil tan razonable y con tal dominio de sí mismo y de la situación, que parecía otro hombre. Sin saber cómo, su respetabilidad se impuso.

–Mientras tú estés aquí –dijo a Víctor, sacándole con hábil movimiento de la cuna del toro, o sea, de entre las manos
tiesas de doña Pura–, no adelantaremos nada. Vete, y yo te
doy mi palabra de que llevaré a mi nieto a casa de Quintina.
Déjame a mí, déjame... ¿No te fías de mi palabra?

–De su palabra, sí, pero no de su capacidad para reducir
a estos energúmenos.

–Yo los reduciré con razones. Descuida. Vete, y espérame
allá.

Habiendo logrado tranquilizar a su yerno, entró en gran parola con la familia, agotando su ingenio en hacerles ver la imposibilidad de impedir la separación del chiquillo.

–¿No veis que si nos resistimos vendrá el propio juez a quitárnosle?

Media hora duró el alegato, y por fin las *Miaus* parecieron resignadas; convencidas, nunca.

–Lo primero que tenéis que hacer –les dijo, deseando alejarlas en el momento crítico de la salida– es iros a la sala cantando bajito. Yo me entiendo con Luis. ¡Si él no va a dejar de querernos porque se vaya con Quintina!... Y además, su padre me ha prometido que le traerá todos los días a vernos, y los domingos a pasar el día en casa...

Abelarda se retiró la primera, llorando, como quien se aparta de la persona agonizante para no verla morir. Después se fue Milagros, y finalmente Pura, quien no se hubiera resignado, a no domarla su esposo con este último argumento:

–Si porfiamos, vendrá el juez esta tarde. ¡Figúrate qué escena! Apuremos el cáliz, y Dios castigará al infame que nos lo ofrece.

Solo con Luis, el abuelo estuvo a punto de perder su estudiada, dificilísima compostura, y echarse a llorar. Se tragó toda aquella hiel, invocando mentalmene al cielo con esta frase: «Terrible es la separación, Señor, pero es indudable que estará mejor allá, mucho mejor... Vamos, Ramón, ánimo, y no te amilanes.» Pero no contaba con su nieto, que, oyendo el gimoteo de las tías, volvió a las andadas, y cuando se acercaba el instante fiero de la partida, se afligió, diciendo:

–Yo no quiero irme.

–No seas tonto, Luis –le amonestó el anciano–. ¿Crees tú que si no fuera por tu bien te sacaríamos de casa? Los niños bonitos y dóciles hacen lo que se les manda. Y que no pue-

des tú figurarte, por mucho que yo te las pondere, las preciosidades que Quintina tiene allí para tu uso particular.

–¿Y puedo yo cogerlo todo para mí, y hacer con ello lo
que me dé la gana? –preguntó el chiquillo, con ansiedad
avariciosa que en la edad primera revela el egoísmo sin
freno.

–¿Pues quién lo duda? Hasta puedes romperlo si te aco-
moda.

–No, romper no. Las cosas de la iglesia no se rompen
–declaró el niño con cierta unción.

–Bueno... vamos ya... Saldremos calladitos para que no
nos sientan ésas... y no se alboroten... Pues verás; entre
otras cosas hay una pilita bautismal, que es una monería; yo
la he visto.

–Una pila... ¿con mucha agua bendita?

–Cabe tanta agua como en la tinaja de la cocina... Vamos
(Cargándoselo a cuestas.) Mejor será que yo te lleve en brazos...

–¿Y esa pila es para bautizar personas?

–¡Claro!... Con ella puedes tú jugar todo lo que quieras, y
de paso vas aprendiendo, para cuando seas cura, la manera
de cristianar a un pelón.

Atravesó Villaamil con paso recatado el corredor y recibimiento, llevando a su nieto en brazos, y como durante la
peligrosa travesía el chico prosiguiese con su flujo de preguntas, sin bajar la voz, el abuelo le puso una mano por ta-
paboca, susurrándole al oído:

–Sí, puedes bautizar niños, todos los niños que quieras.
Y también hay mitras a la medida de tu cabeza y capitas
doradas y un báculo para que te vistas de obispín y nos
eches bendiciones...

Con esto franquearon la puerta, que Villaamil no cerró a
fin de evitar el ruido. La escalera la bajó a trancos, como ladrón que huye cargando el objeto robado, y una vez en el

portal respiró y dejó su carga en el suelo: ya no podía más. No estaba él muy fuerte que digamos, ni soportaba pesos, aun tan livianos como el de su nietecillo. Temeroso de que Paca y Mendizábal cometiesen alguna indiscreción, esquivó saludos. La mujerona quiso decir algo a Luis, condoliéndose de su marcha; pero Villaamil anduvo más listo; dijo *volvemos,* y salió a la calle más pronto que la vista.

El temor de que Luis cerdease otra vez, le estimuló a reforzar en la calle sus mentirosas artimañas de catequista:

–Tienes allí tan gran cantidad de flores de trapo para altares, que sólo para verlas todas necesitas un año... y velas de todos colores... y la mar de cirios... Pues hay un San Fernando vestido de guerrero, con armadura, que te dejará pasmado, y un San Isidro con su yunta de bueyes, que parecen naturales. El altar chico para que tú digas tus misas es más bonito que el de Montserrat...

–Dime, abuelito, y confesonario, ¿no tengo?

–¡Ya lo creo!... y muy majo... con rejas, para que las mujeres te cuenten sus pecados, que son muchísimos... Te digo que vas a estar muy bien, y cuando crezcas un poquito, te encontrarás hecho cura sin sentirlo, sabiendo tanto como el padre Bohigas, de Montserrat, o el propio capellán de las Salesas Nuevas, que ahora sale a canónigo.

–Y yo, ¿seré canónigo, abuelito?

–¿Pues qué duda tiene?... Y obispo, y hasta puede que llegues a Papa.

–¿El Papa es el que manda en todos los curas?...

–Justamente... ¡Ah!, también verás allí un monumento de Semana Santa, que lo menos tiene mil piezas, qué sé yo cuántas estatuas, todo blanco y como de alfeñique. Parece que acaba de salir de la confitería.

–¿Y se come, abuelo, se come? –preguntó Cadalsito, tan vivamente interesado en todo aquello que su casa, su abuela y sus tías se le borraron de la mente.

–¿Quién lo duda? Cuando te canses de jugar le pegas una dentellada –respondió Villaamil, ya vuelto tarumba, pues su imaginación se agotaba, y no sabía de qué echar mano.

Andaba el abuelo rápidamente por la acera de la calle Ancha, y a cada paso suyo daba Cadalsito tres, cogido de la mano paterna, o más bien colgado. Don Ramón se detuvo bruscamente, y giró sobre sí mismo, dirigiéndose hacia la parte alta de la calle donde está el Hospital de la Princesa. Fijóse Luis en la incongruencia de esta dirección, y observó, impacientándose:

–Pero, abuelo, ¿no vamos a casa de la tía Quintina, en la calle de los Reyes?

–Sí, hijo mío; pero antes daremos una vuelta por aquí para que tomes el sol.

En el cerebro del afligido anciano se determinó un retroceso súbito, semejante al rechazo de la enérgica idea que informaba todos los actos referentes a la cesión y traslado de su nieto. Éste seguía charla que te charla, preguntando sin cesar, tirándole a su abuelo del brazo cuando las respuestas no empalmaban inmediatamente con las interrogaciones. El abuelo contestaba por monosílabos, evasivamente, pues todo su espíritu se reconcentraba en la vida interior del pensar. Cabizbajo, fijos los ojos en el suelo como si contara las rayas de las baldosas, apechugaba con la cuesta, tirando de Luisito, el cual no advertía la congoja de su abuelo, ni el temblor de sus labios, articulando en baja voz la expresión de las ideas. «¿No es un verdadero crimen lo que voy a hacer, o mejor dicho, dos crímenes?... Entregar a mi nieto, y después... Anoche, tras larga meditación, me parecieron ambas cosas muy acertadas, y consecuencia la una de la otra. Porque si yo voy a... cesar de vivir muy pronto, mejor quedará Luis con los Cabreras que con mi familia... Y pensé que mi familia le criaría mal, con descuido, consintiéndole mil resabios... eso sin contar el peligro de que esté al lado

de Abelarda, que volverá a las andadas cualquier día. Los
Cabreras me son antipáticos; pero les tengo por gente ordenada y formal. ¡Qué diferencia de Pura y Milagros! Éstas,
con su música y sus tonterías, no sirven para nada. Así pensé anoche, y me pareció lo más cuerdo que a humana cabeza pudiera ocurrirse... ¿Por qué me arrepiento ahora y me
entran ganas de volver a casa con el chico? ¿Es que estará
mejor con las *Miaus* que con Quintina? No, eso no... ¿Es que
desmaya en mí la resolución salvadora que ha de darme libertad y paz? ¿Es que te da ahora el antojillo de seguir viviendo, cobarde? ¿Es que te halagan el cuerpo los melindres
de la vida?»

Atormentado por cruelísima duda, Villaamil echó un
gran suspiro y, sentándose en el zócalo de la verja del hospital que cae al paseo de Areneros, cogió las manos del niño y
le miró fijamente, cual si en sus inocentes ojos quisiera leer
la solución del terrible conflicto. El chico ardía de impaciencia; pero no se atrevió a dar prisa a su abuelo, en cuyo
semblante notaba pena y cansancio.

–Dime, Luis –propuso Villaamil, abrazándole con cariño–. ¿Quieres tú de veras irte con la tía Quintina? ¿Crees
que estarás bien con ella, y que te educarán e instruirán los
Cabreras mejor que en casa? Háblame con franqueza.

Puesta la cuestión en el terreno pedagógico, y descartado
el aliciente de la juguetería eclesiástica, Luis no supo qué
contestar. Buscó una salida, y al fin la halló:

–Yo quiero ser cura.

–Corriente; tú quieres ser cura, y yo lo apruebo... Pero
suponiendo que yo falte, que Pura y Milagros se vayan a vivir con Abelarda, señora de Ponce, ¿con quién te parece a ti
que estarías mejor?

–Con la abuela y con la tía Quintina juntas.

–Eso no puede ser.

Cadalsito alzó los hombros.

–¿Y no temerías tú, si siguieras donde estabas, que mi hija se alborotase otra vez y te quisiera matar?

–No se alborotará –dijo Cadalsito con admirable sabiduría–. Ahora se casa, y no volverá a pegarme.

–¿De modo que tú... no tienes miedo? Y entre la tía Quintina y nosotros, ¿qué prefieres?

–Prefiero... que vosotros viváis con la tía.

Ya tenía Villaamil abierta la boca para decirle: «Mira hijo, todo eso que te he contado de los altaritos es música. Te hemos engañado para que no te resistieses a salir de casa»; pero se contuvo, esperando que el propio Luis esclareciese con alguna idea primitiva, sugerida por su inocencia, el problema tremendo. Cadalsito montó una pierna sobre la rodilla de su abuelo y, echándole una mano al hombro para sostenerse bien, se dejó decir:

–Lo que yo quiero es que la abuela y la tía Milagros se vengan a vivir con Quintina.

–¿Y yo? –preguntó el anciano, atónito de la preterición.

–¿Tú? Te diré. Ya no te colocan... ¿entiendes? Ya no te colocan, ni ahora ni nunca.

–¿Por dónde lo sabes? *(Con el alma atravesada en la garganta.)*

–Yo lo sé. Ni ahora ni nunca... Pero maldita la falta que te hace.

–¿Cómo lo sabes? ¿Quién te lo ha dicho?

–Pues... yo... Te lo contaré; pero no lo digas a nadie... Veo a Dios... Me da así como un sueño, y entonces se me pone delante y me habla.

Tan asombrado estaba Villaamil, que no pudo hacer ninguna observación. El chico prosiguió:

–Tiene la barba blanca, es tan alto como tú, con un manto muy bonito... Me dice todo lo que pasa... y todo lo sabe, hasta lo que hacemos los chicos en la escuela...

–¿Y cuándo le has visto?

–Muchas veces: la primera en las Alarconas, después aquí cerca, y en el Congreso y en casa... Me da primero como un desmayo, me entra frío, y luego viene él y nos ponemos a charlar... ¿Qué, no lo crees?

–Sí, hijo, sí lo creo... *(con emoción vivísima),* ¿pues no lo he de creer?

–Y anoche me dijo que no te colocarán, y que este mundo es muy malo, y que tú no tienes nada que hacer en él, y que cuanto más pronto te vayas al cielo, mejor.

–Mira tú lo que son las cosas: a mí me ha dicho lo mismo.

–¿Pero tú le ves también?

–No, tanto como verlo... no soy bastante puro para merecer gracia... pero me habla alguna vez que otra.

–Pues eso me dijo... Que morirte pronto es lo que te conviene, para que descanses y seas feliz.

El estupor de Villaamil fue inmenso. Eran las palabras de su nieto como revelación divina, de irrefragable autenticidad.

–Y a ti, ¿qué te cuenta el Señor?

–Que tengo que ser cura... ¿ves? lo mismo, lo mismito que yo deseaba..., y que estudie mucho latín y aprenda pronto todas las cosas...

La mente del anciano se inundó, por decirlo así, de un sentido afirmativo, categórico, que excluía hasta la sombra de la duda, estableciendo el orden de ideas firmísimas a que debía responder en el acto la voluntad con decisión inquebrantable.

–Vamos, hijo, vamos a casa de la tía Quintina –dijo al nieto, levantándose y cogiéndole de la mano.

Le llevó aprisa, sin tomarse el trabajo de catequizarle con descripciones hiperbólicas de juguetes y chirimbolos sacro-recreativos. Al llamar a la puerta de Cabrera, Quintina en persona salió a abrir. Sentado en el último escalón, Villaamil cubrió de besos a su nieto, entrególe a su tía paterna,

y bajó a escape sin siquiera dar a ésta los buenos días. Como
al bajar creyese oír la voz del chiquillo que gimoteaba, avi-
vó el paso y se puso en la calle con toda la celeridad que sus
flojas piernas le permitían.

Capítulo 42

Era ya cerca de mediodía, y Villaamil, que no se había desayunado, sintió hambre. Tiró hacia la plaza de San Marcial, y al llegar a los vertederos de la antigua huerta del Príncipe Pío, se detuvo a contemplar la hondonada del Campo del Moro y los términos distantes de la Casa de Campo. El día era espléndido, raso y bruñido el cielo de azul, con un sol picón y alegre; de estos días precozmente veraniegos en que el calor importuna más por hallarse aún los árboles despojados de hoja. Empezaban a echarla los castaños de Indias y los chopos; apenas verdegueaban los plátanos; las sóforas, gleditchas y demás leguminosas estaban completamente desnudas. En algunos ejemplares del árbol del amor se veían las rosadas florecillas, y los setos de aligustre ostentaban ya sus lozanos renuevos, rivalizando con los evonymus de perenne hoja. Observó Villaamil la diferencia de tiempo con que las especies arbóreas despiertan de la somnolencia invernal, y respiró con gusto el aire tibio que del valle del Manzanares subía. Dejóse ir, olvidado de su buen apetito, camino de la Montaña, atravesando el jardinillo recién plantado en el relleno, y dio la vuelta al cuartel, hasta divisar la sierra, de nítido azul con claros de nieve, como mancha de acuarela extendida sobre el papel por la difusión natural de la gota, obra de la casualidad más que de los pinceles del artista.

«¡Qué hermoso es esto! –se dijo soltando el embozo de la capa, que le daba mucho calor–. Paréceme que lo veo por primera vez en mi vida, o que en este momento se acaban de crear esta sierra, estos árboles y este cielo. Verdad que en mi perra existencia llena de trabajos y preocupaciones, no he tenido tiempo de mirar para arriba ni para enfrente... Siempre con los ojos hacia abajo, hacia esta puerca tierra que no vale dos cominos, hacia la muy marrana Administración, a quien parta un rayo, y mirándoles las cochinas caras a Ministros, Directores y Jefes del Personal, que maldita gracia tiene. Lo que yo digo: ¡cuánto más interesante es un cacho de cielo, por pequeño que sea, que la cara de Pantoja, la de Cucúrbitas y la del propio Ministro!... Gracias a Dios que saboreo este gusto de contemplar la Naturaleza, porque ya se acabaron mis penas y mis ahogos, y no cavilo más en si me darán o no me darán el destino; ya soy otro hombre, ya sé lo que es independencia; ya sé lo que es vida, y ahora me les paso a todos por las narices, y de nadie tengo envidia, y soy... soy el más feliz de los hombres. A comer se ha dicho, y ole morena mía.»

Dio un par de castañetazos con los dedos de ambas manos y volviendo a liarse la capa, se dirigió hacia la cuesta de San Vicente, que recorrió casi toda, mirando las muestras de las tiendas. Por fin, ante una taberna de buen aspecto se detuvo, murmurando: «Aquí deben de guisar muy bien. Entra, Ramón, y date la gran vida.» Dicho y hecho. Un rato después hallábase el buen Villaamil sentado ante una mesa redonda, de cuatro patas, y tenía delante un plato de guisado de falda olorosísimo, un cubierto cachicuerno, jarro de vino y pan. «Da gusto –pensaba, emprendiéndola resueltamente con el guisote– encontrarse así, tan libre, sin compromiso, sin cuidarse de la familia... porque en buena hora lo diga, ya no tengo familia; estoy solo en el mundo, solo y dueño de mis acciones... ¡Qué gusto, qué placer tan grande! El esclavo ha roto sus cadenas, y hoy se pone el mundo por montera, y ve pasar a su lado a los que antes le oprimían, como si viera pasar a Perico el de los Palotes... ¡Pero qué rico está este guisado de falda! En su vida compuso nada tan bueno la simple de Milagros, que sólo sabe hacerse los ricitos, y cantarse y mayarse por todo lo alto aquello de *morriamo, morriamo...* Parece un perrillo cuando le pellizcan el rabo... De veras está rica la falda... ¡Qué gracia tienen para sazonar en esta taberna! ¡Y qué persona tan simpática es el tabernero, y qué bien le sientan los manguitos verdes, los zapatos de alfombra y la gorra de piel! ¡Cuánto más guapo es que Cucúrbitas y que el propio Pantoja!... Pues señor, el vinillo es fresco y picón... Me gusta mucho. Efectos de la libertad de que gozo, de no importárseme un bledo de nadie, y de ver mi cabeza limpia de cavilaciones y pesadumbres. Porque todo lo dejo bien arregladito: mi hija se casa con Ponce, que es buen muchacho y tiene de qué vivir; mi nieto en poder de Quintina, que le educará mejor que su abuela... y en cuanto a esas dos pécoras, que carguen con ellas Abelarda y su marido... En resolución, ya no tengo que mantener el pico a nadie, ya soy libre, feliz, independiente, y *me abro al cartaginés incautamente.* ¡Qué dicha! Ya no tengo que discurrir a qué cristiano espetarle mañana la cartita pidiendo un anticipo. ¡Qué descanso tan grande haber puesto punto a tanta ignominia! El alma se me ensancha... respiro mejor, me ha vuelto el apetito de mi mocedad, y a cuantas personas veo me dan ganas de apretarles la mano y comunicarles mi felicidad.»

Aquí llegaba del soliloquio, cuando entraron en la taberna tres muchachos, sin duda recién salidos del tren, con sendos

morrales al hombro, vara en cinto, vestidos a usanza campe-
sina, iguales en el calzado, que era de alpargata, y distintos en
el sombrero, pues el uno lo traía de aparejo redondo, el otro
boina y el tercero pañuelo de seda liado a la cabeza.

«¡Qué chicos tan gallardos! –dijo Villaamil, contemplán-
doles embebido, mientras ellos, bulliciosos y maleantes,
pedían al tabernero algo con qué matar la feroz gazuza que
traían–. ¿Serán jóvenes labradores que han dejado la oscura pobreza de sus aldeas por venir a esta Babel a pretender
un destino que les dé barniz de señorío y aire de personas
decentes?... ¡Infelices! ¡Y qué gran favor les haría yo en de-
sengañarles!»

Sin más deliberación, se fue derecho a ellos, diciéndoles:

–Jóvenes, pensad lo que hacéis. Aún estáis a tiempo. Vol-
ved a vuestras cabañas y dehesas, y huid de este engañoso
abismo de Madrid, que os tragará y os hará infelices para
toda la vida. Seguid el consejo de quien os quiere bien, y
volveos al campo.

–¿Qué dice este tío? –contestó el más despabilado de
ellos, poniéndose al hombro la chaqueta, que se le había
caído–. ¡Otra que Dios con el abuelo! Somos quintos de este
reemplazo, y como no nos presentemos nos *afusilan*...

–¡Ah! bueno, bueno... Si sois militares, la cosa muda de
aspecto... A defender la patria. Yo la defendí también, saliendo en una compañía de voluntarios cuando aquel pillo de
Gómez se corrió hacia Madrid... Pero también os digo que
no hagáis caso de lo que os prediquen vuestros jefes, y que
os sublevéis a las primeras de cambio, hijos. Despreciad al
gran pindongo del Estado... ¿No sabéis quién es el Estado?

Los tres chicos se reían, mostrando sus dentaduras sanas
y frescas: sin duda les hacía mucha gracia la estantigua que
tenían delante. Ninguno de ellos supo quién era el Estado, y
tuvo Villaamil que explicárselo en esta forma:

–Pues el Estado es el mayor enemigo del género humano,

y a todo el que coge por banda lo divide... Mucho ojo... sed siempre libres... independientes, y no tengáis cuenta con nadie.

Uno de los mozos sacó la vara del cinto y dio con ella tan fuerte golpe sobre la mesa, que por poco la parte en dos, gritando:

–Patrona, que tenemos mucha hambre. Por vida del condenado Solimán... Vengan esas magras.

A Villaamil le cayó en gracia esta viveza de genio, y admiró la juventud, la sangre hirviente de los tres muchachos. El tabernero les rogó que esperasen minutos, y les puso delante pan y vino para que fueran matando el gusanillo. Pagó entonces Villaamil, y el tabernero, ya muy sorprendido de sus maneras originales, y teniéndole por tocado, se corrió a ofrecerle una copita de Cariñena. Aceptó el cesante, reconocido a tanta bondad, y tomando la copa y levantándola en alto, brindó «por la prosperidad del establecimiento». Los quintos berrearon:

–¡Madrid, cinco minutos de parada y fonda!... ¡Vivan la Nastasia, la Bruna, la Ruperta y *toas* las mozas de Daganzo de Arriba!

Y como Villaamil elogiase, al despedirse del tabernero con mucha finura, el buen servicio y lo bien condimentado del guiso, el dueño le contestó:

–No hay otra como ésta. Fíjese en el *rétulo: La Viña del Señor.*

–No, si yo no he de volver. Mañana estaré muy lejos, amigo mío. Señores *(volviéndose a los chicos y saludándoles sombrero en mano),* conservarse. Gracias; que les aproveche... Y no olviden lo que les he dicho... ser libres, ser independientes... como el aire. Véanme a mí. Me pongo al Estado por montera... Hasta ahora...

Salió arrastrando la capa, y uno de los mozos se asomó a la puerta, gritando:

–¡Eh..., abuelo, agárrese, que se cae!... Abuelo, que se le han quedado las narices. Vuelva acá.

Pero Villaamil no oía nada y siguió hacia arriba, buscando camino o vereda por donde escalar la Montaña por segunda vez. Encontróla, al fin, atravesando un solar vacío y otro ya cercado para la edificación, y por último, después de dar mil vueltas y de salvar hondonadas, y de trepar por la movediza tierra de los vertederos, llegó a la explanada del cuartel y lo rodeó, no parando hasta las vertientes áridas que desde el barrio de Argüelles descienden a San Antonio de la Florida. Sentóse en el suelo y soltó la capa, pues el vino por dentro y el sol por fuera le sofocaban más de lo justo.

«¡Qué tranquilo he almorzado hoy! Desde mis tiempos de muchacho, cuando salimos en persecución de Gómez, no he sido tan dichoso como ahora. Entonces no era libre de cuerpo; pero, de espíritu sí, como en el momento presente; y no me ocupaba de si había o no había para mandar mañana a la plaza. Esto de que todos los días se ha de ir a la compra es lo que hace insoportable la vida... A ver, esos pajarillos tan graciosos que andan por ahí picoteando, ¿se ocupan de lo que comerán mañana? No; por eso son felices; y ahora me encuentro yo como ellos, tan contento que me pondría a piar si supiera, y volaría de aquí a la Casa de Campo, si pudiese. ¿Por qué razón Dios, vamos a ver, no le haría a uno pájaro en vez de hacerle persona?... Al menos, que nos dieran a elegir. Seguramente nadie escogería ser hombre, para estar descrismándose luego por los empleos y obligado a gastar chistera, corbata y todo este matalotaje que, sobre molestar, le cuesta a uno un ojo de la cara... Ser pájaro sí que es cómodo y barato. Mírenlos, mírenlos tan campantes, pillando lo que encuentran y zampándoselo tan ricamente... Ninguno de éstos estará casado con una pájara que se llame Pura, que no sabe ni ha sabido nunca gobernar la casa, ni conoce el ahorro...»

Como viera los gorriones delante de sí a distancia de unas cuatro varas, acercándose a brincos, cautelosos y audaces, para rebuscar en la tierra, sacó el buen hombre de su bolsillo el pan sobrante del almuerzo, que había guardado en la taberna, y desmigajándolo, lo arrojó a las menudas aves. Aunque el movimiento de sus manos espantó a los animalitos, pronto volvieron, y descubierto el pan, ya se colige que cayeron sobre él como fieras. Villaamil sonreía y se esponjaba observando su voracidad, sus graciosos meneos y aquellos saltitos tan cucos. Al menor ruido, a la menor proyección de sombra o indicio de peligro, levantaban el vuelo; pero su loco apetito les traía pronto al mismo lugar.

«Coman, coman tranquilos –les decía mentalmente el viejo, embelesado, inmóvil, para no asustarlos–. Si Pura hubiera seguido vuestro sistema, otro gallo nos cantara. Pero ella no entiende de acomodarse a la realidad. ¿Cabe algo más natural que encerrarse en los límites de lo posible? Que no hay más que patatas... pues patatas... Que mejora la situación y se puede ascender hasta la perdiz... pues perdiz. Pero no, señor, ella no está contenta sin perdiz a diario. De esta manera llevamos treinta años de ahogos, siempre temblando; cuando lo había, comiéndonoslo a trangullones, como si nos urgiese mucho acabarlo; cuando no, viviendo de trampas y anticipos. Por eso, al llegar la colocación ya debíamos el sueldo de todo un año. De modo que perpetuamente estábamos lo mismo, *a ti suspiramos,* y mirando para las estrellas...

»¡Treinta años así, Dios mío! Y a esto llaman vivir. "Ramón, ¿qué haces que no te diriges a tal o cual amigo?... Ramón, ¿en qué piensas? ¿Crees que somos camaleones?... Ramón, determínate a empeñar tu reloj, que la niña necesita botas... Ramón, que yo estoy descalza, y aunque me puedo aguantar así unos días, no puedo pasarme sin guantes, pues tenemos que ir al beneficio de la Furranguini... Ramón, dile al habilitado que te anticipe quinientos reales; son tus días, y es preciso convidar a las de tal o cual... Ramón...» ¡Y que yo no haya sido hombre para trincar a mi mujer y ponerle una mordaza en aquella boca, que debió de hacérsela un fraile, según es de pedigüeña! ¡Cuidado que soportar esto treinta años!... Pero ya, gracias a Dios, he tenido valor para soltar mi cadena y recobrar mi personalidad. Ahora yo soy yo, y nadie me tose, y por fin he aprendido lo que no sabía: a renegar de Pura y de toda su casta, y a mandarlos a todos a donde fue el padre Padilla.» No pudiendo reprimir su entusiasmo y alegría, dio tales manotadas, que los pájaros huyeron.

Capítulo 43

No seáis tontos... con vosotros nadie se mete. ¿Por quién me tomáis? ¿Por algún Ministro sin entrañas, que quita el pan a los padres de familia para darlo a cualquier gandul? Porque vosotros también sois padres de familia y tenéis hijitos que mantener. No os asustéis y tomad más miguitas... Creed que si mi mujer hubiera sido otra, la de Ventura, por ejemplo, yo no habría llegado a esta situación... La esposa de Ventura, de quien la mía se burla tanto porque dice bacalao de *Escuecia,* vale más que ella cien veces... Con Pura no hay dinero que alcance: ni la paga de un Director. El maldito suponer, el trapito, las visitas, el teatro, los perendengues y el morro siempre estirado para fingir dignamente de personas encumbradas, nos perdieron... No temáis, tontos; podéis acercaros; aún tengo más migas... En cuanto a Milagros, vosotros convendréis conmigo en que, si es buena y sencilla, no por eso deja de ser una inutilidad como su hermana. ¡Qué bien hizo aquel que se tiró al agua! Pues si no se tira y carga con ella a estas horas se habría ahogado cien mil veces quedándose vivo, que es lo peor que le puede pasar a un cristiano... Entre las dos hermanitas me han tenido a mí lo mejor de mi vida con un dogal al cuello, aprieta que te apretarás... No dirán que me he portado mal con ellas, pues desde que me casé... Ahora me ocurre que, cuando fui a pedir al señor Escobios la mano de su hija, el apreciable médico del Cuarto Montado debió arrearme un bofetón que me volviera la cara del revés... ¡Ay, cuánto se lo hubiera agradecido más adelante!... Coman, coman tranquilos, que aquí no estamos para quitarle el pan a la gente... Pues decía que, desde que me casé hasta la fecha, he sido víctima de la insustancialidad y el desgobierno de esas dos tarascas, y no podrán quejarse de que no he sido sumiso y paciente, ni tampoco de que las abandono y las dejo en la miseria, pues no me he determinado a recobrar mi libertad sino al saber que quedan al amparo de Ponce, que es un bendito y les mantendrá el pico, pues para eso le dejó todas sus migas el tío notario. ¡Ay, ínclito Ponce, y qué mochuelo te toca! Ya verás lo que es canela fina. Si no tienes cuidado, pronto te liquidan... te evaporan, te volatilizan, te sorben. Allá se las haya. Yo he cumplido... he cargado mi cruz treinta años; ahora que la lleve otro... Se necesitan espaldas jóvenes... y el peso es mayúsculo, amigo Ponce. Ya lo verás... Si he de ser franco, te diré que mi hija, sin ser un talento, vale más que su mamá y su tía; tiene algunas ideas de orden y previsión; no es tan amiga de echar plantas... Pero cuidadito con ella, Ponce amigo, porque o yo no entiendo nada de afectos y afecciones de mujeres, o a mi Abelarda le gustas tú lo mismo que un dolor de muelas. Nadie me quita de la cabeza que ese peine de Víctor le había sorbido los sesos... Pero cásese en buena hora, y si son felices las señoras *Miaus*, y aprenden ahora lo que ignoraban en mi tiempo, yo me alegraré mucho y hasta las aplaudiré desde allá; vaya si las aplaudiré.»

En estas meditaciones, harto más largas y difusas de la que en la narración aparecen, se le fue pasando la tarde a Víllaamil. Dos o tres veces mudó de sitio, destrozando impíamente al pasar alguno de los arbolillos que el Ayuntamiento en aquel erial tiene plantados. «El Municipio –decía– es hijo de la Diputación Provincial y nieto del muy gorrino del Estado, y bien se puede, sin escrúpulo de conciencia, hacer daño a toda la parentela maldita. Tales padres, tales hijos. Si estuviera en mi mano, no dejaría un árbol ni un farol... El que la hace, que la pague... y luego la emprendería con los edificios, empezando por el Ministerio del cochino ramo, hasta dejarlo arrasadito, arrasadito... como la palma de la mano. Luego, no me quedaría vivo un ferrocarril, ni un puente, ni un barco de guerra, y hasta los cañones de las fortalezas los haría pedacitos así.»

Vagaba por aquellos andurriales, sombrero en mano, recibiendo en el cráneo los rayos del sol, que a la caída de la tarde calentaba desaforadamente el suelo y cuanto en él había. La capa la llevaba suelta y tuvo intenciones de tirarla, no haciéndolo porque consideró que podía venirle bien a la noche, aunque fuese por breve tiempo. Paróse al borde de un gran talud que hay hacia la Cuesta de Areneros, sobre las nuevas alfarerías de la Moncloa, y mirando al rápido declive, se dijo con la mayor serenidad: «Este sitio me parece bueno, porque iré por aquí abajo, dando vueltas de carnero; y luego, que me busquen... Como no me encuentre algún pastor de cabras... Bonito sitio, y, sobre todo, cómodo, digan lo que quieran.»

Pero luego no debió parecerle el lugar tan adecuado a su temerario intento, porque siguió adelante, bajó y volvió a subir, inspeccionando el terreno, como si fuera a construir en él una casa. Ni alma viviente había por allí. Los gorriones iban ya en retirada hacia los tejares de abajo o hacia los árboles de San Bernardino y de la Florida. De repente, le dio al santo varón la vena de sacar un revólver que en el bolsillo llevaba, montarlo y apuntar a los inocentes pájaros, diciéndoles: «Pillos, granujas, que después de haberos comido mi pan pasáis sin darme tan siquiera las buenas tardes. ¿Qué diríais si ahora yo os metiera una bala en el cuerpo?... Porque de fijo no se me escapaba uno. ¡Tengo yo tal puntería!... Agradeced que no quiero quedarme sin tiros; pues si tuviera más cápsulas, aquí me las pagabais todas juntas... De veras que siento ganas de acabar con todo lo que vive, en castigo de lo mal que se han portado conmigo la Humanidad, y la Naturaleza, y Dios *(con exaltación furiosa),* sí, sí: lo que es portarse, se han portado cochinamente... Todos me han abandonado, y por eso adopto el lema que anoche inventé y que dice literalmente: *Muerte... Infamante... Al... Universo...*»

Con esta cantata siguió buen trecho alejándose, hasta que, ya cerrada la noche, encontróse en los altos de San Bernardino que miran a Vallehermoso, y desde allí vio la masa informe del caserío de Madrid, con su crestería de torres y cúpulas, y el hormigueo de luces entre la negrura de los edificios... Calmada entonces la exaltación homicida y destructora, volvió el pobre hombre a sus estudios topográficos: «Este sitio sí que es de primera... Pero no, me verían los guardas de Consumos, que están en esos cajones, y quizá... son tan brutos... me estorbarían lo que quiero y debo hacer... Sigamos hacia el cementerio de la Patriarcal, que por allí no habrá ningún importuno que se meta en lo que no le va ni le viene. Porque yo quiero que vea el mundo una cosa, y es que ya me importa un pepino que se nivelen o no los presupuestos, y que me río del *income tax* y de toda la indecente Administración. Esto lo comprenderá la gente cuando recoja mis... restos, que lo mismo me da vayan a parar a un muladar que al propio panteón de los Reyes. Lo que vale es el alma, la cual se remonta volando a eso que llaman... el empíreo, que es por ahí arriba, detrás de aquellos astros que relumbran y parecen hacerle a uno guiños llamándole... Pero aún no es hora. Quiero llegarme a ese puer-

co Madrid y decirles las del barquero a esas indinas *Miaus*
que me han hecho tan infeliz.»

El odio a su familia, ya en los últimos días iniciado en su
alma, y que en aquél tomaba a ratos los vuelos de frenesí demente o rabia feroz, estalló formidable, haciéndole crispar
los dedos, apretar reciamente la mandíbula, acelerar el paso
con el sombrero echado atrás, la capa caída, en la actitud
más estrafalaria y siniestra. Era ya noche oscura. Resueltamente se dirigió al Conde-Duque, pasó por delante del
cuartel y, al aproximarse a la plaza de las Comendadoras,
andaba con paso cauteloso, evitando el ser visto, buscando
la sombra y mudando de dirección a cada instante. Después
de meterse por la solitaria calle de San Hermenegildo, volvió hacia la plazuela del Limón, rondó la manzana de las
Comendadoras, aventurándose, por fin, a atravesar la calle
de Quiñones y a observar los balcones de su casa, no sin
cerciorarse antes de que no estaban en el portal Mendizábal
y su mujer. Agazapado en la esquina de la plazuela oscura,
solitaria y silenciosa, miró repetidas veces hacia su casa,
queriendo espiar si alguien entraba o salía... ¿Irían las
Miaus al teatro aquella noche? ¿Vendrían a la tertulia Ponce
y los demás amigos? En medio de su trastorno, supo colocarse en la realidad, considerando al fin como seguro e ine-
vitable que, alarmada por la ausencia de su marido, Pura
ponía en movimiento a todos los íntimos de la familia para
buscarle.

Al amparo de la esquina, como ladrón o asesino que acecha el descuidado paso del caminante, Villaamil alargaba el
pescuezo para vigilar sin que le vieran. Propiamente, su
cuerpo estaba en la plazuela de las Comendadoras y su cabeza en la calle de Quiñones; su flácido cuello, dotado de
prodigiosa elasticidad, se doblaba sobre el ángulo mismo.
«Allá sale el ínclito Ponce de *estampía*. De seguro han ido a
casa de Pantoja, al café, a todos los sitios que acostumbro

frecuentar... Ese que llega echando los bofes me parece que
es Federico Ruiz. De fijo viene de la prevención o del juzga-
do de guardia... Habrá salido a averiguar... ¡Pobrecitos, qué
trabajo se toman! Y cuánto gozo yo viéndoles tan afanados,
y considerando a las *Miaus* tan aturdiditas... Fastidiarse; y
usted, doña Pura de los infiernos, trague ahora la cicuta;
que durante treinta años la he estado tragando yo sin quejarme... ¡Ah! Alguien sale y viene hacia acá... Me parece que
es Ponce otra vez. Agazapémonos en este portal... Si, él es...
(Viendo al crítico atravesar la plazuela de las Comendado-
ras.) ¿A dónde irá? Quizá a casa de Cabrera. Trabajo te
mando... ¿Habrá bobo igual? No, no me encontraréis; no
me atraparéis, no me privaréis de esta santa libertad que
ahora gozo. ¡Bendita sea! Ni aunque revolváis al mundo entero me daréis caza, estúpidos. ¿Qué se pretende? *(Amena-*
zando con el puño a un ser invisible.) ¿Que vuelva yo al poder de Pura y Milagros, para que me amarguen la vida con
aquel continuo pedir de dinero, con su desgobierno y su
majadería y su presunción? No. Ya estoy hasta aquí; se col-
mó el vaso... Si sigo con ellas me entra un día la locura, y con
este revólver..., con este revólver *(cogiendo el mango del*
arma dentro del bolsillo y empuñándolo con fuerza) las despacho a todas... Más vale que me despache yo, emancipán-
dome y yéndome con Dios... ¡Ah! Pura, Purita, se acabó el
suplicio. Hinca tus garras en otra víctima. Ahí tienes a Ponce con dinero fresco; cébate en él... Ahí me las den todas...
¡Cuánto me voy a reír!... Porque esta doña Pura es atroz,
querido Ponce, y como se encuentre con barro a mano se
armó la fiesta, y mesa y ropa y todo ha de ser de lo más fino,
sin considerar que mañana faltará la condenada libreta...
¡Ay, Dios mío! El último de los artesanos, el triste mendigo
de las calles me han causado envidia en esta temporada; así
como ahora, desahogado y libre, no me cambio por el rey.
No, no me cambio; lo digo con toda el alma.»

Capítulo 44

Fuera del portal, y vuelta a los atisbos. «Sale ahora el chico de Cuevas, afanadillo y presuroso. ¿A dónde irá?... Busca, hijo, busca, que ya te lo pagará doña Pura con una copita de moscatel... Pues la bobalicona de Milagros estará con el alma en un hilo, porque la infeliz me quiere... Es natural; ha vivido conmigo tantos años y ha comido mi pan... Y si vamos a poner cada cosa en su punto, también Pura me quiere... A su modo, sí. Yo también las quise mucho; pero lo que es ahora, las aborrezco a las dos. ¿Qué digo a las dos? A las tres, porque también mi hija me carga... Son tres apuntes que se me han sentado aquí, en la boca del estómago, y cuando pienso en ellas, la sangre parece que se me pone como metal derretido, y la tapa de los sesos se me quiere saltar... ¡Vaya con las tres *Miaus!*... ¡Bien haya quien os puso tal nombre! No más vivir con locas. ¡Vaya por dónde le dio a mi dichosa hijita! ¡Por enamoriscarse de Víctor!... Porque, o yo no lo entiendo, o aquello era amor de lo fino... ¡Qué mujeres, Dios santo! Prendarse de un zascandil porque tiene la cara bonita, sin reparar... Y que él la desprecia, no hay

365

duda... Me alegro... Bien empleado le está. Chúpate las cala-
bazas, imbécil, y vuelve por más, y cásate con Ponce... Francamente, si uno no se suprimiese por salvarse de la miseria,
debiera hacerlo por no ver estas cosas.»

Como observara luz en el gabinete, se encalabrinó más:
«Esta noche, Purita de mis entretelas, no hay teatrito, ¿verdad? Gracias a Dios que está usted con la pierna quebrada.
¡Jorobarse!... Ya la veo a usted arbitrando de dónde sacar el
dinero para el luto. Lo mismo me da. Sáquelo usted... de
donde quiera. Venda mi piel para un tambor o mis huesos
para botones... ¡Magnífico, admirable, deliciooooso!...»

Al decir esto vio, a Mendizábal en la puerta, y éste, por
desgracia, le vio también a él. Grandes fueron la alarma y
turbación del anciano al notar que el memorialista le observaba con ademán sospechoso. «Ese animal me ha conocido
y viene tras de mí», pensó Villaamil, deslizándose pegado al
muro de las Comendadoras. Antes de volver la esquina,
miró y, en efecto, Mendizábal le seguía paso a paso, como
cazador que anda quedito tras la res, procurando no espan-
tarla. En cuanto traspuso el ángulo, Villaamil, recogiéndo-
se la capa, apretó a correr despavorido con cuanta rapidez
pudo, creyendo escuchar los pasos del otro y que un enorme brazo se alargaba y le cogía por el cogote. Mal rato pasó
el infeliz. La suerte que no había nadie por aquellos barrios,
pues si pasa gente, y a Mendizábal se le ocurre gritar ¡a ése!,
en aquel mismo punto hubiera acabado la preciosa libertad
del buen cesante. Huyó con increíble ligereza, atravesando
la plazuela del Limón; pasó por delante del cuartel, temeroso de que la guardia le detuviese, y siguiendo la calle del
Conde-Duque, miró hacia atrás, y vio que Mendizábal,
aunque le seguía, quedaba bastante lejos. Sin tomar aliento,
encaminóse hacia la desierta explanada y, antes que su per-
seguidor pudiera verle, se ocultó tras un montón de baldosas. Sacando la cabeza con gran precaución y sin sombrero

por un hueco de su escondite, vio al hombre-mono deso-
rientado, mirando a derecha e izquierda, y con preferencia
a la parte del paseo de Areneros, por donde creyó se había
escabullido la caza. «¡Ah!, sectario del oscurantismo, ¿querías cogerme? No te mirarás en ese espejo. Sé yo más que tú,
monstruo, feo, más feo que el hambre, y más neo que Judas.
Ya sabes que siempre he sido liberal, y que antes moriré que
soportar el despotismo. Vete al cuerno, grandísimo reac-
cionario, que lo que es a mí no me encadenas tú... Me futro
en tu absolutismo y en tu inquisición. Jeríngate, animal,
carca y liberticida, que yo soy libre y liberal y demócrata, y
anarquista y petrolero, y hago mi santísima voluntad...»

Aunque perdiera de vista al feo *gorila,* no las tenía todas
consigo. Conocedor de la fuerza hercúlea de su portero, sabía que si éste le echaba la zarpa no le soltaría a dos tirones
y para evitar su encuentro se agachó buscando la sombra y
amparo de los sillares o rimeros de adoquines que de trecho
en trecho había. Protegido por la densa oscuridad, volvió a
ver al memorialista, que al parecer se retiraba desesperan-
zado de encontrarle. «Abur, lechuzo, sicario del fanatismo y
opresor de los pueblos... ¡Miren qué facha, qué brazos y qué
cuerpo! No andas a cuatro pies por milagro de Dios. Joró-
bate y búscame, y date tono con doña Pura, diciéndole que
me viste... Zángano, neo, salvaje, los demonios carguen
contigo.»

Cuando se creyó seguro volvió a internarse en las calles,
siempre con el recelo de que Mendizábal le iba a los alcan-
ces, y no daba un paso sin revolver la vista a un lado y otro.
Creía verle salir de todos los portales o agazapado en todos
los rincones oscuros, acechándole para caer encima con
salto de mono y coraje de león. Al doblar la esquina del callejón del Cristo para entrar en la calle de Amaniel, ¡pataplum!, cátate a Mendizábal hablando con unas mujeres.
Afortunadamente el memorialista le volvía la espalda y no

pudo verle. Pero Villaamil, viéndose cogido, tuvo una inspiración súbita, que fue meterse por la primera puerta que halló a mano. Encontróse dentro de una taberna. Para justificar su brusco ingreso, pasado el primer instante de sobresalto, fuese al mostrador y pidió Cariñena. Mientras le servían observó la concurrencia: dos sargentos, tres paisanos de chaqueta corta y cuatro mozas de malísimo pelaje. «¡Vaya unas chicas guapas y elegantes! –dijo mirándolas, al beber, por encima del vaso. Véase por dónde me entran ahora ganas de echarles alguna flor... ¡yo, que desde que llevé a Pura al altar no he dicho a ninguna mujer por *ahí te pudras!*... Pero con la libertad parece que me remozo, y que me resucita la juventud... Vaya... Y me bailan por el cuerpo unas alegrías... ¡Cuidado que pasarse un hombre seis lustros sin acordarse de más mujer que la suya!... ¡Qué cosas!... Vamos, que también me da por beberme otra copa... Treinta años de virtud disculpan que uno eche ahora media docena de canas al aire... *(Al tabernero.)* Deme usted otra copita... Pues lo que es las mozas me están gustando; y si no fuera por esos gandules que las cortejan, les diría yo algo por donde comprendiesen lo que va de tratar con caballeros a andar entre gusanos y soldaduchos... Debiera trabar conversación, al menos para dar tiempo a que desfile Mendizábal... ¡Dios mío, líbrame de esa fiera ultramontana y facciosa!... Nada, que me gustan las niñas; sobre todo aquella que tiene el moño alto y el mantón colorado... También ella me mira, y... Ojo, Ramón, que estas aventuras son peligrosas. Modérate, y para hacer más tiempo toma una copita más. Paisano, otra...»

La partida salió, y Villaamil, calculando con rápida inspiración, se dijo: «Me meto entre ellos y, si aún está el esperpento ahí, me escabullo mezclado con estos galanes y estas señoras.» Así lo hizo, y salió confundido con las mozas, que a él le parecían la ley, y con los militares. Mendizábal no estaba en la calle ya; pero don Ramón no las tenía todas consigo y siguió tras la patulea, pegado a ella lo más posible, reflexionando: «En último caso, si el orangután ese me ataca, es fácil que estos bravos militares salgan a defenderme... Vas bien, Ramón, no temas... La sacrosanta libertad, hija del Cielo, no te la quita ya nadie.»

Al llegar cerca de las Capuchinas, vio que la alegre banda desaparecía por la calle de Juan de Dios. Oyó carcajadas de las desenvueltas muchachas y juramentos y voquibles de los hombres. Mirando con tristeza y envidia el grupo: «¡Oh, dichosa edad de la despreocupación y del *qué se me da a mí!* Dios os la prolongue. Haced todos los disparates que se os ocurran, jóvenes, y pecad todo lo que podáis, y reíos del mundo y sus incumbencias, antes que os llegue la negra y caigáis en la horrible esclavitud del pan de cada día y de la posición social.»

Al decir esto, todas sus ideas accesorias e incidentales se desvanecieron, dejando campar sola y dominante la idea constitutiva de su lamentable estado psicológico. «Debe ser tarde, Ramón. Apresúrate a ponerte punto final. Dios lo dispone.» De aquí pasó al recuerdo de Luis, de quien tan cerca estaba, pues el anciano había entrado en la calle de los Reyes. Paróse frente a la casa de Cabrera y, mirando hacia el segundo, soltó en el embozo de su capa estas expresiones: «Luisín, niño mío, tú, lo más puro y lo más noble de la familia, digno hijo de tu madre, a quien voy a ver pronto, ¿qué tal te encuentras con esos señores? ¿Extrañas la casa? Tranquilízate, que ya te irás acostumbrando a ellos; son buenas personas, tienen mucho arreglo, gastan poco, te criarán bien, harán de ti un hombre. No te pese haber venido. Haz caso de mí, que te quiero tanto, y hasta me dan ganas de rezarte, porque tú eres un santo en flor, y te han de canonizar.... como si lo viera. Por tu boca inocente se me confirmó lo que ya se me había revelado... y yo, que aún dudaba, desde que

te oí ya no dudé más. Adiós, chiquillo celestial; tu abuelito
te bendice... mejor sería decir que te pide la bendición, porque eres un santito, y el día que cantes misa, verás, verás qué
alegría hay en el cielo... y en la tierra... Adiós, tengo prisa...
Duérmete; y si eres desgraciado y alguien te quita tu libertad, ¿sabes lo que haces?, pues te largas de aquí... hay mil
maneras... y ya sabes dónde me tienes... Siempre tuyo...»

Esto último lo dijo andando hacia la plaza de San Marcial
con reposado continente, como hombre que vuelve a su
casa sin prisa, cumplidos los deberes de la jornada. Encontróse de nuevo en los vertederos de la Montaña, en lugares
a donde no llega el alumbrado público, y los altibajos del terreno poníanle en peligro de dar con su cuerpo en tierra
antes de sazón. Por fin se detuvo en el corte de un terraplén
reciente, en cuyo movedizo talud no se podía aventurar nadie sin hundirse hasta la rodilla, amén del peligro de rodar
al fondo invisible. Al detenerse, asaltóle una idea desconso-
ladora, fruto de aquella costumbre de ponerse en lo peor y
hacer cálculos pesimistas. «Ahora que veo cercano el término de mi esclavitud y mi entrada en la Gloria Eterna, la maldita suerte me va a jugar otra mala pasada. Va a resultar *(sacando el arma)* que este condenado instrumento falla... y
me quedo vivo a medio morir, que es lo peor que puede pasarme, porque me recogerán y me llevarán otra vez con las
condenadas *Miaus*... ¡Qué desgraciado soy! Y sucederá lo
que temo... como si lo viera... Basta que yo desee una cosa,
para que suceda la contraria... ¿Quiero suprimirme? Pues la
perra suerte lo arreglará de modo que siga viviendo.»

Pero el procedimiento lógico que tan buenos resultados le
diera en su vida, el sistema aquel de imaginar el reverso del
deseo para que el deseo se realizase, le inspiró estos pensamientos: «Me figuraré que voy a errar el jeringado tiro, y
como me lo imagine bien, con obstinación sostenida de la
mente, el tirito saldrá... ¡Siempre la contraria! Conque a

ello... Me imagino que no voy a quedar muerto, y que me llevarán a mi casa... ¡Jesús! Otra vez Pura y Milagros, y mi hija,
con sus salidas de pie de banco, y aquella miseria, aquel
pordioseo constante... y vuelta al pretender, a importunar a
los amigos... Como si lo viera: este cochino revólver no sirve para nada. ¿Me engañó aquel armero indecente de la calle de Alcalá?... Probémoslo, a ver..., pero de hecho me quedo vivo.... sólo que... por lo que pueda suceder, me enco-
miendo a Dios y a San Luisito Cadalso, mi adorado santín...
y... Nada, nada, este chisme no vale... ¿Apostamos a que falla el tiro? ¡Ay! Antipáticas *Miaus,* ¡cómo os vais a reír de
mí!... Ahora, ahora... ¿a que no sale?»

Retumbó el disparo en la soledad de aquel abandonado y
tenebroso lugar; Villaamil, dando terrible salto, hincó la cabeza en la movediza tierra y rodó seco hacia el abismo, sin
que el conocimiento le durase más que el tiempo necesario
para poder decir: «Pues... sí...»

Índice

Introducción, por Ricardo Gullón 7
Cronología 29
Bibliografía seleccionada 33

Miau 35

    Capítulo 1 37
    Capítulo 2 47
    Capítulo 3 54
    Capítulo 4 64
    Capítulo 5 71
    Capítulo 6 76
    Capítulo 7 83
    Capítulo 8 89
    Capítulo 9 94
    Capítulo 10 105
    Capítulo 11 113
    Capítulo 12 122
    Capítulo 13 130
    Capítulo 14 138

Capítulo 15	....	144
Capítulo 16	....	150
Capítulo 17	....	158
Capítulo 18	....	164
Capítulo 19	....	173
Capítulo 20	....	180
Capítulo 21	....	188
Capítulo 22	....	197
Capítulo 23	....	207
Capítulo 24	....	215
Capítulo 25	....	223
Capítulo 26	....	231
Capítulo 27	....	239
Capítulo 28	....	246
Capítulo 29	....	255
Capítulo 30	....	262
Capítulo 31	....	270
Capítulo 32	....	276
Capítulo 33	....	286
Capítulo 34	....	293
Capítulo 35	....	299
Capítulo 36	....	305
Capítulo 37	....	312
Capítulo 38	....	319
Capítulo 39	....	328
Capítulo 40	....	334
Capítulo 41	....	340
Capítulo 42	....	351
Capítulo 43	....	359
Capítulo 44	....	365